새들의

The Conference of the Birds

회의

새들의

The Conference of the Birds

회의

랜섬 릭스 지음 | 변용란 옮김

폴라북스

도시에서 살거나 평화로운 방식으로 살아가는 사람들은
친구들이 과연 나를 위해 불길에 뛰어들 만큼 의리가 있는지
쉽게 알아내지 못한다. 그러나 거친 들판에서는
친구들의 배짱을 입증할 기회가 주어진다.

윌리엄 F. '버펄로 빌' 코디

제 1 장

chapter one

초 록색 조명이 어른거리는 차이나타운 수산 시장의 깊
숙한 통로 안쪽, 우리는 수족관이 양쪽으로 줄지어 늘
어선 막다른 골목에서 외계인 같은 게 눈알 수천 개의 감시를 받
으며 빛을 삼킨 아이가 만들어낸 어둠 속에 웅크려 숨어 있었다.
바짝 약이 오른 레오의 부하들은 꽤 가까운 곳에 있었다. 우리를
찾느라 시장을 초토화시키는 파괴음과 외침이 들려왔다. "제발,
난 아무도 못 봤다니까⋯⋯"라며 울부짖는 한 할머니의 목소리도
들렸다.

이쪽이 출구가 없는 통로란 걸 우린 너무 늦게 깨달았고, 이
젠 여기 꼼짝없이 갇힌 신세였다. 천장에 닿을 듯 탑처럼 높이 쌓
인 수족관엔 죽어갈 운명의 갑각류들이 층층이 쌓였고, 우리는 그
사이로 뚫린 비좁은 통로에서 배수관 옆에 쭈그리고 있었다. 쾅쾅
깨부수는 소리와 고함 사이사이, 겁에 질려 내뱉는 우리의 얕은

숨소리 너머로 망가진 타자기들이 합주를 하듯 게들이 집게발로 끊임없이 유리를 두들기는 둔탁한 리듬이 내 두개골을 파고들었다.

그나마 그런 소음이 우리 숨소리를 가려줄 것이다. 누어가 만들어낸 부자연스러운 어둠이 그대로 지속되고, 점점 커지는 발소리를 내며 돌아다니는 사내들이 들쭉날쭉 가장자리가 부정확하고 꿈틀거리는 어둠의 공간 안쪽을 유심히 들여다보지만 않는다면, 어쩌면 그것으로 충분할 것이다. 하지만 사람들의 시선이 이쪽에 빤히 고정된다면, 허공의 일부가 사라져버린 괴이한 광경을 놓칠 리 없다. 누어는 우리 주변의 공기를 손으로 휘저어 어둠 속에서 빛나는 케이크를 장식하듯 손가락 끝으로 빛을 흡수하며 어둠을 흩뿌렸다. 모은 빛을 그녀가 입에 넣어 삼키자 뺨 안쪽과 목구멍에서 빛나던 광채는 사라져버렸다.

저들이 원하는 건 누어였지만, 총살시키기 위해서라도 나 역시 기꺼이 잡아갈 것이다. 지금쯤 그들은 분명 아파트에서 자신의 할로개스트에게 눈알을 파먹히고 죽은 H를 발견했을 것이다. 그날 오전 H와 할로개스트는 누어를 데리고 레오의 루프를 빠져나왔다. 그들은 레오 일당을 몇 명 해쳤을 것이다. 어쩌면 그 정도는 용서받을 수 있을지도 모른다. 하지만 용서받지 못할 것은 5대 자치구 일파의 이상한 종족 우두머리인 레오 버넘이 능욕을 당했다는 사실이다. 다른 곳도 아니고 미국 동부 거대 구역을 차지한 이상한 제국의 한복판, 권력의 중심인 바로 자기 집에서, 그가 소유권을 주장했던 이상한 떠돌이 능력자를 빼앗겼다. 누어의 탈출을 내가 도왔다는 사실이 들통난다면, 다른 것보다도 바로 그 점 때문에 사형선고가 내려질 것이다.

레오의 부하들이 점점 거리를 좁혀오면서 그들의 고함 소리도 더 커졌다. 누어는 어둠이 펼쳐지기 시작했을 때 암흑이 흐려진 중앙 부분을 빽빽하게 다시 채우고, 엄지와 검지로 들쭉날쭉한 어둠의 가장자리를 반듯하게 정돈했다.

나는 누어의 얼굴을 볼 수 있으면 좋겠다고 생각했다. 표정을 읽고 싶었다. 누어가 무슨 생각을 하는지, 어떻게 견디고 있는지 알고 싶었다. 이런 세계에 뛰어든 지 얼마 안 되는 완전 풋내기가 이성을 잃지 않고 이 모든 상황을 견딘다는 건 상상하기 어려운 일이었다. 지난 며칠 사이 누어는 마취 총과 헬리콥터로 인간들에게 쫓겼고, 이상한 최면술사에게 납치되어 경매로 팔아넘겨질 처지에 놓였다가 탈출했지만, 결국 레오 버넘 일당에게 붙잡혔다. 레오의 본부 감방에서 며칠 보낸 뒤엔 H와 대탈주극을 펼치는 과정에서 잠 가루를 덮어썼다가 H의 아파트에서 깨어보니 그는 바닥에 시체로 누워 있었고, 그 끔찍한 충격으로 누어는 빛으로 꽁꽁 뭉쳐진 폭탄 같은 불덩어리를 입 밖으로 토해냈다(그러다가 내 머리를 박살 낼 뻔했다).

일단 누어가 충격에서 벗어난 뒤 나는 H가 임종의 순간에 했던 말을 그녀에게 들려주었다. 마지막으로 살아남은 할로우 사냥꾼 한 사람은 V라는 여성이고, 누어를 보호하려면 그녀에게 데려다주어야 한다는 것이었다. 그 사람의 행방에 대한 단서는 H의 벽장 금고에서 꺼낸 찢어진 지도 조각과, H의 반려 할로개스트였던 섬뜩한 허레이쇼가 어눌하게 남긴 몇 마디 말뿐이었다.

그러나 나는 H가 **왜** 그토록 힘겹게 누어를 도우려고 나와 내 친구들을 끌어들였는지, 레오의 손아귀에서 그 애를 구출하려다 결국 죽음을 맞이했는지는 아직 설명하지 않았다. 예언에 대해서도 언급하지 않은 상황이었다. H의 아파트 바깥 골목에서 레오 부하들의 소리가 들려와 목숨을 걸고 달아나야 했으므로 그럴 만한 시간도 없었다. 하지만 그 모든 상황보다도 나는 너무 많은 이야기를 한꺼번에 너무 빨리 털어놓는 게 아닐까 염려스러웠다.

출현이 예언된 일곱 중 하나…… 이상한 세계를 해방시킬 사람들…… 위험한 시대의 도래……. 미치광이 사이비 종교 추종자의 헛소리처럼 들릴 것이다. 누어로선 이상한 세계에서 강요당했던 여러 가지 터무니없는 요구만으로도 미칠 노릇이고 신뢰가 가지 않을 텐데, 그런 이야기까지 했다간 당장 달아나버릴까 봐 걱정되었다. 평범한 인간이면 누구라도 오래전에 달아났을 것이다.

물론 누어 프라데시는 평범함과는 거리가 멀었다. 그녀는 이상한 아이였다. 그뿐만 아니라 강철 같은 엄청난 의지력을 가지고 있었다.

바로 그때 누어가 내 쪽으로 고개를 숙이며 속삭였다. **"그래서, 여길 빠져나가면…… 계획이 뭐야? 어디로 가?"**

"뉴욕을 벗어나야 해." 내가 말했다.

잠시 침묵, 그런 다음 **"어떻게?"**

"나도 몰라. 기차? 버스?" 나 역시 멀리까진 앞서 생각해본 적이 없었다.

"아." 실망스러운 기색으로 그녀가 말했다. **"어떻게든 마법 같은 걸로 여기서 빠져나갈 순 없어? 너희들의 시간의 통로 같은 걸로?"**

"통로는 그런 식으로 작동되는 게 아니야. 일부는 가능할 수도 있겠지

만"—나는 팬루프티콘의 연결 지점을 생각하고 있었다—"하지만
우선 입구를 찾아야 해."

"너희 친구들은 어쩌고? 거기도 사람들이…… 있지 않아?"

누어의 질문에 마음이 무거워졌다. "친구들은 내가 여기 온
줄도 몰라."

이어서 나는 생각했다. 혹 안다고 해도……

누어의 어깨가 축 처지는 게 느껴졌다.

"걱정 마. 뭐든 방법을 찾아낼게." 내가 말했다.

다른 때 같으면 계획은 단순했을 것이다. 친구들을 찾아가는
것. 간절히, 그럴 수 있으면 좋겠다고 생각했다. 친구들은 어떻게
할지 방법을 알 것이다. 그들은 내가 이 세계에 들어온 뒤로 줄곧
내게 바위 같은 존재였다. 친구들이 없으니 난 그저 허공에 붕 떠
있는 것 같았다. 하지만 H는 누어를 임브린에게 데려가지 말라고
구체적으로 경고했고, 어차피 나도 내게 친구가 있는지 더는 자신
이 없었다. 최소한 예전 같은 느낌은 아니었다. H가 한 행동, 그리
고 지금 당장 내가 하고 있는 행동은 아마도 파벌 사이에 평화를
중재하려는 임브린들의 노력을 무산시킬 것이다. 이번 일로 나에
대한 친구들의 믿음에 돌이킬 수 없는 금이 간 것은 확실했다.

그러므로 우리끼리 해결하는 수밖에 없었다. 결과적으로 계
획은 단순하고 멍청해졌다. 아주 빠르게 달린다. 아주 열심히 생
각한다. 아주 운이 좋아야 한다.

만에 하나 우리가 충분히 빠르게 달리지 못한다면? 혹은 충
분히 운이 좋지 못하거나? 그러면 예언에 대해서 누어에게 영영
말할 기회가 없을지도 모른다. 그러면 그녀는 얼마나 길지 짧을지

도 모를 남은 평생 동안 자신이 왜 쫓겼는지조차 알지 못하게 될 것이다.

그리 멀지 않은 곳에서 와장창 깨지는 소리가 울려 퍼지면서, 이내 레오의 부하들이 다시 고함을 질러댔다. 이젠 머잖아 우리가 있는 곳까지 다가올 것이다.

"너한테 꼭 할 이야기가 있어." 내가 속삭였다.

"나중에 하면 안 돼?"

최악의 타이밍이었다. 어쩌면 유일한 기회일 수도 있었다.

"네가 알아야 할 이야기야. 우리가 서로 헤어지게 되거나…… 혹시 다른 무슨 일이 생기는 경우에."

"알았어." 누어는 한숨을 쉬었다. "듣고 있어."

"어쩌면 되게 말도 안 되는 이야기로 들릴 거야. 그러니까 내 얘기를 듣기 전에 그건 나도 안다는 것만 알아줘. H가 죽기 전에 예언에 대한 이야기를 해줬어."

가까운 곳에서 한 남자가 레오의 부하들과 고함을 주고받는 중이었다. 그는 광둥어로, 패거리들은 영어로 떠들어댔다. 요란하게 철썩 때리는 소리와 비명, 낮게 읊조리는 협박의 말이 들려왔다. 누어와 나는 둘 다 경직되었다.

"뒤쪽이야!" 레오의 부하가 소리쳤다.

"너랑 관련된 예언이야." 누어의 귀에 입술이 거의 닿을 듯한 자세로 나는 설명을 이어갔다.

"얘기해." 그녀가 숨죽여 말했다.

레오의 부하들이 모퉁이를 돌아 우리가 있는 통로로 뛰어들었다. 우리에게는 시간이 없었다.

남자들은 통로를 따라 우릴 향해 다가왔고, 가엾은 시장 일꾼도 뒤에서 질질 끌려왔다. 그들이 비추는 손전등 불빛이 벽 위로 이리저리 움직이며, 게 수족관 유리에 반사되었다. 누어가 만들어낸 어둠의 장벽을 혹시라도 밀어낼까 두려워 나는 감히 고개도 들지 못했다. 머릿속으로 대단히 열세인 싸움을 상상하며 얼어붙었다.

그러다 통로를 절반쯤 남겨두고서 그들이 걸음을 멈추었다.

"여긴 수족관밖에 없잖아." 패거리 중 하나가 투덜거렸다.

"여자애랑 같이 있던 게 누구였지?" 두 번째 남자가 말했다.

"어떤 남자애였어, 잘은 모르지만……"

또 한 번 철썩 소리가 나면서 그들이 끌고 온 남자가 고통스러운 신음을 흘렸다.

"놔줘, 보워스. 그자는 아무것도 몰라."

시장 일꾼은 거칠게 떠밀렸다. 그는 비틀비틀 바닥에 쓰러졌다가 이내 몸을 일으켜 도망쳤다.

"여기서 시간을 너무 낭비했어." 첫 번째 남자가 말했다. "그 여자애는 아마 지금쯤 멀리 달아났을 거야. 그 애를 데리러 왔던 놈들과 함께 말이야."

"풍 와*Fung Wah*의 루프로 이어지는 입구를 놈들이 찾았을까?" 세 번째 남자가 물었다.

"그럴 수도 있겠지." 첫 번째 남자가 대꾸했다. "내가 멜니츠와 제이콥스를 데려가서 확인해볼게. 보워스, 너는 여길 샅샅이 뒤져."

나는 그들의 목소리를 세어보았다. 이제 그들은 네 명, 어쩌면 다섯 명이었다. 보워스라고 불린 남자는 권총집을 우리 눈높이에 매단 채 바로 우리 곁을 지나쳤다. 나는 고개를 들지 않고 눈으로만 위를 올려다보았다. 그는 큰 덩치에 검은색 양복을 입고 있었다.

"여자애를 못 찾으면 레오가 우릴 죽이려 들 거야." 보워스가 중얼거렸다.

"죽은 와이트를 데려가면 돼. 아무것도 못 찾은 건 아니잖아." 두 번째 남자가 말했다.

나는 놀라 귀를 쫑긋거리며 긴장했다. **죽은 와이트라고?**

"우리가 발견했을 때 놈은 죽어 있었어." 보워스가 말했다.

"레오는 굳이 그걸 알 필요가 없지." 첫 번째 남자가 낄낄 웃으며 말했다.

"내가 직접 놈을 죽였다고 떠벌릴 생각도 없어." 보워스가 말했다. 그는 우리 오른쪽으로 펼쳐진 골목 끝까지 갔다가 다시 우리 쪽으로 돌아왔다. 그의 손전등 불빛이 우리 위로 떠돌다가 내 머리 옆 수족관을 비추었다.

"혹시 기분이라도 좋아지게 놈의 시체를 걷어차 줘." 세 번째 남자가 말했다.

"아니야. 하지만 그 계집애를 잡으면 거리낌 없이 걷어차 줄 거야." 보워스가 위협하듯 말했다. "그보다도 말이야." 그가 다른 동료들에게로 돌아가기 시작했다. "그 애가 와이트를 도와주려 했던 거 봤어?"

첫 번째 남자가 말했다. "걘 떠돌이에 불과해. 아직 아무것도 모르는 거지."

"그냥 떠돌이에 불과하다, 내 말이 바로 그거야!" 두 번째 남자가 말했다. "그런 계집애 하나 때문에 왜 우리가 이렇게 시간을 낭비하는지 난 아직도 이해가 안 돼. 우리한테 이상한 아이 하나 더 늘어나는 것뿐이잖아?"

"레오는 용서하지도 잊어버리지도 않기 때문이겠지." 첫 번째 남자가 말했다.

곁에서 누어가 몸을 꿈틀거리며 심호흡을 해 숨을 고르는 것이 느껴졌다.

"나랑 그 계집애랑 단둘이 방에 넣어주기만 해. 걔가 얼마나 특별한지 내가 너희에게 보여줄 테니까." 보워스가 씨근덕거렸다.

그는 우리가 숨은 곳으로 다가와 천천히 맴돌며 손전등으로 벽과 바닥을 비춰 보았다. 내 시선은 그의 총집에 고정되었다. 손전등 불빛이 우리 왼편 수족관을 살살이 훑다가 이내 곧장 우리를 비추었다. 불빛은 누어의 어둠을 뚫지 못하고, 바로 우리 코앞에서 멈추었다.

나는 숨을 참으며 우리 둘 다, 머리칼 한 오라기까지 잘 감추어지기를 빌었다. 뭔가 이해를 하려고 애를 쓰는 듯 보워스의 표정이 험상궂게 변했다.

"보워스!" 누군가 골목 바깥쪽에서 외쳤다.

그가 고개를 돌렸지만 불빛은 여전히 우리에게 머물러 있었다.

"여기 수색 끝내면 밖에서 만나. 풍의 루프를 확인한 다음에 반경 세 블록을 수색할 거야."

"통통한 놈으로 게 몇 마리 챙겨 가!" 첫 번째 남자가 말했다. "저녁거리 장만해 가야지. 어쩌면 그걸로 레오 기분이 풀릴지도 몰라."

손전등 불빛이 다시 수족관으로 향했다. "사람들이 어떻게 이런 걸 먹는지 모르겠어." 보워스가 혼잣말로 투덜거렸다. "바다 거미잖아."

다른 사람들은 떠나갔다. 우리와 아첨꾼만 남았다. 그는 다섯 걸음 정도 떨어진 곳에서 수족관을 보며 인상을 찌푸렸다. 그가 재킷을 벗고 셔츠 소매를 걷어 올렸다. 이제 우린 기다리기만 하면 될 일이었다, 몇 분 뒤면……

누어가 손으로 내 팔을 꽉 움켜쥐었다. 그녀는 부들부들 떨고 있었다.

처음엔 스트레스 때문에 드디어 무너져 내리는구나 싶었는데 이내 그녀가 짧게 세 번 연달아 숨을 들이마시는 걸 보고 깨달았다. 누어는 재채기를 참고 있었다.

제발 하지 마, 누어가 나를 볼 수 없다는 걸 알면서도 나는 소리 없이 입 모양으로 말했다.

남자는 조심조심 가장 가까운 수족관으로 다가갔다. 살집 많은 통통한 손으로 게를 툭툭 치며 낮게 구역질을 참는 신음 소리를 냈다.

누어는 뻣뻣하게 몸을 굳혔다. 재채기를 참으려고 이를 가는 소리가 내게도 들렸다.

남자는 꽥 비명을 지르더니 수족관에서 손을 빼냈다. 그는 욕설을 지껄이며 허공에 대고 손을 흔들었지만 통통한 게 한 마리가 손가락에 단단히 매달려 있었다.

그러자 누어가 일어섰다.

"이봐, 멍청이." 그녀가 말했다.

남자는 우릴 향해 홱 몸을 틀었다. 그가 한 마디 말을 하기도 전에 누어가 재채기를 했다.

타악기를 연주하는 듯한 폭발이 일었다. 누어가 삼켰던 모든 빛이 터져 나오며 반대편 벽과 바닥과 남자의 얼굴에 초록색 포말 같은 빛의 입자가 퍼져, 타오르는 불덩어리처럼 그를 감쌌다. 남자에게 상처를 주거나 화상을 입힐 만큼 밝지도 뜨겁지도 않았지만, 잠시 멍청하게 입을 떡 벌리고 얼어붙을 정도의 충격을 주기엔 충분했다.

우릴 뒤덮고 있던 작은 어둠의 공간은 순식간에 사라졌다. 남자는 고함을 질렀고 우리는 마법에 걸린 듯 순간적으로 얼어붙었다. 나는 바닥에 웅크린 채로, 누어는 내 옆에 서서 한 손으로 코와 입을 가린 채로, 남자는 여전히 손을 높이 들어 올리고 게 한 마리를 대롱대롱 매단 채로. 그러다가 내가 가까스로 몸을 일으키면서 마법이 깨졌다. 남자는 우리의 퇴로를 막아서며 권총으로 손을 뻗었다.

그가 총을 사용하기 전에 나는 몸을 날렸다. 뒤로 나동그라진 그의 몸을 찍어 눌렀다. 우린 서로 권총을 잡으려고 몸싸움을 벌였다. 이마에 팔꿈치 공격을 당한 나는 온몸으로 통증이 퍼져나가는 걸 느꼈다. 뒤에서 다가온 누어가 어디서 찾았는지 쇠몽둥이로 그의 팔을 가격했다. 남자는 움찔하지도 않았다. 그는 양손으로 내 멱살을 움켜잡더니 옆으로 밀어냈다.

나는 놈에게서 누어를 떼어내려고 달려갔다. 내가 그녀에게 다가간 순간 남자가 총 두 발을 쏘았다. 총알이 발사되는 소리라기보다는 폭발음에 가까운 엄청난 소리가 울렸다. 첫 발은 벽을 맞고 튕겼다. 두 번째 총알은 남자 옆쪽 수족관을 박살 냈다. 물탱크가 일순간에 산산조각이 나면서 게와 물과 깨진 유리가 사방으로 쏟아졌고, 곧이어 그 위에 쌓인 수족관이 옆으로 기울면서 골목으로 쏟아져 내렸다. 맨 꼭대기 수족관은 떨어지면서 폭발하듯 통로 반대편에 줄지어 선 수족관을 강타했고, 다른 수족관도 보워스의 머리 위로 깨져 흩어졌다. 다 합쳐서 수천 리터에 1톤이나 되는 양의 물이 단 3초 만에 전부 쏟아져, 그는 납작하게 짓눌리고 절반쯤 익사한 상태가 되었다. 그러는 사이 연쇄 폭발이 일어나듯 통로에 있던 거의 모든 수족관이 깨져 바닥으로 떨어지면서 요란한 소음과 유리 파편을 사방으로 날렸고, 악취를 풍기는 물결과 함께 물에 갇혔던 갑각류 포로들이 쏟아져 통로를 따라 흘러가면서 우리 두 사람을 모두 바닥에 쓰러뜨렸다.

우리는 숨이 막혀 콜록거렸다. 물에선 고약한 비린내가 났다. 보워스를 쳐다본 나는 움찔했다. 그의 얼굴은 갈가리 찢겨 초록색 빛을 뿜고 있었다. 그의 몸엔 온통 버둥거리는 게들이 매달려 있었지만, 숨이 끊어진 몸은 꼼짝도 하지 않았다. 나는 재빨리 몸을 틀어 파편을 헤치며 물살에 밀려 통로 아래쪽으로 흘러간 누어에게 다가갔다.

"괜찮아?" 누어가 일어나도록 부축해주고 상처 난 곳을 살피며 내가 물었다.

누어는 희미한 불빛 속에서 자기 몸을 내려다보았다. "팔다리가 아직 멀쩡히 달려 있네. 넌?"

"나도 그래. 어서 가는 게 좋겠어. 다른 놈들이 올 거야."

"응, 아마 뉴저지에서도 소리가 들렸을 거야."

우리는 팔짱을 끼고 서로를 부축하며, 게 모양의 네온사인이 깜빡이는 시장통 입구 쪽으로 최대한 빠르게 움직였다.

몇 미터도 채 가기 전에 묵직한 발소리가 우리 쪽으로 다가왔다.

우리는 선 채로 얼어붙었다. 두 사람, 어쩌면 더 많은 수의 사람들이 막다른 골목에 갇힌 우릴 향해 다가오고 있었다. 우리의 인기척을 들은 게 틀림없었다.

"가자!" 나를 앞으로 잡아당기며 누어가 말했다.

"안 돼……." 나는 멈춰 섰다. 발을 딛고 버텼다. "놈들과 너무 가까워." 그들은 순식간에 이곳에 당도할 테고, 앞에 펼쳐진 골목은 너무 길고 깨진 수족관으로 막혀 있었다. 절대 제시간에 탈출하지 못할 것이다. "다시 숨어야 해."

"우린 **싸워야** 해." 양손으로 빛을 모으며 누어가 말했지만 어차피 남은 빛도 얼마 없었다.

나의 일차적인 본능 역시 싸우는 것이었지만, 그건 틀린 방법이란 걸 나는 알았다.

"싸우게 되면 놈들이 총질을 시작할 텐데 네가 총에 맞는 걸 두고 볼 순 없어. 나 혼자 나서서 말을 걸어 지연시킬 테니까 넌 어디든 다른 곳으로 달아나……."

누어는 맹렬하게 머리를 흔들었다. "죽어도 그럴 순 없어."

어둠 속에서도 그녀의 눈이 번쩍이는 게 보였다. 그녀는 움켜잡고 있던 불빛의 작은 덩어리를 허공에 내버리고 바닥에서 길쭉한 유리 파편을 집어 들었다. "둘이 함께 싸우거나 아예 포기하거나 해."

나는 체념하며 한숨을 내쉬었다. "그럼 싸우자." 우리는 유리 조각을 칼처럼 치켜들고 바닥에 웅크렸다. 달려오는 사람들의 숨찬 호흡까지 들릴 정도로 발소리가 커지고 몹시 가까워졌다.

이윽고 그들이 나타났다.

네온 불빛을 등지고 그림자로만 보이는 형체 하나가 골목 끝에 등장했다. 누군지 다부지고 어깨가 넓은 체격이…… 낯익어 보였지만 나는 즉각 그들의 정체를 알아채지 못했다.

"제이콥? 너니?" 내가 아는 목소리가 말했다.

희미한 불빛이 그녀의 얼굴에 드리워졌다. 강인하고 각진 턱선과 다정한 눈빛. 순간적으로 나는 잠시 꿈을 꾸는 게 틀림없다고 생각했다.

"브로닌?" 거의 고함을 지르듯 내가 말했다.

"너 **맞구나!**" 얼굴 가득 웃음을 지으며 브로닌이 소리쳤다. 사방에 깔린 유리 파편을 피해 발을 디디며 그녀가 나를 향해 달려왔다. 숨이 턱 막힐 정도로 브로닌이 나를 와락 껴안기 직전에 나는 유리 조각을 떨어뜨렸다. "저 사람은 누어 양이야?" 내 어깨 너머로 쳐다보며 그녀가 물었다.

"안녕." 누어는 약간 어리둥절한 목소리로 대꾸했다.

"그럼 너 성공했었구나!" 브로닌이 말했다. "정말 잘됐다!"

"네가 여긴 웬일이야?" 나는 가까스로 목소리를 냈다.

"그건 우리가 물어보고 싶은 말이야!" 또 한 사람의 익숙한 목소리가 들려왔다. 브로닌이 포옹을 풀어주자, 휴가 우릴 향해 다가오는 게 보였다. "맙소사, 여기서 무슨 일이 있었던 거야?"

처음엔 브로닌이 나타나더니, 이젠 휴까지. 머리가 빙글빙글 돌았다.

브로닌이 나를 내려놓았다. "그런 건 신경 쓰지 마. 얘는 무사해, 휴! 그리고 이쪽은 누어 양이야."

"안녕." 누어가 다시 말했다. 그러고는 재빨리 덧붙였다. "그런데 있잖아, 지금 총을 든 남자 넷이 우릴 잡으러 오고 있어……."

"두 놈은 내가 머리통을 갈겨줬어." 브로닌이 손가락 두 개를 들어 올리며 말했다.

"나머지는 내가 꿀벌로 쫓아버렸고." 휴가 말했다.

"더 나타날 거야." 내가 말했다.

브로닌은 바닥에서 묵직해 보이는 쇠몽둥이를 집어 들었다. "그럼 꾸물거리지 말고 갈까?"

ɾ

지하 수산 시장은 종잡을 수 없는 미로였지만 우리는 구불구불 복잡한 통로 구석구석을 돌아다니며 처음에 어떻게 여길 들어왔는지, 그리고 '출구'를 의미하는 중국어 표지판이 어떤 것인지 기억하려고 애를 쓰면서 가까스로 길을 찾아 나갔다. 시장은 비좁은 골목이 복잡하게 얽혀 뻗은 데다가, 곳곳에 대형 바구니와 탁자가 빽빽이 들어차 있고, 천장에 매달린 방수포로 구역이 나뉘어 위험해 보일 정도로 얽힌 전깃줄과 알전구가 머리 위에서 대롱거렸다. 방금 전까지 인파로 우글거리던 곳이었지만 레오의 부하들이 꽤 확실하게 시장을 비운 듯했다.

"열심히 잘 따라와!" 브로닌이 어깨 너머로 소리쳤다.

우리는 브로닌의 뒤를 따라 살아 있는 문어가 꿈틀거리는 테이블 아래를 통과한 다음, 연기 나는 드라이아이스와 함께 생선들이 상자에 담겨 있는 골목을 빠져나갔다. 또 다른 골목과 이어진 갈림길에서 좌회전을 하자 레오의 부하 둘이 보였다. 하나는 땅바닥에 널브러져 있고 다른 하나는 그 옆에 쭈그리고 앉아 뺨을 찰싹찰싹 갈기며 정신을 차리게 하는 중이었다. 브로닌은 전혀 속도를 늦추지 않았고 놀란 남자가 고개를 쳐든 순간 달려가며 발로 남자의 머리를 갈겨 동료 옆에 나란히 엎어지게 만들었다.

"정말 미안해요!" 그녀가 등 뒤에 대고 소리치자 응답하듯 멀리 시장 건너편에서 몇 마디 외침이 들려왔다. 레오의 부하 둘이 더 나타나 우릴 발견하고 이쪽으로 달려오는 중이었다. 우리는 방향을 홱 꺾어 좁은 계단을 뛰어오른 다음 문을 박차고 나가 눈부신 햇빛 속으로 뛰어들었고, 너무 오래 어둠 속에 있었던 터라 잠시 눈앞이 보이지 않았다. 갑자기 우린 러시아워로 바쁜 현재의 분주한 도로변에 서 있게 되었다. 사방에서 밀려드는 자동차와 보행자, 노점상들이 어질어질할 정도로 빠르게 우리 주변으로 지나다녔다.

아무렇지도 않게 달아나려면 기술이 필요하다. 사람들 시선을 끌지 않으면서 목숨을 앗아갈지도 모를 상대로부터 달아나는 건 쉬운 일이 아니다. 특히나 둘은 머리부터 발끝까지 흠뻑 젖었고 둘은 19세기 옷차림인 상황에서, 초조한 시선으로 골목골목을 샅샅이 살펴보고 계속 뒤를 돌아보면서도 다들 오후에 조깅을 하러 나온 것일 뿐 별일 아니라는 인상을 풍겨야 했다. 제아무리 거리마다 이상한 사람들이 넘쳐나는 뉴욕이라고 해도, 이상한 의상을 입은 두 십 대와 흠뻑 젖은 십 대에게 너무 많은 시선이 집중된 것으로 판단컨대 우린 요령을 제대로 파악하지 못한 듯했다.

우리는 교통체증으로 차들이 오지도 가지도 못하게 될 정도로 빨간 신호등과 보행 금지 표지판을 무시한 채 도로로 뛰어들었다. 가끔은 막무가내로 아무 데나 달려드는 통에 자동차가 경적을 울리며 급히 방향을 틀기도 했는데, 그건 레오의 루프로 다시 끌려가느니 차에 치이는 게 낫다고 여겼기 때문이었다. 폭력배 일당은 우리가 차이나타운의 비좁은 골목을 빠져나와 관광객들이 넘쳐나는 이탈리아인 거주 지역 도로를 지나는 동안 질긴 감기처럼 우릴 바짝 뒤쫓더니, 혼잡한 휴스턴가 중앙분리대 앞에 당도했을 때엔 거의 따라잡을 정도로 가까워졌다. 옛날 양복을 입은 그들의 모습은 쉽게 눈에 띄었다. 급기야 얼마나 더 오래 달아날 수 있을지 의문이 든 순간, 누어가 속도를 높여 브로닌을 따라잡더니 그녀를 잡아끌며 모퉁이를 돌았다. 휴와 나는 두 사람 뒤를 따랐고 잠시 후 누어는 다시 옆길로 새며 브로닌을 끌어당겼는데, 이번엔 되는대로 골라잡은 것 같은 어느 가게의 문으로 들어갔다. 맥주와 건조식품을 파는 비좁은 주류 잡화점이었다.

가게 주인이 우리에게 뭐라고 소리치는 사이, 레오의 부하 둘이 부리나케 가게 문 앞을 지나치는 모습이 보였다. 그러자 누어는 좁은 통로로 우릴 몰아넣은 뒤 창고 문을 열고 들어갔다. 그곳에서 담배를 피우며 쉬고 있던 직원은 깜짝 놀랐고 우리는 그 곁을 지나쳐, 철문을 밀치고 대형 쓰레기통이 줄지어 늘어선 골목으로 나갔다.

어차피 순간이겠지만 어쨌든 놈들을 따돌린 것 같았으므로 우리는 잠시 멈춰 서서 숨을 골랐다. 브로닌은 거의 땀 한 방울 흘리지 않은 반면, 누어와 휴 그리고 나는 헐떡헐떡 숨을 몰아쉬었다.

"빠른 판단이었어." 감명을 받은 브로닌이 말했다.

"맞아. 잘했어." 휴가 말했다.

"고마워." 누어가 말했다. "처음 해보는 일이 아니거든."

"잠깐 동안은 여기 있어도 안전할 거야." 휴가 숨을 몰아쉬는 사이사이 말했다. "놈들이 우리가 멀리 가버렸다고 생각하도록 시간을 좀 준 다음에 움직이자."

"일단 우릴 어디로 데려가는 건지 묻고 싶어." 내가 말했다.

"나도 그걸 알면 좋겠다." 누어가 한쪽 눈썹을 올리며 말했다.

"악마의 영토로 돌아가자." 휴가 말했다. "가장 가까운 루프는 쾌적하진 않지만 멀지 않으니까……."

나는 친구들을 쳐다보았다. 나는 내심 두 번 다시 그들을 볼 수 없을까 봐 염려했었다. 혹은 다시 보게 되더라도 친구들이 남처럼 행동하거나.

그러자 대뜸 휴가 주먹을 들어 올려 내 팔을 후려쳤다.

"아야! 이게 무슨 짓이야?"

"멍청한 구출 작전을 펼칠 예정이라고 왜 우리한테 **말하지** 않았어?"

누어는 입을 헤벌린 채 우릴 쳐다보았다.

"**시도는** 했잖아." 내가 말했다.

"아니야, 열심히 설명하지 않았잖아!" 브로닌이 말했다.

"글쎄, 엄청 큼지막한 힌트를 주긴 했잖아." 나는 변명조로 말했다. "하지만 아무도 나를 도울 마음이 없다는 게 상당히 확실했어."

휴는 또 한 번 나를 칠 기세였다. "그랬을지도 모르지만, **돕겠다고 나섰을** 수도 있지!"

"우린 절대로 네가 이런 일을 혼자 하게 내버려두지 않았을 거야." 처음으로 나한테 화가 난 듯한 목소리로 브로닌이 말했다. "네가 사라진 걸 알고 우린 엄청 걱정했어!" 그녀는 누어를 돌아보며 절레절레 머리를 흔들었다. "앤 바로 어제만 해도 환자로 누워 있었어, 정신 나간 놈이야. 밤중에 누구한테 납치당한 줄 알았다니까!"

"솔직히 내가 사라져도 너희가 신경을 쓸지 말지 별로 자신이 없었어." 내가 말했다.

"제이콥!" 브로닌이 눈을 가늘게 떴다. "우리랑 그런 일을 같이 겪고도? 진짜 가슴 아프다."

"감수성이 예민한 놈이라고 했잖아." 휴도 머리를 흔들었다. "오랜 친구들을 좀 믿어봐, 친구. 맙소사."

"미안해." 나는 얌전히 대꾸했다.

"**진심으로** 그러란 뜻이야."

누어가 나에게 몸을 기울이며 속삭였다. "**친구 없다며?**"

"무슨 말을 해야 좋을지 모르겠어." 갑자기 마음이 너무 벅차 올라 뇌에서 말을 끄집어내기가 어려웠다. "너희를 만나서 정말 반가워."

"우리도 그래." 브로닌이 말했다. 그녀는 또 한 번 나를 껴안 았고, 이번엔 휴도 나를 포옹해주었다.

그 순간 골목 끝에서 총소리가 한 방 울렸다. 깜짝 놀라 포옹 을 풀면서 돌아보니 양복을 입은 두 남자가 우릴 향해 달려오고 있었다.

그들을 따돌렸다고 생각한 시간은 그걸로 끝이었다.

"날 따라와. 지하철을 타면 떨쳐낼 수 있을 거야." 누어가 말 했다.

나는 지하도 계단을 한 번에 세 칸씩 뛰어 내려갔다. 휴는 철 제 난간을 타고 미끄러져 내려갔다. 출퇴근하는 사람들로 붐비는 통로에서 우리는 요리조리 빈틈으로 빠져나갔다. 누어가 돌아보 며 "이렇게 해!"라고 소리치더니 지하철 개찰구를 뛰어넘었고, 우 리도 전부 따라 했다.

승강장에 당도한 우리는 플랫폼을 따라 달려갔다. 뒤를 돌아 보니 거리는 멀지만 레오의 부하들이 아직 우릴 뒤쫓고 있었다. 누어는 달리기를 멈추고 한 손을 바닥에 댔다가 선로로 뛰어내려 우리에게도 따라오라고 소리쳤다. 세 번째 선로에 대해서 무언가 더 고함을 질렀지만, 갑자기 들려온 안내 방송 소음에 목소리가 묻혀버렸다.

우리도 그녀를 따라가는 것 말곤 선택의 여지가 없었다.

"너희 그러다가 죽는다!" 누군가 우릴 향해 소리쳤고 나도 동감했지만, 지금 당장은 다른 대안보다 그 편이 나아 보였다.

우리는 잘 보이지 않는 구덩이와 어두운 철로를 더듬더듬 피해가며, 네 개의 선로를 가로질러 달려갔다. 누어는 이런 행동을 전에도 해본 게 분명하고, 이 도시를 손바닥처럼 잘 알고 있으며, 달아나본 경험이 워낙 많아서 잡기 아주 어려운 사람이라는 생각이 문득 들었다. 그러자 그 이유와 무얼 피해 달아났던 것일까 궁금해졌고, 열차가 들어오는 걸 보며 누어에게 물어볼 기회가 있기를 진심으로 바랐다.

휴와 내가 마지막 선로를 건너는 사이, 불안할 정도로 가까이 다가온 열차가 몰고 온 바람과 소음이 시시각각 심해졌으나, 지옥에서 솟아난 생명체처럼 천둥 같은 굉음과 함께 지하철이 바로 옆을 스쳐 지나가 소름 끼치는 소리를 내며 브레이크를 잡기 직전, 브로닌과 누어가 우리를 반대편 승강장으로 끌어올려 주었다.

잠시 후 열차는 승객들을 토해냈고 승강장엔 수많은 사람들이 쏟아져 나왔지만, 우리는 가까스로 인파를 밀쳐내고 마침내 지하철을 탈 수 있었다. 열차는 거의 텅 비어 있었으므로 우리는 눈에 띄지 않으려고 바닥에 웅크렸고 이내 문이 닫혔다.

"어휴." 브로닌이 돌연 걱정스러운 표정으로 말했다. "이 지하철이 올바른 방향으로 가는 거면 좋겠다……."

우리가 가야 하는 방향이 어딘지 누어가 묻자, 브로닌이 대답을 해주었다. 누어가 눈썹을 들어 올렸다. "희한하게 운이 좋았네. 거긴 바로 한 정거장 다음이야."

놀라웠다. 우리 네 사람 중에서 누어는 지금껏 무슨 일이 일어났는지 가장 아는 게 없는데도, 자신감과 차분함으로 이미 우릴 이끌고 있었다.

시끄럽게 방송이 나오면서 지하철이 역에서 출발했다.

"너흰 나를 어떻게 찾았어?" 내가 브로닌과 휴에게 물었다.

"엠마가 대충 네가 어딜 갔을지 짐작했어. 네가 저 아이 이야기를 좀 많이 했잖아." 휴가 누어에게 고갯짓을 하며 설명했다. "어쨌거나 제대로 만나게 돼서 반가워, 나는 휴야." 그가 손을 뻗어 누어와 악수를 했다.

"그다음부터는 너를 찾아내기가 꽤 간단했어." 브로닌이 말했다. "아 참, 개 한 마리의 도움을 좀 받긴 했지. 애디슨 기억나?"

나는 고개를 끄덕였다.

"팬루프티콘을 지키는 샤론의 아첨꾼들이 네가 뉴욕으로 간 걸 추적해주었고 애디슨의 코 덕분에 시장까지 널 찾아갈 수 있었어. 하지만 애디슨은 거기까지가 한계였어." 휴가 말했다.

그 작은 개에게 축복이 있기를, 하고 나는 생각했다. 우릴 위해 애디슨이 목숨을 걸었던 게 몇 번인지 세는 것도 까먹을 지경이었다.

"거기부턴 널 찾기 쉬웠어. 고함 소리를 따라갔거든." 브로닌이 말했다.

"페러그린 원장님이 너희를 보낸 거야?" 내가 물었다.

"아니. 원장님은 이 일에 대해 모르셔." 휴가 말했다.

"아마 지금쯤은 아셨을 거야. 뭘 알아내시는 데는 엄청 뛰어난 분이잖아." 브로닌이 말했다.

"둘보다 수가 많아지면 사람들 시선을 너무 많이 끌 거라고 생각했어."

"모두들 제비뽑기를 했어." 브로닌이 말했다. "휴와 내가 이겼고." 그녀는 흘끔 휴를 쳐다보았다. "우리가 없어져서 원장님이 화나셨을까?"

휴는 맹렬히 고개를 끄덕였다. "펄펄 뛰시겠지. 하지만 자랑스럽기도 하실 거야. 우리가 제이콥을 무사히 집으로 데려간다면 말이야."

"집? 거기가 어딘데?" 누어가 물었다.

"악마의 영토라고 부르는 1800년대 후반 런던에 있는 루프야." 휴가 설명했다. "아무튼 우리가 집이라고 부르기에 가장 가까운 곳이지."

누어는 이맛살을 찌푸렸다. "이름이…… 즐거운 곳 같네."

"어수선하긴 해도 분명 매력 있는 곳이야. 어쨌거나 떠돌이 생활을 하는 것보다 낫잖아."

누어는 약간 미심쩍은 표정을 지었다. "너희 같은 사람들을 위한 곳이란 말이지?"

"**우리** 같은 사람들을 위한 곳이야." 내가 말했다.

누어는 반응을 하지 않았지만, 혹은 애써 반응을 자제했을 수도 있지만, 나는 무언가 그녀의 눈빛 뒤로 스치는 기미를 알아차렸다. 아마도 하나의 생각이 자리를 잡기 시작하는 듯했다. **우리**.

"거기 가면 너도 안전할 거야." 브로닌이 말했다. "총을 들고 너를 뒤쫓는 사람들도 없고…… 헬리콥터도 없고……"

나도 동감을 표하려다가 문득 임브린에 대한 H의 경고와 함께, 더 위대한 선을 위하여 꼭 필요하다는 어떤 희생에 관해서 폐러그린 원장님과 나누었던 마지막 대화 내용이 떠올랐다. 누어 본 인도 그런 희생 중 하나였다.

"H가 우리한테 시킨 일은 전부 어떻게 하고?" 누어가 나에게 물었다.

누어는 브로닌과 휴가 그것에 관해서 아는지, 혹은 알아야 하는지 자신이 없어서 약간 목소리를 낮추었다.

"그게 다 **무슨** 일인데?" 휴가 물었다.

내가 대답했다. "H는 죽기 전에 누어와 누어를 뒤쫓는 사람들에 대해서 약간 정보를 알려주며, 우리더러 V라는 여자를 찾아야 한다고 말했어. 이번 일에 대해서 그분만 아는 중요한 사실이 있다고 말이야."

"V? 너희 할아버지가 훈련시켰다는 할로우 사냥꾼 아니야?" 브로닌이 물었다.

브로닌은 V의 이름이 처음 언급되었을 때 점술가들의 루프에 함께 있었다. 기억하는 게 당연했다.

"맞아." 내가 말했다. "그리고 H는, 음, H의 할로개스트가 우리한테 지도를 보여주면서 그분을 어떻게 찾아야 하는지 약간의 단서를 알려줬어."

"H의 **할로개스트**라고?" 브로닌이 경악했다.

나는 주머니에서 종이로 된 지도 조각을 꺼내 친구들에게 보여주었다. "놈은 더 이상 할로개스트가 아니야. 다른 걸로 변신했어."

"와이트를 말하는 거야?" 휴가 말했다. "할로우가 **변신**하는 건 그것밖에 없잖아."

누어는 어리둥절한 표정으로 나를 보았다. "와이트는 우리의 적이라고 했었잖아."

"맞아." 내가 대답했다. "하지만 H는 그 특별한 할로우와 **친구 사이**였어……."

"점점 더 초현실적이 되어가네." 누어가 말했다.

"알아. 쟤들과 악마의 영토로 가야 한다고 생각하는 이유도 그 때문이야. 우린 도움이 필요하고, 내가 알고 믿을 수 있는 모든 이상한 사람들은 전부 그곳에 있어."

그곳 사람들이 **나를** 다시 믿어주기나 할지, 또는 내가 그들에게 일으킨 분란을 겪고도 기꺼이 나를 도와줄지 말지 여부는 또 다른 문제였다. 하지만 나로선 시도해봐야 했다. 내겐 친구들이 필요했고, H의 경고는 알 바 아니었다.

어떤 정치적인 이유 때문이든—아니, **다른 어떤** 이유로든—페러그린 원장님이 정말로 우리가 방금 구해낸 소녀를 다시 그들에게 돌려보내 억류시킬 수 있는 사람이라면, 그렇다면 그분은 내가 아는 페러그린 원장님이 아니었다. 친구들로 가득한 루프에서조차 누어를 안전하게 지킬 수 없다면 내가 어떻게 그녀를 도와 이상한 미국 땅의 불모지를 누빌 수 있단 말인가?

"밀라드는 지도 전문가야." 브로닌이 말했다.

"호러스는 예언가고." 내가 덧붙여 말했다. "적어도 가끔씩은 그래."

"맞다." 누어가 곁눈으로 나를 슬쩍 보며 말했다. "그 문제에 대해서는 나한테 끝까지 얘기해준 적이 없어."

예언. 나는 다른 사람들 없이 단둘이 있을 때만 이야기하고 싶었다. 더는 위험이 코앞에 닥친 상황도 아닌 듯했다.

"나중에 해도 돼." 내가 말했다.

휴와 브로닌은 둘 다 호기심 어린 시선으로 나를 보았다.

"네가 그렇다면 어쩔 수 없지." 누어는 이렇게 말했지만 조바심을 내기 시작하는 목소리였다.

지하철이 속도를 늦추기 시작했다. 다음 역이었다. 우리는 지하도를 뛰어올라 햇빛 비치는 거리로 다시 나섰다. 누어는 잠시 주변을 살펴, 브로닌이 방향을 잡도록 도와주었다.

"이젠 멀지 않아." 브로닌은 경적 소리가 요란한 교차로를 대각선으로 가로질러 앞장서며 장담했다.

우리는 경기가 진행되고 있던 농구장을 가로질러, 낡고 음산한 고층 아파트들 사이에서 움츠러든 듯 서글픈 녹지 공간을 횡단했다. 매번 블록을 지날 때마다 주변 풍경은 점점 더 낡고 녹슬고 허름해지더니, 급기야 우리가 당도한 곳은 철조망 펜스에 초록색 방수포를 덮은 공사용 가림막으로 둘러싸이고 곳곳에 비계가 놓인 거대한 벽돌 건물의 그림자 속이었다. 브로닌은 걸음을 멈추고 방수포를 걷어 담장에 난 구멍을 드러냈다. 누어와 나는 재빨리 망설이는 시선을 주고받았다.

브로닌과 휴가 우리에게 따라오라고 손짓을 하고는 구멍으로 사라졌다.

휴가 다시 고개를 빼꼼 내밀었다. "너희 둘도 오는 거지?"

누어는 **대체 내가 지금 무슨 짓을 하는 걸까** 내심 고민하는 게 틀림없는 표정으로 잠시 눈을 질끈 감더니 이내 구멍을 넘어 들어갔다. 내가 솔직하게 말한다고 해도 누어는 믿지 못하겠지만, 나 역시 종종 똑같은 내면의 소리와 싸웠다. 순전히 감에 의지하여 옛날 사진에서 본 유령들을 추적하겠다며 웨일스에 갔던 이후로 거의 매일같이 내면의 목소리는 **대체 너 지금 무슨 짓을 하는 거야?** 하고 소리를 질렀다. 나는 그 소리를 외면하는 데 더 익숙해졌고 목소리도 훨씬 더 작아졌다. 하지만 그 소리는 여전히 내 안에 존재했다.

담장 반대편은 또 다른 세계랄까, 아무튼 훨씬 더 후줄근하고 음침했다. 걸음을 내디디는 느낌이 마치 망자의 수의를 들추고 들어가는 것 같았다. 오래전에 지어진 건물은 사용이 중단되어 폐허로 남아 있었다. 무성한 풀밭에 서서 나는 길게 한번 심호흡을 하며 눈앞의 풍경을 받아들였다. 도심의 한 블록을 차지할 만큼 드넓은 10층 건물은 촘촘한 창틀에 유리창이 모두 깨졌고, 벽돌은 군데군데 이가 빠졌으며 죽은 담쟁이가 핏줄처럼 덮여 있었다. 웅장한 계단을 오르면 화려한 소용돌이무늬를 무쇠로 장식한 출입문으로 이어졌다. 문 위엔 묵직한 대리석판에 정신병원이라는 글자가 새겨져 있었다.

"딱 어울리네." 누어가 낮은 목소리로 말했다. "내 정신이 이상해진 게 틀림없어."

"그렇지 않아." 누어에게도 모든 것이 이해되기 시작하는 이런 순간을 나는 기다리고 있었다. "미친 사람처럼 느껴진다는 건 알지만 넌 제정신이야, 내가 장담해."

5, 6미터쯤 앞서가던 브로닌과 휴가 우리에게 빨리 오라고 급박한 손짓을 보냈다.

누어는 나를 보지 않았다. "난 약에 취한 거야. 독버섯을 먹었을 거야. 난 혼수상태야. 이건 전부 다 꿈이야." 그녀는 양손으로 얼굴을 문질렀다. "이건 정말 말이 안 돼, 차라리……"

내가 말했다. "네가 꿈꾸는 게 아니란 걸 나도 증명할 순 없어. 하지만 네가 지금 겪고 있는 상황을 난 잘 알아."

이젠 브로닌이 우릴 향해 다시 달려와 '빨리, 빨리 와'라고 입모양으로 말했다.

우리 뒤쪽에서 철제 펜스가 철컹철컹 흔들리더니 누군가 욕을 했다. 이어 다른 목소리가 들려왔다. "분명 이 안으로 들어가는 길이 어딘가 있을 거야." 그러자 또 다른 사람이 웅얼웅얼 대꾸했다.

레오의 부하들은 두세 명이었다. 그들이 여기까지 바짝 우릴 따라온 것이다.

누어가 다른 행동을 고민했는지는 모르겠지만 암튼 철조망 흔들리는 소리는 그녀를 단념시켰다.

우리는 브로닌과 휴를 따라 높게 자란 풀숲을 달려 계단을 올라갔고 흐릿하게 시야에 스치는 몰수 자산, 출입 엄금 같은 글귀를 지나, 널빤지로 막아놓았다가 다시 부서져 열려 있는 출입문으로 들어갔다. 뾰족한 이빨처럼 우릴 할퀴려 드는 쪼개진 널빤지 모서리와 굽은 못을 피해 문틈으로 들어서자, 절대 빠져나갈 수 없을 듯한 무덤 같은 공간이 또 한 번 우리 앞에 펼쳐졌다.

ᔒ

건물 내부는 너무 어둡고 쓰레기로 가득 차 있어서 뛰어다녔다간 뾰족한 장애물에 찔리거나 바닥에 난 구멍에 발이 빠지는 사태를 피할 수 없을 것 같았으므로, 우리는 팔을 앞으로 쭉 뻗은 채 게처럼 옆 걸음으로 장애물을 차고 지나가는 식으로 종종걸음을 치며 휴와 브로닌의 뒤를 따랐다. 두 사람은 이곳에 익숙했다. 레오의 부하들이 펜스를 통과하여 마당까지 들어와 쿵쿵대며 계단을 오르는 소리가 들려왔다. 브로닌은 방금 우리가 통과한 출입문 구멍 앞에 낡은 냉장고를 밀어 입구를 막았지만—바로 그 목적으로 문을 막아두는 용도인 듯했다—그것으론 레오의 부하들을 오래 지연시킬 수 없으리란 걸 우리도 알았다.

더듬더듬 걸음을 옮기다 큰 방으로 들어가자 반쯤 덧문을 닫아둔 더러운 창문으로 희미하게 빛이 들어와 마침내 앞을 볼 수 있었다. 곰팡이로 뒤덮인 휠체어와 악몽에서나 볼 것 같은 녹슨 의료장비 사이를 피해 달려가자, 바닥에 흥건히 고여 독성물질을 뿜을 듯한 물바다 때문에 철퍽거리는 소리가 났다.

누어는 혼자서 나직이 콧노래를 불렀다. 내가 그녀를 흘깃 쳐다보자 콧노래를 멈추었다.

"초조할 때 나오는 버릇이야." 그녀가 말했다.

나는 바닥이 움푹 파인 웅덩이를 건너뛴 다음 손을 내밀어 누어가 건너오도록 도와주었다. "초조할 게 뭐가 있어?" 가까스로 억지웃음을 씩 보이며 내가 말했다.

누어는 내 손을 잡고 풀쩍 뛰었다. 그녀는 웃지 않았다. "제발 여기서 빠져나가는 뒷길이 있다고 말해줘."

"그 이상이야." 휴가 어깨 너머로 말했다. "팬루프티콘 문이 있거든."

누어가 대꾸를 하기도 전에 난데없이 소름 끼치는 소리가 들려와 등골이 서늘해졌다. 생뚱맞고 귀에 몹시 거슬리는 불협화음의 악기 소리였다. 층층이 쌓여 흠뻑 젖은 누런 매트리스 탑을 돌아가자 소음의 근원이었던, 속이 텅 빈 피아노가 나타났다. 바닥에 쓰러진 소형 피아노는 양쪽으로 방문이 줄지어 늘어선 복도로 이어지는 그 방의 유일한 출구를 막고 있었다. 피아노 내부 부속은 모두 뜯겨져 나와 복도 출입구 주변에 못으로 촘촘히 박혀 있고 굵직한 피아노 줄은 철사로 된 털이 빽빽하게 자란 숲처럼 부속품 끝마다 솟아나 얽혀 있었다. 그 방을 빠져나가려면 피아노를 기어올라 줄 사이를 뚫고 가야 한다는 의미였다. 우리가 좀 전에 들은 끔찍한 불협화음은 누군가 이미 그렇게 통과했다는 뜻이고, 그것은 곧 누군가 방금 이 방을 빠져나갔거나 들어와서 우리와 함께 있다는 얘기였다.

바로 그때 멀지 않은 곳에 뒤집혀 나뒹굴던 인큐베이터 뒤에서 형체 하나가 스르르 몸을 일으켰다.

"아. 너희였구나."

그의 얼굴엔 모피라고밖에 달리 설명할 수 없는 털이 촘촘히 뒤덮여 있었는데, 그가 우릴 보며 삐딱하게 씩 웃었다.

도그페이스였다.

"빨리도 돌아왔네?" 그가 브로닌과 휴에게 말했다.

"그래요, 하지만 오래 있을 순 없어요." 브로닌이 말했다.

"우린 당장 빠져나가야 해요." 휴가 말했다.

도그페이스가 피아노에 몸을 기댔다. "나가는 값은 200이야."

"아까는 왕복 비용이라고 했잖아요!" 휴가 성을 내며 말했다.

"네가 잘못 들었겠지. 내가 값을 설명할 때 너희가 엄청 서두르는 것 같더라니……"

멀리서 고함 소리에 이어 금속이 돌에 긁히는 소리가 들려왔다. 놈들이 냉장고를 옮기고 있었다.

도그페이스는 소리가 나는 쪽으로 모자를 기울였다. "저 소린 뭐지? 설마 너희들 곤경에 빠진 건 아니겠지?"

"맞아요, 우릴 쫓는 사람들이 있어요." 내가 짜증스레 대답했다.

"오 저런." 그가 나에게 혀를 끌끌 차며 말했다. "그럼 웃돈을 좀 더 내야겠다. 우리가 놈들을 속이고 너희를 덮어줘야 할 텐데…… 레오 버넘의 부하들인가? 소리로는 꽤 화가 난 것 같군."

"좋아요. 얼마든 낼게요." 브로닌이 말했다.

우리는 길을 막고 선 그를 그냥 때려눕히고 싶었지만, 그가 마음만 먹으면 끝없이 문제를 일으킬 수도 있다는 걸 알았다.

"500을 내." 도그페이스가 말했다.

또 한 번 긁히는 소리가 들려왔는데 이번엔 처음보다 더 길게 이어졌다. 놈들이 일을 꽤나 진척시켰다는 의미였다.

"400밖에 없어요." 휴가 주머니를 뒤지며 말했다.

"참 안됐구나." 도그페이스는 가버리려고 돌아섰다.

"내일 갖다줄게요!" 브로닌이 말했다.

도그페이스가 다시 돌아섰다. "내일은 700이 될 텐데."

무언가 요란하게 쪼개지는 소리가 들려왔다. 놈들이 통과한 것이다.

"알았어요! 좋아요!" 휴가 말하자 입술 사이로 흥분한 벌 한 마리가 새어 나왔다.

"늦게 갚을 생각은 마라. 너희들의 작은 비밀 문을 놈들에게 보여주는 건 나도 원치 않아."

그들은 가진 돈을 전부 그에게 지불했다. 도그페이스는 짜증 스러울 정도로 정확하게 지폐를 세더니 돈뭉치를 주머니에 집어 넣었다. 그는 피아노 위로 올라가 안쪽 레버 하나를 잡아당기고는 이내 소리가 사라진 줄 사이로 빠져나갔다. 우리도 따라서 움직여 피아노 반대편에 당도하자, 그가 레버를 다시 원위치로 복귀시켰다.

알고 보니 피아노는 경보기였다.

도그페이스가 우리에게 길을 안내했다. 우리에게 돈을 갈취 한 이후라 이제 그도 속도를 높이기 시작했으므로, 우린 그의 뒤를 따라 긴 복도를 달려갔지만 좁은 통로는 영원히 끝나지 않을 것처럼 이어졌다.

도중에 어느 문가에서 튀어나온 이상한 종족 한 무리가 우릴 뒤따르기 시작했다. 그들은 이상한 종족의 기준으로도 평범하지 않은 생김새여서, 누어는 그들을 보고 헉 숨을 들이켰다. 한 여성 은 다리가 없거나 투명한 다리를 지녔는지 허공에 둥둥 떠서 롱코트 자락 아랫부분을 펄럭이며 가볍게 우릴 따라왔다. "어머나, 아가야, 우린 너희를 해치지 않아." 그녀가 다정한 목소리로 노래 하듯 말했다. "우린 친구가 될 거야."

"**친구** 따위는 모르지만, 돈만 넉넉히 준다면야 우리와 적이 되지는 않을 거다." 몸의 절반이 혹멧돼지 모습이고, 얼굴엔 뾰족한 어금니와 넓적한 주둥이가 튀어나온 소녀 하나가 코웃음을 쳤다.

이어 다리 없는 여인이 또 한 사람 나타났지만, 이 사람은 둥 둥 떠다닐 순 없는 듯 양손으로 바닥을 짚어 풀쩍풀쩍 뛰며 앞으로 이동했다. 그러더니 고양이처럼 날렵한 동작으로 몸을 날려, 대기 중이던 건장한 혹멧돼지 소녀의 품 안으로 뛰어들었다. 그제 야 나는 그녀의 신체를 제대로 볼 수 있었다. 그녀는 다리만 없는 게 아니라 엉덩이와 허리, 몸통의 절반이 없었다. 그녀의 몸과 입고 있던 하얀색 블라우스는 배꼽 근처에서 깔끔하게 잘려 있었다.

"난 반쪽 해티야." 그녀가 우리에게 살짝 목례를 하며 말했다. "너희 중에 그 유명한 떠돌이 능력자가 누구니?"

"함부로 그렇게 부르지 마." 곧 터질 듯 화농이 심한 커다란 종기가 목에 달린 십 대 소년이 나무랐다. "무례한 짓이야."

"알았어, **미접촉자** 말이야."

"더는 그렇게 볼 수도 없어. 저 아이로선 배움이 빠를 수밖에 없겠지." 도그페이스가 말했다.

혹멧돼지 소녀가 콧방귀를 끼며 웃어댔다. "겉으로 봐선 별로 빠르지도 않게 생겼어!"

누어가 이를 꽉 깨무는 모습을 보니 순전히 의지력에 기대어 꾹 참으며 계속 앞으로 달려가고 있는 듯했다.

"특이한 이 친구들은 다 언터처블 패거리다." 도그페이스는 몸을 틀어 여행 가이드처럼 뒤로 걸어가며 말했다. "다른 무리에선 어디서도 받아주지 않는 존재들이지."

"어딜 가든 가장 생김새가 오싹하고, 말로는 설명도 할 수 없는, 가장 역겹고 이상한 종족이지!" 종기를 매단 소년이 뽐내며 말했다.

"난 댁들이 역겹다고 생각하지 않아요." 브로닌이 말했다.

"그 말 취소해!" 혹멧돼지 소녀가 인상을 찌푸리며 쏘아붙였다.

도그페이스는 춤추는 사람처럼 몸을 회전해 열린 문으로 미끄러져 들어갔다. "그리고 여기가 바로 우리의 성스러운 피난처란다. 어쨌거나 관문인 셈이지."

우리는 그를 따라 방으로 들어섰지만, 이내 누어와 나는 차갑게 얼어붙었다. 바닥 한가운데 수술용 테이블이 놓여 있고, 벌집처럼 뒤쪽 벽을 가득 채운 것은 십여 개의 작은 냉동고 문이었다. 그 방은 복도의 막다른 끄트머리일 뿐만 아니라, 병원의 시체 보관소였다.

"괜찮아." 브로닌이 다정하지만 다급한 말투로 누어에게 말했다. "그런다고 죽지 않아."

"오 젠장, 싫어." 누어는 뒷걸음질 치며 말했다. "저런 데 들어가 숨는 건 절대 못 해."

"숨는 게 아니야. 여행하는 거지." 휴가 말했다.

"저 여자앤 싫은가 봐." 혹멧돼지 소녀가 말했다. "겁먹었어!"

언터처블 패거리들은 모두 우리 뒤쪽 문가에서 킬킬거렸다.

누어는 이미 그 방에서 나가 복도 건너편에 문이 열린 또 다른 방으로 들어갔다. 우리가 온 길을 따라 되돌아가지 않는 한 그게 마지막 대안이었기 때문이다.

브로닌과 휴가 누어를 향해 다가가려 했지만 내가 그들을 막아섰다. "내가 얘기하게 해줘."

이상한 종족이든 아니든 시체 보관소 냉동고로 기어들어가는 건 누구라도 받아들이기 힘든 일이겠지만, 특히 이 세계에 완전 처음 발을 들인 사람이라면 더욱 그러했다.

나는 뛰어서 복도를 지나 누어가 있던 다른 방으로 들어갔다. 방범창 창살 사이로 들어온 햇빛 속에 뼈대만 남은 철제 침대가 놓여 있었다. 구석구석엔 짐작컨대 이 시설에서 살다 죽어간 사람들의 소지품이었을 버려진 개인용품들이 어지럽게 널려 있었다. 여행 가방. 신발.

누어는 안절부절못하며 좌우를 번갈아 살폈다. "분명 여기서 문을 봤어. 조금 전에 달려오다가 지나면서 봤는데……"

"빠져나갈 다른 방법은 없어." 내가 말했다.

그러다가 그것을 발견한 나는 가슴이 무너져 내렸다. "이거 말하는 거야?"

누어는 고개를 돌려 쳐다보고 그것이 무엇이었는지 깨달았다. 나는 그녀가 울지도 모른다고 생각했다. 그것은 벽에 그려진 그림의 일부였다. 눈속임을 일으킬 정도로 사실적인 기법으로 그려진 문.

바로 그때 피아노 소리가 쾅쾅 들려왔다. 한 번, 두 번, 세 번. 레오의 부하들이 피아노를 넘어온 것이었다.

"우린 선택을 해야 해." 내가 말했다. "어느 쪽이든……"

누어는 내 말을 듣고 있지 않았다. 그녀는 창살과 그 사이로 새어드는 햇빛에 정신을 팔았다.

나는 다시 말을 시작했다. "여기서 그냥 꾸물대다가 놈들에게 **꼼짝없이** 발견되거나……"

누어는 양손으로 허공을 쓸어 모았지만 가느다랗게 손가락이 지나간 자리에만 어둠이 생겨났다가 그나마도 재빨리 다시 빛으로 채워졌다. 전에도 이런 일을 목격한 적이 있었다. 어떤 이상한 능력들은 근육처럼 작용하기 때문에 긴장하거나 피로해지기도 한다. 압박감이 심하면 아예 맥을 못 추는 수도 있었다.

누어가 나를 정면으로 돌아보았다. "아니면 너를 믿을 수도 있겠지."

"맞아." 온 마음을 다하여 그녀를 설득하려 애쓰며 내가 말했다. "나와 괴짜 친구들을."

레오의 부하들이 요란한 소리를 내며 바깥쪽 복도에서 달려와 잠긴 문을 덜컥거리며 방마다 뒤지는 중이었다.

"참 이상도 하지." 고개를 젓던 누어가 나와 눈을 마주치더니 그녀의 내면에서 무언가 안정을 찾았다. "널 믿어선 안 되는 게 맞아. 그런데 믿게 돼."

누어는 이미 너무도 많은 모순을 받아들였다. 한 치 앞을 모르는 상황에서 우릴 구해줄 수도 있는 길이라면, 한 번 더 믿어본들 뭐가 달라질까?

브로닌과 휴는 공포에 질린 표정으로 문 앞에서 우릴 기다리고 있었다. "준비됐어?" 휴가 물었다.

"그래야 할걸." 도그페이스가 끼어들며 말했다. "그나저나 너희 뒤를 봐주느라 우리가 놈들을 하나쯤 패줘야 한다면 그 비용은 1,000달러야."

"미스 푸벨한테 놈들의 기억을 지우게 하려면 2,000이지." 곪은 종기를 매단 소년이 말했다.

우릴 발견한 사내들은 복도 끝에서 달려들었다. 뒤돌아보지 않아도 그들의 외침과 발소리가 들려왔다. 언터처블 패거리들은 사라져버렸다. 어쩔 수 없는 경우가 아니라면 그들은 싸움에 휘말리거나 레오의 부하들을 적으로 만들고 싶지 않은 게 분명했다.

시체 안치소에 들어가니 아래쪽 냉동고 문 하나가 활짝 열려 있었다. 바로 그 옆에 서 있던 휴는 우리가 들어오는 걸 보자, 빨리 오라고 손짓과 함께 소리를 지르더니 안으로 뛰어들었다.

우리도 열린 냉동고로 달려가 안쪽의 어둠을 살펴보느라 눈을 찡그렸다. 그것은 그냥 시체를 보관하는 캐비닛이 아니라 끝이 없을 듯 이어진 좁은 터널이었다. 휴의 목소리가 안쪽 깊은 곳에서 메아리처럼 들리더니 빠르게 멀어졌다. "으어어어어!"

나는 누어가 먼저 들어가기를 기다렸다. "이건 멍청한 짓이고 나도 너무 멍청한 건 맞지만, 이건 정말 너무 **멍청한** 짓이야." 주문을 외듯 말하던 그녀는 이윽고 심호흡을 해 마음을 다잡고는 머리부터 기어들어갔다. 어느 정도 미끄러져 들어가다가 약간 몸이 낀 듯했으므로 내가 그녀의 발을 잡고 앞으로 밀어주었고, 순식간에 시체 안치소의 좁은 통로는 그녀를 삼켜버렸다.

내가 고집을 부려 브로닌이 다음으로 들어갔고, 이젠 내 차례였다. 선택의 여지가 없다고 누어를 설득한 장본인이 바로 나였던 것을 감안하면, 그 안으로 선선히 기어들어가는 것이 생각보다는 어려웠다. 시체 보관함으로 스스로 들어간다는 건 너무도 부자연스러운 행동이어서, 자꾸만 **안 돼, 안 돼, 안 돼, 좀비한테 잡아먹힐 거야, 안 돼**, 하고 말하는 자연스러운 본능이 살아났다. 그 본능을 억누른 채, 이렇게 끔찍하고 어두운 터널 같은 공간은 루프 입구로 최적인 것을 잘 아는 이성적인 생각을 불러오려면 몇 초간 별도의 노력을 기울여야 했다. 그나마 뒤쪽 출입문으로 들리는 성난 남자들의 목소리가 큰 도움이 되었기에, 나는 그들에게 잡히기 전에 최대한 빨리 몸을 놀려 점점 더 깊은 곳으로 꿈틀꿈틀 기어들어갔다.

누군가의 손에 발이 잡혔다. 나는 발차기로 가까스로 벗어났다. 뒤쪽에서 몸싸움이 벌어지는 소리가 들리더니 묵직하게 **퍽** 소리가 났고 남자 하나가 비명을 질렀다. 돌아보니 레오의 부하 하나가 바닥에 쓰러졌고 그 뒤쪽으로 혹멧돼지 소녀가 손에 나무 몽둥이를 들고 있었다.

앞쪽 어딘가에서 누어가 투덜거리며 팔꿈치로 낮은 포복을 해 새까만 어둠 속으로 점점 더 깊이 들어가는 소리가 들렸다. 나 역시 앞으로 열심히 몸을 밀다 보니 어느덧 별 어려움 없이 미끄러지기 시작했다. 무언가로 터널에 기름칠이 되어 있는 데다 방향도 약간 아래쪽으로 기울어져 있어, 몇 미터 지나자 추진력이 붙기 시작했다. 속도가 좀 더 빠르고 훨씬 더 길기는 하겠지만 어쩌면 엄마 배 속에서 태어날 때 같지 않을까 상상하던 차에 누어의 비명 소리가 들렸다. 무언가 맹렬히 나를 잡아당기는 느낌이 들었는데, 누가 손으로 당기는 것이 아니라 중력처럼 실체가 없는 거대한 힘이 나의 온몸 구석구석을 빨아 당기는 느낌이었다. 전신의 피가 **빠**르게 돌면서 너무도 익숙한, 배 속이 요동치는 느낌이 들었다.

우린 경계를 넘고 있었다.

제 2 장

chapter two

우리는 붉은 카펫이 길게 깔린 벤담의 팬루프티콘 복도의 작은 벽장에서 기어 나왔다. 누어와 내가 당도했을 때 브로닌은 몸을 일으키는 중이었고, 휴는 약간 초조한 얼굴로 이미 기다리고 있었다.

"너희는 같이 안 오기로 했나 걱정하던 참이었어!" 브로닌이 가뿐하게 누어와 나를 잡아당겨 일으켜 세워주는 동안, 휴가 말했다.

"놈들이 우릴 따라올 거 같아?" 초조하게 문을 흘끔거리며 내가 물었다.

"그럴 리는 없어. 언터처블 일당은 돈 버는 걸 좋아하거든." 브로닌이 말했다.

나는 누어에게 돌아섰다. "넌 괜찮아?" 나직이 은밀하게 말했다.

"멀쩡해." 민망한 듯 그녀가 재빨리 대꾸했다. "좀 아까 저 안에서 약간 정신 나간 짓을 했던 건 정말 미안해." 그 말은 우리 셋 모두에게 한 말이었고, 누어는 두리번거리며 안락한 복도를 보았다. "여긴 확실히 우리가 방금 떠나온 곳보다 훨씬 낫다."

휴가 그만 가봐야 한다고 입을 떼려 했지만 누어가 그의 말문을 막았다. "어디로 가거나 누군가를 더 만나기 전에 내가 더 하고 싶은 말이 있어." 그녀는 우리를 한 사람 한 사람 쳐다보았다. "모두들 도와줘서 고마워. 깊이 감사해."

"고맙긴 뭘." 휴는 약간 대수롭지 않게 대꾸했다.

누어는 얼굴을 찡그렸다. "진심이야."

"우리도 진심이야." 브로닌이 말했다.

"고맙다는 말은 우리 집에 돌아간 다음에 해도 돼." 휴가 말했다. "어서 가자, 안 그러면 샤론의 아첨꾼 부하들이 알아차리고 대답하기 싫은 질문들을 던져댈 거야."

"맞는 말이야." 브로닌이 말했다.

우리는 문이 촘촘하게 붙은 복도를 빠르게 걸어갔다. 팬루프티콘의 이 구역은 상대적으로 인적이 드물었지만, 두세 번 모퉁이를 돌자 사람들이 붐비기 시작했다. 온갖 시대와 스타일을 망라한 옷차림을 한 이상한 사람들이 루프 관문을 드나들었다. 어느 문 바깥쪽엔 모래 더미가 쌓였고, 문틈에 벽돌을 끼워 약간 열어 고정시켜둔 또 다른 문에선 휘몰아치는 바람과 함께 비가 흩뿌렸다. 벽을 따라 줄지어 선 사람들은 작은 입식 책상에 버티고 선 관리들에게 여행 서류를 제출하고 승인 도장을 받으려고 대기 중이었고, 목소리와 발소리, 종이 뒤적이는 소리가 어우러진 메아리는 저녁 러시아워 때의 기차역 같은 소음을 만들어냈다.

누어가 눈을 휘둥그레 뜨고 사방을 두리번거리자, 브로닌이 그녀의 등에 한 손을 대고 낮은 음성으로 주변을 설명하는 말소리가 들렸다.

"여기 있는 문들은 각각 다 다른 루프로 이어져…… 팬루프 티콘이라고 부르는 건데 페러그린 원장님의 엄청 똑똑한 오라버니인 벤담이란 분이 발명했어…… 그런데 또 원장님의 엄청 사악한 다른 오라버니이자 우리의 철천지원수인 카울한테 빼앗겼다가……"

"실제로 퍽이나 유용한 장치로 입증됐어." 휴가 끼어들었다. "우리가 와 있는 이 루프는 악마의 영토야, 원래는 이상한 종족의 범법자들을 가두는 교도소로 사용됐었는데…… 어느덧 무법 지대가 되었고 우리의 적인 와이트가 이곳을 본거지로 삼았어……"

"그런데 제이콥이 우릴 도와서 놈들을 박살 내고 우두머리를 죽여버렸지." 브로닌이 자랑스럽게 말했다.

카울의 이름이 언급된 순간, 동시에 내 팔엔 소름이 돋았다. "그자는 엄밀히 말해 **죽지** 않았어." 내가 말참견을 했다.

"좋아, 그자는 절대로 영원히 빠져나올 수 없는 붕괴된 루프에 갇혔으니까 근본적으로 같은 의미야." 휴가 말했다.

"그리고 이제 와이트들은 모두 죽거나 감방에 갇혔어." 브로닌이 말했다. "그들이 수많은 루프를 파괴했거나 심각하게 손상을 입혔기 때문에 많은 이상한 종족들이 달리 갈 곳이 없어져서 이곳으로 옮겨오는 수밖에 없었어."

"임시로 이주한 것이길 우린 바라고 있어. 임브린들이 지금 잃어버린 루프를 재건하려고 노력 중이셔." 휴가 말했다.

누어는 어쩔 줄 몰라 하는 표정을 짓기 시작했으므로 내가 말했다. "역사 강의는 나중으로 미뤄두는 게 좋겠어."

우리는 길쭉한 창문이 줄지어 늘어선 복도를 지나는 중이었는데, 걸어가면서 누어가 밖을 내다보았다. 눈에 들어온 건 극심한 공기 오염으로 만들어진 노란 연기가 자욱하게 낀 오후의 악마의 영토 모습이었다. 허물어져가는 건물들, 뱀처럼 구불구불 흘러가는 검푸른 열병의 시궁창, 영원히 사라지지 않는 스모킹 스트리트의 안개, 그 너머로 산업화 시대의 도가니에서 뿜어낸 그을음에 덮여 쇠락해가는 뾰족탑과 잿빛 건물이 복잡하게 얽힌 옛 런던의 풍경.

"맙소사." 누어가 속삭임에 가까운 목소리로 말했다.

나는 그녀 곁에서 걷고 있었다.

"여긴 런던이야. 19세기 말. 너 또 그런 느낌이 드나 보다?"

"현실일 리가 없다는 느낌." 걷는 속도를 약간 늦춰 열린 창문으로 손을 뻗어 손가락으로 창틀을 쓸며 누어가 말했다. 다시 다른 친구들과 보조를 맞추며 그녀가 손가락을 들어 올렸다. 손가락이 그을음으로 새까맣게 변했다. "하지만 이건 **진짜** 현실이잖아." 누어는 경이로워했다.

"그래, 맞아."

누어는 나를 향해 몸을 돌렸다. "넌 이런 데 익숙해졌어?"

"매일매일 조금씩 더 익숙해져." 나도 새삼 생각해보았다. 이 세계를 현실로 받아들이기 위해서 얼마나 애를 썼었는지, 심지어 최근까지도 그랬던 기억을 떠올려보았다. "아직도 주변을 둘러보면 머리가 빙글빙글 도는 순간이 있어. 뭔가에 시달리는 것 같은 느낌이야……."

"악몽?"

"꿈이라고 말하려던 참이었어."

얼마간 동의하는 듯 끄덕이는 누어를 보며, 나는 우리 사이에 공감대가 형성되었다고 느꼈다. 어둠을 두려워한다는 공통점, 그리고 새로운 이 세계에 가느다란 금빛 씨줄처럼 엮인 경이로움과 희망에 대한 공감. 그것은 앞으로 **더 많은 것이 존재한다**고 말해주었다. **네가 상상했던 것보다 훨씬 더 많은 것들이 우주에 존재한다고.**

그러자 시야 한구석에 또 다른 종류의 어둠이 나타나면서 전신에 휘감기는 냉기가 느껴졌다.

"살아 있었구나." 은밀한 속삭임이 내 귓가에 들려왔다. "그래서 반갑다고 말해야겠지."

돌아보니 검은 망토가 벽처럼 버티고 있었다. 샤론은 우리 뒤에 탑처럼 서서 아래를 굽어보고 있었다. 누어는 창문에 등을 바싹 기댔지만 얼굴에 두려움을 내비치지 않았다. 사태를 간파한 휴와 브로닌은 눈에 띄지 않으려고, 루프 통과 의상을 안내해주는 창구로 슬그머니 다가갔다.

"어린 숙녀분에게 나를 소개해주겠나?" 샤론이 말했다.

"샤론, 이쪽은……"

"저는 누어예요." 손을 내밀며 누어가 말했다. "당신은요?"

"난 그저 보잘것없는 뱃사공이지. 정말 반갑구나." 검은 터널 같은 그의 후드 안에서 씩 웃는 하얀 치아가 드러났고, 그의 길고 새하얀 손가락이 누어의 부드러운 갈색 손가락을 감싸 쥐었다. 나는 누어가 몸서리를 참는 모습을 보았다. 샤론은 손을 거두고 나를 향해 돌아섰다. "모임에 오지 않았더구나. 아주 실망스러웠다."

"바빴어요. 그 얘긴 나중에 하면 안 될까요?"

"그야 **당연하지**." 그가 과장스럽게 아첨하는 말투로 대꾸했다. "붙잡지 않을 테니 어서 가봐라."

우리는 그를 피해 빠져나왔다. 브로닌과 휴는 계단 옆에서 기다리고 있었다. "샤론은 원하는 게 뭐래?" 휴가 물었다.

"나도 몰라." 나는 거짓말을 했다. 우리는 서둘러 계단을 내려갔다.

⌁

악마의 영토 거리는 원래도 이상한 사람들로 붐볐지만, 특히 그날 오후엔 기이함과 함께 때로는 걱정스러울 정도로 그곳 분위기를 드러내는 대조적인 모습으로 가득했다. 우리는 임브린 한 분이 이상한 아이들에게 각자의 이상한 재능을 이용해 폐허가 된 건물을 재건하는 방법을 가르치는 곳을 지나쳤다. 빨간 머리 남자아이 하나는 염력으로 목재 더미를 공중에 띄웠고, 여자애 둘은 울퉁불퉁한 바위와 돌덩어리들을 아주 느린 속도지만 이빨로 갈아 자갈로 만들었다. 샤론의 사촌들과도 마주쳤다. 노래를 부르며 망치를 휘두르던 교수대 기술자들은 다리에 족쇄를 찬 비참한 신세가 된 와이트 죄수들을 쇠사슬로 줄줄이 묶어 데려가는 중이었고, 그 뒤엔 임브린 한 분과 주민 대표 한 사람, 경비 임무를 맡은 건장한 체구의 이상한 사람들 열 명이 뒤따랐다.

누어는 고개를 빼고 고래고래 노래를 부르며 지나가는 그들의 모습을 구경했다.

도둑을 매달기 전날 밤
교수형 집행인이 말하기를
네가 죽기 전에 내가 왔노라
너에게 상세하게 경고해주러—

"저 사람들 혹시……?"

"맞아." 내가 대꾸했다.

"그럼 여기 있는 사람들 **전부**……"

나는 누어와 눈을 마주쳤다. "응. 우리와 똑같아."

놀라운 듯 고개를 절레절레 젓던 그녀가 눈을 휘둥그레 뜨며 턱을 들어 올려서, 나도 그쪽을 보니 유별나게 키 큰 남자 하나가 우리를 향해 비틀비틀 돌이 깔린 길을 걸어오고 있었다. 키가 최소 4.5미터는 되는 듯했고 머리엔 50센티미터쯤 되어 보이는 정장용 모자까지 쓰고 있었다. 내가 양팔을 들어 올리고 힘껏 뛰어도 텐트만 한 꽃무늬 바지의 주머니에도 미치지 못할 것 같았다.

휴가 지나가는 그에게 인사를 건넸다. "안녕, 제비어, 공연은 어떻게 되어가?"

장신 남자는 너무 빨리 걸음을 멈춘 탓에 넘어지지 않으려고 양팔을 휘저어 균형을 잡으며 주변 건물 지붕에 몸을 기대야 했다. 이윽고 그가 몸을 숙여 휴를 쳐다보았다. "미안, 그 아래 있는 널 보지 못했어." 왕왕 울리는 목소리로 그가 말했다. "아쉽게도 공연은 뜻밖의 난관에 부딪혔어. 배우들 몇 명이 루프 재건 임무로 차출되었거든. 그래서 **풀잎 동물원**을 다시 무대에 올리기로 했어. 지금 저쪽 잔디밭에서 리허설 중이야⋯⋯."

그가 상대적으로 평범한 길이의 팔을 들어 길 건너편으로 보이는 좁은 진창 풀밭(악마의 영토에서 그나마 공원에 가장 가까운 공간)을 가리켰고, 그곳에선 그래클 원장님의 학생 배우들이 흉측한 동물 의상을 입고 움직이며 대사를 연습하고 있었다.

계속 걸어가는 동안 누어는 기묘한 광경에 사로잡혀 입을 헤벌린 채 그들을 바라보았는데, 문득 휴가 돌멩이를 발로 걷어차며 혼잣말을 했다. "너무 실망이다! 내 역할을 하는 배우한테 한 수 가르쳐주기를 학수고대했는데."

누어는 절반쯤 미소를 지으며 고개를 돌렸다. "너희에 관한 연극을 올리나 봐?"

나는 당혹감에 목까지 열이 솟는 게 느껴졌다. "어, 응, 임브린 한 분이 극단을 운영하시거든⋯⋯ 별건 아니야⋯⋯."

손사래를 치던 나는 어서 누어의 관심을 끌 빠른 방법을 찾아 화제를 바꿀 수 있기를 바라며 앞쪽을 살폈다.

"에이, 겸손 떨지 마시지." 휴가 말했다. "제이콥이 어떻게 와이트를 물리치고 카울을 고차원 사이의 지옥으로 사라지게 해서 우릴 돕고 구해주었는지에 관한 사연이 전부 담긴 연극이야."

"엄청난 영광이지!" 브로닌이 얼굴 가득 웃음을 지으며 말했다. "제이콥은 여기서 정말 유명 인사야."

"우와, 저기 좀 봐!" 누어가 마지막 말은 듣지 못했기를 바라며 내가 소리를 질렀다. 나는 몸을 틀어 파이 광장 근처에 모인 소수의 군중을 가리켰다. 이상한 영혼 둘이 무언가를 두고 경쟁을 벌이는 듯했다.

"문 들어 올리기 대회야!" 내 의도대로 정신이 팔린 브로닌이 말했다. "나도 참가하고 싶었지만 먼저 훈련이 좀 필요하겠더라고……"

"꾸물거리지 말자." 휴가 다그쳤지만 브로닌은 광장을 지나며 그쪽을 빤히 쳐다보느라 걸음이 느려졌고, 그건 나머지 우리도 마찬가지였다.

나무 받침대 한 쌍 위에 문을 가로로 눕혀놓고 그 위에 열 명 이상의 사람들이 서 있었다. 대결을 준비 중인 건장한 청년과 맞선 사람은 겉보기에 근육이라곤 전혀 없을 듯한데 표정만은 물이라도 얼려버릴 듯 고약한 할머니 한 분이었다.

"저분이 새디나야. 놀라운 실력자셔." 브로닌이 말했다.

이젠 구경꾼들이 그녀의 이름을 외쳐댔다. "새디나! 새디나!" 할머니는 문 아래쪽에 들어가 무릎을 꿇고 넓은 어깨로 받치더니 신음 소리와 함께 천천히 발을 딛고 일어났고, 문 위에 올라가 있던 사람들은 비틀거리며 환호를 보냈다.

브로닌도 환호성을 질렀고, 누어마저도 얼굴에 놀라움과 감탄을 드러내며 작게 우와 탄성을 흘렸다.

감탄. 공포가 아니었다. 혐오감이 아니었다. 나는 누어가 이곳에 잘 적응할 수도 있겠다는 생각을 하기 시작했다.

문득 우리가 어디로 가는지 모른다는 생각이 들었다. 브로닌과 휴는 좀 아까 우리 '집'에 대해서 뭐라고 말을 했지만, 마지막으로 내가 확인했을 때 친구들은 팬루프티콘 1층의 어수선한 기

숙사에서 살고 있었다. 금방이라도 허물어질 듯한 나무다리로 열병의 시궁창을 건너기 시작했을 때, 결국 나는 어디로 가는 건지 물었다.

"네가 뼈 치유사의 집에 있는 동안 원장님은 참견하는 사람들과 엿듣는 사람들 천지인 벤담의 저택에서 우리를 데리고 이사를 나왔어. 이 널빤지 조심해, 빠지겠어!" 휴가 설명했다.

그가 널빤지 하나를 폴짝 건너뛰자 빠져나간 판자가 아래쪽 검은 강물로 풍덩 빠졌다. 누어는 쉽사리 빈 공간을 건너뛰었지만, 나는 허공 너머로 억지로 다리를 들어 옮기기까지 아찔한 공포를 한참이나 다스려야 했다.

반대편에 당도한 우리는 열병의 시궁창 둑을 따라 걷다가 이윽고 곧 무너질 것 같은 낡은 집에 당도했다. 중력의 법칙과 건축 원리를 무시하고 설계된 듯한 집이었다. 집 상층부보다 아래쪽 폭이 절반이나 좁았고, 마치 집이 꼭대기를 바닥에 대고 서 있는 것처럼 2층과 3층이 허공으로 퍼지듯 튀어나와 땅에 막대기 같은 나무 받침대와 목발을 촘촘하게 세워 건물을 지탱해놓았다. 아래층은 판잣집이나 다름없이 초라한 모습인 반면 2층엔 넓은 창문과 조각이 새겨진 기둥으로 장식되었고, 3층에는 반쯤 만들어진 아치형 돔 지붕이 얹혔는데, 모든 구조가 삐딱한 각도로 기울어 세월과 무관심의 흔적에 뒤덮인 모습이었다.

"고급스러운 저택은 아니지만 최소한 여긴 우리 집이야!" 브로닌이 말했다.

이어 내 이름을 외치는 높고 익숙한 목소리가 들려 고개를 들어보니 올리브가 둥근 지붕 뒤쪽에서 둥둥 떠올랐다. 그녀는 허리에 팽팽한 밧줄을 묶은 채 양동이와 걸레를 들고 있었다.

"제이콥!" 올리브가 소리쳤다. "제이콥이야!"

그녀는 신이 나서 손을 흔들었고, 나도 친구를 만난 기쁨과 다정한 인사를 받았다는 안도감에 전율하며 마주 손을 흔들었다.

흥분한 올리브는 들고 있던 양동이를 놓쳤고, 내 쪽에선 보이지 않는 지붕 어느 부분에 떨어져 또 다른 사람의 놀란 비명 소리를 자아냈지만 그게 누군지는 알 수 없었다. 그러자 우리 앞쪽에 있던 현관문이 벌컥 열렸는데, 너무 세게 열어젖힌 탓에 팅 소리를 내며 경첩 하나가 날아갈 정도였다!

엠마가 달려 나왔다.

"우리가 누굴 데려왔는지 봐!" 브로닌이 친구들에게 말했다.

엠마는 내 두어 걸음 앞에서 멈추더니 나를 위아래로 살폈다. 묵직한 검은색 장화에 투박한 파란색 작업복 차림이었다. 검은 그을음 얼룩으로 뒤덮인 뺨은 사과처럼 붉게 상기되었고, 계단을 여러 층 단숨에 달려 내려온 사람처럼 숨을 몰아쉬었다. 거친 겉모습에 얼굴에선 분노와 기쁨과 상처와 안도감이 복잡하게 뒤얽힌 감정이 드러났다.

"네 뺨을 갈겨야 할지 포옹을 해야 할지 모르겠어!"

나는 씩 웃었다. "일단 포옹으로 시작할까?"

"이 바보 멍청아, 너 때문에 우리 다 겁나서 죽을 뻔했잖아!"

엠마는 앞으로 달려와 내 목에 양팔을 둘렀다.

"나 때문에?" 모르는 척하며 내가 말했다.

"방금 전까지 부상을 입고 침대에 누워 있던 네가 우리한테 아무 말도 없이 사라졌잖아! 당연하지!"

나는 한숨을 쉬며 엠마에게 미안하다고 말했다.

"**나도 미안해.**" 내 목덜미에 이마를 파묻으며 속삭이던 엠마는 문득 더는 그런 행동을 해선 안 된다는 걸 떠올린 듯 잠시 후에 돌연 얼굴을 뗐다.

엠마에게 **뭐가** 미안한지 물어보기도 전에, 다른 이의 몸이 다가와 우리와 부딪쳤다. 내려다보니 둥근 깃이 달린 자주색 벨벳 재킷 소매가 나를 감싸고 있었다.

"멋지다, 네가 이렇게 무사히 살아서 우리에게 돌아오다니 **멋진 일이야.**" 밀라드가 말을 하고 있었다. "하지만 우리의 재회를 사람들 다 보는 길거리 말고 다른 데서 기뻐하면 안 될까?"

그는 우릴 집 쪽으로 밀기 시작했다. 몸을 숙여 기울어진 문으로 들어가며 나는 어깨 너머로 고개를 돌려 누어를 찾아보았지만, 환하게 미소 짓는 브로닌과 휴의 얼굴만 보일 뿐이었다. 곧이어 나는 아늑하고 천장이 낮은 거실 겸 주방 겸 헛간(한쪽 구석에서 닭들이 꼬꼬댁거리고 주변에 건초가 흩어진 것으로 판단했다)으로 안내되었고, 친구들이 한 사람씩 차례로 방으로 뛰어 들어왔다.

"제이콥, 제이콥, **돌아왔구나!**" 무거운 구두를 신은 상태에서 최대한 빠르게 삐거덕거리는 계단을 내려오며 올리브가 소리쳤다.

"게다가 **살아서!**" 호러스는 신사용 모자를 손에 들고 펄쩍펄쩍 뛰며 외쳤다.

"당연하지! 스스로 목숨을 끊으려고 간 게 아니었거든."

"그야 모르는 일이지!" 호러스가 말했다. "속상하게도 나 역시 그걸 모르겠더라고. 최근엔 내가 전혀 꿈을 안 꿔."

"미국은 끔찍하고 위험한 곳이야." 여전히 내 곁에 찰싹 붙어 있던 밀라드가 말했다. "그렇게 말 한마디 없이 가버리다니 대체 무슨 생각이었던 거야?"

"우리가 신경 안 쓸 거라고 생각했대!" 도저히 믿어지지 않는다는 듯이 브로닌이 말했다.

엠마가 양손을 들어 올렸다. "새들 맙소사, 제이콥, 넌 우리를 그렇게 모르니?"

"나 때문에 너희와 임브린들 사이에 큰 골이 생겼잖아." 나는 설명을 하려고 노력했다. "그런 데다 우리가 서로 주고받은 말들도 있고 해서……"

"솔직히 난 기억조차 안 나."

생각해보니 나도 그랬다. 대화 이후에 느꼈던 감정만 남아 있었다. 친구들이 나보다도 페러그린 원장님 편을 들었다는 사실에 상처를 받고 화가 났었다.

"화가 나면 사람이 무슨 말을 못 하겠어. 그렇다고 해서 네가 죽든 살든 신경 안 쓴다는 의미는 아니지." 휴가 나무랐다.

"우린 가족이야." 올리브가 양손을 허리에 짚고 단호한 표정으로 나를 올려다보며 말했다.

작은 얼굴을 애써 찌푸린 올리브를 보니 마음속에서 무언가가 녹아내렸다.

"와아, 와아, 와아, 친구라면서 어떻게 나한테 이렇게 못되게 구냐!" 출렁출렁 내용물이 가득 찬 양동이를 들고 계단을 쿵쿵 내려오며 에녹이 투덜거렸다. "나도 직접 나가 영웅 노릇을 하면서 다른 사람들에게 구출을 받아야 할 만큼 엄청난 곤경에 빠질 테야! **그래야** 다들 정신 차리겠지!"

"반갑다." 내가 말했다.

"반가운 사람도 있긴 하겠지. 네 덕분에 우리는 이틀 내내 지독한 냄새가 나는 거름을 삽질해 나르고 막힌 하수관을 뚫고 있었어." 에녹은 어깨로 나를 밀치고 지나가 양동이에 든 축축하고 찐득한 내용물을 길에 쏟아버리고는 더러운 이마를 더 더러운 손등으로 쓱 문질렀다. "쟤네들은 널 용서할 마음인지 모르겠지만 넌 나한테 빚진 거야, 포트먼."

"알아들었어." 내가 말했다.

에녹이 손을 내밀었다. 물기가 뚝뚝 떨어졌다. "돌아온 걸 환영한다."

나는 오물을 보지 못한 체하며 악수를 했다. "고마워."

"그나저나 그 여자애 구하는 건 어떻게 됐어? 완벽한 실패였구나, 그 애 모습이 안 보이는 걸 보니 말이야……."

놀란 나는 주변을 둘러보았다. "누어?"

"방금까지 여기 있었어!" 브로닌이 말했다.

공포에 사로잡히려는 순간 이내 그녀의 목소리가 들려왔다. "여기 있어!" 돌아보니 우리가 집 안에 들어왔을 때만 해도 없었던 구석 어둠 속에서 누어가 모습을 드러냈다. 희미한 빛 덩어리가 서서히 그녀의 목으로 넘어가는 중이었다.

나는 그때까지 참은 줄도 몰랐던 숨을 내쉬었다.

"근사하다." 밀라드가 말했다.

"숨을 필요 없어. 우린 안 잡아먹어." 올리브가 말했다.

"그런 거 아니야." 누어가 말했다. "그냥 너희들끼리의 시간이 좀 필요한 것 같아서."

아직 누어를 친구들에게 소개하지 않았다는 사실에 미안함을 느끼며 내가 그녀에게 다가갔다.

"너희들 중에 몇 명은 벌써 만난 적이 있지만 못 본 사람도 있으니까, 다들 잘 들어, 얘는 누어 프라데시야. 누어, 모두 내 친구들이야."

누어는 사방을 둘러보며 전체적으로 손을 흔들었다. "모두들 안녕."

친구들이 인사를 하려고 주변으로 몰려들었지만 누어는 무척 차분해 보였다. 언터처블 일당의 시체 안치소 서랍에 들어가지 않겠다고 거부하던 사람과는 사뭇 달랐다.

"악마의 영토에 온 걸 환영한다." 깍듯한 태도로 악수를 청하며 호러스가 말했다. "부디 네가 보기에 **너무** 혐오스럽진 않길 빌어."

"지금까지는 퍽 놀랍기만 했어." 누어가 말했다.

"너도 우리랑 같이 여기서 지내면 좋겠어." 휴가 말했다. "그런 일을 겪었으니 이젠 너도 쉬어야 해."

"드디어 직접 만나게 돼서 반가워." 올리브가 말했다. "다른 아이들한테 네 얘기 엄청 많이 들었어. 네 얘기로 아주 난리법석이었지……."

나는 올리브의 어깨를 두들기며 자리를 비키게 했다. "알겠어, 올리브, 고마워."

엠마가 불쑥 다가와 누어에게 포옹을 해주었는데 약간 억지로 하는 행동 같았다. "저번에 너를 데려온 걸 못마땅하다는 식으로 말했던 건 마음에 담아두지 마. 우린 네가 와주어 기쁘단다."

"옳소, 옳소!" 밀라드가 말했다.

에녹은 바지에 손을 닦은 뒤에 누어에게 내밀었다. "다시 만나 기뻐. 어쨌거나 제이콥이 이번 일은 저번보다 심하게 망치지 않아서 다행이야."

"제이콥은 훌륭했어." 누어가 말했다. "쟤랑 그 할아버지랑⋯⋯" 기억이 떠오른 그녀는 몸서리를 쳤다.

누어는 재빨리 나를 쳐다보고는 이어 엠마를 돌아보았다. 다시 입을 연 그녀의 목소리는 목이 메어 있었다. "그분은 돌아가셨어."

"H는 누어를 레오의 루프에서 빼냈어." 내가 설명했다. "총을 맞은 몸이었지만 누어를 자기 아파트로 데려올 때까진 버텼지. 난 거기서 두 사람을 찾아냈어."

그렇게 빠르고 사무적으로 설명하려니 냉정한 사람처럼 느껴졌지만 사실은 사실이었다.

"그렇게 돼서 정말 유감이다." 밀라드가 말했다. "만나본 적은 없지만 에이브의 동료라면 누구든 당연히 좋은 사람이었을 거야."

"맙소사. 가엾은 H." 엠마가 말했다. 우리들 중에서 그를 만난 사람은 나 외에 엠마가 유일했다. 슬픈 표정으로 나를 쳐다보는 그녀의 얼굴엔 **나중에 우리끼리 이야기하자**는 의미가 담겨 있었다.

"내가 자유를 얻은 건 제이콥 덕분이야." 누어가 나직이 말했다. 그리고 더 할 말이 없는 것 같았다.

잠시 어색한 정적이 흘렀으나, 밀라드가 누어에게 말을 걸어 침묵을 깼다. "어쨌든 네가 더는 끔찍한 레오 버넘의 손아귀에 있지 않다는 게 엄청 다행스러워."

"나도 그래." 누어가 말했다. "그 사람은……" 딱 맞는 말을 찾기가 어려운 듯 그녀는 천천히 고개를 저었다.

"놈들이 널 해치지는 않았지?" 브로닌이 물었다.

"응. 수없이 질문을 던지고 내가 그들의 군대에 들어가게 될 거라는 말을 하더니 이틀간 방에 가두었을 뿐 해치지는 않았어."

"그나마 그래서 천만다행이야." 내가 말했다.

이윽고 작은 목소리가 물었다. "그럴 만한 가치가 있었어, 제이콥? 그 애를 위해서 그토록 많은 위험을 무릅쓸 만큼?"

돌아보니 클레어가 문가에서 나를 노려보고 있었다. 그녀의 심술궂은 표정은 신고 있는 노란색 고무장화랑 모자와 선명한 대조를 이루었다.

"클레어, 무례한 말이야." 올리브가 말했다.

"아니, 임브린들이 그동안 막으려고 **그렇게** 열심히 노력해온 **전쟁**이 벌어질 수 있다는데도 페러그린 원장님 말씀을 거역했으니까 무례한 쪽은 **제이콥**이었어!"

"글쎄, 그렇게 됐나?" 내가 말했다.

"뭐가 그렇게 돼?"

"전쟁이 시작됐냐고."

클레어는 두 주먹을 꽉 쥐며 가장 화난 표정을 지었다. "**요점**은 그게 아니잖아."

"사실대로 말하자면 너와 H의 행동은 전쟁을 촉발하진 않았다." 앙상한 몸으로 검은색 드레스를 입고 올림머리를 한 인상적인 모습의 페러그린 원장이 계단참에 나타났다. "너 때문에 그 직전까지 갔을지도 모르지만, 어쨌거나 아직은 아니다."

가벼운 걸음으로 계단을 마저 내려온 원장님은 곧장 누어에게 향했다. "네가 그 유명한 프라데시 양이로구나." 차분하게 그녀가 말했다. 그녀는 팔을 뻗어 누어의 손을 잡고 얼른 한번 흔들었다. "내 이름은 알마 페러그린이고, 때때로 다루기 힘든 저 아이들의 원장이란다."

누어는 막연히 페러그린 원장을 흥미로워하는 듯 한쪽 입꼬리만 올리고 미소를 지었다. "만나서 반갑습니다. 제이콥이 전쟁에 대한 이야기는 해주지 않았어요."

"그래." 페러그린 원장이 돌아서서 나를 향했다. "얘기하지 않았을 거라고 생각한다."

나는 얼굴이 뜨거워지는 것을 느꼈다. "화나셨을 거란 건 저도 알아요, 원장님, 하지만 누어를 돕는 건 제가 꼭 해야 할 일이었어요."

누어의 시선과 다른 모든 친구들의 시선이 나에게 꽂히는 게 느껴졌어도 나는 임브린을 마주 보던 눈빛을 다른 데로 돌리지 않았다. 페러그린은 잠시 더 내 눈을 마주 보다가 돌연 고개를 돌리고는 작은 거실로 이어지는 문 앞으로 걸어가 방문을 열었다.

"포트먼 군, 자네와 몇 가지 상의할 게 있어. 프라데시 양, 퍽 고단한 며칠을 보냈겠지. 좀 쉬면서 씻고 기분 전환을 하면 좋을 거라 생각한다. 브로닌, 엠마, 우리 손님이 적응할 수 있게 도와주렴."

누어가 '대체 이건 또 무슨 일이야?'라고 묻는 듯한 표정으로 나를 쳐다보았으므로, 나는 재빨리 머리를 흔들어 응답하며 '**별거 아니야**'라는 뜻이 전해졌기를 바랐다. 이어 페러그린 원장이 나를 데리고 방으로 들어가 문을 닫았다.

방 안으로 들어가니 바닥에 두툼한 모피 러그가 여러 장 깔렸고 유일한 가구라고는 바닥에 쌓인 쿠션들뿐이었다. 페러그린 원장은 뿌연 창문으로 걸어가 오랜 시간으로 느껴질 만큼 한참이나 밖을 내다보았다.

"너라면 이런 짓을 능히 하고도 남는다는 걸 내가 짐작했어야 했다." 그녀가 말문을 열었다. "정말이지 다 내 잘못이다, 널 지키는 사람도 없이 혼자 내버려두다니." 그녀는 절레절레 머리를 흔들었다. "네 할아버지였어도 딱 그렇게 행동했을 거다."

"제가 혹시 문제를 일으켰다면 죄송해요. 하지만 제가 잘못하지 않은 부분도······"

"문제는 해결할 수 있다." 원장님이 말을 가로챘다. "하지만 널 잃는 건 해결할 수 없었을 거야."

내가 왜 H를 도와 누어를 구출하러 갔는지 열심히 설명하며 언쟁을 벌일 만반의 준비를 하던 터라, 원장님의 말에 나는 허를 찔렸다.

"그럼 원장님······ 화 안 나셨어요?"

"오, 그건 아니다. 몹시 화는 나지. 하지만 난 오래전부터 감정을 절제하는 법을 배웠다." 완전히 몸을 돌려 나를 보는 그녀의 눈가에 맺힌 눈물이 보였다. "무사히 돌아와 정말 다행이다, 포트먼 군. 절대로 다시는 그런 짓은 하지 마라."

나도 눈물이 핑 돌며 목이 메었으므로 고개만 끄덕였다.

페러그린은 헛기침을 하며 어깨를 돌리고는 표정을 가다듬었다. "자, 그럼. 자릴 잡고 앉아서 모든 이야기를 낱낱이 들려주렴. 어째서 네가 이번 일을 **꼭** 했어야 했는지 무슨 이야기를 하려던 것 같더구나."

그때 단호한 노크 소리가 들리더니 대답도 기다리지 않고 문이 열렸다.

누어가 안으로 들어왔다.

페러그린 원장은 얼굴을 찡그렸다. "미안하구나, 프라데시 양. 우린 사적인 대화를 나누는 중이다. 제이콥이 나한테 할 이야기가 있어."

"제이콥과 저도 해야 할 이야기가 있어요." 누어는 나에게 시선을 고정했다. "그 예언 말이야. 급한 이야기처럼 말하던데."

"무슨 예언?" 페러그린 원장이 날카롭게 물었다.

"뭔지 몰라도 저와 관련된 이야기 같았어요." 누어가 말했다. "그러니까 죄송하지만 제가 듣기 전에 누구든 다른 사람이 먼저 알게 하고 싶지 않아요."

페러그린 원장은 놀라워하면서도 동시에 감탄하는 표정이었다. "전적으로 이해한다. 너도 이리 들어오는 게 좋겠다."

그녀는 바닥에 놓인 쿠션을 가리켰다.

우리는 쿠션 사이에 자리를 잡고 앉았다. 페러그린 원장은 허리를 꼿꼿이 세우고 검은색 드레스 자락에 양손을 파묻은 자세로 바닥에 앉아서도 위풍당당해 보였다. 나는 그녀와 누어에게 예언에 대한 이야기, 혹은 어쨌거나 내가 전해 들은 내용과 함께 그 이야기의 이전 사연도 설명했다. 페러그린 원장은 아직 전해 듣지도 않은 부분의 소상한 이야기도 이미 아는 듯한 느낌을 풍겼다. 내가 어떻게 팬루프티콘을 빠져나가 뉴욕에서 H를 찾아냈는지, 그의 아파트를 찾아갔을 때 누어는 잠 가루의 효과로 H의 소파에서 잠들었고, H는 치명상을 입어 바닥에 쓰러진 상황을 발견했다는 따위의 부분 말이다.

그러고 나서 나는 H가 죽기 직전에 내게 했던 말을 들려주었다.

그의 말이 머릿속에선 아직도 생생했지만 정확하게 적어두었더라면 하는 마음이 들었다. 그 말을 들은 이후로 너무도 많은 일들이 벌어졌기 때문에 내용이 약간 뒤죽박죽이었다.

"H는 너의 탄생을 미리 예고한 예언이 있었다고 말했어." 내가 누어를 쳐다보며 말했다. "네가 '이상한 세계의 해방'을 실현할 '일곱 중 하나'라고."

누어는 내가 그리스어로 말하기라도 한 것처럼 나를 쳐다보았다. "대체 그게 무슨 소리야?"

"나도 몰라." 나는 이렇게 대꾸한 뒤 기대하는 마음으로 페러그린 원장을 바라보았다.

그녀의 표정은 아무런 감정을 드러내지 않았다. "이야기가 더 있니?"

나는 고개를 끄덕였다. "'새롭고 위험한 시대'가 도래할 거라고 H가 말했는데, 제 짐작으론 그 일곱이 우리를 그런 시대에서

'해방'시켜준다는 것 같아요. 그리고 괴한들이 누어를 쫓아다니는 이유도 바로 그 예언 때문이라고 말했어요."

"학교에서 나를 미행하던 그 괴상한 사람들 말하는 거지?" 누어가 말했다.

"응. 헬리콥터를 타고 건물까지 우리를 뒤쫓아 왔던 놈들도 그렇고. 브로닌한테 마취 총을 쏘기도 했지."

"흠." 페러그린 원장은 미심쩍은 표정이었다.

"어때?" 나는 누어에게 물었다. "어떻게 생각해?"

"그게 다야?" 누어가 눈썹을 들어 올렸다. "그게 전부냐고?"

"그럴 리는 없을 거다." 페러그린 원장이 말했다. "H가 쉬운 말로 풀어서 설명한 것 같구나. 과다출혈로 죽기 전에 너에게 기본적인 내용을 전달하려고 했겠지."

"하지만 그게 다 무슨 **의미**일까요?" 누어가 페러그린 원장에게 말했다. "브로닌 말로는 원장님이 모든 걸 잘 아는 분이시라던데요."

"대체로는 그렇지. 하지만 모호한 예언은 내 전문 분야가 아니란다."

그렇다면 그건 호러스가 전문이었다. 그래서 우리는 누어의 허락을 구하고 호러스를 방으로 불러들여 예언에 대한 이야기를 들려주었다.

그는 각별한 관심을 보이며 귀를 기울였다. "이상한 세계를 해방시키는 일곱 명의 구원자라." 말끔한 턱을 손으로 문지르며 그가 말했다. "들어본 적 있긴 한데 좀 더 정보가 필요해. 예언자가 누구였는지도 말해줬어? 혹은 그 예언의 출처라든지?"

나는 기억을 해내려고 애를 썼다. "무슨 말을 하긴 했었는데……" 지금은 정확한 단어가 떠오르질 않았다. "……뭐더라, **경외서? 경서?**"

"흥미롭군." 고개를 끄덕이며 호러스가 말했다. "무슨 경전의 한 종류인 것 같아. 들어본 적은 없지만 뭔가 더 찾아봐야겠어."

"그게 다니?" 페러그린 원장이 물었다. "H가 예언서 내용 몇 줄을 설명한 다음 숨을 거둔 거야?"

나는 고개를 저었다. "아뇨. 마지막으로 그가 한 말은 저더러 꼭 누어를 데리고 V라는 여인을 찾아가라는 거였어요."

"뭐라고?"

우리가 일제히 돌아보니 엠마가 문틈으로 고개를 내밀고 있었다. 자신의 돌발 행동에 놀란 엠마는 손으로 입을 가렸지만, 이내 그런 행동을 책임지려는지 방 안으로 들어왔다. "죄송해요. 하지만 저희 모두 엿듣고 있었어요."

문이 더 많이 열리고 친구들은 전부 문 앞에 서 있었다.

페러그린 원장은 짜증 섞인 한숨을 내쉬었다. "어휴, 그럼 다 들어오너라. 미안하다, 누어. 우리 사이엔 정말이지 비밀이 없고, 이번 일은 우리 모두와 관련 있는 문제일 거란 느낌이 드는구나."

"이상한 세계의 구원자라고? 퍽이나 환상적인 이야기네." 에녹이 말했다.

내 옆에 자리를 잡고 앉는 그의 옆구리를 내가 팔꿈치로 쿡 찔렀다. "괜히 누어한테 딴죽 걸지 마." 내가 중얼거렸다.

"그건 내가 생각해낸 말이 아니야." 누어가 에녹에게 말했다. "내 생각엔 **정신 나간** 소리 같아."

"하지만 H는 그 말을 틀림없이 믿었을 거야." 자주색 재킷이 바닥에 닿게 앉으며 밀러드가 대꾸했다. "그게 아니라면 누어의 목숨을 구하려고 자기 목숨을 걸지 않았겠지. 제이콥과 우리를 설득해서 저 애를 찾는 걸 돕도록 시켰을 리도 없고."

"방금 네가 한 말 있잖아." 엠마가 나에게 말했다. "그…… 여인에 대해서."

"V, 맞아." 내가 말했다. "그분은 살아남은 마지막 할로우 사냥꾼이라고 H가 말했어. 60년대에 우리 할아버지가 직접 훈련을 시킨 사람이고. 할아버지의 업무 일지에도 여기저기 그분에 대한 언급이 있어."

"점술가들은 그 사람을 한 번 이상 만났던 걸로 기억했잖아." 브로닌이 말했다. "그 사람한테 꽤 깊은 인상을 받은 것 같던데."

엠마는 불편한 마음을 감추지 못하고 몸을 움찔거렸다.

페러그린 원장은 드레스 주머니에서 작은 파이프를 꺼내 엠마에게 불을 붙여달라고 부탁한 뒤, 깊이 한 모금 빨고서 초록색 연기를 내뱉었다. "H가 임브린 대신에 다른 할로우 사냥꾼의 도움을 받으라고 너에게 권했다는 사실이 나로선 참으로 기이하구나." 그녀가 내게 말했다.

나보다 그 사람을 선택하다니.

"진짜 기이하네요." 클레어가 맞장구를 쳤다.

"H는 V가 우리를 도와줄 수 있는 유일한 사람이라고 생각하는 것 같았어요. 하지만 이유는 말해주지 않았고요." 내가 말했다.

페러그린 원장은 고개를 끄덕이며 또 한 번 초록색 연기를 내뿜었다. "에이브 포트먼과 나는 서로를 대단히 존중했지만, 그의 조직과 우리 수녀부 사이엔 얼마간 서로 의견이 다른 문제가 몇 가지 있었다. 그래서 나보다는 자신의 동료 중 한 사람에게 너를 보호해달라고 보내는 편이 더 안심된다고 여겼을 가능성이 있어."

"혹은 그 상황에 대해서 원장님이 잘 모르는 사실이 있다고 H가 믿었을 수도 있죠." 밀라드가 말했다.

"혹은 그 예언에 대해서도요." 호러스가 덧붙이자, 페러그린 원장은 굳이 그 점을 상기시킨 것에 대해 약간 언짢은 표정이었다.

물론 나는 H가 임브린을 전적으로 믿지 못했다는 걸 알았지만 그 이유를 설명해준 적은 한 번도 없었고, 그렇다고 다른 친구들 앞에서 그 얘기를 꺼낼 만한 상황도 아니었다.

"그분이 우리한테 지도를 남겼어요. V를 찾아가라고요." 누어가 말했다.

"지도?" 밀라드가 누어에게 고개를 돌리며 말했다. "어서 말해봐."

"숨을 거두기 직전에 H는 자신의 할로개스트 허레이쇼를 시켜서, 벽에 달린 금고에서 지도를 꺼내 우리에게 주었어." 내가 설명했다. "그러고는 허레이쇼에게 자기 눈을 먹게 했고." 이 말에 몇몇 친구들은 바로 역겨워하며 신음 소리를 냈다. "그 행동으로 할로우가 H의 이상한 영혼을 삼키는 셈이 되었던 것 같아. 몇 분 뒤에 허레이쇼는, 뭐라고 해야 할지 잘 모르겠는데, 짐작컨대 와이트로 변하기 시작했어. 와이트의 초기 단계쯤은 된 것 같아."

"그리고 바로 그때 내가 깨어났어." 누어가 말했다. "허레이쇼는 무언가 단서 같은 말을 우리한테 해주었어."

"그러고는 창밖으로 뛰어내렸지." 내가 덧붙였다.

"그 지도를 좀 볼 수 있겠니?" 페러그린 원장이 말했다.

나는 지도를 그녀에게 넘겼다. 원장이 지도를 다리에 올려놓고 펴는 사이 밀라드의 재킷이 그녀의 어깨 너머로 수그리는 모양이 보였을 뿐, 방 안은 정적에 휩싸였다.

"이런 조각으론 별로 알아낼 게 없어." 불과 몇 초간 들여다본 후 밀라드가 말했다. "주로 지형을 표시한 훨씬 더 큰 문서의 아주 작은 부분에 불과해."

"허레이쇼의 단서는 위치를 알려주는 지도 좌표 같았어." 내가 말했다.

"그것도 전체 지도가 있어야 더 도움이 될 거야." 밀라드가 말했다. "또는 지도에 지명이 적혔거나. 도시나 도로, 호수 이름 같은 것들."

"실제로 그런 지명들이 지워진 것 같구나." 외알 돋보기를 한쪽 눈에 대고 몸을 더 수그리며 페러그린 원장이 말했다.

"점점 더 궁금해지네." 밀라드가 말했다. "할로우였던 놈이 뭐라고 얘기를 해주었다면서…… 그게 뭔데?"

"V를 루프에서 찾을 수 있을 거라고 하더라." 내가 설명했다. "H는 그 루프를 '거대한 바람'이라고 불렀고, 허레이쇼는 그곳이 '폭풍의 한가운데' 있다고 말했어."

"무슨 뜻인지 너희 중에 뭐라도 아는 사람 있어?" 누어가 방 안을 전체적으로 둘러보며 물었다.

"루프로 쓰이는 허리케인이나 토네이도를 가리키는 것 같아." 휴가 대꾸했다.

"확실해." 밀라드가 말했다.

"어떤 미친 임브린이 그런 끔찍한 걸 루프로 삼았겠어?" 올리브가 말했다.

"방문객들이 찾아오는 걸 정말로 원하지 않는 경우겠지." 엠마가 말하자 페러그린 원장이 동감이라는 듯 고개를 끄덕였다.

"혹시 그런 곳 아세요?" 엠마가 원장에게 물었다.

페러그린 원장은 이맛살을 찌푸렸다. "유감스럽게도 모른다. 아마 미국 어디엔가 숨겨져 있을 거다. 다시 말하지만 그곳은 내 전문 영역이 아니야."

"누군가는 잘 아는 사람이 있을 거예요." 밀라드가 말했다. "절망하지 마, 프라데시 양. 우린 결국 이 수수께끼를 풀어낼 거야. 내가 빌려가도 되지?" 그가 들어 올리자 지도가 허공에 둥둥 뜬 것 같았다.

나는 누어를 쳐다보았고, 그녀는 고개를 끄덕였다. "좋아." 내가 대신 말했다.

"내가 암호를 풀지 못하더라도 여기 누군가는 분명 해낼 수 있을 거야." 밀라드가 말했다.

"그러길 바랄게. 네가 주변에 물어보고 다닐 때 나도 같이 가고 싶어." 누어가 말했다.

"당연하지." 밀라드는 기쁜 말투로 대꾸했다.

"그럼 나는 예언에 대해서 좀 더 알아보는 걸 도울게." 호러스가 말했다.

"애보셋 원장님께 상의해보는 게 좋겠다." 페러그린 원장이 말했다. "오래전에 나도 그분의 제자였지만, 그분은 광기와 점술, 무의식 글쓰기 같은 분야에 특히 관심이 많으셨던 게 기억난다. 예언서도 그 분야에 속할 거야."

"훌륭한 생각이세요." 흥분해서 눈을 반짝이며 호러스가 말했다. 그는 페러그린 원장에게 고개를 살짝 숙였다. "그럼 며칠만이라도 저는 청소 임무에서 해방시켜주셔야 도움이 될 것 같은데요……"

"알았다." 원장님이 한숨을 쉬었다. "그런 경우라면 밀라드 너도 일에서 제외시켜주마."

"그건 너무 불공평해요!" 클레어가 불평했다.

"저도 분명 도움이 될 수 있을 거예요." 에녹이 싱긋 웃으며 말했다. "어쩌면 최근에 사망한 H와 대화를 나눠야 할 수도 있잖아요?"

케르놈섬에서 죽은 남자를 얼음에 담가놓고 되살려내 질문하는 걸 에녹이 도와주었던 때를 떠올리며 나는 몸서리를 쳤다. "고맙지만 됐어, 에녹. 그분에겐 절대로 그런 짓을 하고 싶지 않아."

에녹은 어깨를 으쓱했다. "뭐든 다른 생각을 해볼게."

어느덧 모두들 낮은 목소리로 두런두런 이야기를 나누었고, 그때 문득 누어가 자리에서 일어나 헛기침을 했다. "일단 감사 인사를 드리고 싶어요. 저는 여기가 완전 처음이라 이런 일들이 많이 벌어지는지 어쩐지도 모르겠어요…… 예언과 납치, 신비한 지도……"

"**아주** 자주 일어나진 않아." 브로닌이 대꾸했다. "우린 거의 60

년이나 전혀 아무 일 없이 지냈거든."

"그렇다면…… 고마워." 약간 어색하게 누어가 말했다.

다시 자리에 앉는 그녀의 얼굴이 붉어졌다.

"제이콥의 친구는 누구든 우리 친구야." 휴가 말했다. "그리고 이게 우리가 친구를 대하는 방식이고."

모두들 합창하듯 동감을 표했다. 그러자 갑자기 나는 이런 친구들을 가졌다는 사실에 너무도 겸허한 마음이 들면서 깊은 고마움을 느꼈다.

제 3 장

chapter three

얼마 후 페러그린 원장은 저녁 식사 시간임을 알렸다. 누어를 맞이하고서 그때까지도 제대로 대접을 하지 못했으므로, 식사 시간은 그것을 만회할 좋은 기회였다. 우리는 다 같이 집 안을 가로질러 무너질 것 같은 계단을 거쳐 식당으로 올라갔다. 그 방엔 거친 널빤지로 만든 기다란 식탁에 각기 다른 모양의 컵과 접시가 놓여 있었고, 창문으로는 오염된 강물과 강둑 건너편의 허물어져가는 건물이 내다보였다. 노란 빛깔의 보석처럼 빛나는 노을 속에선 그 풍경조차 예뻐 보였다.

누어와 나는 마침내 씻을 기회를 얻었다. 옆방엔 대야와 큰 물 항아리가 뿌연 거울 아래 놓여 있어서 우리는 각자 얼굴에 물을 축이고 조금이나마 몸을 씻을 수 있었다.

하지만 약간일 뿐이었다.

식당으로 돌아간 누어와 내가 나란히 앉고 엠마가 손가락 끝으로 양초에 불을 붙이는 동안, 호러스는 배급을 맡아 화덕에 매달린 큼지막한 검정 솥단지에서 국자로 각자의 그릇에 음식을 담아주었다.

"너도 스튜를 좋아하길 바라." 김이 모락모락 나는 그릇을 누어 앞에 놓아주며 그가 말했다. "끼니때마다 스튜를 먹어도 괜찮다면, 악마의 영토에서 먹는 음식은 훌륭한 편일 거야."

"지금 같아선 뭐든 먹을 수 있어. 배고파 죽겠어." 누어가 말했다.

"바로 그런 정신이야!"

우리는 자유롭게 대화했고 이내 방 안은 웅성거리는 목소리와 숟가락 부딪치는 소리로 가득했다. 우리가 있는 곳을 감안하면 놀라울 정도로 아늑한 분위기였다. 살기 힘든 곳을 아늑한 공간으로 만드는 것은 페러그린 원장이 지닌 수많은 재능 가운데 하나였다.

"전에 평범한 인생에선 뭘 하면서 살았어?" 올리브가 입 안 가득 음식을 문 채로 물었다.

"주로 학교에 다녔어." 누어가 대답했다. "근데 네가 완전히 과거처럼 말하니깐 좀 신기하네……."

"널 둘러싼 세상의 모든 게 달라질 거다." 페러그린 원장이 말했다.

"이미 달라졌어요." 누어가 말했다. "제 인생은 바로 지난주와 비교해봐도 믿어지지 않을 정도인걸요. 그렇다고 별로 돌아가고 싶지도 않아요."

"바로 그거야." 밀라드가 음식이 찍힌 포크로 누어 쪽을 가리키며 말했다. "얼마간 이상한 세계에서 살고 나면 평범한 인생을 견뎌내기가 아주 어려워지지."

"나도 노력해봤어, 내 말 믿어도 좋아." 내가 말했다.

누어가 나를 쳐다보았다. "넌 평범한 삶이 그리워진 적 없어?"

"조금도 없어." 내가 말했다. 그 말은 거의 진심이었다.

"너를 그리워할 어머니와 아버지가 계시지 않아?" 올리브가 물었다. 올리브는 항상 부모님에 대한 걸 물었다. 올리브는 돌아가신 자기 부모님보다 산 세월이 긴데도 그 누구보다 부모님을 그리워하는 것 같았다.

"난 양부모님만 계셔." 누어가 말했다. "친부모님은 만나본 적이 없어. 하지만 내가 돌아가지 않는다고 해도 진상 아저씨와 티나가 슬퍼할 리 없다는 건 확실해."

진상이라는 표현에 몇몇 친구들이 호기심 어린 눈초리를 보냈지만, 그건 그냥 현대인들이 쓰는 이름이라고 짐작한 모양인지 아무도 언급을 하진 않았다.

"이상한 종족이 된 느낌이 어때?" 브로닌이 물었다.

누어는 이제껏 저녁 식사를 한 입도 못 먹었는데도 개의치 않는 듯했다. "나한테 벌어지는 일이 뭔지 알기 전엔 무서웠지만 적응되기 시작했어."

"벌써?" 휴가 말했다. "아까 언터처블 일당의 루프에선……"

"내가 원래 밀폐된 공간 같은 데를 엄청 싫어해." 누어가 말했다. "그런, 어, 문은……" 그녀는 괴로운 듯 머리를 흔들었다. "완전 기겁할 만한 상황에 내던져진 셈이지."

"완전 기겁할 상황에 내던져졌다니!"(Threw you for a loop. '기겁할 상황에 놓였다'는 의미의 이 문장에 쓰인 '루프'라는 단어가 이상한 종족의 세계에선 특별한 의미로 쓰이므로 언어의 재치를 칭찬하는 상황-옮긴이) 브로닌이 큰 소리로 웃어대며 손뼉을 쳤다. "엄청 기발하다!"

에녹은 신음 소리를 냈다. "제발 부탁인데 의도적이든 아니든 루프를 갖고 함부로 말장난을 하진 말아줘."

"미안해." 누어는 드디어 그 틈을 타 입에 음식을 떠 넣으며 우물우물 말했다. "의도적인 건 아니었어."

호러스는 일어나서 디저트를 먹을 시간이라고 선언하더니 부리나케 부엌으로 사라졌다가 큰 케이크를 들고 나타났다.

"그건 어디에서 났어?" 브로닌이 소리쳤다. "우리한테도 비밀로 했었구나!"

"뭔가 특별한 경우를 위해 아껴뒀었지. 이번엔 이걸 먹을 자격이 있고도 남아."

그는 누어에게 첫 조각을 가져다주었다. 그녀가 한 입 먹기도 전에 호러스가 물었다. "네가 남다르다는 걸 깨달은 건 언제였어?"

"난 평생 남다른 아이였어." 누어는 묘한 미소를 지으며 말했다. "하지만 몇 달 전에야 내가 **이런 걸** 할 수 있다는 것을 깨달았어." 그녀는 촛불 위로 한 손을 뻗어 손가락 두 개로 그 빛을 잘라 내 입 안에 털어 넣었다. 그랬다가 빛나는 연기 같은 긴 빛줄기를 다시 뱉어내자 빛의 입자들이 서서히 떨어지는 먼지 조각처럼 양초 위로 되돌아갔다.

"정말 멋지다!" 올리브가 소리쳤고, 다른 아이들도 우와 감탄하며 손뼉을 쳤다.

"평범한 친구들은 있어?" 호러스가 물었다.

"한 명 있어. 근데 그 친구도 평범하진 않기 때문에 내가 엄청 좋아한다는 생각이 들어."

"릴리는 어떻게 지내?" 그리움의 한숨을 조금 흘리며 밀라드가 물었다.

"나도 너랑 그때 같이 본 뒤론 못 만났어."

"아." 잘못을 깨닫고 그가 대꾸했다. "당연히 그렇겠구나. 잘 지내면 좋겠다."

평소와 다르게 계속 조용하던 엠마가 난데없이 물었다. "남자 친구는 있어?"

"엠마! 캐묻지 마." 밀라드가 말했다.

엠마는 얼굴이 새빨개져서 자기 케이크를 내려다보았다.

"괜찮아." 누어가 웃으며 말했다. "아니, 없어."

"얘들아, 누어한테도 제대로 먹을 시간을 좀 줘야지." 나는 엠마의 질문에 이상스레 당황하며 말했다.

지난 몇 분간 잠자코 생각에 잠겼던 페러그린 원장이 유리잔을 두들겨 모두에게 집중을 부탁했다. "내일 나는 평화 회담을 하러 돌아가야 한다. 임브린들은 미국의 3대 파벌 지도자들과 아주 민감한 협상을 이어가는 중이고," 원장님은 이 말을 하며 심각하게 누어를 쳐다보았다. "그들 사이에 전쟁의 위협은 나날이 커지고 있다. H의 무모한 구출 작전과 너희들의 실종은 사태를 더욱 복잡하게 만들었다."

"아아." 누어가 나직이 말했다.

"물론 너희 탓은 아니다. 하지만 그들의 피해를 복구하고 상처 입은 자존심을 달랠 필요는 있겠지. 우리가 일단 그들을 다시 협상 테이블로 되돌아오게 할 수 있다면 말이다."

"모두들 그 평화 회담을 **새들의 회의**라고 부르고 있어." 브로닌이 남들에게도 다 들리도록 누어에게 속삭였다.

누어는 멍한 표정을 지어 보였다. "그래?"

브로닌은 눈썹을 들어 올렸다. "임브린들이 새로 변신할 수 있기 때문이라니까?"

"정말?" 놀란 누어가 페러그린 원장을 쳐다보며 말했다.

"저는 아직도 뭐가 그렇게 난리 법석인지 이해가 안 돼요." 에녹이 말했다. "미국인들끼리 서로 전쟁을 벌인다고 해서 정말로 무슨 일이 생길까요? 그게 우리하고 무슨 상관이죠?"

페러그린 원장은 뻣뻣하게 굳어 숟가락을 내려놓았다. "자꾸 똑같은 이야기 반복하긴 싫지만, 전에도 말했다시피 전쟁은……"

"바이러스죠." 휴가 말했다.

"'국경을 가리지도 않고요.'" 엠마가 교과서의 글귀를 암송하듯 말했다.

페러그린 원장은 묵직하게 의자에서 몸을 일으켜 창가로 걸어갔다. 우리는 일장 연설이 이어질 거란 걸 알았다.

"물론 미국인들은 우리의 최우선 관심사가 아니다. 임브린들은 우리 사회를 재건하는 데 가장 관심을 기울이고 있지. 우리 루프와 우리 생활방식 말이다. 하지만 전쟁의 혼돈 속에선 그게 불가능해질 거야. 전쟁은 **정말로** 바이러스기 때문이다. 그게 무슨 의미인지 너희가 이해를 못 하는 이유도 알겠다. 그건 너희 잘못이 아니야. 너희 중엔 아무도 이상한 종족의 파벌 사이에 벌어진 전쟁을 목격한 적이 없으니까. 하지만 많은 임브린들은 그런 경험을 했단다."

그녀는 몸을 돌려 악마의 영토를 내다보았다. 영토 위로 끊임없이 솟아난 연기는 이제 청보라색으로 물들어 있었다.

"우리들 가운데 가장 나이가 많은 이들은 1325년에 벌어졌던 끔찍한 이탈리아 전쟁을 기억한다. 두 개의 이상한 파벌이 서로 반발했고 싸움은 물리적인 경계선을 넘나들며 벌어졌을 뿐만 아니라 시간 싸움이기도 했지. 이상한 종족들은 루프에서 전쟁을 벌였지만, 워낙 극심했던 갈등은 어쩔 수 없이 싸움의 불씨를 당대에도 남길 수밖에 없었다. 이상한 종족들이 수없이 죽어나갔고, 평범한 인간들도 **수천 명**이나 사망했다. 도시 전체가 잿더미로 변했지! 완전 초토화되었어!" 그녀는 우릴 향해 돌아서며 폐허의 풍경을 그림으로 그리듯 손바닥으로 허공을 갈랐다. "수많은 평범한 인간들이 우리 싸움을 목격했기에 참고만 있지는 않았다. 우리 종족에 대한 대량 학살이 촉발되었고, 피의 숙청으로 더 많은 우리 종족들이 살해당했으며, 이상한 종족은 한 세기 동안이나 이탈리아 북부에서 추방당했다. 그것을 회복하기까지 엄청난 노력이 필요했어. 우리는 여러 도시 전체 주민들의 기억을 지워야 했다. 재건에도 힘썼다. 심지어 우리는 평범한 인간들의 역사책을 수정하도록 이상한 학자들을—퍼플렉서스 어나멀러스도 그중 한 사람이다!—선발하여, 여러 세대 동안 '괴물들의 전쟁'이라고 불리던 그 살육을 뭔가 다른 이름으로 기억되도록 힘썼다. 마침내 퍼플렉서스와 그의 학자들은 그 사건을 '참나무 물통 전쟁'(the War of the Oaken Bucket. 수백 년간 갈등을 겪어오던 두 라이벌 도시 볼로냐와 모데나 사이에 1325년, 전쟁이 벌어졌고 볼로냐 군이 모데나 군의 참나무 물통에 전리품을 담아 가져가면서, 그것을 되찾느라 중세 역사상 가장 참혹한 유혈극이 4년간 이어져 양측 합하여 2,000명이 넘는 사상자를 냄-옮긴이)으로 다시 쓸 수 있었지. 오늘날까지도 평범한 인간들은 나무 물통 하나 때문에 싸우느라 수천 명이 죽은 것으로 믿고 있다."

"평범한 인간들은 정말 멍청해." 에녹이 말했다.

"과거에 그랬던 것만큼 멍청하진 않다." 페러그린 원장이 말했다. "그땐 700년 전이었어. 오늘날 이상한 세계의 전쟁이 본격적으로 일어난다면 그걸 덮는 건 거의 불가능할 거다. 현세에도 영향을 미칠 수 있을 테고 그러면 영상으로 남아 전 세계로 퍼져나가, 우린 세상에 노출되고 파멸과 비방의 대상이 될 거다. 강력한 이상한 존재들 사이에 벌어지는 싸움을 평범한 인간들이 목격했을 때 느낄 공포를 상상해봐. 그들은 종말이 다가왔다고 생각할 거다."

"새롭고 위험한 시대." 호러스가 어두운 표정으로 생각에 잠겼다.

"하지만 미국인들은 이 모든 상황을 알지 않아요? 그들은 어떤 일이 벌어질지 이해 못 해요?" 엠마가 물었다.

"그들도 말로는 이해한다고 하지." 페러그린 원장이 말했다. "이상한 종족 간의 전투는 과거 차원이나 루프에서만 벌어져야 한다고 규정한 갖가지 관습을 반드시 지킬 것이라고 맹세하더구나. 하지만 전쟁은 통제가 어려운 법이고, 그 결과에 대해서도 저들은 제대로 걱정하지 않는 듯하다."

"이른바 냉전이라고 불리던 시기에 러시아인들과 미국인들 같겠죠." 밀라드가 말했다. "서로에 대한 불신으로 눈이 멀었었잖아요. 계속 접하다 보니 위험에 무감각해지기도 했고요."

"우리가 저녁 식탁에서 나누는 대화가 언제나 이렇게 우울한 건 아니라고 약속할게." 올리브가 식탁 너머로 누어에게 속삭였다.

"예언에 언급된 '위험한 시대'라는 게 바로 그걸 의미하는 거면 어쩌죠?" 내가 물었다. "혹시 이상한 종족들 간의 전쟁을 예언한 것일까요?"

"확실히 그럴 가능성이 있어." 호러스가 대꾸했다.

"그렇다면 전쟁은 피할 수 없을지도 모르겠네." 휴가 말했다.

"아니." 페러그린 원장이 말했다. "난 그 생각을 받아들이지 않겠다."

"예언이라고 해서 반드시 숙명인 건 아니야." 호러스가 말했다. "때로는 적절한 조치를 취해서 바꾸려는 행동에 돌입하지 않는다면 일어날 수도 있는 사건에 대해서, 혹은 아마도 일어날 법한 사건에 대해서 그냥 경고만 하는 걸 수도 있어."

"예언이 아예 아무런 상관도 없는 거면 좋겠어." 낙담한 올리브가 말했다. "전부 다 무서운 이야기야."

"맞아, 대단히 고맙지만 나는 아예 해방될 필요가 없는 쪽을 택하겠어." 클레어가 말했다.

"나도 해방이니 뭐니 아무것도 상관하지 않는 편이면 좋겠어." 누어가 말했다. "그나마 예언에 내가 일곱 중 하나라고 되어 있다면 나 혼자서 그 일을 할 필요는 없는 것 같은데…… 나머지 여섯은 누굴까?"

호러스가 양손을 펼쳤다. "또 다른 미스터리네. 소금 좀 건네 줘."

올리브가 양손에 얼굴을 파묻었다. "**제발** 잠깐 동안이라도 뭐 든 다른 좋은 이야기를 하면 안 돼?"

엠마가 팔을 뻗어 올리브의 머리를 헝클어뜨렸다. "미안해. 근데 난 계속 마음에 걸리는 게 한 가지 더 있어. 누어를 손에 넣 으려고 애쓰던 그 비밀 조직 말이야. 그들은 **대체** 누굴까?"

"나도 무척 알고 싶어." 누어가 말했다.

"해답은 너무 빤하지 않아?" 밀라드가 말했다.

놀란 내가 밀라드 쪽을 쳐다보았다. "아니. 어떻게?"

그는 보이지 않는 손가락을 튕겨 소리를 냈다. "그들은 **와이트** 야."

"하지만 H는 그들이 평범한 인간이라고 정확하게 말해주었 어." 내가 말했다.

"그리고 점술가들의 루프에서 만난 미스 애니도 평범한 미국 인들의 비밀 조직에 대해서 뭔가 이야기한 적이 있어. 노예무역 시대부터 전해져 내려왔다고." 브로닌이 덧붙였다.

가끔 나는 브로닌이 매사에 얼마나 철저하게 정신을 집중하 는지 과소평가할 때가 있다.

"맞아, 나도 거기 있었어." 밀라드가 말했다. "과거에 그런 조 직이 있었다는 건 의심의 여지가 없어. 하지만 지금도 우리한테 그런 위험을 안겨줄 수단과 방법을 지닌 평범한 인간들이 있다는 건 확실히 좀 의심스러워. 지금까지 우린 루프에 너무 오래 숨어

지냈잖아."

"나도 깊이 동감한다." 페러그린 원장이 말했다.

"지난번에 그 문제를 의논했을 땐, 원장님이 다른 파벌의 짓인 것 같다고 말씀하셨잖아요. 와이트가 아니라요." 내가 말했다.

"상황이 달라졌다." 그녀가 대꾸했다. "최근 와이트들의 움직임에 극적인 변화가 포착되었어. 지난 며칠간만 해도 다수의 움직임이 발각됐다."

"공격요?" 얼굴이 창백해지며 호러스가 물었다.

"아직은 아니지만 움직임이 심상치 않다는 보고가 있다. 모두 미국에서 벌어진 일이야."

"하지만 영혼의 도서관이 붕괴된 이후에 탈출한 자들은 소수에 지나지 않는다고 생각했어요." 엠마가 말했다.

페러그린 원장은 천천히 식탁 주변을 돌며 움직였고, 열두 개의 촛불이 그녀의 얼굴에 그림자를 드리웠다. "그건 사실이다. 하지만 와이트들은 소수라도 큰 문제를 일으킬 수 있지. 게다가 놈들은 비상시에 소환할 목적으로 미국 땅에 비밀 요원들을 몇 명 심어두었을지도 모른다. 우리로선 확실히 알지 못해."

"놈들의 수가 얼마나 되는데요?" 누어가 물었다. "학교에서 저를 노리던 사람들과 헬리콥터로 공격해온 사람들만 따져도 상당히 많은……"

"어쩌면 그들이 **전부** 와이트는 아닐 거야." 브로닌이 말했다. "그들이 도움을 받으려고 평범한 인간들을 용병으로 고용했을 수도 있지. 혹은 어떤 방법으로든 정신을 지배했거나."

"그렇게 뻔뻔한 납치극을 시도하는 평범한 인간들이나 다른 미국인 파벌에게 책임을 떠넘기려고 한 건 딱 와이트들이 벌일 만한 짓이야." 밀라드가 말했다.

"어쨌든 그들이 속임수와 변장의 달인인 건 사실이다." 페러그린 원장이 말했다. "눈속임 부서를 창설한 사람도 퍼시벌 무르나우 본인이니까."

그녀는 나도 당연히 아는 사람이라는 듯이 그의 이름을 언급했다. "그게 누군데요?" 내가 물었다.

페러그린 원장은 내 옆에서 걸음을 멈추고 나를 내려다보았다. "무르나우는 카울의 최고 보좌관이다, 아니 **과거엔** 그랬었지. 그자는 우리의 수많은 루프를 파괴하고 수없이 많은 사람들을 살해한 대규모 습격을 설계한 장본인이다. 다행히도 우린 영혼의 도서관이 붕괴되던 날 그자를 붙잡았고, 그는 감방에서 재판을 기다리고 있다."

"끔찍한 놈이야." 브로닌이 혐오감에 목소리를 떨며 말했다. "그자의 감방 구역에서 보초를 서는 임무를 맡은 적이 있어. 그자는 감방으로 기어들어오는 건 뭐든지, 쥐든 벌레든 상관없이 다 잡아먹어. 다른 와이트들도 그자 옆엔 얼씬도 안 해."

호러스가 포크를 내려놓았다. "윽, **난** 식욕이 다 떨어졌어."

"그럼 그 와이트들의 짓이 맞는다면 놈들이 나한테 뭘 원하는 걸까요?" 누어가 물었다.

"그자들도 예언에 대해서 아는 게 틀림없어." 호러스가 말했다. "그리고 그걸 믿은 거지, 안 그러면 놈들이 너를 찾으려고 그런 수고를 하지 않았을 거야."

"놈들은 몇 달 전에 누어를 찾아냈어." 밀라드가 말했다. "하려고 들었으면 언제라도 데려갈 수 있었을 거야. 그런데 놈들은 **기다리고** 있었어."

"무얼?" 내가 말했다.

"분명 누군가 다른 사람이 누어를 찾아오기를 기다린 거야." 밀라드가 대답했다.

"놈들이 나를 미끼로 이용하는 거라고 생각해?" 누어가 눈을 약간 크게 뜨며 말했다.

"**그냥** 미끼는 아닐 거야." 밀라드가 말했다. "놈들은 너를 원해. 하지만 누군가 다른 사람도 원하고, 그들을 손에 넣기 위해서는 기꺼이 인내심을 발휘할 거야."

"누구? H?" 내가 물었다.

"어쩌면. 혹은 V거나."

"혹은 **너**일 수도 있다, 포트먼 군." 페러그린이 말했다. 내가 마지막 케이크 조각을 꿀꺽 삼키는 사이 그녀는 그 말의 무게가 실감되도록 뜸을 들였다. "나는 너와 프라데시 양 둘 다 조심해야 한다고 생각한다. 누군가 너희 둘을 다 손아귀에 넣으려고 할 수도 있다는 생각이 드는구나."

＄

저녁 식사 후 우리는 모두 잠자러 위층으로 올라갔다. 집 꼭대기 층인 3층엔 토끼장 같은 작은 방들이 지그재그 형태로 꺾인 복도에 연결되어 있고, 그 절반은 남자애들 방, 나머지 절반은 여자애들 방으로 정해졌다.

누어는 피로로 눈이 빨갛게 됐을 정도여서, 나 역시 똑같이 피곤한 얼굴일 것이라 짐작되었다. 우린 똑바로 서 있을 만한 기력도 남아 있지 않았다.

"넌 호러스랑 나랑 같이 자." 휴가 말했다.

"그리고 너는 내 침대를 쓰면 돼." 올리브가 누어에게 말했다.

"절대 그럴 순 없어. 난 바닥에서 잘게."

"전혀 문제없어." 올리브가 말했다. "어차피 나는 보통 천장에서 자거든."

"편의시설은 상당히 기본적이라 거의 없는 거나 마찬가지야." 휴가 말했다. 그는 복도 끝에 있는 양동이를 가리켰다. "저게 화장실이야." 그는 방향을 돌려 반대편 끝에 있는 또 다른 양동이를 가리켰다. "그리고 저건 깨끗하게 끓여놓은 마실 물이야. 둘을 혼동하지 마."

마침 페러그린 원장이 촛불을 들고 나타났을 무렵, 다른 아이들은 누어와 나만 남겨두고 자리를 비켜주었다. 그녀는 긴소매 잠옷으로 갈아입고 긴 머리채는 등 뒤로 늘어뜨린 모습이었다. "아침엔 너희를 만나지 못할 거다." 아쉬움을 담아 그녀가 말했다. "하지만 난 팬루프티콘 문 바로 건너편에 있을 테니까. 나한테 연락할 필요가 있으면 언제든 회의가 열리는 루프로 전갈을 하렴."

"원장님은 가시지 않으면 좋겠어요. 저희한테도 원장님 도움이 요긴할 거예요." 내가 말했다.

"그렇게 중요한 일만 아니라면 나도 절대 가지 않을 거다. 하지만 지금으로선 나에게 더 큰 책임이 있잖니. 난 동이 트기 전에 떠날 거다." 그녀가 누어를 향해 미소를 지었다. "프라데시 양, 네가 와주어 정말 기쁘단다. 여기서 환영받는다고 느끼길 빈다. 네가 여기로 오게 된 정황이 이상적이랄 수는 없겠지만, 그렇다고 내가 너의 존재를 덜 반기는 건 아니야."

"고맙습니다. 저도 여기 와서 기뻐요." 누어가 말했다.

페러그린 원장은 고개를 숙여 누어의 양 볼에 입을 맞추었다. 그건 원장님이 다른 임브린이나 귀빈을 만났을 때만 보였던 행동이었다. "새들이 너와 함께 하기를." 그녀는 이렇게 말한 뒤 복도를 따라 걸어갔다.

"내일 우린 모두 이 문제에 파고들 거야. 예언에 대한 정보가 더 있다면 찾아내겠지. 그리고 밀라드는 우리랑 같이 그 지도 해독을 도와줄 거야." 나는 잠시 누어의 시선과 마주쳤다. "이건 우리 모두에게 대단히 중요한 일이야."

누어는 고개를 끄덕였다. "고마워." 그러고는 지친 한숨을 내쉬었다. 나는 누어가 얼마나 피곤할지, 그리고 어떤 기분일지 깊이 공감했다.

"기분은 어때? 아직도 미쳐가는 느낌이 들어?" 내가 물었다.

"어쩌면 모든 상황을 곰곰이 돌이켜볼 만큼 한가한 시간이 별로 없었던 게 차라리 나았던 것 같아. 지금은 그냥 현실에 나를 맡기고 있어. 잠시라도 조용한 순간이 찾아올 때마다 머리가 터져버릴 것 같은 기분을 내가 뭘로 막는지 알아?"

"뭔데?"

"이틀 뒤에 미적분 시험이 있으니 공부해야 한다는 생각."

우리는 둘 다 웃음을 터뜨렸다.

"여기 있으면 네 성적에 약간 지장이 생길 거야. 미안하다."

"괜찮아. 모든 게 괴상하게 돌아가서 혼란스럽고 이런 상황이 너무너무 무섭고 엉망진창이지만…… 지금 당장은 전부 다 잘못된 게 확실하지만, 솔직히 내 기분은 **좋아**."

"정말?"

누어의 목소리가 거의 속삭임에 가까워졌다. "오랜 시간을 보내는 동안 처음으로 내가…… 혼자가 아닌 것 같아서."

우리의 시선이 마주쳤다. 나는 팔을 뻗어 그녀의 손을 잡았다.

"넌 혼자가 아니야. 네 주위엔 사람들이 있어." 내가 말했다.

누어는 고마움의 미소를 짓다가 나를 껴안았다. 나는 가슴속에서 작지만 강렬한 무언가가 꿈틀거리는 것을 느꼈다.

나는 고개를 숙여 누어의 머리 꼭대기에 입술을 댔다. 거의 키스에 가까웠다.

그러고 나서 우리는 잘 자라는 인사를 나누었다.

‿

나는 옛날 꿈을 다시 꾸었다. 할아버지가 살해된 이후 수없이 꿨던 바로 그 꿈이었다. 할아버지가 돌아가시던 밤, 내가 할아버지를 소리쳐 부르며 집 뒤쪽 음침한 숲을 달려가던 장면이다. 언제나처럼 나는 할아버지를 너무 늦게 발견한다. 할아버지는 가슴에 구멍이 나 피를 흘리며 바닥에 누워 있다. 한쪽 눈은 파헤쳐졌다. 나는 할아버지에게 다가간다. 할아버지는 나에게 말을 하려고 애쓴다. 꿈속에서 할아버지는 그날 밤에 했던 말을 고스란히

다 들려준다. **그 새를 찾아라. 루프 안에서.** 하지만 이번엔 할아버지가 폴란드어로만 중얼거려서 통 알아들을 수가 없다.

그러다가 나뭇가지가 꺾이는 소리가 들려 무릎을 꿇은 곳에서 고개를 들자, 에이브 할아버지의 피를 뒤집어쓴 괴물이 끔찍하게 두툼한 혀를 허공에서 흔들어댄다.

놈은 허레이쇼의 얼굴을 하고 있다. 그러다가 놈은 내장을 후벼 파는 듯한 할로개스트 특유의 으르렁거리는 목소리로 내가 똑똑히 알아들을 수 있게 말을 한다.

그가 오고 있다.

나는 폭발음에 소스라치게 놀라 잠에서 깨어났다.

침대에서 벌떡 일어나니, 휴와 호러스는 이미 일어나 나란히 서서 창밖을 내다보고 있었다.

"무슨 일이야?" 이불 속에서 비틀비틀 빠져나오며 내가 소리쳤다.

"뭔가 안 좋은 일이야." 휴가 대꾸했다.

나도 창가의 친구들에게로 갔다. 새벽녘이었다. 멀리서 사이렌 소리가 들려오고 악마의 영토 곳곳에서 공포에 질린 고함 소리가 메아리쳤다. 다른 건물에 있던 사람들도 저마다 창문을 열어젖히고 무슨 일인지 밖을 내다보았다.

브로닌이 잠자는 동안 마구 헝클어진 머리로 방에 뛰어들었다. "무슨 일이야? 원장님은 어디 계셔?"

엠마가 그녀를 밀치고 나타났다. "모두들 거실로 모여!" 그녀
가 소리쳤다. "인원 파악해, 당장!"

1분 뒤 우리는 한데 모였고, 동트기 전에 회의에 참석하러 간
페러그린 원장을 빼면 전원 확인되었다. 악마의 영토 어딘가에서
무언가 일이—공격, 폭발, 무슨 일이든—벌어졌지만 우리로선 무
엇인지 확실히 알 수 없었다.

누군가 정부 관계자인 듯한 사람이 거리를 돌아다니며 고함
치는 소리가 창문으로 들려왔다. "집 안에 있으시오! 별도의 지시
가 있을 때까지 밖으로 나오지 마시오!"

"페러그린 원장님은? 원장님한테 무슨 일이 벌어졌으면 어떡
해?" 올리브가 물었다.

"내가 알아볼게. 난 투명인간이잖아." 밀라드가 말했다.

"나도 갈 수 있어." 누어가 말했다. 그녀는 허공에서 빛을 끌
어 모아 어둠을 만든 뒤 그 안으로 들어갔다. "나도 돕게 해줘."

"제안은 고맙지만 나 혼자 가는 게 낫겠어."

"위험을 무릅쓸 필요는 없어. 원장님은 본인의 안전을 스스
로 지킬 수 있어." 엠마가 말했다.

"나도 마찬가지야." 밀라드가 대꾸했다. "무슨 일인지는 모르
지만 아무도 우리한테 진실을 전부 다 알려주진 않을 게 확실해.
이곳에서 벌어지는 일을 뭐든 제대로 알고 싶다면 직접 알아보는
수밖에 없어."

그가 잠옷 가운을 슬그머니 벗자 옷더미가 바닥에 떨어졌다.

엠마는 그를 붙잡으려 했다.

"밀라드, 돌아와!"

그러나 그는 이미 빠져나간 뒤였다.

우리는 소식을 기다리는 동안 초조하게 거실을 서성거리며 이야기를 나누었다. 누어는 단단히 팔짱을 끼고 혼자 콧노래를 흥얼거렸다. 올리브는 무슨 일인지 혹시라도 더 잘 볼 수 있을까 싶어 허리에 밧줄을 묶고 3층 창문 밖으로 최대한 높이 떠올랐다.

"스모킹 스트리트에서 솟아오르는 연기가 보여." 몇 분 뒤 우리가 그녀를 다시 끌어내렸을 때 올리브가 말했다.

"스모킹 스트리트는 원래 연기를 뿜어." 에녹이 말했다. "그래서 거기를 스모킹 스트리트라고 부르는 거고."

"알겠어, 스모킹 스트리트에서 **유별나게** 심한 연기가 솟아오르는 게 보였어." 무거운 구두에 발을 다시 집어넣으며 올리브가 정정했다. "시커먼 연기가."

"거긴 와이트의 잔당들이 활약하던 곳이야." 브로닌이 걱정스레 말했다. "우리가 잡은 놈들을 가둬둔 감방이 있는 곳이기도 하고."

누어가 웅크린 몸으로 나에게 바싹 다가왔다. "이거 나쁜 일이지?"

"그런 것 같아." 내가 말했다.

"당연해. 내가 나타나자마자 모든 게 잘못되는 거야." 그녀는 입술을 꾹 다물며 창밖을 흘끔 쳐다보았다. "가끔은 내가 그냥 불운을 몰고 다니는 게 아닐까 의심스러워."

말도 안 되는 생각이라고 그녀를 달래려는 순간, 밀라드가 돌아와 맨발로 계단을 올라오는 소리가 들리더니 방으로 뛰어 들어왔다.

우리는 모두 그를 에워쌌다.

"무슨 일이야?" 엠마가 물었지만 밀라드는 입을 열기 전에 먼저 숨을 골라야 했다. 나는 그가 바닥에 누웠다고 생각했다.

마침내 그가 숨을 헐떡이는 사이사이 가까스로 입을 열었다. "그건…… 와이트들 짓이었어."

"오, 안 돼." 마치 그 사실이 가장 끔찍한 공포이기라도 한 듯 브로닌이 나직이 내뱉는 소리가 들렸다.

"놈들이 뭘 어떻게 했는데?" 에녹이 그답지 않게 겁먹은 목소리로 물었다.

"놈들이…… 탈옥을 해서…… 달아났어."

"**전부** 다?" 내가 물었다.

"넷이래." 일어나 앉은 밀라드는 주변에서 가장 가까운 곳에 있는 물건으로 이마를 닦았고 하필 그건 길 잃은 양말 한 짝이었다.

호러스가 물을 한 컵 가져다주자, 밀라드는 꿀꺽꿀꺽 마신 뒤 열변을 토하듯 이야기를 들려주었다. 놈들은 보초를 선 이상한 종족을 죽였다고 했다. "네가 당번이 아니어서 새들에게 감사할 일이야." 그가 브로닌에게 말했다. 그러고는 사람들 시선을 끌지 않고 기어서 빠져나갈 정도의 구멍을 감방 벽에 뚫은 다음 팬루프티콘으로 숨어들어 탈출했다는 것이었다.

우리가 들은 폭발음은 놈들이 팬루프티콘 복도에 설치해두었던 폭탄이 터진 소리였다.

"페러그린 원장님은 어쩌시대?" 내가 물었다.

"원장님은 이 모든 일이 일어나기 직전에 팬루프티콘을 거쳐 회의하러 가셨대." 밀라드가 말했다. "팬루프티콘을 지키는 샤론의 부하한테 직접 들은 얘기야."

"정말 다행이다." 올리브가 말했다.

"누구든 가서 원장님을 모셔 와야 해." 엠마가 말했다. "원장님도 이 일에 대해서 아셔야지."

"그건 좀 문제가 있을 거야." 밀라드가 말했다.

"어째서?"

"와이트들이 팬루프티콘에 동력을 제공하는 할로개스트를 데리고 가버렸기 때문이야. 그래서 지금은 전체 설비가 중단됐어."

방 안에서 공기가 빠져나가는 듯했다. 모두들 경악해 말을 잃었다.

"뭐라고?" 내가 말했다. **"어떻게?"**

"음, 원래 와이트들과 할로우는 타고난 한패잖아……."

"아니, 내 말은 놈들이 동력을 제공하는 할로개스트를 훔쳐갔다면서 어떻게 놈들은 팬루프티콘을 이용해 탈출을 했느냐고?"

"회선에 남은 예비 동력으로 몇 분간은 작동이 됐겠지. 놈들이 탈출하기에 딱 필요한 정도로 말이야."

나는 심장이 툭 떨어지는 기분이었다.

"대체 그게 다 무슨 소리야?" 누어가 물었다.

"놈들이 어디로 갔든지 우린 놈들을 뒤쫓을 수 없다는 뜻이야." 엠마가 고개를 절레절레 흔들며 대답했다.

"우린 당분간 여기 갇혔다는 의미이기도 하지." 밀라드가 말했다.

"그리고 페러그린 원장님은 다른 임브린 몇 분들과 함께 회의 장소에 갇히셨어." 클레어가 낙담해서 말했다.

바로 그때 창문을 두들기는 요란한 소리가 들려왔는데, 우리가 모인 곳은 3층이었으므로 그건 참 이상한 일이었다.

엠마가 다급히 다가가 창문을 열었다. 그녀가 "네?"라고 말하는 소리가 들리더니, 잠시 후 기묘한 표정을 지으며 돌아와 말했다. "제이콥, 널 찾아왔대."

내가 다가가 보니 부루퉁한 표정의 청년이 2층 지붕 위에 서 있었다.

"제이콥 포트먼이니?" 그가 말했다.

"누구시죠?"

"율리시스 크리즐리라고 한다. 시간 관리국 소속으로 블랙버드 원장님 밑에서 일하고 있지. 원장님께서 너를 보자신다. 당장."

"무슨 일인데요?"

율리시스는 악마의 영토 반대편에서 솟아오르는 연기 쪽을 막연하게 가리켰다. 연기가 이제는 아주 쉽게 눈에 들어왔다. "싸움이지."

이어 그는 돌아서서 침착하게 지붕 끄트머리에서 걸어 내려가더니 보통 걸음의 절반쯤 되는 속도로 시야에서 사라졌다.

"넌 어서 가보는 게 좋겠어. 하지만 나도 같이 갈 거야." 엠마가 고집스레 말했다.

"나도." 에녹과 밀라드가 동시에 말했다. 곧이어 밀라드가 브로닌에게 말했다. "괜찮으면 나 좀 들고 가줄래? 난 약간 지쳤어."

브로닌은 그를 안고 가려면 그 전에 바지와 셔츠를 입어야 한다고 주장했다.

그제야 누어와 예언, 우리가 오늘 하려고 했던 모든 일을 떠올린 나는 그녀에게 돌아섰다. "미안해. 오늘은 하루 종일 해야 할 일이 있었는데······"

누어가 손사래를 치며 내 말허리를 잘랐다. "괜찮아. 이건 분명 심각한 일이야. 하지만 어쨌거나 나도 갈 거야."

나는 미소를 지었다. "굳이 가겠다면야." 그러고 나서 나는 창문에 대고 율리시스에게 소리쳤다. "우리는 계단으로 내려갈게요!"

다른 아이들은 행운을 빌어주었고 우리는 밖으로 나갔다.

제 4 장
chapter four

율 리시스 크리츨리는 올리브와 비슷하게 중력을 거스르는 이상한 재능을 가졌지만, 그의 비상한 부력은 통제 못하고 하늘로 떠오를 만큼 극심하진 않은 듯했다. 그의 걸음걸이는 달 표면을 걷는 우주비행사들의 움직임을 조금 빠르게 돌린 것 같았고, 약간 뛰어 오르는 듯한 그의 한 걸음이 우리의 서너 걸음에 해당되었다.

우리는 그를 따라 악마의 영토를 가로질렀다. 거리 곳곳에 걱정에 휩싸인 이상한 종족들이 군데군데 모여 연기가 솟아오르는 하늘 쪽을 걱정스레 흘끔거렸다. 웅성거림 속에서 **와이트**라는 말이 거듭 반복해서 들려왔다. 아직은 정확하게 무슨 일이 일어났는지 모두들 알진 못해도 뭔가 나쁜 일이란 건 알았다. 우리의 방어력에 틈이 생겼다. 적들은 우리가 바랐던 것처럼 궤멸된 것이 아니었다.

스모킹 스트리트를 건너려던 우리는 뼈 치유사인 라파엘과 그의 조수가 심각한 표정으로 들것을 옮기는 두 남자 옆에서 걷는 것을 보았다. 우리는 좀 거리를 두고 애도를 표하며 그들이 지나가기를 기다렸다.

"**누구였을지 궁금하다.**" 에녹이 속삭였다. "**선량한 사람은 아니면 좋겠네.**"

"다른 보초들이 얘기하는 걸 들었어." 밀라드가 나직이 대꾸했다. "염력술사 멜리나 마농이었다는 것 같아."

"아, 너무 안됐다." 에녹이 말했다. "약간 미치광이이긴 하지만 나도 걔 좀 좋아했어."

"예의를 좀 갖춰!" 엠마가 나무랐다.

"그 앤 영웅이야." 브로닌이 말했다. 나는 그녀가 눈물을 훔치는 모습을 보았다.

도로 틈새에서 시커먼 연기가 뿜어져 나오는 가운데, 서글픈 운구 행렬은 시야에서 사라졌고 우리는 계속 걸음을 옮겼다. 율리시스가 우릴 어디로 데려가는지도 모르고 따르던 나는 돌연 벤담의 저택을 발견했다.

당연히 우리는 팬루프티콘으로 가는 중이었다.

건물 위층 일부 창문이 폭발로 사라지고 없었다. 반원형으로 둘러쳐놓은 접근 금지 테이프 바깥쪽에 사람들이 꽤 모여 있었다. 건물에 있던 사람들을 전부 대피시킨 것 같았다. 패리시 옵웰로 기자도 그곳에서 맹렬히 수첩에 무언가를 적어대며 사람들을 인터뷰하고 있었다.

입구에서 멈춰 선 율리시스는 그냥 훌쩍 뛰어 올라가려는 듯 건물 측면을 올려다보다가 이내 우릴 돌아보고는 한숨을 쉬었다. "가자, 땅 붙박이들아." 그는 이렇게 말한 뒤 건물 안으로 우릴 이끌었다.

우리는 계단으로 향했다. 계단에 채 다가가기도 전에 샤론이 양팔을 벌리고 우리에게 오는 것이 보였다. "어린 포트먼과 친구들!" 소리치듯 말했다. "마침 잘 만났다."

샤론의 거대한 체구가 계단을 막아섰다.

"블랙버드 원장님에게 데려가는 중이에요." 화난 율리시스가 말했다.

"좀 기다리시라고 해." 샤론은 무시하는 듯한 손길로 청년을 옆으로 밀어버린 다음 우릴 데리고 옆 복도로 걸어갔다.

"이것 보세요." 밀라드가 말했다. "제이콥은 아주 중요한 일로 원장님과……"

"우리도 똑같이 중요한 일이야!" 샤론이 하도 크게 소리를 지른 탓에 밀라드는 말을 멈추었다.

인상을 찌푸린 율리시스도 뒤에 따라붙은 가운데 우리는 지하로 내려갔고, 지난번 봤을 때만 해도 윙윙대는 소음과 기계로 빽빽했으나 이제는 정적에 휩싸인 여러 개의 방을 지나쳤다.

이윽고 우리는 전에 한 번도 본 적 없는 방을 가로질렀다. 그곳엔 전보와 무전 설비 같은 기기로 꽉 들어차 있었다. 몇몇 사람들이 헤드폰을 낀 채 엄청 집중한 표정으로 자리에 앉아 있고, 한쪽 구석엔 턱시도를 입고 온몸에 무선 통신선을 휘감았으며 모자 꼭대기엔 안테나가 튀어나온 안짱다리 남자가 보였다. 그가 목에 건 상자 모양의 전기장치에선 요란하게 주절주절 치직거리는 소음이 흘러나왔다. (아니면 혹시 그 남자 본인의 몸에서 흘러나온 소리였을까?)

"와이트들 간의 소통에 쓰이는 비밀 주파수를 도청하는 거란다." 샤론이 나에게 말했다.

율리시스는 초조한 듯 헛기침을 했다. "그런 거랑 전혀 상관없어!" 그가 말했다. "여기 있는 건 전부 무시해라, 너희는 아무것도 보지 못한 거야!"

그는 혼잣말을 중얼거리며 우리를 서둘러 밖으로 내몰았다.

마침내 우리는 벤담의 기계 심장부에 당도했다. 사방의 벽과 천장에 빽빽이 들어찬 각종 톱니바퀴와 밸브, 내장처럼 생긴 튜브들이 모두 한쪽 구석에 놓인 상자 천장에 연결된 방이었다. 공중전화 부스와 비슷한 모양과 형태를 지닌 그 장치엔 창문이 없고 무쇠로 주조되어 섬뜩한 느낌이었다.

"우선 상황이 어떤지 잘 보기 바란다." 샤론이 상자를 가리키며 말했다. 당연히 그것은 충전실이었다. 문에 달렸던 큼지막한 자물쇠는 망가져 바닥에 나뒹굴었다.

샤론이 문을 열었다. 안은 텅 비어 있었다. 할로우가 오랜 기간 속박에서 벗어나려고 몸부림친 가죽끈은 길게 늘어져 너덜너덜했고, 실내 벽엔 내 눈에만 보이는 잔류물, 할로우의 눈물이 얼룩덜룩 흩뿌려져 오염되어 있었다.

"너의 귀여운 친구는 사라졌다." 샤론이 말했다.

"놈은 내 **친구**가 아니었어요." 이렇게 말하면서도 나는 갑자기 느껴지는 죄의식에 흠칫 놀랐다. 할로개스트는 괴물이었지만 그들도 고통과 두려움을 느낄 수 있었기에, 놈이 충전실에 끈으로 묶여 문이 닫힌 뒤에 들리던 울부짖음을 나는 지금도 생생하게 기억했다.

"어쨌거나 놈은 사라졌고, 우리한텐 대체할 게 없다." 샤론이 말했다. "여행은 불가능해졌고, 이곳의 모든 기계 작동은 완전히 멈췄어."

"그래서요? 저더러 어떻게 하라는 건데요?"

"혹시나 해서 하는 말인데." 우리 뒤쪽에서 톤이 높은 목소리가 들려왔다. "네가 다른 놈을 잡아다줄 순 없을까?"

우리가 홱 돌아보자 문가에 검은 옷을 입고 허리가 굽은 음울한 분위기의 할머니가 서 있었다. 양쪽 눈 사이엔 이상한 혹 같은 게 솟아 있었다.

"블랙버드 원장님." 율리시스가 깍듯하게 목례를 하며 말했다.

나는 귀를 의심하지 않을 수 없었다. "원장님은 그러니까 저더러…… **다른** 할로개스트를 잡아 오라고 하시는 거예요?"

노인은 억지로 음울한 표정을 미소로 바꾸었다. "너무 큰 수고가 아니라면?"

"죄송해요." 나는 말을 이어가려 고군분투했다. "어디 가야 찾을 수 있는지도 모르고……"

"아." 그녀의 미소가 순식간에 사라졌다. "그것 참 안됐구나."

엠마가 내 앞으로 한 걸음 나섰다. "블랙버드 원장님, 초면에 이런 말씀 죄송하지만, 제이콥은 원장님이 데리고 계시던 그놈을 잡으려다 거의 목숨을 잃을 뻔했어요. 애한테 또 그런 요구를 하시는 건 공평하지 못한……"

블랙버드 원장이 손사래를 쳤다. "아니다, 아니야. 네 말이 전적으로 옳아. 공평하지 못하지. 그런데……" 그녀가 예리한 시선으로 엠마를 노려보았다. "너는 정확히 누구니?"

엠마가 자세를 바로 했다. "엠마 블룸입니다."

블랙버드 원장은 빠르게 고개를 끄덕였다. "당연히 그렇겠지. 알마 페러그린의 아이들이었어." 그녀의 시선이 재빨리 내 친구들을 훑었다. "혈기 왕성한 아이들이라고 익히 들었다. 그리고 넌 틀림없이 **빛의 소녀**겠구나." 이어 누어를 향해 돌아선 그녀는 앞이 잘 보이지 않는 듯 눈을 깜박거렸다.

"눈이 불편하세요, 원장님?" 율리시스가 물었다.

"맞아, 안타깝게도 그런 것 같아. 어떤 날은 거의 쓸모가 없다니깐. 하지만 그래도 세 번째에 기댈 수 있으니 다행이지…… 깨어나라, 게으름뱅이야!" 그녀가 이마에 솟은 혹을 두들기자, 살이 갈라지듯 열리며 가장자리에 빨갛게 핏발이 선 눈자위가 드러났다.

"**그게 뭐예요?**" 브로닌이 대뜸 묻고 나서 이내 자신의 무례함에 민망한 표정을 지었다.

"나의 세 번째 눈이란다. 녀석은 아직 총명하고 예리해서 다행이야." 희뿌연 두 개의 눈동자는 누어를 똑바로 쳐다보았지만, 이마 한가운데의 큰 눈은 나를 보고 있었다. "어쨌거나 할로개스트에 대해선 걱정 마라. 놈들은 다루기도 골치 아프고 청소하기도 끔찍해. 우린 대체 동력을 준비하고 있단다. 할로개스트 동력이 영원히 지속되진 않을 거라 예상했기에 대안을 개발하느라 지난 몇 달간 심혈을 기울였지."

그녀의 눈 세 개는 이제 모두 기대감에 차 샤론을 쳐다보았다.

"실제로 작동시킬 수 있기까지는 약간 더 걸릴지도 모릅니다." 샤론이 말했다. "아직 준비가 좀 덜 됐어요."

"그래 봤자 2, 3일이겠지." 스트레스 탓인지 블랙버드 원장의 목소리와 미소엔 그늘이 졌다. "따라오게, 포트먼 군. 자네와 의논하고 싶은 게 또 있다네." 그녀가 내 친구들을 쳐다보았다. "단둘이서만."

ʕ

우리가 팬루프티콘 1층을 향해 계단을 오르는 동안 블랙버드 원장은 스코틀랜드 사투리로 내게 빠르고 은밀하게 이야기를 해주었는데, 가끔은 알아듣기가 어려웠다. 놓아주면 내가 달아나버릴까 두렵다는 듯이 새의 발톱 같은 손으로 내 팔을 꼭 붙잡은 채 그녀는 그간 있었던 일을 간략하게 설명해주었고, 대부분 밀라드한테 이미 들은 내용이었다.

2층 계단참에 당도하자 불에 탄 카펫의 매캐한 냄새가 코를 찔렀다. 복도를 따라 절반쯤 걸어가면서는 폭탄이 터진 지점을 볼 수 있었다. 벽과 바닥이 새까맣게 그을었고 대여섯 개쯤 되는 문들이 쪼개지거나 경첩이 떨어져 나뒹굴었다. 다른 임브린 한 분이 검은색 양복에 검은색 앞치마를 두른—율리시스의 복장과 똑같은 걸로 보아 시간 관리국 직원들의 유니폼인 듯했다—여성과 의논 중이었고, 다양한 부류의 어른들이 아직 연기가 솟는 폭파 지점 주변을 바쁘게 돌아다니며 자루에 파편 조각을 담기도 하고 자로 크기를 쟀다. 어쨌거나 그곳은 범죄 현장이었다.

"정말로 자네가 어디든 가서 다른 할로개스트를 잡아 오기를 기대한 건 아니었다네, 포트먼 군, 그건 그냥 재미 삼아 한 말이었어. 알겠나?" 블랙버드 원장은 자신의 괴상한 부탁을 페러그린 원장에겐 말하지 말기를 당부하듯 미안해하는 말투로 미소를 지었다.

"그럼요"라고 대답하며 나도 미소를 지어 보였다. **말하지 않을게요.**

"잠깐만." 그녀는 이렇게 말한 뒤 다른 임브린에게 다가가 이야기를 나누었다. 깃이 넓은 재킷에 니트 넥타이를 맨 키 큰 흑인 여성이었는데, 나는 두 사람이 대화를 하며 나를 흘끔거리는 걸 못 본 체했다. 대신에 몸을 틀어 바로 옆 루프 출입문이 문틀에서 떨어져 나와 삐딱하게 매달린 모습을 살펴봤다. 황동 명판은 표면이 긁혔어도 여전히 읽는 데는 어려움이 없었다. 1799년 1월, 뉴헤브리디스 제도, 타나섬, 야수르 화산.

호기심이 동한 나는 발로 문을 슬쩍 밀어보았다. 문이 열리며 대다수의 팬루프티콘 관문으로 이어지는 평범한 침실—3면의 벽과 바닥, 천장—이 드러났지만 사라져버린 네 번째 벽은 명판에 적힌 대로 어느 열대 섬의 화산 풍경으로 이어지지 못했다. 그건 그냥 허공이었다.

"기다리게 해서 미안하군." 블랙버드 원장이 다른 임브린을 이끌고 되돌아왔다. "이 사람은 나와 시간 관리국 공동 책임을 맡고 있는 바백스 원장이야."

바백스 원장은 천상의 미소를 지으며 환해진 얼굴로 손을 뻗어 나와 악수를 나누었다. "만나서 반갑다, 제이콥." 그녀는 매끄

러운 영국식 억양으로 말했다. "오늘 아침부터 사람을 보내 널 부른 이유는 네가 우리의 최대 희망이기 때문이야."

그녀의 시선은 강렬하고 흔들림이 없었다. 나는 가슴이 점점 답답해오는 걸 느꼈는데, 그건 사람들이 나에게 엄청난 기대를 할 때마다 매번 나타나는 증상이었다.

"우린 그 와이트 일당이 무엇을 목표로 움직인 건지 모르겠다." 블랙버드 원장이 말했다. "하지만 놈들이 다른 사람들을 더 해치기 전에 꼭 다시 잡아야 해." 그녀의 세 번째 눈이 빠르게 깜박거렸다.

"우린 이미 이상한 아이 하나를 잃었어. 희생은 그걸로 끝내야 해." 바백스 원장이 말했다.

"뭐든 도울게요. 제가 어떻게 도와드리면 되죠?"

"우리가 아는 건 놈들이 할로개스트를 데리고 갔다는 사실이다." 블랙버드 원장이 말했다. "그래서 놈들이 더 위험한 상대가 되었지. 하지만 또한……"

그녀는 고개를 한쪽으로 갸웃하며 두툼한 속눈썹을 들어 올렸다.

"추적이 가능해졌죠." 내가 말했다. "제가 나서면요."

그녀는 미소를 지었다. "내 말이 바로 그거다."

"너의 재능이 여기서 무척 귀하다는 걸 증명할 수 있을 거야." 바백스 원장이 말했다.

"어떻게든 도와드릴 수 있다니 기쁩니다."

"그렇게 곧장 수긍하지는 마라." 바백스 원장이 손가락 하나를 들어 올리며 날카롭게 말했다. "네가 어떤 일에 뛰어들게 될지

정확히 알고 대답하길 바란다." 블랙버드 원장은 인상을 찌푸렸다. 바백스 원장이 다시 설명을 이었다. "저들은 그냥 아무런 와이트가 아니다. 놈들은 우리가 잡고 있던 포로 중에 최악이야. 위험천만하고 파렴치하며 억눌린 작자들이지. 퍼시벌 무르나우에 대해서 들어봤니?"

"카울의 부하죠?"

"맞아." 바백스 원장이 말했다. "그와 그의 졸개 학살범 셋이다. 최근 몇 년간 우리가 겪은 와이트들의 습격과 파괴 가운데 적어도 절반은 모두 그놈들의 짓이었다."

"놈들이 저지른 범죄 목록을 읽으면 너도 머리칼이 쭈뼛 설거다." 블랙버드 원장이 말했다.

"끔찍한 놈들인 건 틀림없지만 전 더 끔찍한 경우도 겪어봤어요."

가슴을 옥죄던 답답함이 풀리기 시작했다. 가끔은 내가 이미 무슨 일을 겪고 성취해냈는지 나조차도 까먹을 때가 있다.

"카울 본인과 그의 와이트 군대 전체를 물리쳤었지." 블랙버드 원장이 경외심을 담아 말했다. 그녀는 나에게 살짝 윙크를 보냈다. "너에게 이 일을 부탁하는 이유도 바로 그 때문이고."

"하지만 그땐 포트먼 군의 명령에 따라 움직일 할로개스트 군대가 있어서 그들과 맞서 싸웠죠." 바백스 원장이 말했다. "이제 할로우들은 갑자기 거의 멸종 위기에 처했잖아요."

"그건 제가 처리할 수 있을 것 같아요." 내가 말했다. "놈들이 데려간 할로우는 제가 꽤 잘 아는 녀석이니까 도움이 될 거예요."

바백스 원장이 심각한 얼굴로 고개를 끄덕였다. "네가 그렇게 말해주기를 간절히 바라고 있었다."

"빌어먹을 이 팬루프티콘 장치가 다시 제대로 작동되는 대로 작전 요청을 하마." 블랙버드 원장이 말했다.

ᡣ

블랙버드 원장은 다시 내 팔을 붙잡은 채로 바깥까지 배웅했는데, 그건 이제 나보다는 당신의 마음을 위한 행동이라는 느낌이 들었다. 나는 희망의 생명줄이 되어버렸고, 그녀는 나의 실존으로 안정감을 회복하고 있었다.

팬루프티콘의 내장 같은 복잡한 실내에서 헤어진 친구들의 행방이 궁금해졌다. 블랙버드 원장에게 물으니 우리가 향하던 현관 로비 끝을 대충 손으로 가리켰고, 커다란 현관문을 지키고 있던 덩치 큰 두 경비가 벌컥 문을 열어주었다.

"조상님들이여 도와주소서." 그녀가 중얼거렸다. "다들 이리로 몰려들었군."

건물 밖에 모여든 군중 수는 엄청나게 불어 있었다. 악마의 영토 전역에서 이상한 종족들이 해답을 찾아 팬루프티콘으로 모여들었다. 블랙버드 원장과 내가 현관으로 나오자마자 사람들이 소리치기 시작했다.

행렬 맨 앞줄에 패리시 옵웰로와 다른 기자가 보였다. 패리시의 이마 한가운데에 있는 큰 눈은 블랙버드 원장의 이마 중앙에 있는 세 번째 눈을 맹렬히 노려보았고, 다른 기자는 블랙버드와 나의 모습을 스케치하고 있었는데 하도 손이 빨라 희미한 형체로만 보일 정도였다.

"원장님, 와이트들이 정확하게 어떻게 탈출에 성공했는지 말씀해주시겠습니까?" 패리시가 소리쳤다.

"아직 조사 진행 중입니다." 블랙버드 원장이 말했다.

다른 기자가 앞으로 튀어나왔다. "감옥은 안전하게 처리된 겁니까? 다시 그런 일이 또 발생할 수 있을까요?"

"매우 안전합니다. 그리고 경비 인력을 두 배로 늘렸으며 지금도 감옥 주변 성벽을 강화하고 있습니다. 확언컨대 나머지 와이트들은 어디로도 가지 못할 겁니다!"

"놈들이 도움을 받았다고 생각하십니까?" 패리시가 말했다.

"도움이라니?" 그녀는 기자에게 태워버릴 듯한 눈빛을 보냈다.

그가 다른 질문을 던졌다. "제이콥 포트먼은 이 모든 상황과 무슨 상관이 있죠?"

나는 얼굴이 뜨거워지는 것을 느꼈다.

"대답하지 않겠습니다!" 블랙버드 원장이 소리쳤다.

"임브린들께서 미국에서 벌어진 상황에 너무 정신을 판 나머지 이곳 일 처리를 제대로 못 하신 거라고 생각하진 않으십니까?"

블랙버드 원장은 뻔뻔한 그의 질문에 큰 충격을 받아 입이 떡 벌어졌다.

샤론이 우리 뒤로 슬며시 다가오더니—등 뒤로 그의 냉기가 느껴졌다—압도적인 저음으로 천둥 치듯 소리쳤다. "조용히!"

군중의 소음이 속삭임으로 잦아들었다.

"임브린들께선 이 위기를 매우 조속히 해결하실 겁니다! 여러분도 모든 사실을 알게 될 거요! 하지만 지금 당장은 모두 이 주변에서 **사라지시오!**"

그의 목소리가 지닌 힘만으로도 충분히 효과가 있었지만, 그의 친척뻘인 교수대 수리공들이 건물 모퉁이를 돌아 나타나자 사람들은 흩어지기 시작했다.

"시체 뜯어먹는 독수리 같은 저놈들은 꼭 피하거라." 블랙버드 원장은 이렇게 말한 뒤 건물 안으로 사라졌다. 들어가기 전에 그녀는 측은한 듯 내 팔을 한 번 더 꽉 잡았다가 놓았다.

점점 줄어드는 군중 속에서 나는 손을 흔드는 누어를 발견했다. 그녀는 브로닌의 어깨에 목말을 타고 있었다. 나는 사람들을 헤치고 친구들에게 다가가 같이 있던 엠마와 에녹, 그리고 호러스까지 모두 만났다. 호러스는 우리와 만나려고 악마의 영토를 가로질러 온 듯했다.

"그래서? 블랙버드 할머니가 뭐라셔?" 에녹이 물었다.

"너더러 다른 할로개스트를 잡아 오라니, 함부로 대해도 되는 심부름꾼을 대하듯이 어떻게 그런 무례한 말씀을 하실 수가 있어!" 엠마가 씨근덕거렸다.

패리시가 흥미가 동한 듯 나를 쏘아보는 게 보였다. "제이콥! 몇 가지 질문이 있습니다!"

"다른 데 가서 얘기하자." 나는 친구들을 다른 곳으로 끌고 가며 속삭였다. 《머크레이커》지 기자를 상대하는 건 절대 하고 싶지 않은 일이었다.

"너 이렇게 유명한 사람이란 말은 한 적 없잖아." 누어가 장난스레 나를 쳐다보며 말했다.

"지역 유명 인사야." 엠마가 뽐내듯 말했다.

"일주일이면 끝날 인기야." 에녹이 투덜거렸다.

브로닌이 킬킬거렸다. "**지난주**에도 너 똑같은 말 했었어."

우리는 우징 스트리트를 따라 걸으며 도축장과 민박집, 슈렁큰헤드*Shrunken Head*라는 상호의 술집을 지나쳤고, 엿듣는 사람들의 귀와 충분히 거리가 멀어졌다고 생각될 때쯤 나는 임브린들이 무슨 부탁을 했는지 친구들에게 이야기했다.

"너 그 일 하려고?" 호러스가 물었다.

"당연하지." 내가 말했다. "와이트들이 무슨 짓을 꾸민다면 우린 그게 뭔지 꼭 알아내야 해."

"그게 뭔지 몰라도 놈들 특성상 벌써 꽤 오래전부터 음모를 꾸몄을 거야." 엠마가 말했다. "지금은 그 계획을 실행에 옮기는 것뿐이야."

"죄수들이라면 누구나 그렇듯이 그냥 놈들도 탈옥을 원했던 거야." 에녹이 말했다. "그렇다고 놈들에게 뭔가 악독한 목적이 있다는 의미는 아니잖아."

"와이트들에겐 항상 악독한 목적이 있어." 밀라드가 말했다.

어느 시점엔가 옷을 벗어버려서 나는 밀라드가 함께 있다는 걸 거의 잊고 있었다.

에녹이 에에 아유하는 소리로 밀라드를 무시한 다음 누어를 보며 물었다. "저 애는 어쩌고?"

"그게 무슨 말이야?" 내가 물었다.

누어도 에녹을 노려보았다. "그래, 그게 무슨 말이야?"

"넌 쟤를 돕겠다고 한 줄 아는데, 포트먼."

"맞아." 내가 말했다.

"탈출한 와이트들을 추적할 거라면서 그건 어떻게 하려고?"

"둘 다 하면……"

"내 일은 내가 알아서 해." 누어가 끼어들었다. "난 괜찮을 거야."

"어, 그러셔?" 에녹이 말했다. "그럼 곰이 공격하면 넌 어쩔 셈인데?"

"뭐라고?"

에녹은 나에게 윙크를 했다. "저것 보라니까."

누어의 표정이 돌처럼 굳어졌다.

"그림 곰은 절대로 **우리** 같은 이상한 아이들을 공격하지 않아." 브로닌이 말했다. "걔네들이 유일하게 공격하는 건……"

"고마워, 브로닌, 우리도 알아." 내가 말했다. "그리고 넌 입 닥쳐, 에녹."

에녹이 누어를 당황하게 만들었지만 내가 상황을 더 악화시킨 건 아닌지 걱정스러웠다.

"그래서 넌 실제로 와이트들이 내부에서 도움을 얻었을 거라고 생각해?" 평소처럼 밀라드는 대화의 감정적인 흐름에 아랑곳하지 않고 물었다.

"틀림없이 그랬을 거야." 브로닌이 나섰다. "그 감옥은 산처럼 견고해. 내 손으로 직접 짓는 걸 도왔기 때문에 잘 알아. 놈들이 벽에 그런 구멍을 뚫고 폭탄을 손에 넣은 유일한 방법은 악마의 영토에서 누군가 도와줬다는 뜻이야. 근데 누구지?"

"농담하니?" 엠마가 말했다. "이 주변에서 수상쩍은 인물 목록을 뽑으면 내 팔보다 길 거야. 시궁창 출신 전직 해적이나, 용병, 앰브로시아 중독자들……"

"그런 놈들은 대부분 도시에서 달아났다고 생각했어." 에녹이 말했다.

"대부분은 그랬겠지." 엠마가 대꾸했다. "내 생각엔 놈들 일부가 과거를 숨기고 그냥 임브린 편을 드는 척 지내는 것 같아."

"일부 이상한 종족들은 더 이상 그런 척하는 태도도 집어치웠어." 밀라드가 말했다. "이걸 봐."

그는 신문 가판대 앞에서 걸음을 멈추었다. 신문 대부분은 우리가 더 큰 세상에서 벌어지는 일들을 (비교적) 최신 소식까지 계속 알 수 있도록 루프 바깥에서 매주 가져온 현재 시간대의 신문이었지만, 이상한 세계의 신문도 두어 개 있었다. 그중 하나가 《머크레이커》지였는데 헤드라인은 다음과 같았다.

루프 안전에 소홀한 임브린들, 와이트 탈출

나는 가판대에서 신문 하나를 낚아챘다. "어떻게 이 기사를 벌써 인쇄했지?" 놀라웠다. "방금 일어난 일이잖아."

"특별판이야." 가판대 뒤에서 사내아이가 말했다.

"오래전에 알던 친구가 《머크레이커》지에서 일해." 호러스가 수수께끼처럼 말했다. "그 친구는 이따금씩 사건에 대해서 사전 통지를 받더라고."

나는 계속 기사를 읽었다. 가로로 접힌 선 바로 아래 실린 사설 제목은 이랬다. **임브린들은 미국 문제에 너무 집중하여 우리 문제를 해결하지 못하나?**

너무 화가 나서 더 읽을 수가 없었다.

"이것 좀 봐." 엠마가 탈출한 와이트들의 피의자용 상반신 사진을 방금 붙여둔 게시판으로 나의 관심을 끌었다. 맨 꼭대기엔 **살인범 현상 수배**라고 적혀 있고, 아래쪽엔 그들의 긴 범죄 목록과 가명이 나열되어 있었다.

"다들 진짜 거칠게도 생겼네." 호러스가 말했다. "밤에 어두운 골목에서 절대 만나고 싶지 않은 얼굴이야."

"내 눈엔 별로 안 무서워 보여." 에녹이 말했다. "이 둘은 우유처럼 밍밍해 보이잖아. 은행 창구 직원처럼."

나는 에녹이 가리키는 와이트들을 쳐다보았다. 한 명은 매부리코에 얇고 둥근 테 안경을 꼈다. 또 한 명은 완벽하게 전문직처럼 보였다. 나머지 둘은 싸움꾼처럼 생겼는데, 코가 펑퍼짐하고 곱슬머리에다 비록 가짜이긴 하겠지만 눈동자가 보이는 유일한 인물인 위쪽 와이트가 특히 심상치 않아 보였다. 그의 눈은 왼쪽 위를 보고 있었는데, 마치 다음번 휴가에 대해 몽상이라도 하는 사람처럼 편안해 보여 오히려 불안한 분위기를 풍겼다. 어쩌면 밤에 사진사를 어떻게 목 졸라 죽일까 생각하는 것인지도.

그의 사진 아래 인쇄된 이름은 **P. 무르나우**였다.

⤴

모든 일상은 평소처럼 지속되어야 하며, 모든 이상한 종족들은 일터나 수업에 출석하기를 바란다는 공지가 확성기에서 흘러나왔다.

물론 우리는 그런 할 일이 없었다. 우리에겐 더 큰 임무가 주

B.
6600

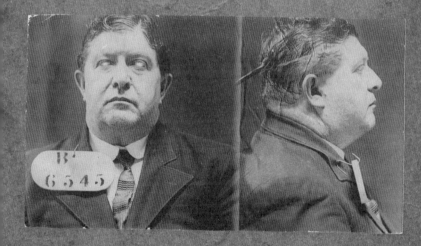

B.
6545

어졌다.

"오늘은 우리 모두 애보셋 원장님을 만나러 가는 게 좋겠어."
호러스가 누어에게 말했다. "하지만 내가 가서 약속을 잡아야 할
거야. 엄청 바쁜 분이시거든. 내가 잘 부탁하면 **혹시나** 오늘 오후
에 우릴 만나주실지도 몰라."

"제발 잘 부탁해봐, 호러스." 브로닌이 말했다.

"그게 잘 안 통하면 협박을 해." 밀라드가 말했다. "나머지 너
희들은 양손과 눈을 나한테 빌려주면 엄청 도움이 될 거야. 이상
한 자료 창고에 가서 수백 개나 되는 루프 지도를 샅샅이 훑어야
하는데, 이런 단계에선 모두 힘을 합해야 해."

"당연하지." 엠마가 말했다.

"뭐든 넌 말만 해." 브로닌이 말했다. "내가 가서 올리브랑 클
레어도 데려올게. 걔들도 분명 돕고 싶어 할 거야."

"우리도 물론 찬성이야." 내가 누어와 끄덕임을 주고받으며
말했다.

엠마가 나를 보며 눈을 가늘게 떴다. 그러고는 거의 손가락
을 흔들어 주의를 주듯 내게 말했다. "물론 임브린들이 너를 필요
로 하지 않아야 가능하겠지. 안 그래, 제이콥?"

"맞아." 나는 목소리를 부드럽게 하려고 애쓰며 대답했다. 엠
마는 누어가 온 이후로 줄곧 이상하게 굴었지만, 난 그냥 내버려
두기로 했다.

다행히도 누어는 눈치채지 못한 것 같았다. 혹시 그게 아니
라면 그다지 상관하지 않거나. 그녀는 옷을 절반만 걸친 밀라드
유령을 향해 돌아서서 물었다. "특별히 무슨 아이디어가 있는 거

야? 아니면 그냥 맹목적으로 찾기만 하는 거야?"

"전적으로 맹목적인 건 아니야." 밀라드가 대꾸했다. "내가 어젯밤 늦게 몰래 빠져나가서 친구와 한밤중에 담화를 나눴거든. 너희들 퍼플렉서스 어나멀러스 기억나?"

"네가 그분을 한밤중에 귀찮게 했다고?" 에녹이 콧방귀를 꼈다.

"퍼플렉서스 같은 노인들은 좀처럼 잠을 자지 않아." 밀라드가 말했다. "그리고 그분이 빠르게 나이 드는 걸 우리가 막아준 뒤로 나한테 엄청 다정하시거든." 밀라드는 스스로 자랑스러워하는 말투였는데 나도 그 이유를 알 수 있었다. 그는 자신이 영웅시하던 분과 친해진 셈이었다. "어쨌든 우리가 풀어야 할 수수께끼와 지도 조각, 변신한 할로개스트가 중얼거린 단서에 대해서 내가 설명했더니, 퍼플렉서스는 V의 루프가 미국에 있고―그럴 가능성이 꽤 높잖아―'거대한 바람 속'이라는 문구처럼 규모가 큰 폭풍과 관련이 있는 거라면 미국 중서부 지역을 찾아보는 게 가장 일리가 있다고 하셨어. 그 나라 가운데를 관통하는 꽤 넓은 띠 같은 지대가 있는데, 흔히 사람들이 거기를 '토네이도 통로'라고 부르거든."

"맞는 말이야." 누어가 고개를 끄덕이며 말했다. "네브래스카, 오클라호마, 캔자스…… 『오즈의 마법사』 배경이 될 만한 곳들이야."

"넌 어떡할래?" 브로닌이 에녹에게 시선을 주며 물었다.

그는 얼굴을 찌푸렸다. "나는 솔직히 느긋하게 긴장을 풀고 여가를 즐기는 아침은 어떤 모습일까 상상하고 있었어. 그런데 그건 물 건너간 것 같네."

"넌 여기서 대체 어떻게 느긋하게 긴장을 풀겠다는 거야?" 내가 물었다.

"악마의 영토에도 고유한 오락거리가 있어. 언제든 교수형을 구경할 수도 있고…… 열병의 시궁창에서 진흙 목욕을 해도 되고……" 그가 우리 옆으로 흐르는 흙탕물을 가리켰다.

그런 우울한 언급을 들은 우리는 신호라도 받은 듯 흩어지기 시작했다.

"있잖아, 에녹이 농담한 거 맞지?" 누어가 나에게 속삭였다.

"아마 그럴걸?"

그러자 무언가 축축한 것이 **철썩** 내 등을 때렸다.

"놈이 저기 있다!" 내가 돌아서는 순간 누가 고함을 질렀고, 진흙 덩어리가 내 가슴팍에 정통으로 날아왔다. "원래 있던 곳으로 돌아가라, 이 사기꾼!"

반인반어의 모습을 한 이상한 종족으로, 나에게 끔찍한 반감을 품은 잇치였다. 그는 허리 깊이의 개울에 서서 더러운 침전물 덩어리를 내 쪽으로 던졌다.

"그만해요!" 브로닌이 소리쳤다. 브로닌은 그에게 반격할 거리를 찾아 주변을 둘러보았지만 행동이 별로 빠르지 못했다. 그 순간 시궁창 거주민인 여인이 수렁에서 솟아나와 역시나 우리 쪽으로 진흙 덩어리를 던졌다.

"모두에게 루프의 자유를!" 여인이 소리쳤다.

이번에 날아온 덩어리는 정통으로 나를 맞혔고, 가까이 서 있던 누어까지 진흙 세례를 받았다.

친구들은 고함을 질러댔고 엠마는 손에 불을 일으켜 위협하듯 그들에게 흔들었지만, 사정거리에서 멀리 벗어나는 것 외엔 우리가 할 수 있는 일이 없어서 일단 피했다. 나는 오물을 뚝뚝 흘렸다. 누어 역시 양은 적었으나 오물을 맞은 건 마찬가지였다.

"저 사람들 대체 문제가 뭐야?" 셔츠에서 진흙을 긁어내며 누어가 물었다.

"저 사람들은 그냥 우리가 더는 빠르게 나이 먹는 걸 걱정하지 않는다는 사실 때문에 화가 나서 심술을 부리는 거야." 브로닌이 말했다.

"너희 둘은 그 오물을 깨끗하게 씻어내는 게 좋겠어." 에녹이 코를 찡그리며 말했다. "독성 물질이야."

"난 제대로 샤워를 해야겠어." 몸을 내려다보며 내가 말했다.

"유감이지만 너희들 샤워는 꼭 해야 해." 밀라드가 말했다. "열병의 시궁창 중에서도 이 구역은 살을 파먹는 미생물로 오염됐어."

"살을 파먹는 **뭐라고?**" 경악하며 내가 되물었다.

"걱정하지 마, 진행은 느리니까." 에녹이 말했다. "너를 다 먹어치우려면 아마 일주일은 꼬박 걸릴 거야."

"알겠어, 그래, 샤워하면 된다는 거네." 누어가 약간 겁에 질린 표정으로 말했다.

브로닌이 우리를 피해 살짝 물러나는 게 눈에 들어왔다.

"흐르는 온수와 비누로 씻어내야 해." 에녹이 말했다. "하지만 유일하게 그런 시설이 있는 곳은……"

엠마와 에녹은 서로를 쳐다보았다.

"한 가지 가능성은 있어." 걱정스러운 듯 아랫입술을 깨물며 엠마가 말했다. "약간 복잡하고 좀 위험하기는 하지만 말이야."

"우리한텐 다른 선택의 여지가 없잖아, 안 그래?" 내가 미안한 눈초리로 누어를 쳐다보며 말했다. "앞으로 우리가 뭘 하게 되든 확실한 건 우리들 전부 살갗은 다 멀쩡해야 한다는 거야."

에녹이 어깨를 으쓱했다.

그러자 엠마는 우리한테서 슬금슬금 물러나며 악마의 영토 루프 바로 외곽에 있는 현재 런던 시간대의 안전가옥 위치를 소리쳐 알려주었다. 그곳엔 현대적인 화장실과 온수 설비가 있었다.

"우린 정부 청사 지도 제작국에 가 있을게." 밀라드가 말했다. "너흰 깨끗하게 씻고 나서 거기서 만나. 그 오물은 마지막 한 알까지 싹 다 씻어버려야 한다는 것만 명심해."

"맞아." 에녹이 말했다. "다른 사람은 몰라도 나는 피부가 있는 게 좋거든."

ꙅ

누어와 나는 서서히 우리 살갗을 파먹는다는 미생물에 대한 생각은 하지 않으려 애쓰며 열병의 시궁창 선착장으로 내려가, 호러스가 준 은화 한 닢을 뱃삯으로 낸 뒤, 머리 희끗희끗한 노인 뱃사공이 이끄는 대로 카누라고 부르기에도 민망한 통나무배를 타고 느릿느릿 검은 강을 따라 내려갔다. 낯선 사람 앞이라 대화보다는 주로 침묵을 지켰으므로, 누어는 배를 타고 가는 내내 코를 틀어막은 채 강둑 양옆으로 허물어질 듯한 공동주택을 올려다보았다. 세탁부 여인들은 창밖에 빨래를 내걸었고 남루한 옷을 입은 아이들이 골목에서 소리를 치며 뛰어다녔다.

"저들은 평범한 사람들이야. 루프의 일부지." 내가 말했다.

누어는 넋이 빠진 듯했다. "그럼 저 사람들은 매일 똑같은 일을 한다는 뜻이야?"

"매일 매 순간 그렇단다." 뱃사공이 쉰 목소리로 대꾸했다. "난 여기 72년간 살았으니 속속들이 다 알아."

그가 키 손잡이를 홱 젖히자 배가 급격히 좌회전을 했다. 잠시 후 우리 머리 위 보행교를 지나던 사내아이가 넘어져, 배에서 오른쪽으로 1미터쯤 떨어진 물에 빠졌다. 그곳은 방금 전까지 우리가 향하던 바로 그 지점이었다.

"이제 저 녀석이 다른 시궁창 친구를 약해빠진 바보 멍청이라고 부르지." 뱃사공이 중얼거렸다.

사내아이가 물 위로 솟아올랐다. "이 약해빠진 바보 멍청이야!" 아이가 다리 위에 있는 누군가에게 소리쳤다.

누어는 고개를 절레절레 흔들었다. "입이 참 **거치네요**……."

루프 출구 표시가 된 길고 어두운 터널이 다가오자 누어는 콧노래를 흥얼대기 시작했다. 멜로디는 자장가처럼 부드럽고 단순했다. 콧노래를 부르면서 누어의 어깨에서 긴장이 풀리는 게 내 눈에도 확연히 보였다.

노래에 관해 물어볼 참이었는데 이내 암흑이 우릴 휘감았다. 루프가 전환되면서 갑작스러운 전율에 사로잡혔던 우리는 몇 초 뒤 엄청 달라진 런던 풍경 속으로 들어갔다. 이곳은 유리로 벽을 휘감은 고층 빌딩과 깨끗한 거리가 사방에 펼쳐졌다.

뱃사공은 우리와 헤어지는 것이 기쁜 듯, 한마디 말도 없이 우릴 강둑에 내려주었다.

우리는 엠마가 알려준 대로 향했다. 몇 번 방향을 틀어 상가와 버스로 붐비는 넓은 상업지구 도로를 건넌 우리는 또 한 번 방향을 꺾어 주택가로 들어갔고, 곧 그곳에 당도했다. 거의 똑같이 생긴 집들이 모두 연결된 거리에 위치한 단순한 이층집이었다. 혹시나 하는 마음에 계속 할로우가 없는지 각별히 신경을 썼지만 유별난 통증은 느껴지지 않았다.

우리는 초인종을 눌렀다. 내가 알지 못하는 남자가 문을 열어주었다. 그는 또 다른 시간 관리국 직원인 듯 율리시스와 똑같은 검은색 양복에 검은 앞치마 차림이었다. 그는 우리를 잠시 훑어보더니 이름을 묻고 나서 집 안으로 맞이했다.

기적적으로 집 안엔 화장실이 두 개였다.

내 평생 그렇게 기분이 좋았던 적은 없을 것이다. 나는 진흙과 오물, 살을 파먹는 미생물이 몸에서 씻겨 소용돌이를 치며 배수구로 빠져나가는 동안, 뜨거운 온수 아래 한참 서 있다가 살갗이 아플 때까지 문질러 씻었다. 두툼한 하얀 타월로 몸을 닦은 뒤엔 새 면도기를 찾아냈고, 뜯지 않은 체취제거제도 허영심에 개봉해 사용했다. 그러다 문득 입을 게 시궁창 오물로 더럽혀진 옷밖에 없다는 사실을 깨닫고 심장이 툭 떨어졌다.

바로 그때 노크 소리가 들리더니 문을 열어주었던 남자가 바로 옆방에 옷장이 있으니 뭐든 마음대로 골라 입으라고 말했다.

나는 허리에 타월을 두른 채 어떤 옷들이 있는지 찾으러 가보았다. 내 몸에 잘 맞는 진초록색 단추 달린 셔츠와 검은색 바지,

끈으로 묶는 갈색 앵클부츠를 찾아낸 나는 다양한 시간대에 잘 섞여드는 옷차림이기를 바랐다.

나는 밖으로 나가 거실로 향했다. 누어가 아직 나오지 않아서 창가에 서서 잠시 거리를 관찰했다. 우편배달원이 카트를 밀며 집집마다 배달을 했고, 할아버지 한 분은 개를 산책시켰다. 어떻게 이토록 평범한 일상이 펼쳐지는 세계가 바로 우리 세상 옆에 존재하는지 놀라웠다.

"안녕." 누어의 목소리가 들려 무심코 돌아보니, 그녀가 거실로 걸어 들어오고 있었다. 순간적으로 그녀가 나와 함께 왔던 사람과 동일 인물이라는 게 믿어지지 않았다. 단순한 디자인의 하얀색 셔츠에 청바지를 입고 머리칼을 윤기 나게 빗어 내린 누어는 정말 **아름다웠다.** 우리가 함께 지낸 뒤로 줄곧 오물을 뒤집어쓰고 목숨을 건지느라 뛰어다닌 신세였기에 나는 누어가 얼마나 예쁜지 잊고 있었다. 그래서 새삼 그 모습에 깜짝 놀랐고, 그런 내 반응을 숨기지 못했다는 걸 깨닫고 보니 지금 난 그녀를 빤히 쳐다보는 중이었다.

나는 헛기침을 했다. "너, 어…… 되게 근사하다."

누어는 웃음을 터뜨렸고, 얼굴을 붉히는 것 같았다. "너도 그래."

아마 한 2, 3초쯤 이어진 정적의 순간이 영원처럼 느껴졌지만 이내 그녀가 입을 열었다. "음, 어, 아무래도 서둘러 돌아가야겠지?"

난데없이 요란한 금속성 소리가 집 안을 뒤흔들었다. 시간관리국 직원이 황급히 거실로 들어왔다.

"저게 무슨 소리죠?" 내가 물었다.

"초인종이야." 그가 대꾸했다.

세상의 종말이 온 것처럼 누군가 초인종을 울려댔다.

직원이 문을 열러 아래층으로 뛰어 내려갔고, 잠시 후 천둥처럼 요란하게 계단을 뛰어 올라오는 소리가 들리더니, 휴와 엠마가 숨을 헐떡이며 나타났다.

"너희 빨리 돌아가야겠어." 엠마가 말했다.

"전화를 걸었는데 통화중이었어." 휴가 말했다.

"무슨 일인데?" 누어와 걱정스러운 시선을 주고받으며 내가 물었다. "V의 루프를 찾아냈어?"

누어는 희망 어린 표정을 지었지만 엠마는 고개를 저었다. "아직은 아니야." 그녀가 말했다. "호러스 때문이야. 지금 애보셋 원장님이랑 같이 있어. 호러스가 찾으려는 게 뭔지 원장님한테 말씀드렸더니 당장 만나주셨대. 그래서 둘이 우릴 기다리고 있어."

"그쪽에서 무언가 찾은 것 같아." 휴가 말했다. "무언가 큰 걸 찾은 모양이야. 하지만 뭔지는 말을 안 해주네."

우리는 서로 발이 걸려 넘어질 뻔할 정도로 앞다투어 계단을 달려갔다.

♈

엠마와 휴가 선착장에 배를 대기시켜놓았는데 이번 배엔 모터가 달려 있었다. 엠마는 뱃사공에게 본인 목숨이 걸린 것처럼 배를 몰아달라고 외쳤고, 잠시 후 우리는 날아가듯이 루프 입구를 빠르게 통과해 머리가 빙글빙글 돌 지경이었다. 열병의 시궁창에 접어든 우리는 요란하게 누런 물보라를 남기며 달려갔다. 배에서 떨어지지 않으려면 난간을 꽉 잡고 매달려야 했다. 마침내 도심 선착장에 당도하자 마른 땅을 밟는 게 그렇게 행복할 수 없었다.

애보셋 원장의 사무실은 과거 정신병자들과 사기꾼, 범죄자들을 위한 성 바나버스 수용소였던 정부 청사 건물에 자리 잡고 있었다. 우리는 여러 개의 신고 창구와 엄숙한 표정을 한 관료들로 붐비는 로비를 황급히 가로질러 계단을 여러 층 올라간 뒤 복도로 접어들었다.

누군가 문에서 튀어나와 정면으로 달려오다가 우리와 부딪쳐 서류가 사방으로 흩어졌다.

"안 돼, 안 돼, 젠장! 다 순서대로 추려놓은 건데!" 그는 이미 바닥에 무릎을 대고 서류를 줍기 시작했고, 그제야 나는 그가 누군지 알아보았다.

"호러스!" 누어가 말했다. "우리야!"

그가 신경질적으로 고개를 들고 거친 눈빛으로 쳐다보았다. 서류를 양팔에 끼고 모자챙에도 깃털 장식처럼 종이 몇 장을 끼워 넣고서 지나치게 격식을 차려 턱시도까지 입은 그의 모습은 어리둥절한 공작처럼 보였다.

"아!" 그가 말했다. "다행이다! 할 얘기가 너무 많아. 어디부터 시작해야 할지……"

우리는 바닥에 엎드려 그가 서류 모으는 걸 도와주었다.

"그러니까 H가 언급했던 글귀의 원전에 대해서 말이야." 그가 빠른 말투로 설명했다. "애보셋 원장님도 알고 계시더라고. 『경외성경』(전거가 확실하지 않아 성경에 수록되지 않은 30여 편의 문헌. 구약 외전과 신약 외전으로 나뉨-옮긴이)이라는 건데 알고 보니 그게 진짜 책이었어." 그는 이미 넘쳐서 튀어나올 것 같은 가죽 파일에 종이를 몇 장 더 끼워 넣더니 조끼에도 몇 장 더 쑤셔 넣었다. "이상한 종족의 예언서 원전이 워낙 애매한데 그건 극단적으로 애매모호한 내용이야. 내가 애보셋 원장님한테 그 책에 관해 물으니까 원장님은 거의 의자에서 떨어질 뻔하셨어. 오늘 나머지 회의는 전부 취소하고 이 작업을 위해 임브린 수련생 중에서 최고의 제자들을 소집하셨어. 원장님은 오랜 세월 일곱에 대한 예언이나 『경외성경』에 대해서 그 누구도 언급하는 걸 들어본 적이 없다고 하시더라. 혹시 그런 날이 올까 봐 두려우셨대."

서류를 모두 챙긴 그는 일어나서 복도 건너편 문을 가리켰다. 주변의 다른 모든 문보다 거의 두 배는 큰 그 문에는 서명과 함께 E. 애보셋, 사전 약속 후에만 면담 가능이라고 적힌 명판이 달려 있었다.

나는 문을 열려고 다가갔는데 손잡이에 손이 닿기도 전에 요란하게 삐걱거리는 소리와 함께 문이 안쪽에서 휙 열렸다. 실내는 동굴처럼 캄캄해서 어둠에 눈이 익기까지 잠시 시간이 걸렸다. 뒤쪽 벽은 온통 창문이었지만 신문지로 완벽하게 덮여 주황색 빛만 희미하게 스며들었다. 그 대신 사무실을 밝히는 조명은 3구 촛대에 꽂힌 양초들이었는데, 사방에 놓인 백 개 이상의 촛불이 춤을 추듯 반짝이고 그 희미한 빛의 웅덩이 속에서 보이는 거라곤 책과 젊은 여성들뿐이었다. 나선형 탑으로 쌓아올린 책들, 사다리가 달려 천장까지 이어진 책장에 꽂힌 책들, 도저히 불가능해 보이는 각도로 차곡차곡 쌓여 어떻게든 균형을 이루는 책들. 높이 쌓인 책 더미마다 그 앞엔 긴 드레스를 입은 젊은 여성이 자리를 잡고 있었는데, 세어보니 모두 열두 명이었다. 다들 책장을 넘기거나, 수첩에 뭔가를 적거나, 고통스러워 보이는 각도로 목을 숙이고 있었다. 그들은 아주 오래전 페러그린 원장님도 졸업한 애보셋 원장님의 임브린 학교 학생들이었다. 각자의 작업에 어찌나 몰두했는지 그들은 우리가 지나가는데도 시선 하나 들지 않았다.

우리는 책 더미를 피해 이리저리 돌아 드디어 낯익은 노인의 얼굴과 마주했다. 애보셋 원장님이 책상에 앉아 서류에 얼굴을 파묻고 있었다.

"아, 드디어 왔구나." 그녀가 말했다. "어서들 오거라, 젊은이들. 패니, 자리 좀 비켜주렴!"

이제껏 러그인 줄 알았던 물체가 으르렁 소리를 내더니 커다란 갈색 그림 곰이 바닥에서 일어나 느릿느릿 구석으로 기어갔다.

"겁낼 것 없다, 애야." 애보셋 원장님이 누어에게 말했다. "저녀석은 애뮤래프(당나귀와 기린을 합쳐놓은 짐승으로 다리가 두 개뿐인 것으로 묘사되며 『할로우 시티』 동물농장 루프에서 등장—옮긴이)만큼이나 길이 들었는데, 자기가 여기 주인인 것처럼 행동한단다."

"저는 괜찮아요, 감사합니다." 얼굴에선 아직 충격이 다 가시지 않으면서 누어가 대답했다.

애보셋 원장이 눈을 찌푸렸다. "조명이 어두워서 불편하진 않기를 바란다. 고래 기름은 연기가 너무 많이 나고 가스등은 눈이 부셔서 말이다." 이어 그녀는 우리더러 책상을 마주 보게 놓인 기다란 벨벳 소파에 앉으라고 청했다. 작은 철테 안경을 코끝으로 밀어놓은 그녀는 팔꿈치에 기대어 앞으로 몸을 숙였다.

우릴 맞이하며 보였던 환영의 미소는 어느덧 사라지고, 뿌연 백내장 기운에도 눈빛이 목표의식으로 반짝거렸다.

"허투루 흘려보낼 시간이 없으니 말 그대로 시간 낭비는 하지 않겠다." 약간 떨리는 목소리로 그녀가 말했다. "『경외성경』은 너희도 그 이름에서 짐작할 수 있겠지만, 이상한 세계의 예언을 다루는 학자들도 굳이 언급이 필요할 때만 반신반의로 언급하는 정도였단다. 알려진 것이 거의 없어. 심지어 그것은 제대로 된 책도 아니다. 한 번도 집필된 적이 없고, 단순히 그것에 **관한** 책이 쓰였을 뿐이지. 그 책의 온전한 제목은 『아비뇽의 선지자, 로베르 르부아지의 경외성경*The Apocryphon of Robert Lebourge, Revelator of Aviognon*』이지만 줄여서 『선지자 밥의 경외성경』이라고 부른다고 들었다."

"선지자가 뭐예요?" 누어가 물었다.

"예언자를 그럴듯하게 부르는 말이야." 호러스가 대답했다.

"르부아지는 그럴듯한 인물과는 거리가 멀었다." 애보셋 원장이 말했다. "늙은이 밥은 교육을 받은 적도 없고 주로 앞뒤가 맞지 않는 헛소리를 지껄이는 농사꾼이었고 그를 아는 사람들은 대부분 그가 정신이 돌았거나 백치거나, 혹은 그 둘을 섞어놓은 인물이라고 생각했다. 하지만 말도 제대로 할 줄 모르는 그 남자가 가끔씩 감전된 것처럼 몸을 떨다가 완벽하게 다듬어진 격조 높은 4행시를 마치 즉흥적으로 운율을 맞춘 운문처럼 읊어댔다. 그것만으로 놀라웠지만 사람들은 그의 시가 예언처럼 들린다는 사실을 알아차렸고, 그런 예언 중 일부가 현실로 드러나자 그자는 유명세를 떨쳤으며 사람들은 그가 하는 말을 받아 적기 시작했다."

"사람들은 틀림없이 그 사람이 일종의 천사라고 생각했겠네요." 누어가 말했다.

"차라리 악마에 더 가까웠지." 애보셋 원장이 말했다. "그는 신성 모독죄로 끓는 기름에 내던져졌는데도 아무런 해를 입지 않았다. 그 뒤에 교수형에 처해졌을 땐 죽은 척했다가 장의사의 집에서 탈출했어. 물론 그는 이상한 종족이었고, 우리 역사에서도 두드러지게 흥미로운 인물로 남아 있다." 원장은 고개를 약간 돌리고는 방 안쪽 허공에 대고 말했다. "혹시 마음 내키는 사람이 있다면 누구든 그에 관한 기말 리포트를 훌륭하게 써봐도 좋겠구나!" 이내 그녀는 다시 우리에게 시선을 돌렸다. "『밥의 경외성경』은 그가 했던 말을 그때그때 당시에 옆에 있던 사람들이 우연히 기록해놓은 글 모음이야."

"일곱에 대한 예언 내용은 뭔데요?" 내가 물었다.

"일곱에 대한 예언은 책 내용 중에서도 몇 군데 번역에만 등장한다. 밥이 그 말을 입 밖에 냈을 때 각기 다른 언어를 사용하는 사람들이 다수 현장에 있었던 듯, 각각의 기록은 저마다 다른 모국어로 수록되어 있다. 그것들 중에 일부는 서로 일치하지 않는 것도 있고, 가장 널리 알려진 구절이라고 해봐야 밥이 실제로 말한 내용을 학문적으로 접근해 짐작해보는 것이 고작이다. 어쩔 수 없이 모든 언어로 된 기록을 보완하고 절충해서 영어로 번역해놓은 것이지. 다행스럽게도 나의 수제자가 그런 언어를 여럿 할 줄 알아서 뒤엉킨 거미줄을 푸는 작업에 매진해왔다."

단아한 젊은 여성 하나가 공책을 양손에 쥐고 한 걸음 앞으

로 나섰다. 머리칼은 날개처럼 보였고 검은 피부에 눈은 지성미로 반짝거렸다.

"저 친구는 프란체스카란다." 애보셋 원장이 말했다. "이번 기말에 모든 시험을 통과한다면, 나로선 그럴 거라고 예상하지만, 앞으로 우리의 최신참 임브린 비턴 원장이 될 거야." 애보셋 원장은 자부심으로 환하게 웃음 지었다. 프란체스카는 부드럽게 미소만 지었다.

"시작해보거라."

프란체스카가 공책을 펼쳤다. "일곱에 대한 예언은 약 400년 전에 기록되었지만, 서두가 바로 우리 시대에 대한 여러 언급으로 시작합니다. 들어보세요……

그리하여 이제 투박한 운율로 한마디 하노니
미래에 일어날 일에 대한 것이로다.
지금 새들이 날듯 사람이 하늘을 날고
말과 쟁기를 내던지며,
눈을 반짝거리는 것만큼 빠르게
사람들의 생각이 온 세상으로 날아갈 때.
그림자로 만들어진 생명체가 숨어들어
잠든 우리 아이들을 괴롭히고
임브린들이 제 무리 돌보기를 그칠 때……

그녀는 읽기를 중단하고 안경 너머로 우리를 쳐다보았다. "무슨 의미인지 아시겠죠." 그녀는 공책을 몇 장 넘겼다. "이런 구절이 좀 더 이어지다가 이런 내용이 나옵니다……"

> 감옥이 폭파되어 가루가 되고
> 혼돈이 세상을 지배하며
> 배신자들이 저들의 왕을 소환하여
> 잠들어 있던 옛 인물들이 깨어나면
> 곧 갈등의 시대가 도래할 것이다.

방 안엔 싸늘한 냉기가 돌았고 촛불마저도 잠시 흔들리는 것 같았다. 프란체스카가 공책에서 고개를 들었다.

"그런 다음엔 계속해서 전쟁이 묘사됩니다."

> 지구상의 모든 땅은 가라앉을 것이며
> 짐승과 인간의 썩은 시체에서
> 풍기는 고약한 악취가 온 세상에 진동하니
> 땅의 초목들이 말라 죽으리라.

"고맙다, 프란체스카. 우리도 대충 내용 파악이 된 것 같구나." 애보셋 원장은 다시 친구들과 내 쪽으로 얼굴을 돌렸다. "너희도 보다시피 늙은이 밥은 극적인 상황 묘사에 재주가 있었다."

"임브린들이 실패할 거라는 뜻일까요?" 엠마가 물었다. "평화를 지키지 못하게 되나요?"

임브린 수련을 받는 견습생들이 모두 책장 넘기기를 멈추고 고개를 들면서, 큰 방 안은 돌연 정적에 휩싸였다.

"절대 그렇지 않아." 애보셋 원장이 신랄하게 말했다. "어디, 그게 어딨더라." 프란체스카가 책을 펼쳐주자, 애보셋 원장은 허둥지둥 책 몇 장을 넘겨보았다. "이 부분은 번역이 다소 애매하구나……. 예를 들어 이 구절은 꼭 이상한 종족 파벌 간에 일어나는 전쟁을 가리킨다고 볼 수 없어. 네가 작업한 내용은 나와 확인이 필요하겠다, 프래니."

"당연하죠, 원장님." 프란체스카가 겸손하게 고개를 끄덕였다. "라틴어와 헝가리어, 이상한 종족의 고대 언어를 상호 번역하는 과정에서 아마 제가 실수를 했을지도……"

"맞아, 그랬을 거다."

"저는 임브린들께 믿음을 갖고 있습니다." 프란체스카는 왠지 그렇게 덧붙여야 하는 것처럼 말했다.

애보셋 원장은 제자의 손을 어루만졌다. "그렇다는 건 나도 안다."

"하지만 **무언가** 끔찍한 일이 일어날 거라는 의미잖아요." 휴가 말했다. "죽는 이들도 많고요."

"일곱 명에 대한 건 뭐죠?" 누어가 물었다.

나도 고개를 끄덕였다. "그래요, 일곱 명이 그런 일의 발생을 막아야 하는 거 아니에요? '이상한 세계를 해방'시킨다면서요?"

"하지만 '해방시킨다'는 말은 무언가 끔찍한 일이 **분명** 일어난다는 걸 암시하잖아요." 엠마가 말했다. "**그 이후에** 일곱 명이 돕는다는 뜻이고요."

"그 부분은 거의 끝에 나온단다." 애보셋 원장이 말했다. "아, 네가 읽어보렴, 넌 아직 눈이 생생하잖니." 원장은 프란체스카에게 다시 책을 건네주었다.

"**해방시킨다**는 말은 꽤나 다루기 까다로운 낱말에 속하지만, 일곱 명이 결정적으로 중요하다는 점은 명확해요." 프란체스카가 말했다. "모든 언어의 번역이 서로 일치하는 유일한 문장은 바로 이 부분입니다. '전쟁의 갈등을 끝내기 위하여 일곱이 문을 봉인할 것이다.'"

"어디로 이어지는 문요?" 누어가 물었다.

프란체스카가 코를 찡그렸다. "그건 몰라."

"내용 어디에서도 저에 대한 이야기는 없는 것 같던데요." 누어가 말했다. "정말로…… 저에 대한 언급이 있나요?"

"그래. 끝부분에 가서야 나온단다." 애보셋 원장은 마치 이 순간을 기다렸다는 듯이 기묘하고도 따스한 미소를 누어에게 지어 보이며 말했다. "책엔 일곱 명의 탄생이 예언되어 있다. 음, 아무튼 **시작**은 그렇다고 되어 있지만, 우리가 가진 책엔 그 내용이 완벽하게 담겨 있질 않아."

"그럼 제가 그 일곱 중 하나란 걸 어떻게 아세요?" 누어가 물었다. "밥이 제 사회보장번호라도 적어놓았나요, 아니면……?"

"불완전하긴 하지만 한 가지는 확실해." 프란체스카가 말했다. "그들 중 하나는 '빛을 삼키는 아가'가 될 것이다, 라고 적혀 있거든."

나는 등줄기에 전율이 흐르는 걸 느꼈다.

누어는 못 믿겠다는 표정이었다. "아가라고요? 아기…… 라는 건가요?"

이제는 엠마도 얼굴을 찌푸렸다. "아기들은 이상한 능력이 없어요."

애보셋 원장은 가볍게 고개를 끄덕였다. "아기들에게 그런 능력이 없다는 건 거의 철칙이지. 극도로 드문 일이야. 하지만 있을 수도 있단다."

"제가 이런 능력을 보이기 시작한 건 겨우 몇 달 전이에요." 누어가 허공에서 빛을 한 줌 모아 쥐며 말했다. "그러니까 그 아기는 저일 리가 없어요."

"아." 애보셋 원장이 엄숙하게 고개를 끄덕였다. "이젠 내가 너에게 이야기를 들려줘야겠구나. 내가 이야기를 하는 동안 넌 꼭 자리에 앉는 게 좋겠다." 그녀가 누어에게 말했다.

"이미 앉아 있는데요."

애보셋 원장은 안경을 밀어내고 누어를 향해 눈을 가늘게 떴다. "좋아." 그녀는 깍지 낀 손가락으로 턱을 받치더니 극적인 효과를 내려는 듯 잠시 침묵을 지키다가 이내 설명을 시작했다. "15년 전에 한 아기가 우리에게로 왔단다. 육아실에서 빛을 움켜잡아 삼켜버리는 아기였어."

누어는 꼼짝도 하지 않고 애보셋 원장을 응시했다.

"내 생각엔 그게 너였던 것 같다." 애보셋 원장이 앞으로 몸을 수그렸다. "말해보거라, 혹시 네 오른쪽 귀 뒤에 작은 반달 모양의 점이 있니?"

누어는 잠시 뜸을 들이다 길게 심호흡을 한 뒤 손을 올려 귀를 덮은 머리칼을 옆으로 치웠다. 정말로 귀 뒤에 애보셋 원장이 말한 모양의 점이 보였다.

누어의 손이 덜덜 떨리기 시작하더니 머리칼을 원래 있던 대로 내려뜨렸다.

나는 가슴이 조여드는 걸 느꼈다.

"저였군요." 양 눈썹을 찌푸리며 누어가 나직이 말했다.

"그래. 너였어." 애보셋 원장은 미소를 지었다. "난 너를 언제 다시 만나게 될까 궁금했었단다."

"**오 맙소사.**" 호러스는 양손으로 가슴을 움켜쥐며 속삭였다.

하지만 누어는 머리를 흔들었다. "저를 누가 이리로 데려왔나요? 제 부모님은 어디 계시죠?"

"인도 뭄바이에서 그쪽 임브린이 너를 우리에게 데려왔다. 그곳에선 네가 안전하지 못하다고 하더구나. 부모님은 살해당했고, 넌 쫓기고 있다고 말이다."

"누구한테요?"

"할로개스트한테. 이곳에선 본 적도 없는 유별나게 사악한 변종이었는데, 네가 당도하고 몇 달 뒤엔 급기야 우리도 그 실체를 알게 되었지. 여러 번 공격을 당한 후에 너를 포함하여 모든 이들을 가장 안전하게 지킬 방법을 논의하다가 너를 미국으로 보내자는 결정이 내려졌다. 대양을 건너면 할로우들이 너의 체취를 추적하지 못할 거라고 빌면서 말이다."

"전 아직도 이해가 안 돼요." 누어는 약간 화가 난 듯한 말투로 대꾸했다. "전 정말이지 몇 달 전까지는 그 어떤 능력도 발휘한 적이 없어요. 자라면서 이런 재능을 보인 적이 없다고요."

애보셋 원장은 목소리를 한 단계 낮추고 책상에 앉은 채로 몸을 앞으로 기울였다. "네가 가기 전에 우리는 청소년기에 접어들 때까지 너의 능력을 극적으로 줄이고 재발 지연 효력을 지니도록 실험용 액체를 먹였다. 너희들도 알다시피, 할로우들은 우리가 능력을 쓸 때 우리 체취를 맡을 수가 있거든. 그래서 우리는 너를 미국에 숨겨두는 것에 더하여 그런 조치가 앞으로 몇 년은 더 너를 안전하게 지켜줄 거라고 생각했다." 그녀는 따뜻하게 미소를 지었다. "그 약이 효과가 있었다는 걸 보니 기쁘구나. 넌 참으로 훌륭한 아가씨가 되었어, 프라데시 양. 나는 종종 네 소식이 궁금했단다. 너에 대해서 알아보고 싶은 충동도 느꼈지만, 그랬다가 와이트들에게 너의 위치가 발각될지도 모른다는 생각에 두려웠지."

누어는 양쪽 엄지로 관자놀이를 문지르며 바닥을 응시했다.

"하지만 저는 임브린이나 다른 이상한 아이들과 어울리며 자라지 않았어요. 제가 기억하는 한 저는 늘 양부모 집을 전전했는데……"

"미국에 갈 땐 누구랑 함께 보내셨어요?" 내가 물었다.

"네 할아버지의 지인 가운데 한 사람이었지." 애보셋 원장이 말했다. "벨랴나라는 이름의 여인이었다."

내 입이 떡 벌어졌다.

누어의 고개가 휙 들렸다. "어떻게 생긴 분인데요? 혹시 그분 사진 있어요?"

"틀림없이 여기 어딘가 한 장은 있을 거다." 애보셋 원장이 프란체스카에게 손짓을 하며 말했다.

임브린 수련생은 즉각 행동에 돌입했고 1분 만에 그 여인의 사진이 대령되었다. "이 사진은 너와 동행했을 때보다 훨씬 어렸을 때의 모습이다." 애보셋 원장이 설명과 함께 사진을 건네주었

으므로, 나도 흘깃 시선을 던져 확인했다.

그건 V였다. 그렇다, 조지아주 루프에서 점술가들이 그녀의 사진이라며 보여주었던 것과 똑같은 사진이었다.

누어는 사진을 들어 올렸다. 잠시 후 그녀의 손이 덜덜 떨리기 시작했다. "**엄마.**" 그녀가 속삭였다.

싸늘한 냉기가 내 몸을 관통했다. 모두 그랬을 것이다.

"여섯 살 때까지 이분이 저를 보살펴주셨어요." 누어가 말했다. "그러고는 살해당하셨고요."

♈

누어는 애보셋 원장의 책상 앞에서 오락가락 서성이며 V의 사진을 이리 보고 저리 보기를 계속했다. "강도 사건이라고 했어요. 엄마와 제가 밤길을 걷는데 누군가 우리를 공격했어요. 저는 쓰러져서 머리를 부딪쳤어요. 아직도 흉터가 남아 있어요." 누어는 무심코 오른쪽 귀 위쪽 머리칼을 어루만졌다. "전 병원에서 깨어났어요. 엄마는 살해당했다고 사람들이 말해줬어요."

"확실히 그건 강도 사건이 아니었을 거다." 애보셋 원장이 말했다. "그리고 그 사람도 살해당하지 않았어. 네가 겪은 일은 와이트의 공격이었겠지, 아마 할로개스트도 함께 따라붙었을 테고. 그 사람은 용케 놈들과 싸워 그들을 따돌렸던 것 같다. 하지만 네가 다쳤으니 더는 너를 안전하게 지킬 수 없다는 걸 깨달았지."

"그래서 저를 포기했군요." 누어가 눈물을 머금은 목소리로 말했다. "그러고는 돌아가셨다고 생각하게 내버려둔 거예요."

애보셋 원장님은 자리에서 일어나 책상에서 돌아 나왔다. 그녀는 누어의 양손을 꼭 잡았다. "그 사람에겐 선택의 여지가 없었어. 평범한 사람들 틈에서 지내야만 네가 안전할 테고, 너와 연락을 했다간 네 생명이 위태로워질 거란 걸 알았으니까."

"맙소사, 그분에겐 정말 가슴 찢어지는 일이었겠네요." 엠마가 말했다.

"하지만 **누군가** 이따금씩 들러 누어를 돌봐줬을 거예요." 휴가 말했다. "아무래도 V가 직접 나설 순 없었겠지만……"

그 말을 들으니 내 머리에 언뜻 떠오르는 것이 있었다.

나는 애보셋 원장님을 한쪽 옆으로 데려가 혹시 우리 할아버지 사진도 그곳에 보관되어 있는지 물었다. 얼마 안 되어 사진 한 장이 나왔다. 에이브 할아버지가 어느 집 앞 베란다에 앉아 장총을 들고 조준하는 모습을 찍은 스냅 사진이었는데, 애보셋 원장은 오래전 루프 침입 방어 훈련을 하던 중에 찍은 사진이라고 설명했다. 나는 그 사진을 누어에게 보여주었다.

"여기선 한참 젊어 보이긴 하지만 내가 보기엔 이분 갠디 씨인 것 같아." 누어는 약간 혼란스러운 표정을 지었다. "왜? 너도 아는 분이야?"

내 심장이 잠시 박동을 멈추었다.

엠마가 자기도 보려고 우리 둘 사이에 끼어들었다가 흠칫 놀랐다. "에이브잖아!"

갠디는 에이브 할아버지의 가명이었다.

"우리 할아버지야." 내가 말하자, 그제야 휴와 호러스도 사진을 보려고 모여들었다.

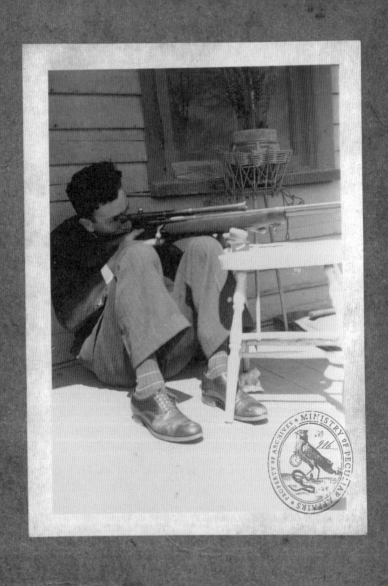

"그분은 내가 잘 사는지 확인하러 들르곤 하셨어." 누어가 말했다. "난 그분이 입양기관 직원인 줄 알았어!"

"에이브가 네 안부를 확인했던 거야." 엠마가 말했다. "하지만 입양기관을 대신해선 아니었지."

"넌 줄곧 우리 가족의 일부였단다, 아가." 애보셋 원장이 누어에게 말했다. "단지 네가 그걸 몰랐을 뿐이야." 그러고는 누어에게로 와서 앙상한 팔로 그녀를 껴안아주었다.

임브린이 포옹을 풀어준 뒤 누어는 뺨에 흐른 눈물을 닦으며 잠시 마음을 가라앉혔다.

"너 괜찮아?" 내가 누어에게 물었다. "단숨에 받아들이기엔 엄청난 이야기잖아."

그녀는 재빨리 고개를 끄덕이며 고개를 들었고, 단호한 결심이 서린 눈동자를 빛냈다. "그분은 살아계셔." 누어가 말했다. "내가 꼭 찾아낼 거야."

⠀⠀⠀⠀⠀⠀⠀⠀⠀⠀⠀ℭ

"에헴."

그 소리에 나는 홱 몸을 돌렸다. 아무것도 발견하지 못한 나는 나와 마찬가지로 놀란 듯한 친구들과 의문의 시선을 주고받았다. 누군가 큰 소리로 헛기침을 하는 걸 우리 모두 들었는데, 돌아보니 그곳에는 아무도 없었다.

"밀라드?" 서서히 깨달은 엠마가 물었다. "여긴 언제 왔어?"

"그보다도 중요한 건, **어떻게** 여길 들어왔지?" 애보셋 원장이 매섭게 물었다.

"거의 처음부터 줄곧 여기 있었어요." 밀라드가 말했다. "약간 늦게 오긴 했지만 방해하고 싶지 않았어요."

"투명인간들이 알몸으로 여기저기 숨어 다니는 것에 대해서는 엄격한 규칙이 있다, 널링스 군."

"네, 원장님, 마음 깊이 사과드립니다." 밀라드는 애보셋 원장의 책상 옆에 모인 우리 쪽으로 걸어오는 듯했다. "호러스가 말씀드렸는지는 잘 모르겠지만, 저희는 그 예언 내용만 해석하려 애쓰는 게 아니라 지도 역시 수수께끼를 풀어야 하거든요. 현재 V가 사는 루프로 저희를 인도해줄 거라 생각되는 지도가 있어요."

애보셋 원장이 호러스를 향해 한쪽 눈썹을 들어 보였다. "아니." 그녀가 느릿느릿 말했다. "호러스가 그 얘긴 언급하지 않았어."

"그럴 시간이 없었어요, 원장님." 호러스가 말했다. "게다가 지도는 밀라드 전문이고요."

애보셋 원장은 그저 한숨만 쉴 따름이었다.

"그래서 뭐. 무슨 소식이라도 있어?" 누어가 얼굴을 환하게 밝히며 밀라드에게 물었다. "뭐 좀 찾아냈어?"

"아직 없어. 올리브랑 클레어가 아직 아래층에서 네 지도 조각과 닮은 중서부 지형을 무작정 찾고는 있는데, 거의 짚더미에서 바늘 찾기 같은 상황이야. 하지만 방금 밝혀진 흥미진진한 소식이 우릴 도와줄 것 같아." 그가 누어를 향해 한 걸음 다가섰다. "넌 여섯 살 때까지 V랑 함께 살았다고 그랬지?"

"다섯 살 좀 넘어서까지야." 누어가 말했다. 이어 그녀는 그가 물으려는 게 무엇인지 벌써 알겠다는 듯 고개를 끄덕였다. "우리가 살던 곳에 대해서 내가 혹시 뭐라도 기억하는 게 있는지 알고 싶은 거잖아."

"맞아. 최소한 V가 자주 다니던 곳이라도 대강 알면 우리한테 도움이 될 거야."

"V가 왜 공격을 받았던 곳과 같은 지역에 숨어 지내겠어?" 내가 물었다.

"어쩌면 비밀 루프에 숨었다면 실제로 아주 가까울 수도 있어. 루프 입구가 교묘하게 감추어져 있기만 하다면 거리는 정말로 아무런 상관이 없거든. 난 그냥 구체적이고 소상한 이야기만 들으면 돼. 어디든 네가 살았던 도시의 이름을 알면 이상적이겠지……."

누어의 이마에 주름이 파였다. 그녀는 고개를 저었다. "아무 지명도 기억 안 나. 우린 이사를 많이 다녔고 수도 없이 다른 지역에서 살았어. 어디서도 절대 오래 머문 적이 없어."

"분명 **뭐라도** 기억이 날 거야." 밀라드가 필사적으로 말했다. "기억의 아주 작은 조각 하나라도 엄청 중요한 단서가 될 수 있어."

누어는 생각에 잠겨 입술을 깨물었다. "음, 한동안 어느 도시의 작은 아파트에서 살았어. 밤새도록 라디에이터에서 탱탱거리는 소리가 들렸고 거리에 뚫린 거대한 통풍구에서 수증기가 뿜어져 나오던 게 생각나. 버스를 타고 다녔는데, 의자에 초록색 비닐이 씌워진 낡은 버스에선 레몬오일 냄새가 났어."

"와, 그게 뭔가 단서가 될 수도 있을 것 같아!" 브로닌이 앉은 자세를 고치며 말했다.

밀라드는 괴롭다는 듯 길게 한숨을 내쉬었다. "지도 조각은 도시 지역이 아니야." 그가 말했다. "그러니까 결국 그 기억은 대단히 쓸모가 있진 않아. 다른 곳은 없었어?"

"갔던 데가 수없이 많아." 누어가 말했다. "하지만 어디서도 오래 지내진 않았어." 그녀는 말을 멈추고 생각에 잠겼다. "한 군데만 빼고. 작은 소도시였어. 그곳으론 여러 번 되돌아가곤 했어. 하지만 그곳에 대한 기억은 정말이지 너무 흐릿해." 그녀는 격렬하게 절망적인 한숨을 내쉬었다. "**이상하게** 흐릿해. 어쩌면 마치……"

"누군가 네 기억을 앗아간 것처럼?"

프란체스카였다. 나는 그녀가 듣고 있는지도 몰랐다.

누어는 그녀를 이상한 눈초리로 쳐다보았다. "저는 그런 게 가능한 줄도 몰랐어요!"

프란체스카와 애보셋 원장의 시선이 마주쳤다. 프란체스카가 말했다. "원장님, 프라데시 양이 기억을 삭제당했을 가능성이 있다고 생각하세요?"

애보셋 원장은 양손을 깍지 끼며 고개를 끄덕였다. "저 아이가 당시에 대한 다른 기억을 가졌다면, 누군가 기억을 일부만 지웠을 가능성이 있어. 특정한 기억만 제거하려고 말이야."

"잠깐만요, **뭐라고요?**" 누어가 눈을 휘둥그렇게 뜨며 물었다. "두 분 진지하게 말씀하시는 거예요?"

"기억 삭제는 꽤 흔한 일이야." 브로닌이 말했다.

"**평범한 인간들에게.**" 휴가 말소리를 낮춰 덧붙였다.

누어는 납득이 안 가는 표정이었다.

애보셋 원장은 위로하듯 누어의 팔에 손을 얹었다. "너를 위험에서 지켜내기 위해 아주 적은 부분만 기억을 지운 것 같구나, 아가. V가 너의 안전을 염려했다면, 언젠가 네가 향수병이 생긴다거나 집처럼 느껴지는 곳에 대한 막연한 동경으로 과거에 둘이 살던 곳으로 되돌아가려 할지 모른다는 점도 마찬가지로 염려했을 거다."

누어는 자기 신발을 뚫어져라 쳐다보았다. 아무 말도 하지 않았지만 그녀가 얼마나 상심했는지 뚜렷이 보였다.

"누군가 자기 자식에게 그런 일을 한다고 상상해봐." 엠마가 엄숙한 목소리로 말했다.

"나는 내 부모님한테도 그런 일을 해야 했어." 무겁게 한숨을 쉬며 내가 말했다. "나도 쉬운 선택은 아니었어."

누어는 머리를 흔들었다. "어쩌면 V가 나를 안전하게 지키려고 한 게 전혀 아닐지도 몰라." 그녀가 조용히 말했다. "어쩌면 그냥 나를 원하지 않았던 거야."

"얼토당토않은 소리다." 애보셋 원장은 소리치다시피 말하며 너무 빨리 허리를 펴고 선 탓에 등 근육에 담이 들었다. 그녀는 책상 가장자리를 잡고 몸을 지탱하며 인상을 찌푸리다가 천천히 허리를 다시 굽혔다. "어휴 이런. 프란체스카, 내가 또 담이 들린 것 같구나. 가서 내 오일을 좀 가져다주겠니?"

"당장 가져올게요, 선생님." 프란체스카는 대답과 함께 다급히 사라졌다.

또 한 번 큰 소리로 헛기침 소리가 났다. 밀라드였다.

"미리 사과할게, 누어, 하지만 우리에겐 네가 자괴감에 빠져

피로워하느라 허비할 시간이 없어." 그가 말했다. 나는 너무도 매정한 그의 태도에 고함을 지를 뻔했지만, 그가 내 말문을 막았다.

"그 V라는 여인이 너를 엄청나게 아꼈다는 건 차고 넘치도록 확실해, 안 그랬더라면 그냥 너를 와이트한테 넘겨버렸을 수도 있겠지. 그러니까 제발 우리 이제 대화에 다시 집중하면 안 될까?"

누어는 얼굴을 찡그렸지만 어쨌거나 약간 기분이 누그러진 것 같았다. 곧 그녀의 찌푸린 표정은 강철 같은 단호함으로 바뀌었다.

"아주 잘 생각했다." 애보셋 원장은 아직 책상 의자에 어색한 자세로 앉아 있었다. "프라데시 양, 간단한 절차를 밟는 걸 감수해 주겠니?"

"절차라뇨?" 눈썹을 치켜올리며 누어가 물었다.

애보셋 원장은 아직도 통증으로 움찔거리며 말을 이었다. "있잖니, 아주 가끔이긴 하다만 우리 임브린도 실수를 저지른단다." 그걸 인정하는 것이 그녀에게도 확실히 고통스러운 듯했다. "그래서 우리가 엉뚱한 사람의 기억을 지우거나 너무 많이 기억을 삭제하게 되면, 우리가 한 짓을 약간이나마 되돌릴 필요가 있어. 우리 직원 중에 레지 브리드러브라는 사람이 있는데, 그 사람의 재능이 바로 그렇게 잃어버린 기억을 되살려내는 것이란다. 그런데 그건 과학도 아니고, 이번 경우 네 기억을 삭제한 게 워낙 오래전 일이기 때문에 결과는 크게 장담할 수 없겠구나."

"아." 어딘가 희망적인 목소리로 누어가 대꾸했다. "그래도 시도해볼 가치는 있다고 생각해요."

애보셋 원장은 미소를 지었다. "바로 그런 정신이지."

15분 후 브리드러브가 애보셋 원장의 집무실에 당도했다. 프란체스카는 임브린의 다친 등에 오일을 발라주었다. 활기를 되찾은 애보셋 원장은 꼿꼿하게 섰으나, 브리드러브는 술에 취했거나, 최소한 이제 막 잠자리에서 일어나 다급하게 양복과 넥타이를 챙겨 입은 사람처럼 비틀거리며 걸어 들어왔다. 그는 큰 키에 피부가 구릿빛이었고, 넓적한 얼굴에, 옆으로 길쭉한 눈은 절대 깜박거리지 않을 것 같았다.

프란체스카가 그를 이끌고 우리에게 다가왔다. 그는 책 더미를 건너며 계속해서 비틀거리다 가까스로 넘어지기 직전에 몸을 바로잡았다.

"약간 균형 감각이 없어 보이네요." 엠마가 의심스러운 듯 말했다.

"어른들에게 좀 더 믿음을 가지렴." 애보셋 원장이 나무랐다.

브리드러브는 곧장 일에 착수했다. 애보셋 원장에게 작업 과정은 조금도 아프지 않으며 다른 기억을 더는 지우는 일이 없을 거라고 확답을 받은 누어는 벽난로 앞에 놓인 딱딱한 등받이 의자에 앉았다.

그는 미용사처럼 누어의 뒤쪽에 자리를 잡고 섰다. "불꽃을 응시하렴." 그가 누어에게 지시했다. "아무런 생각도 하지 마라."

"최선을 다해볼게요."

브리드러브는 누어의 머리 양쪽에 자신의 큼지막한 손바닥을 댔다. 그가 눈을 감았다. 그의 콧구멍에서 희미하고 미세한 연기가 새어나오기 시작했다.

시선을 고정한 누어는 불꽃 속에서 무언가를 찾는 사람처럼

불길을 살펴보았다. 뒤통수에서 하나로 머리를 묶을 때 빠져나온 귀밑머리가 허공으로 떠올라 춤을 추었다.

나는 그녀에게 몸을 수그렸다. **"너 괜찮아?"** 내가 속삭였다.

"말 걸지 마라." 브리드러브가 말했다.

나는 반박하려다가 이내 그러지 않는 편이 낫다고 생각했다.

밀라드는 초조한 듯 러그 위를 서성거렸다. 엠마와 브로닌은 각자 소파에 앉아 자신의 몸을 껴안았는데 의도한 건 아니었지만 서로 행동을 따라 했다.

애보셋 원장은 눈을 빛내며 꼼짝도 하지 않았다.

나는 누어의 곁에 서서, 혹시라도 이런 작업이 아픔을 주는 것 같으면 당장 멈출 태세로 그녀의 얼굴을 지켜보았다.

째깍째깍 30초가 흘러갔다.

"무얼 하는 거죠?" 내가 브리드러브에게 물었다.

프란체스카가 나에게 손을 들어 보였지만 이번엔 브리드러브도 방해를 용인해주었다. "빈 공간을 찾고 있다." 그가 설명했다.

다음 질문을 던지려는 찰나에 갑자기 그의 몸이 굳어졌다.

"그래, 여기 있군. 이 부분엔 온통 작은 구멍이 있어." 숱 많은 그의 눈썹이 위로 치솟았다. "그리고 여긴 큰 구멍 하나."

"뭐든 되살릴 수 있겠나?" 애보셋 원장이 물었다.

"아마도요." 그의 손이 누어의 관자놀이에 더욱 가까워졌다. 그의 콧구멍에서 나오는 연기가 짙어지면서 그의 머리칼도 위로 치솟기 시작했다. "아마도 몇 가지는 살아나겠네요."

그리고 나자 누어가 말을 시작했다. 절반쯤 최면에 걸린 듯 천천히.

"강가에서 놀던 기억이 나요. 깊고 넓은 강이에요. 이름이 아주 길어요."

애보셋 원장의 예리한 시선이 프란체스카를 향했다. "다 적고 있니?"

프란체스카가 수첩을 집어 들었다. 그녀 뒤쪽에 서 있던 다른 임브린 수련생 둘도 똑같이 행동했다.

누어가 말했다. "마당에 큰 나무가 있었어요. 엄마가 느릅나무라고 했어요. 나무엔 그네가 매달려 있어요. 한번은 그네에서 떨어져 발목을 삐었어요. 그 사고 이후로 한 달간 엄마가 그네를 타지 못하게 해서 엄청 화가 났었어요."

"그밖에 또 뭐가 있니?" 브리드러브는 점점 노래하는 듯한 목소리로 그녀에게 물었다. 그의 콧구멍에서 나온 연기는 빠르게 쌓여 뿌옇게 짙은 소용돌이를 그리며 우리 머리 위 서까래를 향해 올라갔다.

누어는 개의치 않는 듯했다.

"사과요." 그녀가 말했다. "가을이 되면 우린 숲에서 야생 사과를 따왔어요. 사과가 얼마나 달콤하고 맛있는지 과즙이 팔에 뚝뚝 떨어졌어요. 하지만 그러다……" 그녀가 잠시 침묵을 지키자, 종이 위에 사각거리는 연필 소리 외엔 온 방 안이 조용해졌다. 이내 누어가 이야기를 계속했다. "가려워요, 너무 가려워요. 온몸이 다." 그녀는 그 느낌을 다시 실감하는 듯 팔과 가슴을 긁어대기 시작했다. "들장미 덤불에서 놀다가 온몸에 빨갛게 두드러기가 났어요. 두드러기가 세모 모양으로 생겼어요. 그 뒤로는 숲에서 별로 놀지 않았어요. 엄마는 숲이 위험하다고 말했죠. 숲엔 총을 가진 남자들이 있었어요. 선명한 주황색 조끼를 입은 남자들요. 한번은 큰 가게 주차장에서도 그 사람들을 봤는데, 트럭 지붕에 큼지막한 동물 시체를 묶어놨더라고요. 너무 슬펐어요. 그걸 본 나는 울음을 터뜨렸어요."

"그 가게 이름이 뭐였어?" 내가 속삭임보다 살짝 큰 목소리로 물었다.

브리드러브가 나를 노려보았다.

누어의 얼굴이 경직되었다. 그녀의 눈동자는 불길 속을 헤매고 있었다. 그러다가 그녀가 머리를 흔들었다.

"고약한 냄새가 기억나요. 공장이나 뭐 그 비슷한 게 있었고, 가끔은 썩은 달걀 냄새 같은 게 났어요."

임브린 수련생들은 맹렬하게 받아 적었다.

"좋아." 밀라드가 나직이 말했다. "또 다른 건?"

"아침 일찍 들려오는 딱따구리 소리. 녀석은 마당 끄트머리에 살았어요. 아주 작았죠. 가끔은 내 방 창틀에 와서 앉기도 했어요. 머리에 앙증맞은 빨간 모자를 쓴 것 같았어요."

"솜털 딱따구리인 것 같구나." 애보셋 원장이 말했다.

누어는 점점 더 빠르게 이야기했다. 이제 브리드러브의 코에선 연기가 맹렬하게 쏟아져 나왔다.

"아주, 아주 긴 길이 보여요. 그 끝엔 꼭대기가 없는 산이 있어요. 우유가 분홍색이 될 때까지 알록달록한 시리얼을 쏟아부었어요." 그녀가 약간 신음하기 시작했다. 느닷없이 브리드러브가 양손을 뗐다.

"그게 전붑니다." 그가 말했다. "더 깊이 들어가면 아이의 정신을 해칠 위험이 있어요."

누어의 고개가 툭 떨어지더니, 지친 듯 의자에 축 늘어졌다.

밀라드와 브로닌, 그리고 내가 쏜살같이 그녀에게 다가갔다. 나는 의자 옆에 무릎을 꿇었다. "괜찮아?"

누어는 꿈에서 깨어나듯 놀란 얼굴로 고개를 들었다. "응. 응. 그냥……" 그녀는 한 손으로 얼굴을 쓸어내렸다. "좀 피곤해."

브리드러브는 코를 꼭 움켜쥐고 한 번 콧방귀를 껴, 머릿속 어딘가에서 이글거리던 불길을 껐다. 그러더니 러그 가장자리로 비틀비틀 걸어가 방향을 틀어 누어를 마주 보았다. "앞으로 며칠 간은 단편적인 기억들이 더 떠오를지 모른다." 그가 말했다. "하지만 아주 미세한 조각들일 뿐일 거야."

"감사합니다." 누어는 그에게 지친 미소를 지어 보이며 말했다. "그건 정말……" 그녀가 어렵사리 꿀꺽 침을 삼켰다. "강렬한 경험이었어요."

"분명 그랬을 거야." 밀라드가 말했다.

누어는 그를, 아니 그의 목소리가 들려온 곳을 쳐다보았다. "뭐라도 도움이 되었어?"

"뭔가 알아낼 수 있을 거라는 자신감이 들어."

"우린 이미 알아낸 게 있어." 프란체스카가 이렇게 말하며, 뒤쪽에 있던 동료 임브린 수련생들을 돌아보자, 수줍은 여학생 하나가 수첩에 얼굴을 묻은 채로 고개를 끄덕였다.

"네가 묘사한 꽃과 동물의 종만으로도, 네가 묘사한 장소는 미국 중서부가 아니라 동부가 맞는 것 같아."

누어는 충격을 받은 표정이었다. "뭐라고요? 확실해요?"

"동부에도 토네이도가 생기나?" 내가 물었다.

"몇 군데는." 밀라드가 빠르게 고개를 끄덕이며 말했다. "많은 지역은 아니야. 하지만 몇 군데는 생겨."

휴는 한숨을 쉬었다. "미국 주는 서너 개만 되도 엄청나게 큰 짚더미야."

"맞는 말이야." 밀라드가 말했다. "하지만 이전보다는 작아졌잖아."

제 5 장

chapter five

누어는 몇 분이 지나도록 걸음이 불안정한데도 휴식을 취하라는 당부를 들을 생각도 하지 않았으므로, 우리는 모두 지도 제작국이 있는 아래층으로 향했다. 그곳은 높은 도서관 서고와 바퀴 달린 사다리가 빽빽하게 둘러쳐진 기묘한 공간이었는데, 공기 자체가 빛을 뿜는 듯 실내 전체에 새하얗고 밝은 햇빛이 들어차 있었다. 창문이나 등불은 어디에도 보이지 않았으므로 나는 그게 일종의 이상한 눈속임일 거라고 짐작했다. 서가 사이사이 툭 트인 공간엔 지도를 펼칠 수 있도록 길고 평평한 테이블이 놓였고, 바로 그런 테이블에서 거대한 지도책을 쌓아놓고 거의 파묻혀 있는 올리브와 에녹, 클레어를 찾아냈다.

"오클라호마주는 우리가 거의 다 끝냈어!" 우리를 본 올리브가 외쳤다.

"하데스 맙소사." 에녹이 투덜거렸다.

"점심 가져왔어?" 클레어가 물었다.

"지금은 쉬면서 노닥거릴 때가 아니야!" 밀라드가 말했다. "이것들은 다 치워, 우리가 이제껏 엉뚱한 나무껍질을 벗기고 있었던 것 같으니까."

세 사람이 동시에 신음을 흘렸다.

나머지 우리들은 이제 쓸모없게 된 미 중서부 지도를 바닥에 쌓아놓고 처음부터 다시 시작했다. 밀라드는 훈련 교관처럼 명령을 내리기 시작했는데, 다른 상황이었다면 우리가 발끈해서 거부했을 만한 고압적인 태도였다. 하지만 여긴 그의 영역이었고 이번 일은 매우 중요했다. 그래서 우리는 불평 없이 명령에 따랐다.

밀라드가 소리치듯 말했다. "휴, 저기로 올라가서 제일 꼭대기 선반에 있는 지도를 전부 가져다줘. 근데 저 큰 지도는 아주 조심스럽게 다뤄야 해, 저게 바로 진품《시간의 지도》라서 망가지기 쉽거든. 제이콥, 너는 오하이오와 펜실베이니아, 뉴저지, 뉴욕, 메릴랜드주와 그 주변 북쪽 및 서쪽 지역 가운데서 긴 강을 가깝게 끼고 있는 모든 루프의 목록을 만들도록 해. 그리고 누어, 너에겐 특별히 줄 임무가 있어."

해당 주의 지도가 친구들에게 분배되었다. 우리는 꼼꼼하게 지도를 한 면씩 살펴보며 아주 긴 이름을 지닌 긴 강을 찾고, H가 우리에게 준 지도 조각과 맞아떨어지는 지형과 도시 배치가 있는지 확인했다.

곧 우리는 일에 빠져들었다.

몇 시간이 흘렀다.

우리 주변에 층층이 쌓인 지도책들이 너무 높아서 각자 칸막이를 친 벽 안에서 일하는 것 같았다. 밀라드는 지도책들을 넘나들며 이따금씩 끙 소리를 내고 사소한 발견이나 지적에 흥미나 놀라움을 보였다. 한 시간 뒤 나는 누어에게 휴식이 필요한지 물어보았지만 그녀는 고개를 저었다. 또 한 시간이 흐른 뒤, 내가 누어 앞에 슬그머니 물을 한 잔 밀어놓자 그녀는 두 모금에 벌컥벌컥 들이켠 뒤, 고개를 들어 나를 쳐다보며 마치 인간이 제 기능을 하려면 물 같은 게 꼭 필요하다는 사실을 잊고 있던 사람처럼 깜짝 놀라고 동시에 고마워하는 표정을 지었다. 그러고는 곧장 다시 꼼꼼히 살피고 있던 지도에 몰두했다. 그로부터 또 한 시간 뒤 클레어가 칭얼거렸다. "**지금** 점심 먹고 싶은 사람은 아무도 없어?" 그러고는 살짝 종이에 벤 상처에 그 두 배 넓이의 붕대를 감은 손가락 하나를 들어 보였다. "우징 스트리트 <u>끄트</u>머리에 가면《머크레이커》지 음식 평론가한테 별 두 개를 받은 스튜 식당이 있어."

"총 몇 개 중에서 별 두 개를 받은 건데?" 휴가 물었다.

"다섯 개. 어차피 별 하나보다 더 높은 평가를 받은 데는 악마의 영토에서 거기가 유일한 곳이야, 그러니까……"

"내 생각에도 우리 다 휴식이 필요해." 밀라드가 한숨을 쉬며 말했다. "군대도 배를 채워줘야 굴러간다는 속담이 있잖아."

"너희들은 뭐든 꼭 먹어야 해." 누어는 이렇게 말하면서도 책장에서 고개를 들지 않았다.

"너는 안 가려고?" 내가 물었다.

"너희 먼저 가. 난 배 안 고파." 누어가 말했다.

"바로 그런 정신이지." 밀라드가 말했다.

휴가 약간 세게 책을 탁 덮었다. "너희 모두 피오나를 찾는 데 이렇게 미친 듯이 열중했더라면 지금쯤은 돌아오고도 남았을 거야." 그가 화를 내며 말했다.

엠마는 양심에 찔린 표정을 지었다. "오, 휴." 그녀가 말을 걸었지만 휴는 최대한 눈물을 참으려고 애쓰며 서둘러 나가는 중이었다. 휴가 일하던 자리엔 벌 한 마리가 윙윙거렸다.

"내가 얘기해볼게." 엠마가 휴의 뒤를 따라 달려가며 말했다.

누어가 나를 쳐다보았다. "방금 무슨 일이야?"

밀라드가 설명했다. "피오나라고 우리 친구가 있는데 휴랑 오랜 연인 사이였거든, 근데 걔가 얼마 전에 실종됐어. 죽은 걸로 추정돼."

휴가 뒤적거리던 지도책을 브로닌이 집어 들었다. "어휴 이런." 슬픔에 잠겨 그녀가 말했다. "휴는 아일랜드 지도를 보고 있었어." 그녀가 지도책을 들어 우리에게 보여주었다.

"에녹, 네가 휴를 잘 지켜봤어야지!" 클레어가 소리쳤다.

에녹은 눈알을 굴릴 뿐이었다.

"피오나가 아일랜드 출신이거든." 내가 누어에게 설명해주었다.

"정말 안됐다." 누어가 머리를 흔들며 말했다. "휴한테는 정말 끔찍한 일일 거야."

"있잖아, 얼마 전에 나 피오나 꿈을 꿨어." 호러스가 말했다.

우리 머리가 일제히 그를 향해 돌아갔다.

"그랬어?" 내가 물었다. "근데 왜 아무 말도 하지 않았어?"

"휴한테 헛된 희망을 불러일으키고 싶지 않았어. 내 꿈이 다 예지몽도 아니고, 어떤 꿈이 어떤 의미인지 알아보려면 시간이 걸리니까."

"어떤 꿈이었는데?" 내가 물었다.

밀라드는 다시 지도에 열중했다. "나도 귀는 열어두고 있을게." 그가 말했다. "하지만 너도 알다시피 나는 꿈을 별로 믿지 않아."

"나도 **알아**, 밀라드. 나한테 얘기한 것만도 천 번은 넘을 거다." 호러스는 머리를 흔들면서도 설명을 이어갔다. "어쨌거나 꿈속에서 피오나는 버스를 타고 있었어. 헐렁한 자루 같은 초록색 옷을 입고 깃털 꽂은 작은 모자를 쓴 어린 남자애랑 같이 있었어. 피오나는 겁에 질려 있더라. 걔가 위험에 처했다는 걸 나는 아주 강렬하게 느꼈어. 아무런 의미도 없는 꿈일 수도 있어. 하지만 누구에게든 털어놓고 싶었어."

"꿈엔 여러 가지 의미가 있다고 생각해." 누어가 말했다. "하지만 그렇다고 해서 곧이곧대로 사실이라는 의미는 아니겠지."

호러스는 고마운 듯 누어를 쳐다보았다.

"제발 휴한테는 그냥 얘기하지 마라." 밀라드가 말했다. "그럼 우리더러 영국에 있는 모든 버스를 뒤지자고 할 건데, 그랬다가 아무것도 찾아내지 못하면 전보다 더 낙담할 거야."

얼마 후 엠마와 휴는 모두를 위해 컵에 담긴 테이크아웃용 스튜를 들고 돌아왔다. 휴는 감정을 폭발시킨 것에 대한 사과를 했고, 엠마는 각자에게 스튜를 나눠 주며 일일이 새끼손가락을 갈색 액체에 넣고 빠르게 저어 다시 따듯하게 데워주었으므로 우리는 일을 하면서 스튜를 먹었다.

"너희들 중 누구도 감히 이 지도책에 스튜를 흘릴 생각은 마라." 밀라드가 경고했다. "책을 손상시킨 데 대한 공식적인 처벌은 투옥 30년 더하기 어마어마한 수리 비용이야."

"**어이쿠**." 휴가 숨죽여 중얼거리며 남몰래 셔츠자락으로 지도를 닦았다.

몇 시간이 더 흐른 뒤, 출처 모를 빛이 흐려지기 시작했다. 우리는 눈을 게슴츠레 뜨고 일감에 더 고개를 숙인 채 확인 작업을 계속할 작정이었지만, 거만한 사환이 서가 끝에 나타나 큰 소리로 외쳤다. "업무 시간이 끝났습니다! 어서 밖으로 나가주십시오!"

"우리도 가는 게 좋겠어." 호러스가 말했다. "옛날 수용소에서 지내던 환자들 몇 명이 아직 건물에 숨어 있는데 밤이 되면 밖으로 나와 돌아다닌다더라."

"드디어 끝났군." 에녹이 중얼거렸다.

우린 모두 지쳐 있었다.

밖으로 걸어 나오며 누어는 밀라드에게 우리 작업에 얼마나 진전이 있었는지 물었다.

"느리긴 하지만 꾸준히 작업했잖아." 그가 말했다. "오늘 아침에 비하면 목표에 엄청 많이 가까워졌지. 하지만 우리가 쟁기질을 해야 할 잡초 밭이 엄청 넓어." 그는 하품을 참을 수가 없었다. "네가 우연히라도 도시 이름을 기억해내지 않는다면 말이야."

"노력해볼게." 누어가 한숨을 쉬었다. "너희 모두 이렇게 지치게 만들어서 미안해."

"그런 걱정은 하지 마." 내가 말했다. "정말이야."

"이건 우리 모두에게 관련된 일이야." 엠마가 덧붙였다.

누어는 얌전히 미소를 지었다. "고마워. 큰 위로가 됐어."

정부 관계자들이 곳곳에서 전부 쏟아져 나와 하루를 마감하느라 분주한 로비로 접어들었을 때, 믿어지지 않을 정도로 나를 행복하게 만들어주는 이야기를 엿듣게 되었다.

"넌 걱정하지 마." 휴가 누어에게 말했다. "우리가 꼭 그분을 찾을 거야."

그러고는 그가 누어의 등을 다독였다.

ᒼ

저녁을 향해 가는 시간이었다. 공장에서 뿜어 올린 자욱한 연기 사이로 지평선에 낮게 걸린 노란색 희미한 태양이 우리를 비추었다. 온종일 노동에 힘썼던 이상한 사람들이 거리를 돌아다니거나 악마의 영토에서 상당히 드문 공용 광장에 모여 울분을 토로했다. 최근에 벌어진 사건뿐만 아니라 루프 전체에 드리워진 먹구름 같은 팽팽한 긴장감 탓에 울분할 일은 많았으므로, 걸어가는 동안 들려오는 모든 대화는 무겁고 두려움으로 가득했다.

누어는 걸음이 느려지더니 우리 일행보다 홀로 뒤처졌다. 내가 돌아서자 생각에 잠겨 무너져 내린 공동주택 건물 틈 사이로 먼 곳을 응시하는 그녀가 보였다. 누어에겐 오늘 참으로 많은 일이 벌어졌다. 우리 모두에게도 마찬가지였지만 그녀에겐 특별히 더 그럴 것이다. 누어는 한순간도 그걸 곱씹어볼 여유가 없었다.

나는 누어가 내 걸음을 따라잡을 때까지 일부러 속도를 늦췄다. 그러고도 그녀가 알아차리기까지 좀 시간이 걸렸는데, 그제야 누어는 휙 고개를 들고 내가 있는 쪽을 쳐다보았다.

"꾸물거려서 미안." 그녀가 말했다. "그냥 좀 나만의 생각에 잠겨 있었어."

"뭐든 하고 싶은 얘기 있어?"

누어는 고개를 저었다. 시선을 내리깔았다. 한동안 우리는 반질반질한 자갈길을 발맞추어 걸었다. 이윽고 그녀가 말했다. "혹시 달아나버리고 싶다고 생각한 적 있어? 팬루프티콘에 있는 아무 문이나 골라잡아서 그냥…… 한동안 어디로든 가버리고 싶다고? 모든 걸 떨쳐버리고 떠나는 거지."

"진짜로 그런 생각은 한 번도 떠오른 적이 없어." 나는 얼굴을 찌푸리며 말했다. "근데 되게 끌리는 이야기이긴 하다."

"절대 한 번도 **떠오른** 적이 없다고?" 누어는 믿어지지 않는다는 표정이었다. "어떻게 그게 가능해? 발견해주기를 기다리는 수천 개의 장소로 이어지는 수천 개의 문이 눈앞에 있잖아. 공항에 갈 필요도 없고, 여권도 필요 없고, 출입국 심사도 필요 없는데……"

"사실 마지막 부분은 사실이 아니야. 요즘은 워낙 상황이 급박하기 때문에 우리가 특별 대접을 받았던 거고, 대부분의 이상한 사람들은 팬루프티콘을 통과하려면 티켓이 있어야 해. 평범한 인간들처럼 출입국 심사도 통과해야 하고."

누어는 어처구니가 없다는 듯이 눈알을 굴렸다. "내 말 무슨 뜻인지 너도 알잖아. 그건 전혀 똑같은 상황이 아니야."

나는 미소를 지었다. 그녀의 말이 무슨 의미인지 잘 알고 있었다.

"잘 모르겠어." 마침내 내가 말했다. 나는 흐릿해진 지평선을 향해 멀리 시선을 던졌다. "처음 악마의 영토에 온 이후로 줄곧 내 삶은 극적인 사건과 혼돈과 불을 끄기 바쁜 일상 말고는 아무것도 없었어. 언젠가는 탐험을 떠나고 싶겠지만, 지금은 그런 걸 생각하며 여유롭게 시간을 보낼 때가 아니야…… 아직은." 어쩌면 절망적으로 들렸을지도 모를 상황에 약간이나마 낙관적인 기운을 실으려 애쓰며 내가 덧붙였다.

"그럴 만도 하다." 누어가 말했다. 그녀는 다시 지평선을 바라보았다. "지금 당장 다른 루프를 선택해야 한다면, 넌 어떤 팬루프티콘 관문을 선택할 건데?"

"지금 당장?" 내가 물었다.

누어는 고개를 끄덕였다.

"아무런 일도 일어나지 않는 조용한 바닷가 같은 곳이라면 어디든 좋아." 내가 단박에 대답했다. "좀 더 지루한 인생을 지내면 좋을 것 같아."

그제야 나는 내가 고향 집을, 어린 시절 내내 그토록 탈출하고 싶어 했던 바로 그곳을 묘사하고 있다는 사실을 깨달았다. 대체 나한테 무슨 일이 벌어진 건지 의아했다.

"난 어디든 까마득한 고대로 돌아가고 싶어." 누어가 말했다. "과거로는 얼마나 멀리까지 갈 수 있어?"

"루프가 존재했던 역사가 있는 한은 끝까지 갈 수 있을걸. 몇 천 년 전까지 거슬러 올라갈 거야. 밀라드가 커다란 《시간의 지도》를 가졌던 적이 있는데 거긴 엄청 오래되어 붕괴된 루프가 표시돼 있었어. 고대 로마, 고대 그리스, 고대 중국 시대부터 내려온 것들도 있었고……"

"놀라운 얘기다." 누어는 아득한 곳을 바라보는 눈빛을 하며 대꾸했다. "난 거기로 할래." 그녀가 잠시 머뭇거렸다. "내 말은 그러니까 내게도 그런 기회가 주어진다면 말이야."

"넌 꼭 그렇게 될 거야."

누어는 웃음을 터뜨렸다. "난 너의 그 낙천주의가 좋아."

"언젠가는 우리가 모든 화재를 진압할 날이 오겠지." 내가 말했다. "그렇게 되면 우리가 원하는 만큼 탐험을 다닐 수 있을 거야."

누어는 나를 보며 미소를 지었고, 나는 별다른 생각조차 없이 **우리**라는 말을 언급했다는 사실을 깨달았다. "우리 많이 뒤쳐졌어." 그녀가 나직이 말했다. 하지만 그녀는 그 말을 하면서도 여전히 미소를 짓고 있었다.

우리가 다른 친구들을 막 따라잡았을 무렵, 반대 방향에서 오던 다른 이상한 소녀들이 우리 일행과 마주쳤다. 그들은 펄쩍 펄쩍 뛰며 손을 흔들고 깔깔 웃음을 터뜨렸다. "사인해줄 수 있어요?" 한 소녀가 물었다.

당황한 나는 얼굴이 뜨거워지는 것을 느꼈다. 누어는 놀란 웃음을 애써 참다가 한쪽 눈썹을 들어 올리고 나를 쳐다보았지만, 나는 누어와 눈 마주치기를 거부하며 고개만 흔들었다.

"나한텐 키스해줄 수 있어요?" 다른 소녀가 소리쳤다.

이젠 내 피부까지 근질거렸다. 굴욕적인 순간이 어서 지나가기를 기다리며 나는 줄곧 정면만 똑바로 응시했다.

"이런, 키스는 내가 해줄게요!" 에녹이 그들에게 소리쳤지만 소녀들은 그를 무시하고 계속 걸어갔다.

엠마는 그들을 노려보았다.

이윽고 누어가 팔꿈치로 나를 쿡 찔렀다. "그랬구나. 이런 일 많이 겪어?"

"가끔 가다 한 번."

"힘들겠다." 농담을 하면서도 그녀의 미소는 진심이었다. 어쩌면 이 모든 기묘한 관심엔 밝은 희망이 비밀스레 담겼는지도 모르겠다. 어쨌거나 나로서는 어울리지 않게 유명세를 치르고 있는 것에 대해서 누어 프라데시가 약간이나마 좋은 인상을 품는 것 이상을 바라지는 않았다.

"서둘러, 너희 둘!" 엠마가 이제는 **우리**를 노려보았다.

우리는 걷는 속도를 약간 높였지만, 나는 아직 둘만의 대화를 끝낼 생각이 없었다. 적어도 누어가 이런 말을 할 때까진 그런 심정이었다. "이상하지 않았어? 네 할아버지의 옛 여자 친구와 사귀는 거?"

나는 너무 놀란 나머지 거의 펄쩍 뛸 뻔했다. "어떻게…… 어떻게 우리가 그런…… 사이였다는 걸 네가……?"

"완전 훤히 보여. 쟤가 널 쳐다보는 눈빛을 보면 알지."

나는 한숨을 쉬었다. 그런 눈초리를 알아차린 사람은 오직 나뿐이길 바랐다. "음, 우리 더는 사귀는 사이 아니야."

누어는 무슨 일이 있었는지 나에게 물었다. 그건 **정말이지** 파헤치고 싶지 않은 이야기였다.

엠마가 그를 못 잊었어.

그런 말을 입 밖에 내야 한다면 민망함에 온몸이 쪼그라들어 죽을지도 모를 일이었다.

"결국엔 세대 차이 때문이었던 것 같아." 내 말은 그래도 어쩌면 10퍼센트쯤은 진실이었다. "우린 그냥 잘…… 통할 수가 없었어."

"음. 그랬을 것 같아."

누어가 내 말을 믿는 것 같지는 않았다. 사실 나는 누어가 내 속을 꿰뚫어 보았다고 확신했다. 하지만 어쨌거나 그녀는 나를 가엾게 여겨 화제를 바꾸도록 내버려두었고, 지금으로선 그것만으로도 충분히 기뻤다.

ʕ

모두 열 명인 우리 일행은 염력술사들끼리 모여 줄다리기 시합을 하는 걸 구경하느라 잠시 걸음을 멈추었다. 그들은 아무도 줄에 손을 대지 않았다. 누어가 신기해하며 홀딱 빠져드는 건 자연스러운 일이었으므로, 우리는 올드파이 광장의 낮은 담장 앞에 놓인 불편한 의자에 자리를 잡고 앉아 눈앞에 펼쳐지는 이상함의

향연을 지켜보았다.

"여기선 밤에 돌아다니면서 뭐 해?" 누어가 물었다.

"스태빙 스트리트에 슈렁큰헤드라는 술집이 있어." 엠마가 말했다. "하지만 거기선 주로 독한 술과 쥐로 담근 와인을 팔아. 시끄러운 곳이고."

"전에도 말했다시피 교수형장도 있어." 에녹이 말했다. "선착장 옆에서 매일 저녁 정각 6시에 거행되지."

"난 **진짜로** 교수형은 마음에 안 들어, 에녹." 올리브가 말했다.

"어휴, **알겠어.** 어차피 일단 몇 번 보고 나면 지루하긴 하지."

"와이트들을 물리친 뒤로는 그림 곰끼리 유혈이 낭자하도록 싸움을 시키는 격투장도 폐쇄되었어, 새들에게 감사할 일이지." 휴가 말했다. 하지만 **물리쳤다는** 표현에 엠마와 호러스의 얼굴이 굳어지는 것을 나는 눈치챘다. 이젠 그 말이 거짓으로 들렸다.

"보안 규칙이 더 엄격해졌기 때문에 거의 모든 오락거리가 중단됐어." 브로닌이 말했다. "거기다 해가 지면 통금이 시작되는 새로운 규율도 생겼지."

"그건 괜찮아. 어차피 교양 있는 사람들은 어두워지면 잠자리에 들어야 한다고 생각해." 클레어가 말했다.

강화된 보안 규칙에는 모든 것을 감시하는 지킴이도 포함되는 듯했다. 광장 주변 지붕에서 그 일대를 주시하는 지킴이들이 보였다.

엠마는 내가 바라보는 대상을 알아차리고 말했다. "저 사람들은 민병대야. 새로 모집됐어. 원래 있던 병력은 대부분 할로개스트 습격 때 몰살당했거든."

"신세 처량하게 됐지." 에녹이 중얼거렸다.

"임브린들이 생각 없이 아무렇게나 규칙을 정하진 않았을 거야." 브로닌이 말했다. "내 생각엔 그분들도 꽤 겁을 먹은 것 같아."

바로 그때 광장 한가운데 둥글게 모여 있던 한 무리의 사람들이 구호를 외치며 행진하기 시작했다.

"우리가 원하는 게 무엇인가?" 시위 행렬 가운데 한 사람이 소리쳤다.

"루프의 자유!" 다른 사람들이 화답했다.

"우리가 그걸 원하는 때는 언제인가?" 시위대 리더가 말했다.

"비교적 빨리!" 다른 이들이 분노의 고함을 질러댔다.

"와, 이건 좀 색다르네." 호러스가 말했다. "봐, 민주주의야!"

시위대 일부는 피켓을 들고 있었다. 우리는 평등한 대우를 원한다! 그날 아침 《머크레이커》지에 실렸던 헤드라인을 그대로 옮긴 글귀도 보였다. 임브린의 무능함!

"저 사람들, 플로리다에 있을 때 내가 너한테도 얘기한 적 있는 멍청이들이야." 에녹이 나한테 투덜거렸다. "루프에 갇혀 사는 삶을 중단하고 진짜 세상에 합류하길 원하는 사람들."

"말뚝에 매달려 화형당하는 신세가 안 될 줄 아나 봐." 엠마가 말했다. "우리 모두 똑같은 이상한 종족 역사책으로 공부한 거 아니었어?"

"저들의 움직임이 커지고 있어." 밀라드가 말했다. "임브린들이 이번 일을 잘 해결하고 와이트들을 제대로 통제하지 못한다면 대중의 지지를 잃을 거야."

"하지만 임브린 덕분에 우리가 20세기를 겪으며 살아남을 수 있었어!" 클레어가 화를 내며 말했다. "그분들이 가장 잘 안다는 걸 증명해 보이지 않았어? 그분들이 만든 루프가 없었다면 우린 전부 다 카울의 할로우에게 잡아먹혔을 거야!"

"어떤 사람들은 우리가 그들의 습격에 더 잘 대비했어야 한 다고 말하고 있어." 밀라드가 설명했다. "이곳 악마의 영토에 놈들 이 구축해놓았던 본거지를 오래전에 우리가 공격을 했어야 한다고 말이야."

"월요일 아침에 신문 보면서 쿼터백 노릇을 하는 사람들처럼 다 지난 뒤에 이러쿵저러쿵 따지는 것 같네." 누어가 말했다.

"고마워, 내 말이 바로 그거야." 밀라드가 말했다. "근데 쿼터 백이 뭐야?"

"은혜를 모르는 놈들!" 에녹이 시위대에게 소리쳤다.

갑자기 냉기가 내 주변으로 느껴지면서 냉장고에 넣어둔 퇴 비 냄새 같은 것이 우리를 휘감았다.

"이번 주 토요일에 회합이 있을 거다." 낮은 목소리가 말했다. "네가 와서 모두에게 연설을 하면 좋겠다."

돌아보니 검은 망토를 걸친 2미터 10센티미터의 장신이 눈 에 들어왔다. "너희 모두 초대하마." 샤론이 치아를 번쩍이며 말했다.

"당신도 저런 바보들과 한패예요?" 에녹이 물었다.

"하지만 당신은 임브린을 위해 일하는 사람이잖아요!" 클레 어가 그에게 소리쳤다.

"나 역시 나만의 정치적 신념을 가질 권리가 있다. 어쩌다 보 니 오랜 세월 권력을 독점해온 임브린 체제를 좀 더 공평한 방식으로 바꿀 때가 왔다는 믿음에 나도 동조하게 되었지."

"임브린들은 이상한 평민들의 의견에도 귀를 기울이잖아요."
엠마가 말했다. "공개 토론회도 개최하고요!"

"그들은 귀담아듣는 척 고개를 끄덕이고는 뭐든 자기네들이
최선이라고 생각하는 대로 행동한다." 샤론이 말했다.

"글쎄요, 그분들은 **임브린**이니까요." 브로닌이 말했다.

"봐라, 바로 그런 태도가 문제야." 샤론이 대꾸했다.

"바로 **당신이야말로** 문제예요." 클레어가 쏘아붙였다.

별안간 낮고 요란하게 우르릉 꽝음이 들리면서 땅이 흔들리
고 광장 주변의 모든 창문이 덜컹거렸다. 군중 속에서 누군가 비
명을 질렀고 시위대 가운데 몇 명은 바닥으로 납작 몸을 숙였다.

"저게 무슨 소리죠?" 호러스가 악을 썼다. "또 탈옥을 시도한
건가?"

"재난이거나 돌파구를 찾았거나 둘 중 하나겠지." 샤론이 한
손으로 손나팔을 만들어 후드에 대고 귀를 기울이며 말했다. "새
로운 동력은 오늘 밤은 지나야 완벽하게 충전이 될 텐데……"

그러고는 거구의 사내치고는 놀라운 속도로 달려 벤담의 저
택을 향해 사라졌다.

🜨

통금이 시작될 시간이라 우리는 집으로 돌아갔다. 모두들 지
쳐 긴장을 풀고 잠자리에 들고 싶어 했다. 서로서로 너무 찰싹 붙
어 지내며 긴 하루를 보낸 터라 대화와 흥밋거리가 모두 충분한

상태였다. 아무튼 우리들 중에 거의 전부는 그랬다.

누어와 나는 2층 거실에 단둘이 남게 되었다.

나는 좀 아까 나누었던 우리의 대화에 대한 생각을 멈출 수가 없었다. 누어는 내가 팬루프티콘을 자유로이 이용하지 않았다는 사실에 엄청 놀란 눈치였고, 내가 생각해봐도 그게 의아해졌다. **왜 그랬을까?** 물론 내 입으로 대답을 하기는 했지만, 지금은 그게 온전히 진실이었는지 궁금했다. 내가 호기심 없는 사람이라는 생각을 누어가 품었을까 봐 더 걱정이 되었다. 그건 전혀 사실이 아니란 걸 내가 잘 알기 때문이었다.

하지만 묵묵히 생각에 잠긴 나의 태도는 누어에게 더 많은 질문을 던지게 만들었을 뿐이고—**무슨 일 있어? 뭔가 마음에 걸리는 거라도 있어?**—그제야 나 자신에 대해서 누어한테 하지 않은 이야기가 엄청 많다는 걸 깨달았다. 그녀가 알아주었으면 하는 것들. 이상한 사람들과 처음 지낼 때 있었던 일들, 어쩌다가 그들을 처음 만나게 되었으며, 내가 그들과 같은 종족이라는 사실을 알았을 때 어떤 기분이 들었는지. 나는 누어에게 모든 사연을 털어놓았다. 아빠와 함께 안개와 신비에 휩싸인 케르놈섬에 갔던 여행, 할아버지가 마지막으로 했던 말과 낡은 사진에서 내가 찾아낸 단서, 그것이 계기가 되어 페러그린 원장의 폐허가 된 집으로 인도되었고, 그런 다음 그녀의 루프로 들어갔던 일. 지금쯤 아주 늙었거나 오래전에 죽었을 거라고 생각했던 이 아이들을 직접 만나고, 그들이 **아직도** 어리다는 사실에 내가 느꼈던 당혹감과 충격. 한참이나 나를 괴롭히던 모든 의구심들. 내 눈으로 본 걸 믿어야 할까? 내 정신 상태를 믿을 수 있을까? 내가 할로우를 볼 수 있다는 사실을 깨달은 대목에 이르자 누어는 실제로 헉 신음 소리를 냈고, 곧이어 섬에 숨어들었던 낯선 남자가 내 정신과 의사이자 와이트였다는 사실을 스스로 드러냈다는 설명을 하자 또 한 번 헉 소리를 냈다.

나는 턱이 아파올 때까지 이야기를 이어갔지만, 사소한 부분들, 주로 엠마와 나에 대한 이야기는 교묘히 빠뜨렸다. 거기까진 굳이 파고들고 싶지 않았다. 내가 평범한 삶을 내팽개치겠다는 결정을 내렸을 때 엠마에 대한 나의 감정이 어떤 역할을 했는지. 아무튼 털어놓는 기분은 근사했다. 한때 내가 느꼈던 것과 똑같은 심정을 느끼는 듯한 누군가와 서로 연결된 느낌이었다.

나 혼자라는 느낌이 덜해졌다.

하지만 결국 주절주절 혼자만 떠들어댔다는 사실을 새삼 깨달았다.

"좋아, 이제 네 차례야." 내가 재빨리 말했다. "나도 네 인생에 대해서 더 알고 싶어."

"그러기 싫어." 누어는 고개를 저었다. "내 인생은 석 달 전부터 비로소 흥미진진해졌고 그 부분에 대해선 너도 이미 다 알잖아. 이제 너희 모두 섬을 떠난 이후에 무슨 일이 있었는지 말해줘. 손에 땀을 쥐게 하는 장면에서 딱 끊는 거 정말 싫어!"

"미안하지만 이 모든 일을 겪기 전의 내 인생보다 네 삶이 더 따분했을 가능성은 **전혀** 없어."

"우선 이것만 얘기해줘, 그런 다음에 네가 나의 따분한 인생에 대한 이야기를 듣겠다고 고집을 부린다면 그렇게 하자. 너희 부모님께 이야기를 할 생각은 안 해봤어?"

웃음이 터질 뻔했다. "했지. 실은 노력도 해봤는데 엄마가 그런 얘길 감당 못 하셨고 아빠는 근본적으로 나랑 의절했어. 상황이 너무 악화되는 통에 페러그린 원장님이 두 분의 기억을 지워야 했고, 그래서 부모님은 기억조차 못 하셔."

"응, 네가 말했었지." 누어가 나직이 말했다. "정말 안됐다."

"부모님은 지금 장기 휴가 중이셔. 두 분은 내가 집에 혼자 있는 걸로 생각해. 집에 돌아와 내가 안 보이면 그제야 걱정하실 거야."

"네 부모님과 관련된 부분은 진짜 끔찍하다. 하지만 나머지는…… 운명이나 뭐 그런 것 같아. 네 엄마랑 아빠는 너한테 진짜 가족처럼 느껴지지 않았을 거야. 나도 그게 어떤 기분인지 잘 알아. 하지만 결국엔 너도 새 가족을 찾았잖아." 누어는 미소를 지으며 천천히 양손을 모아 깍지를 껴 손바닥 사이에 완벽하게 동그란 그림자를 만들어냈다. "그런 일이 생기다니 정말 놀라워." 그러고는 그녀의 눈빛 뒤쪽에서 무언가 달라진 듯 묵직한 먹구름이 그녀를 휘감는 것 같았다.

너덜너덜한 소파에 나란히 앉았던 우리 사이엔 좁은 간격이 있었는데 내가 그녀를 향해 움직여 틈을 좁혔다. "너도 그분을 찾게 될 거야." 그녀의 손을 감싸 쥐며 내가 말했다. "그럴 거란 걸 난 알아."

누어는 무관심한 척하며 어깨를 으쓱했다. "두고 보면 알겠지. 또 모르지, 어쩌면 그분은 나를 기억조차 못 할지도."

"당연히 기억하실 거야. 아직도 너 때문에 분명 마음 아파하고 계실걸. 그리고 너를 다시 만나면 정말 행복해하실 거야."

누어는 길게 숨을 들이마시다가 한숨을 내쉬었다. "여기서 우리의 지루했던 과거 인생에 대해서 조금 더 얘기를 나눠도 될까?"

"그래." 나는 소리 내어 웃었다. "좋은 생각이야."

그래서 우리는 그렇게 했다. 몇 시간 동안이나 대화를 나누었다. 누어의 과거 인생과 내 삶에 대해서, 내가 섬을 떠난 이후로 겪었던 일과 그밖에 다른 수많은 일들. 나는 밤을 꼬박 새우고 아침이 올 때까지도 누어에게 이야기를 들려줄 수 있다고 생각했다. 호러스가 충혈된 눈으로 터벅터벅 내려와 우리 목소리가 꼭대기 층까지 들린다고 불평하지 않았더라면 아마 계속 그렇게 수다를 떨었을 것이다. 그제야 우리는 비로소 시간이 얼마나 늦었는지, 그리고 실제로 우리가 얼마나 뼛속까지 지쳤는지 깨달았고, 아쉬운 마음으로 잠자리에 들었다.

제6장

chapter six

나는 이틀 연속 쾅쾅대는 요란한 소음에 놀라 잠에서 깨어났다. 그래도 이번엔 폭발음은 없었으나 누군가 문을 세게 두드리고 있었다.

아직 밖은 어두웠다.

"제이콥!" 엠마가 아래층에서 소리쳤다.

잠이 덜 깬 채 맨발로 비틀비틀 침대에서 나온 나는 현관으로 달려갔다. 우리 모두 다급하게 내려가느라 계단을 딛는 발소리가 천둥처럼 울렸다.

엠마는 열어둔 현관문 앞에 서 있었다.

"블랙버드 원장님이 오셨어." 엠마가 말하며 옆으로 물러서자 그곳에 서 있던 임브린이 모습을 드러냈다. "페러그린 원장님 일이래."

"우리 원장님은 어디 계셔? 여기 오셨어?"

블랙버드 원장은 인사를 생략하고 곧장 본론으로 들어갔다. "페러그린 원장은 미국에, 평화 회담이 열리는 루프에 있다." 설명하는 동안 그녀의 눈 셋은 모두 나를 응시하고 있었다. "우린 한 시간 전에 팬루프티콘을 작동시켰는데, 얼마 지나지 않아 앵무새 편에 보낸 알마의 긴급한 전갈을 받았단다."

블랙버드 원장은 집 안으로 밀고 들어왔다. 그녀는 당황한 얼굴이었다. "상황이 벌어졌다." 수수께끼처럼 말했다. "너를 특정해서 보내달라는 요청이야."

"저를요? 그곳으로 오라고요?"

"즉각." 블랙버드 원장이 대꾸했다.

"무슨 일인지 말씀해주시겠어요?" 엠마가 물었다.

"알마가 너를 보내달라고 부탁한 걸 보면, 할로개스트와 관련된 일인 것 같구나." 블랙버드 원장이 말했다.

나는 꿀꺽 마른침을 삼켰다. 또다시 가슴이 조여드는 익숙한 기분. "옷만 입고 올게요."

"제이콥만 혼자 보내는 건 **있을 수** 없는 일이에요." 누어가 말했다. 그녀는 나도 모르는 사이에 바로 내 옆에 와 있었고, 놀란 내가 쳐다보자 지그시 내 손을 잡았다.

"나도 제이콥을 절대 혼자 보낼 생각은 없다만, 너는 너무 경험이 없어, 프라데시 양." 블랙버드 원장이 말했다. "게다가 레오 버넘과 그 일당이 그곳에 버티고 있을 텐데 그들이 너를 보면 성난 벌집을 건드리는 격이 될 게다."

누어가 얼굴을 찌푸리며 말했다. "그건 저도 알아요. 제가 **직접** 가겠다고 나설 생각은 아니었어요……."

나는 내심 기뻤다. 어딘지 모르지만 할로개스트 근처에 일부러 누어를 데려간다는 생각만으로도 배 속이 뜨끔거렸다.

"친구 둘을 선발하거라." 블랙버드 원장이 누어를 무시하며 말했다. "옷을 입고 3분 뒤에 밖에서 만나자."

그러고는 과장스러운 동작으로 치맛자락을 펄럭이며 집 밖으로 나가 현관문을 쾅 닫았다.

시간을 들여 고민할 필요도 없었다. 나는 엠마와 에녹에게 함께 가자고 부탁했다. 에녹은 꽤나 짜증 나게 구는 친구이고 현재로선 엠마와 나 사이가 좀 껄끄럽긴 해도, 그래도 두 사람은 용감하고 수단도 좋고 압박감도 잘 견뎠다. 의지가 되는 친구들이란 걸 잘 알고 있었다.

"나도 준비할게." 엠마는 단호한 결심으로 얼굴을 굳히며 대꾸하고는 삐걱거리는 계단을 뛰어 올라갔다.

에녹은 싱긋 웃었다. "**좋았어, 내가 또 한 번 네 녀석 목숨을** 구해주겠어⋯⋯. 절인 심장만 몇 개 챙겨 가지고 올게." 그러고는 그도 엠마 뒤를 따라 달려갔다.

이젠 우리 모두 위층으로 향했다. 나는 전날 얻은 새 옷과 부츠를 챙겨 입고 모두에게 작별 인사를 했다. 친구들은 현관까지 나를 따라 나와 행운을 빌어주기도 하고 조언을 속삭여주었다. 휴는 "**놈들에게 본때를 보여줘, 제이콥**"이라고 말했다. 호러스는 "**뒤를 조심해!**"라며 걱정했다. 클레어는 "**페러그린 원장님이 시키는 대로 해**"라고 말했다. 나는 겁나지 않은 척했지만, 무언가 얼음처럼 차가운 것이 뱃속 깊은 곳에서 생겨났다.

잠시 동안이지만 누어와 나 단둘이 남았다.

"이 일을 할 수 있는 사람이 정말로 너밖에 없어?" 그녀가 내게 물었다. "임브린들이라면서 그분들도 이런 일을 감당할, 다른 어른 같은 존재는 곁에 없는 거야?"

"내가 생각한 상황이 맞는다면 이런 종류의 문제는 다른 방법이 없어."

"알아." 누어가 말했다. "그래도 한번 물어봤어." 그녀는 용감한 얼굴을 보여주려고 했지만 걱정을 감추지 못했다. 내 얼굴엔 염려가 잘 감추어졌기를 바랐다.

"너도 갈 수 있다면 좋겠지만 내 생각에도 블랙버드 원장님 말씀이 옳아."

"어차피 나도 여기에서 할 일이 너무 많잖아." 누어는 자신 없는 표정으로 잠시 뜸을 들이다가 이내 말을 이었다. "어젯밤에 뭔가 다른 게 기억났어. 어렸을 때 엄마랑 살던 시절의 기억 말이야. 우리 집 진입로에서 도로 표지판이 하나 보였어. 그게 중요한 단서가 될지 아닌지는 나도 모르겠어. 하지만 찾아봐야겠어."

"뭔가 단서가 될 수 있을 거야. 근데 너 여기서 지내는 거 정말 괜찮겠어?"

"걱정되는 사람은 **너**야. 난 아마 밀라드와 친구들과 같이 옛날 지도책이나 꼼꼼히 훑어볼 텐데 뭐."

누어가 나의 이상한 친구들 이름을 스스럼없이 부르는 걸 들으니 마음이 흐뭇했다. 그녀는 빠르게 우리의 일원이 되고 있었다.

"넌 엄마를 꼭 찾게 될 거야. 그런 순간에 나도 거기 같이 있으면 정말 좋겠다."

"나도 그럼 좋겠어." 누어가 말했다.

그녀가 덥석 나를 껴안았다. "몸조심해." 내 가슴에 대고 그녀가 말했다. "멀쩡한 몸으로 돌아오길 바라."

우리는 좀 더 오래 서로를 껴안고 그곳에 서 있었다. 나는 움직이고 싶지 않았다.

"난 무사할 거야. 약속해."

"꼭 그래 줘."

"곧 돌아올게."

나는 누어의 정수리에 입을 맞추었다. 그녀는 샴푸와 책 냄새를 풍겼고, 뱃속 깊은 곳에서 생겨나던 얼음이 아주 약간은 녹기 시작했다.

"**에헴.**"

에녹이 팔짱을 낀 채 계단에 서 있었다.

바로 그때 현관문에서 노크 소리가 들리며 블랙버드 원장이 소리쳤다. "3분 지났다, 포트먼 군!"

𝔂

블랙버드 원장은 아무 말 없이 엠마와 에녹, 나를 이끌고 악마의 영토를 가로질렀다. 동은 아직 트지 않았고, 민병대원들은 새로운 통금 규정을 준수하느라 아직도 밖에 나와 지키고 있었다.

우리는 벤담의 저택에 당도했다. 시간 관리국 직원 몇 명이 건물 밖에서 망을 보았고, 지붕엔 더 많은 보초들이 멀리 내다보며 경비를 섰다. 모두들 극도의 경계 상태였다.

우리는 안으로 들어가 계단을 올라갔지만, 평소에 사용하던

층에서 멈추는 대신 계속해서 위로 올라갔다. 회의가 열리는 루프로 이어지는 문은 팬루프티콘의 중앙 복도가 아니라 벤담의 오래된 수집품들이 유리 장식장에 빽빽하게 들어차 먼지로 뒤덮인 다락방에 있었다.

그 방의 맨 안쪽에는 아름다운 구식 엘리베이터가 있었다. 블랙버드 원장은 그것이 루프 입구라고 우리에게 말했다. 회의를 위해 특별히 임브린들이 연결한 새로운 통로라고 설명했다. 그녀가 문에 달린 작은 황동 단추를 누르자 엘리베이터가 스르르 열렸다. 내부는 반들반들 기름칠을 한 나무로 장식되어 고급스러웠다. 뒤쪽 벽엔 큼지막한 레버가 달린 조작 패널이 붙어 있고, 레버 주변에 아르데코풍의 장식체 글씨로 세 낱말이 새겨져 있었다. 위, 아래, 루프.

"거기 가서 부디 몸조심들 해라." 블랙버드 원장이 고개를 절레절레 저으며 말했다. "미국은 아이들이 살 곳이 못 돼."

"벌써부터 저희들 장례식이라도 준비하실 것 같은 말투네요." 에녹이 우리와 함께 엘리베이터 안으로 들어가며 말했다.

"절대 그런 건 아니다!" 블랙버드 원장은 이렇게 말한 뒤 용기를 북돋아주려는 듯 애써 미소를 지었다. "행운을 빈다."

하는 데까지 해보는 거지 뭐, 라는 생각을 하며 나는 레버를 루프 위치까지 힘껏 내렸다. 문은 저절로 스르르 닫혔다. 엘리베이터는 30센티미터쯤 내려가더니 덜컥 멈추었다.

에녹은 짜증 난 표정으로 말했다. "대체 이건 또 무슨……"

그러다 이내 우린 자유낙하를 시작했다.

발이 바닥에서 둥둥 떠오르며 마지막에 먹었던 음식이 도로 나오려고 했다.

"무, 무슨…… 일이지?" 엠마가 가까스로 말을 했지만 귀가 먹먹해서 그녀의 말을 제대로 알아들을 수 없었다.

그러다가 이내 사방이 암흑으로 변하면서 갑자기, 그리고 급격히 왼쪽으로 몸이 쏠리며 우리 모두 벽에 내동댕이쳐졌다. 몇 초 뒤, 경쾌하게 띵! 소리가 들리며 다시 불빛이 켜졌다. 덜덜 떨리며 엘리베이터가 멈추었다.

토할 것 같은 느낌과 싸우며 내가 비틀비틀 바닥에서 일어나려는데, 문이 열리고 벽 같은 암흑이 나타났다. 땀을 몹시 흘린 거구의 사내가 난데없이 꽉 껴안아준 것처럼 돌연 뜨겁고 축축한 공기가 우리를 휘감았다.

"여기가 어딜까?" 에녹의 질문에 나는 공포의 물결이 전신을 휩쓰는 걸 느꼈다.

엠마가 손에 불을 일으켜 엘리베이터 밖으로 조심스레 한 걸음 나서자, 그 불빛 속에서 내 몸집보다 높이도 넓이도 그리 크지 않은 길고 울퉁불퉁한 암벽 터널이 우리 앞에 펼쳐졌다.

끔찍한 기억이 갑작스레 머릿속으로 몰려들면서 열기에도 불구하고 내 살갗엔 소름이 돋았다. 마지막으로 이런 공간에 있었을 때, 나는 총에 맞았고 거대한 나무 괴물이 내가 사랑하는 모든 사람들을 거의 죽일 뻔했었다.

엠마도 뭔가 비슷하다는 느낌을 받은 모양이었다. "오 맙소사, 설마 우리가 거기로 온 건 아니겠지……."

"바보 같은 소리 하지 마." 에녹이 말했다. "그곳은 고차원 세계 틈새의 변기통 속으로 사라져버렸으니까."

"너희가 있는 곳은 지하 수백 미터 깊이의 금광이란다."

페러그린 원장의 목소리가 두 겹 세 겹으로 메아리치며 들려오자 바로 안심이 되었다. 악몽이 아니었다. 우리는 지옥 같은 미로 속으로 다시 되돌아간 게 아니었다.

희미한 불빛이 보이며 페러그린 원장이 손에 등불을 들고서 모퉁이를 돌아 모습을 드러냈다.

"원장님!" 엠마가 소리쳤다. "괜찮으세요? 무슨 일이에요?"

우리는 그녀를 향해 달려갔고, 그녀도 우릴 향해 다가왔다. 엠마가 와락 달려들어 원장을 꼭 껴안았다.

"난 괜찮다." 원장이 빠르게 말했다. "하지만 너와 오코너 군은 오지 않는 게 좋았어. 여긴 위험한 곳이다."

"그럴 거라 예상했어요." 에녹이 말했다. "우리가 같이 온 이유도 정확하게 그 때문이고요."

"블랙버드 원장님이 친구들을 데려가라고 하셨기 때문에 제가 부탁했어요." 나는 그들 대신 변명하듯 말했다.

페러그린 원장이 찬성한 일이 아니란 건 확실했지만, 두 사람을 돌려보내는 건 쓸모없는 짓이란 것도 알았다. 나로선 그게 놀라웠다. 우리가 모두 함께 그 모든 일을 겪었는데도 그녀는 여전히 자신의 아이들을 과소평가했다.

"알겠다." 페러그린은 머리를 흔들며 말했다. "잠자코 내 뒤에서 나서지 말고, 미국인들에게 말을 거는 것도, 혼자 떨어져 행동하는 일도 없을 거라고 약속한다면 있어도 좋다. 알아들었니?"

"네, 원장님." 둘은 동시에 대답했다.

그녀는 고개를 끄덕였다. "매로우본에 온 걸 환영한다, 얘들

아. 우리가 감당하기엔 이곳 상황이 꽤나 엉망이란다."

"**광산**에서 평화회담을 열다니 대체 어느 멍청이의 생각이었
어요?"

에녹이 페러그린 원장의 등에 대고 소리쳐 물었다. 원장이
너무 빠르게 앞장서 걸어서 우린 거의 터널을 따라 그녀를 뒤쫓
는 기분이 들었다.

"여긴 그냥 입구일 뿐이다. 회담은 우리 머리 위 지상의 도시
에서 열리고 있어. 너희가 시대에 적합한 의상을 입고 왔다면 좋
으련만." 그녀는 의상실이라는 팻말이 걸린 또 다른 터널 입구를
가리켰다. "하지만 지금은 시간도 없고 어차피 이곳 루프에 있는
평범한 인간들은 대부분 쫓겨났으니 그냥 가도록 하자."

"쫓겨났다고요?" 내가 물었다.

그녀는 대답하지 않았다.

우리는 또 다른 엘리베이터에 올랐는데 좀 전에 탔던 것보다
훨씬 더 원시적이고 무시무시하게 생긴 거였다. 우리가 철제 새장
같은 공간에 비좁게 들어서자 페러그린 원장이 바닥에 있는 레버
를 잡아당겼다. 어디선가 육중한 엔진이 크르릉 포효하듯 살아나
엘리베이터가 삐걱거리며 위로 올라가기 시작했다. 폐소공포증
에 시달리는 악몽 같은 시간이었다. 한동안 눈에 보이는 것은 사
방으로 스쳐 지나가는 암벽뿐이었다.

"한참 올라가야 한다." 페러그린 원장은 요란한 소음 탓에 목

소리를 높여 말했다. "그러니 지금이 너희들에게 몇 가지 이야기를 들려줄 좋은 기회인 것 같구나. 게다가 매로우본에선 우리 이야기를 엿들으려고 미국인 스파이가 따라붙지 않는 곳을 찾기가 어려울 거다."

페러그린 원장은 몹시 지쳐 보였다. 머리는 헝클어졌고 블라우스는 비뚤어진 채로 여며졌는데, 그런 것들은 원장님이 절대로 그냥 넘기지 않는 몸가짐이었다.

"오늘 새벽에 납치 사건이 있었다. 희생자는 북부 일파 이상한 종족 중에서도 중요한 인물인데, 캘리포니오 일파(캘리포니아에 최초로 정착했던 스페인계 식민 정복자들의 후손-옮긴이)의 일원이 데려간 것으로 보이면서 북부 일파 소속 패거리들이 집결했고, 임브린들의 강력한 반대에도 불구하고 캘리포니오 일파의 진영에 쳐들어가 포로를 잡아 왔다. 싸움이 벌어졌지만 다행스럽게도 어느 쪽에서 인명 피해가 나기 전에 우리가 간신히 싸움을 중단시켜놓았어."

"하지만 제 짐작엔 그게 이야기의 전부가 아닌 것 같네요." 엠마가 말했다.

"맞아. 캘리포니오들의 혐의에 대한 '증거'가 너무 완벽하게 확실해, 거의 꾸며놓은 것처럼. 와이트들의 냄새가 지독하게 풍긴다. 와이트들이 악마의 영토에서 탈옥한 뒤 겨우 몇 시간 뒤에 그 일이 벌어졌다는 건 거론할 필요도 없겠지. 놈들이 몰래 숨어들어 여자아이를 납치한 뒤에 캘리포니오들의 소행인 것처럼 꾸며놓은 것 같다. 파벌 간에 갈등을 불러일으킬 것이 확실한 짓이니 평화를 중재하려는 우리 노력을 무력화할 것이라 여겼겠지. 오늘 도시 한가운데서 전투가 벌어지는 걸 막느라고 우리가 얼마나 힘겹게 설득했는지 모른다. 하지만 의심의 여지없이 와이트의 소행이 분명하다는 걸 입증하지 않는 한, 안타깝게도 싸움은 그저 뒤로 미뤄졌을 뿐이다."

"그 사건에 할로개스트가 관련되었을 거란 게 원장님 생각이시군요." 내가 말했다. "저를 불러내신 것도 그 때문이고요."

"그래." 임브린이 대꾸했다.

"저더러 증거를 찾아내라는 말씀이시네요. 오로지 저만 볼 수 있는 걸로."

"맞아."

"제이콥더러 전쟁을 막으라는 거네요." 에녹이 제대로 들은 게 맞는지 확인하려는 듯 손가락 하나로 귀를 후비며 말했다. "미국인들 눈에는 **보이지도 않는** 증거를 내놓는 방식으로요?"

"그들도 눈으로 확인할 수 있는 방법을 네가 생각해내야겠지." 페러그린은 이렇게 말하며 내 어깨에 한 손을 올려놓았다. "미안하다, 애야. 하지만 지금 당장으로선 네가 우리의 최대 희망이야."

☙

우리는 깜깜하고 뜨거운 지옥에서 벗어나 서늘하고 환한 대낮으로 들어섰고, 한참 만에 처음 제대로 숨쉴 수 있었다. 페러그린 원장은 신속하게 우리를 이끌고 총을 든 세 남자에게 다가갔다. 북슬북슬한 모피로 전신을 감싼 한 남자는 산사람처럼 보였다. 두 번째 남자는 카우보이처럼 챙이 넓은 모자를 쓰고 긴 가죽 코트를 걸쳤다. 양복에 넥타이를 맨 세 번째 남자는 레오 버넘의 부하가 틀림없이 보였다. 그들은 매우 강렬한 눈초리로 서로를 노려보느라, 우리에게는 거의 알은체도 하지 않았다.

"미국인들의 각 파벌에서 한 사람씩 보낸 감시원이다." 페러그린 원장이 목소리를 낮춰 설명했다. "저들과는 눈을 마주치지 않는 게 상책이야."

그러고 나서 우리는 탈것이 있는 곳으로 자리를 옮겼다. 나는 그래도 최소한 역마차 비슷한 것으로 이동할 거라고 예상했다. 그러나 역마차 대신 우릴 기다리는 건 유리로 삼면이 둘러싸이고 말이 끌도록 연결된 영구차였다.

"저들도 급히 준비하느라 이것밖에 없다더구나." 페러그린 원장이 사과하듯 설명했다. "어서 타거라."

에녹은 신나서 비명을 질렀다. 엠마는 못마땅한 표정을 지었지만 말은 하지 않았다.

언쟁을 벌일 시간이 없었다.

영구차 마부는 우리를 위해 뒷문을 열어 붙잡아주었고 우리는 안으로 기어 올라갔다. 내부는 바닥에 똑바로 앉으면 간신히 머리가 닿지 않을 정도의 높이였다.

"엄청 멋지잖아!" 에녹은 검은색 벨벳 커튼을 손으로 쓸어보며 말했다.

원래 시체를 위해 준비된 공간으로 들어가는 경험이 사흘 동안 벌써 두 번째였다. 그다지 섬세하지 않은 끔찍한 방식으로 온 우주가 나에게 무언가를 이야기해주려고 애쓰는 것 같았다.

페러그린 원장은 펑퍼짐한 인상에 턱수염을 길게 기른 마부에게 무언가 이야기를 했다. 그가 채찍을 휘두르자, 마차는 무장한 세 남자와 조수를 뒤에 남겨둔 채 출발했다.

숲과 언덕이 끊임없이 이어진 풍경이 펼쳐졌고, 나무로 뒤덮이지 않은 언덕 기슭엔 광산용 기계가 아무렇게나 놓여 있었다. 발굴해낸 바위 더미와 함께 높이 쌓인 협궤 화물 열차, 수증기와 검은 연기를 허공으로 뿜어내는 기계들, 광석을 제련하고 남은 찌꺼기 더미들. 여기저기에서 지친 듯 삽에 기대어 담배를 피우는 실제 광부들도 서너 명 보였다. 그 시대의 루프에 갇힌 일반인들일 거라고 짐작되었다.

페러그린 원장은 마차를 타고 가는 동안 각 파벌들의 막사를 가리켰다. 숲 가장자리에 버펄로 가죽으로 지은 텐트 무리는 북부 대표단이 야영을 하는 곳이었다. 캘리포니오 일파의 대표단은 도시 외곽의 판자촌인 퍼버티 플랫을 차지했다. 레오 버넘의 5대 자치구 일파는 매로우본에서 최고 시설을 자랑하는 (유일한) 이글 패스 호텔에 묵고 있었다.

"그럼 임브린들은 어디에서 주무세요?" 내가 물었다.

"숲에서." 그녀는 간단하게 대답했다.

우리는 바람만 좀 세게 불어도 날아가버릴 것처럼 허름한 가축우리 같은 집들이 암울하게 모여 있는 퍼버티 플랫을 지나 도심으로 들어갔다.

몇 블록 더 지나 우리는 매로우본의 중심지에 진입했다. 전형적인 옛 서부 도시의 모습을 간직한 곳이었는데 내 눈으로 직접 그런 곳을 보기는 처음이었다. 거리 양쪽으로 카우보이 영화에 등장할 것 같은 안장 가게와 총포상, 술집들이 평범하게 모여 있었다. 딱 한 가지 다른 게 있긴 했다. 돌아다니는 사람들이 아무도 없다는 것.

말들이 속도를 늦추다가 멈춰 섰다. 페러그린 원장은 마부에게 소리쳐 무슨 일인지 물었다.

"여기서 한 발자국도 더는 못 갑니다." 그가 말했다. 말 한 마리가 초조한 듯 귀를 찌르는 소리로 울어댔다.

"여긴 우리가 내리기로 했던 곳이 아닌 것 같은데." 페러그린 원장은 이렇게 말했지만 어쨌든 우리는 마차에서 내렸다.

"다른 사람들은 전부 어디 있어요?" 내가 물었다.

페러그린 원장은 도로 위쪽을 가리켰다. "바로 저 앞에."

나는 눈을 찌푸리고서야 그들을 발견했다. 길 끄트머리에 열두어 명쯤 되는 사람들이 차양 그림자 아래 서 있거나, 술통과 마차 뒤에 웅크리고 있었다. 북부 일파는 우리 왼쪽에서 오른편에 서 있는 캘리포니오 일당을 마주 보고 있었다. 그들을 향해—그렇다, 그들을 향해 **가까이**—걸어서 다가가자, 광산 입구를 지키던 무장 보초들과 마찬가지로 두 파벌이 서먹한 침묵 속에서 일종의 대치 상황을 벌이고 있다는 사실이 빠르게 드러났다.

"중재자입니다!" 페러그린 원장은 우리와 함께 다가가며 소리쳤다. "사격 중지하세요!"

"사격 중지!" 도로를 가운데 두고 북부 일파 쪽에서 누군가 소리쳤다.

"사격 중지!" 캘리포니오 일파 쪽에서도 대답했다.

또 한 사람의 임브린이 상점 앞 그늘에서 나와 우리를 향해 나무가 깔린 인도를 바삐 걸어왔다. 쿠쿠 원장이었다. 햇빛에 표백된 듯 새하얗게 빛나는 매로우본의 거리를 배경으로 금속성이 느껴지는 그녀의 쨍한 은발과 검은 피부가 유독 도드라져 보였다.

"알마!" 그녀는 숨을 헐떡이며 불안해했다. 그녀의 시선이 나를 향해 날아왔다. "잘됐다, 저 아이를 무사히 데려왔구나. 모두들 기다리고 있어."

"교전이 벌어지진 않았어?" 페러그린 원장이 물었다. "총을 발사했다든지?"

"기적의 힘으로 아직은 없었어." 쿠쿠 원장이 말했다.

우리는 그녀가 왔던 길을 따라 재빨리 되돌아갔다. 널빤지가 깔린 인도를 걷는 우리 발소리가 공허하게 울려 퍼졌다. 쿠쿠 원장의 대답으론 어떤 상황인지 상상이 가지 않았지만, 북부 일파 중에서 창백한 안색의 여인 하나가 두께는 30센티미터쯤 되고 길이가 최소 6미터는 되어 보이는 통나무를 금방이라도 던질 듯 창처럼 어깨에 짊어진 모습을 보고서야 비로소 사태가 실감되었다. 여인과 그리 멀지 않은 곳엔 죽은 새를 허리띠에 매달고 장총을 든 두 남자가 나란히 서 있었고, 그들 근처엔 어린 여자아이가 바위 덩어리를 손가락 하나로만 톡톡 건드려서 땅바닥에 이리저리 굴리고 있었다. 캘리포니오 일파 쪽에선 카우보이모자를 쓴 사내아이가 양손을 잡고 주무르며 길 건너편을 노려보았는데, 아이의 손가락 사이에서 튕기는 전기 스파크가 내 눈에도 똑똑히 보였다. 심지어 가슴팍에 사선으로 탄띠를 매고 두려움 없는 표정으로 총을 들고 서 있는 더 어린 소년은 귀가 약간 찌그러질 정도로 챙이 넓고 큰 멕시코 모자를 쓰고 있었다.

도로 양편에 자리 잡은 양쪽 진영 사람들은 저마다 무기—이 상한 무기든 전통적인 무기든—를 휘두르며 바짝 긴장해 있었기에, 폭력적인 행동이 단 하나라도 불거지면 유혈이 낭자한 전투가 벌어질 것이 분명해 보였다.

페러그린 원장이 걸음을 멈추고 우리에게 돌아서서 말했다. "우린 파벌의 우두머리들을 만날 것이다. 말을 걸지 않는 한 먼저 입을 열지 마라." 그러고는 몸을 돌려 어느 문으로 들어갔고, 우리도 술집으로 보이는 공간으로 그녀를 따라 들어갔다. 바와 테이블이 눈에 들어왔고, 쏟아진 맥주의 시큼한 냄새가 풍겼다.

안에는 열 명쯤 되는 사람들이 바 근처의 테이블에 두세 명씩 둘러앉아 있었는데, 우리가 들어가자마자 모두 입을 다물고 우리를 빤히 쳐다보았다. 페러그린 원장이 휠체어에 앉은 점잖은 신사에게 다가가는 동안, 쿠쿠 원장은 우리 앞을 막아서며 쉿 소리를 냈다. "기다려라."

"저 사람은 캘리포니오 일파의 우두머리인 파킨스 씨야." 쿠쿠 원장이 우리에게 속삭였다. 맞은편에는 넉넉한 버펄로 모피 코트를 입은 사내가 파킨스를 뚫어져라 쳐다보며 손가락 관절 사이에서 동전을 굴리고 있었다. "북부 일파의 수장 앤트완 라모스다." 쿠쿠 원장이 덧붙였다. 두 우두머리 옆을 지키고 선 사람들은 각자의 개인 경호원인 듯했다. 한 사람은 모피 전문 사냥꾼처럼 옷을 입었고 다른 사람은 존 웨인 같은 차림새였다. 그리고 라모스에게 낮은 목소리로 이야기를 하는 우아한 할머니는 렌 원장님이셨다.

"그리고 저쪽 건너편에 있는 사람은 너희들도 알겠지만 레오 버님이지." 쿠쿠 원장이 말했다.

J. M. Parkins

정말로 그가 맞았다. 촘촘한 줄무늬 양복에 아이보리색 홈부르크식 중절모를 쓴 차림으로 한 팔을 바에 걸친 자세로 술을 홀짝거리며 어렴풋하게 즐거워하는 표정으로 일의 진행 과정을 지켜보는 그는 틀림없이 레오 버넘이었다. 나는 흉측한 그의 얼굴에 주먹을 날리고 싶은 강렬한 충동을 억눌렀다.

페러그린 원장은 렌 원장 곁으로 다가갔다. 렌 원장은 여전히 나직하지만 다급한 말투로 라모스와 대화를 나누고 있었다. 두 사람 사이에 좀 더 언쟁이 오간 뒤에 페러그린 원장이 입을 열 차례가 되었다. 나는 원장님의 입 모양을 읽어보려 했지만 별 소용이 없었다. 하지만 페러그린 원장도 별로 성공을 거두진 못한 것 같았다. 라모스가 화를 내며 머리를 흔들었다.

캘리포니오 일파의 우두머리인 파킨스는 그들의 대화를 유심히 보다가 휠체어 팔걸이를 꽝 내리쳤다. 엄청 격분한 것 같았다.

"빌어먹을 **기회**를 좀 주라니까, 라모스." 그가 소리쳤다.

시뻘겋게 얼굴을 붉히며 라모스가 홱 돌아보았다. "빌어먹을 우리 흙일꾼이나 내놔!"

"우린 빌어먹을 너희 흙일꾼을 **데려가지** 않았다니까!" 파킨스도 폭발했다.

두 사람의 경호원이 긴장하며 필요하다면 무기를 뽑아 들 태세를 갖추었다.

"행여나 그랬겠다!" 라모스가 다시 입을 열었다. "꼭 필요하니까 한 명이라도 데려가게 해달라고 네놈이 지난 50년간 내내 애걸복걸했었잖아!"

파킨스의 휠체어가 저절로 앞으로 1미터쯤 굴러갔다. "우린 그 아일 데려가지 않았고, 그게 사실이야! 이제 잘 들어, 해질 때까지 네놈들이 엘러리를 우리 진영으로 되돌려 보내지 않으면, 지옥에서 대가를 치르게 될 거다!"

나는 엘러리가 보복의 의미로 인질로 잡혀간 사람 이름일 것이라고 짐작했다. 나는 얼굴을 찡그렸다. 계속 자초지종을 따라가려면 기억할 게 많았다. 두 파벌의 우두머리가 서로 협박과 모욕을 주고받는 사이, 내 머리도 탁구공처럼 양쪽을 오가며 어지러워졌다.

"해질 때까지는 뭐하러 기다리나?" 라모스가 고함을 질렀다. "당장 덤벼!" 라모스의 외투 자락 안에 숨어 있던 너구리 두 마리가 튀어나와 파킨스 쪽을 바라보며 으르렁거렸다. 그들은 외투의 안감과 꼬리로 연결되어 있었다.

페러그린 원장과 렌 원장이 두 남자의 흥분을 가라앉히려고 다독이는 사이, 쿠쿠 원장은 천천히 에녹과 엠마와 나를 문 쪽으로 밀어냈다.

그러나 나가는 길은 레오의 부하들이 막고 있다는 사실을 우리는 곧 깨달았다.

레오 버넘은 바에 기댄 몸을 일으켜 라모스와 파킨스 사이에 서더니 버럭 소리를 질렀다. **"입 다물어, 둘 다!"**

그러자 놀랍게도 두 사람이 그 말을 들었다.

"앤트완, 어쩌면 파킨스가 하지 않았을 수도 있는 일 때문에 정말로 전쟁을 시작하고 싶은 거야?"

"저놈이 한 짓이라니까." 라모스가 으르렁거리듯 말하자 또 다시 폭언 시합이 시작될 뻔했다.

"우리가 저 새들이 하자는 대로 이런 촌 동네 루프까지 끌려 나온 건 서로 이견을 좁혀보자는 거였어, 안 그래? 파킨스가 이번 일을 저지르지 않았다는 게 저들의 생각이라면 최소한 설명은 들 어줘야 하잖아."

"내 말이 바로 그 말이야!" 파킨스가 말했다.

"좋아." 라모스가 페러그린을 노려보며 말했다. "설명해보시 오."

레오는 엄지를 꺾어 우리를 가리켰다. "저들이 그 아주 잘나 가는 범죄 현장 전문가인가요, 페러그린? 프랑스인 아줌마 치맛 자락 뒤에 숨은 애들이?"

"누가 숨었다고 그래요." 내가 말하며 앞으로 나섰다.

레오의 얼굴이 변하는 게 보였다. 드디어 그가 나를 알아본 것이다.

"젠장맞을, 잠깐 기다려봐. **저** 애송이가?" 그는 절레절레 머리 를 흔들었다. 거의 웃음을 터뜨릴 것 같은 표정이었다. "아주 배짱 이 두둑하시구먼, 페러그린."

"아는 녀석이야?" 라모스가 물었다.

"골칫덩어리 녀석이야. 게다가 놈의 할아비는 범죄자였지."

입술이 씰룩거렸다. 나는 그의 뺨을 갈기고 싶었다. 페러그 린 원장은 마치 **이건 내가 해결할 거다**, 라고 말하는 듯 내 등에 손 을 얹었다. "댁은 두 가지 모두 잘못 알고 있어요. 내가 장담하는 데, 제이콥은 세상에서 가장 실력이 뛰어나고 명석하며 훌륭한 성 과를 거둔 할로개스트 사냥꾼입니다."

"비교할 대상이 더 있긴 한가?" 레오는 눈을 가늘게 뜨고 나를 쳐다보며 말했다.

"나는 놈들을 볼 수 있고 500미터 밖에서도 놈들을 감지할 수 있어요." 내가 말했다.

놈들을 어떻게 통제하는지도 계속 설명할 참이었으나, 페러그린 원장이 내 어깨를 꾹 눌러서 나는 말을 중단했다.

"이 친구의 탐지 능력으로 우린 여러 번 목숨을 건질 수 있었죠." 그녀가 재빨리 설명했다.

레오는 그 말을 받아들이기가 주저되는 눈치였으나 잠시 내면의 갈등을 겪은 뒤 그냥 인정하기로 한 듯했다. 페러그린 원장은 내가 마지막으로 그와 헤어진 이후 그의 신뢰를 많이 얻어낸 게 틀림없었다. 그땐 페러그린 원장을 보는 것조차 좀처럼 참기 어려워하던 사람이었는데 퍽 놀라운 변화였다.

"할로개스트가 이번 일과 관련 있다는 생각은 도대체 어떻게 하게 된 거요?" 여전히 나를 뚫어져라 쳐다보며 레오가 물었다.

"경험과 직감입니다." 페러그린이 말했다. "나는 그걸 증명할 수 없지만, 제이콥은 해낼 수 있을 거라 생각합니다." 그녀는 돌아서서 파킨스와 라모스를 마주 보았다. "하지만 이 아이가 확실한 증거를 전혀 찾아내지 못한다면, 우리도 당신들의 앞길을 막지 않겠습니다. 당신들이 원하는 게 뭐든 그 방식대로 해결하세요."

"하지만 경고 하나 하지요." 렌 원장이 창백하고 엄숙한 얼굴로 말했다. "댁들이 전쟁을 벌인다면 임브린들은 어느 편도 들지 않을 것이며, 더 넓은 세계의 루프는 영원히 여러분들을 차단할 것입니다."

레오는 웃음을 터뜨렸다. "나머지 세상이야 우리가 알게 뭐람."

"저들은 저들 보고 싶은 대로 보라고 해." 라모스가 넌더리를 내며 말하자 너구리들이 튀어 올라와 파킨스를 향해 무시무시하게 으르렁거렸다. "난 발자국이 어디로 향하는지 이미 알고 있으니까."

♈

발자국이 시작된 지점은 도시 외곽에 거대한 (그리고 상당히 인상적인) 짐승 가죽으로 만든 텐트가 몰린 북부 일파의 진영이었다. 어떤 텐트는 문과 창문까지 뚫려 정교하게 만들어졌고, 하나는 2층으로 지어져 있어 라모스의 텐트일 것으로 짐작되었다. 심지어 텐트 하나는 우리 머리 높이의 나무 위에 매달려 있었다.

라모스는 문제의 소녀―엘러리는 그녀의 이름이었다―가 납치당한 텐트를 우리에게 보여주었다. 그는 인적 드문 숲으로 이어지는 텐트 뒤쪽을 보여주었고, 거긴 텐트가 찢겨 있었다. 그는 납치 당시 소녀가 잠들었던 침대도 우리에게 보여주었다.

그날 새벽에 벌어진 일이었다.

몸부림을 치며 반항한 흔적은 확실했지만―뒤집어진 침대, 바닥에 흩어진 소지품들―전형적인 할로개스트 공격의 흔적으로 볼만한 것은 하나도 없었다. 채찍처럼 휘두르는 혀가 풀밭에 남기는 뱀 문양의 자국은 없었다. 면도날처럼 예리하고 유독 길쭉한 이빨로 물어뜯은 자리도 없었다. 그리고 가장 실망스럽게도 할로개스트가 남기는 특이한 액체, 그들의 눈구멍에서 끊임없이 새어 나오는 고약한 악취를 풍기며 검고 찐득찐득한 얼룩도 보이지 않았다. 그러나 파벌의 우두머리와 임브린들이 내가 조사하는 과정을 지켜보고 있었으므로 실망하는 모습을 보이면 문제가 되리란 걸 알기에, 나는 엘러리의 베개를 아주 유심히 들여다보기도 하고 텐트 벽이 길게 찢어진 부분의 질감에 각별한 관심을 보이는 척 거짓 연기를 했다.

그러는 동안 텐트 밖에서 엠마는 와이트들의 현상 수배 사진을 사람들에게 보여주며 혹시 본 적이 있는지 희망을 품고 탐문했지만 아무런 성과도 거두지 못했다.

나는 걱정되기 시작했다. 실패가 염려되었고, 만일 극단적인 무기까지 동원한 두 이상한 파벌 사이에 전쟁이 벌어진다면 대체 우린 어떻게 이 루프를 빠져나갈 것인지도 걱정되었다.

라모스 본인도 점점 좌절하고 있었다. 내가 아무것도 찾아내지 못했다는 것을 감지한 그는 부하를 불러 **자기네들이** 수집한 증거를 가져오게 시켰다.

"우리는 숲에 내던져진 이걸 발견했다." 라모스는 주머니에서 칼 한 자루를 꺼내 흔들었다. "우리 텐트를 찢을 때 사용한 칼인데, 칼날이 톱니 모양인 걸로 보아 저놈들이 쓰는 칼이지." 또한 그는 칼의 가죽 손잡이에 새겨진 표시를 가리켰는데, 좁게 자른 가죽을 엮어놓은 손잡이에 새겨진 글씨는 C처럼 보였다.

"우리가 쓰는 칼은 맞지만 그게 어떻게 거기 있게 됐는지는 우리도 모른다." 파킨스가 인정했다.

"모르긴 뭘 몰라!"

"우리한테서 훔쳐 간 걸 수도 있잖아!" 파킨스가 말했다. "그 와이트 놈들이 버려뒀을 테고!"

라모스의 우람한 경호원이 앞으로 나섰다. "질질 끌려간 자국은 어쩌고?" 그가 말했다. "흔적이 곧장 네놈들 야영지로 이어졌어!"

"그것도 가짜겠지!" 파킨스가 소리쳤다. "젠장, 우리 사람들을 데려갈 빌미로 삼으려고 너희들이 가짜로 꾸며냈을 수도 있잖아!"

감정적인 대립이 거의 부글부글 끓을 정도였다.

"자, 자, 신사 여러분!" 렌 원장이 성난 두 남자 사이에 몸으로 뛰어들었다. "제이콥이 우리의 주장을 곧 입증할 거라고 확신합니다!"

"뭔가 발견한 것 같아요!" 단지 시간을 벌 생각에 내가 거짓말을 했다. "1분만 더 시간을 주세요!"

페러그린이 서둘러 나에게 다가왔다. "**농담은 아니길 빈다.**" 그녀가 속삭였다.

나는 움찔했다.

그녀는 낙담한 얼굴이었다.

잠시 절망적인 표정을 짓던 그녀는 이내 무언가에 정신이 팔린 듯하더니, 스파크가 팅기듯 영감을 얻은 사람처럼 얼굴이 환해졌다.

그녀가 돌아서서 다른 사람들에게로 향했다. "잠깐만요!" 그녀가 큰 소리로 말했다. "포트먼 군이 돌파구를 찾았답니다! 우릴 따라오세요!"

그녀는 나에게도 따라오라고 손가락을 까닥거리며 텐트 밖으로 성큼성큼 걸어갔다.

"바로 내가 의심했던 그대로예요!" 거짓으로 흥분한 척하며 그녀가 말했다. "눈에서 흘러내린 잔류물의 흔적이 아주 확실하답니다!"

"무엇이라고요?" 라모스가 물었다.

"눈에서 나오는 체액이에요. 모든 할로개스트는 기름 같은 눈물을 끊임없이 흘리며 웁니다. 그걸 볼 수 있는 사람은 제이콥뿐인데 그걸 **봤답니다**, 이쪽으로 이어진대요!"

"제이콥, 정말 훌륭하다!" 창백해졌던 뺨에 다시 혈색이 돌며 엠마가 말했다.

에녹은 내 어깨를 가볍게 주먹으로 쳤다. "네가 뭔가 잘하는 일이 있을 줄 알았지."

물론 나는 어리둥절했다. 페러그린 원장님은 무슨 꿍꿍이일까?

"**넌 수목 경계선을 따라 떨어진 눈물방울을 찾고 있는 거야.**" 재빨리 그녀가 나의 귓가에 대고 속삭였다.

다른 선택의 여지가 없었으므로 나도 덩달아 동조하며 흔적을 따라가는 척 연기를 했다. 우리는 수목 경계선을 따라 걸어갔고 페러그린 원장은 내 바로 옆에서 움직였다. 분노한 카우보이들과 산사나이들이 결국 이 모든 상황을 꾸며냈다는 걸 깨닫게 되면 누구 하나가 분명 나를 총으로 쏠 것이었다. 그리 멀지 않은 미래였다. 거친 사내들 무리는 점점 짜증을 냈다.

라모스가 투덜거리기 시작했다.

"어느 쪽이 더 신빙성 있나?" 그가 물었다. "눈에 보이지도 않는 어떤 괴물이 우리 엘러리를 데려가면서 파킨스와 그 일당이 한 짓으로 보이도록 꾸며놓았다고? 그게 아니라 저 캘리포니오 쓰레기 자식들이 결국 그 아이를 유괴한 거 아니겠어? 놈들에게 흙일꾼이 얼마나 간절한지는 누구나 아는 사실이야. 놈들은 찢어지게 형편없는 농사꾼들이어서 아무것도 제대로 키우지 못한다고."

"내가 한마디 하지." 꽤 오랜 시간 어울리지 않게 침묵을 지키던 레오가 말했다. "별로 자랑스러워할 일은 아니라서 나도 굳이 이 얘기를 하고 싶진 않았네. 하지만 우리도 불과 며칠 전에 와이트의 습격을 받았어. 할로개스트 한 마리를 거느리고 감히 나의 본부까지 쳐들어와서 내가 데리고 있던 아주 촉망되는 떠돌이 신참을 훔쳐 갔단 말이야. 바로 내 **집 안에서**."

"자네 눈으로 **봤어?**" 파킨스가 휠체어에 앉은 채로 돌아보며 물었다. 경호원이 뒤에서 밀고 있던 그의 휠체어는 울퉁불퉁한 땅에서 한 뼘쯤 허공으로 떠올라 있었다.

"아니, 빌어먹을 그 존재들은 눈에 보이질 않아, 존. 하지만 놈에게 붙잡혔다가 방 건너편으로 내동댕이쳐지는 사람은 보았지. 그리고 그 악취는 믿어지지 않을 정도였어……."

어휴 맙소사, 라고 나는 생각했다. 버넘은 H를 와이트라고 여겼다. 확실히 일리 있는 생각이었다. H는 와이트처럼 할로우를 거느리고 다녔고, 버넘의 부하들이 그의 시신을 발견했을 때 눈알이 없었으니—따라서 동공도 사라졌다—달리 생각할 이유가 없었다.

"그래도 여전히 조금도 앞뒤가 맞질 않아." 라모스가 말했다.

"엘러리를 왜 데려간 거지? 납치하기에 더 쉬운 이상한 종족들도 많아. 와이트들이 따로 기를 작물이나 농사를 지을 밭이라도 있다는 얘긴가?"

"혼란을 일으키기 위해서죠." 렌 원장이 비관적으로 말했다. "나머지 이상한 세계가 혼란에 휩싸여야 저들이 번성하니까. 우리가 다른 곳에 정신이 팔렸을 때 저들은 진짜 하려는 일을 진행할 겁니다."

"그게…… 뭔데요?" 라모스가 물었다.

렌 원장은 한숨을 쉬었다. "그게 뭔지 우리도 알면 좋겠군요."

그런 대화가 오가는 동안 내내 나는 눈물방울이 남긴 자국을 더 찾아보는 척 행동했다. 페러그린 원장은 그 시간의 절반쯤을 나무 위를 올려다보는 데 썼고, 그러다 두 번이나 무언가를 발견한 듯 나를 쿡 찔러 약간 다른 방향으로 인도했다.

그러다가 나도 하나를 발견했다. **진짜** 눈물 자국이었다. 나는 그걸 보고도 믿을 수가 없었다.

사람 발자국 크기로 짓눌린 풀밭이 보이고, 그 한가운데 검은 얼룩이 자리 잡고 있었다. 나는 갑자기 걸음을 멈추고 몸을 숙여 그 자취를 살폈다.

"그게 뭐냐, 애송이?" 파킨스가 물었다.

"잔류물이에요!" 자제심을 발휘해야 한다는 생각도 들기 전에 흥분한 내가 대꾸했다. "그러니까 음, 특별히 크게 남은 자국이에요."

나는 그것에 손가락을 대보았다. 찐득한 얼룩이 아직 젖어 약간 으깨지면서 손끝 피부가 타들어가는 듯 욱신거리기 시작했다.

빌어먹을. 얼룩은 산성 액체였다. 닦아버리기 전에 나는 손가락을 코에 대고 냄새를 맡아보다가 예상대로 틀림없이 썩은 고기 냄새가 훅 느껴져 거의 구역질을 할 뻔했다.

확실히 할로개스트였다.

그냥 아무 할로개스트가 아니라, 유혈 격투장에서 내가 빼낸 녀석이었다. 그리고 최근까지도 녀석은 팬루프티콘의 동력을 책임지고 있었다.

"내가 아는 놈이에요. 난 놈의 체취를 알아요."

"복을 타고난 블러드하운드 개 같군." 레오가 놀라워했다.

나도 놀란 얼굴로 페러그린 원장을 쳐다보았다. **어떻게 아셨어요?**

그녀는 단지 미소만 지을 뿐이었다.

나는 재빨리 흔적—이번엔 진짜 흔적—을 따라갔다. 검은 얼룩은 할로우가 느려진 구간 곳곳에선 간격이 점점 더 좁아졌고, 빠르게 움직였을 땐 거리가 더 멀어졌다. 자국이 어디로 이어지는지 굳이 매번 눈으로 확인하지 않아도 알 수 있을 정도로 냄새가 느껴졌다. 심지어 간격이 4, 5미터 떨어져도 냄새를 맡을 수 있었다.

숲을 따라 이어진 흔적은 광산으로 향했다. 그러나 입구를 우회하여 광산 옆쪽으로 멀리 곡선을 그리던 자취는 어느 지점에서 할로개스트가 흘린 점액 지름이 거의 30센티미터는 될 정도로 웅덩이를 이루었다. 놈이 그곳에서 장시간 대기했다는 의미였다.

내가 몸을 수그려 그 얼룩을 좀 더 자세히 살피고 있을 때, 라모스가 부하들을 소리쳐 부르는 소리가 들렸고 사람들이 쭈그려

앉아 바닥에서 무언가를 살폈다. 이어 그들이 자리에서 일어나자 라모스는 페러그린에게 손을 뻗었다. 그의 손바닥엔 무언가 작고 하얀 물체가 꿈틀거리고 있었다.

"그게 뭐죠?" 페러그린이 물었다.

"엘러리의 애벌레입니다." 라모스가 대답했다. "엘러리가 화를 내면 가끔 안대 밖으로 이 녀석들이 기어 나오곤 하죠."

"그렇다면 그 아이가 여기 있었다는 걸 알 수 있군요. 할로개스트도 마찬가지고요."

"증거가 나왔군!" 파킨스가 말했다. "와이트와 할로우 짓이었어. 놈들이 그 아이를 루프로 데려간 거야."

"하지만 그랬더라면 놈들이 가는 걸 누군가 목격했을 거야. 우리가 보초를 세워뒀잖아." 레오가 말했다.

"이쪽으로 빠져나갔다면 못 봤을걸." 라모스가 말했다. 이어 그는 언덕 기슭에 비스듬히 서 있는 거대한 바위 쪽으로 걸어갔다. "누구든 나 좀 도와주지."

모두 일곱 명이 달려들어야 했지만 우린 바위를 옆으로 1미터쯤 굴리는 데 성공했다. 그 뒤로는 어둠 속으로 끝없이 이어진 터널이 보였다.

"미치겠군." 파킨스가 말했다. "광산으로 들어가는 뒷문인가?"

"루프에서 빠져나가는 문이기도 해." 레오가 말했다.

"할로우에게 저 바위를 움직이는 것쯤은 아무런 문제가 되지 않았을 거예요." 내가 지적했다.

"음, 아무튼 이걸로 상황이 다 정리된 것 같군, 안 그런가?" 파킨스가 조심스레 물었다. "자, 라모스. 이제 데려간 우리 아이를 돌려보내는 게 좋을 거야, 그것도 아주 빨리."

라모스는 웃음을 터뜨렸다. "여기서 끝이 아니지. 우리 엘러리를 찾을 때까지는 끝난 게 아니야."

파킨스는 짜증이 복받친 듯 몸을 부르르 떨었다. "이봐, 잘 들어, 라모스. 버넘은 와이트들한테 **코앞에서** 떠돌이 신참을 빼앗겼는데도 협상에 참여하고 있다는 걸 모르나 본데……"

"이건 상황이 달라. 우리가 다 같이 평화 회담을 하는 동안에 나한테 선전포고를 한 거나 다름없다고."

"라모스 씨, 이성적으로 생각하세요." 렌 원장이 간청했다.

그가 원장을 향해 돌아섰다. "좋소, 어디 날 설득해보시오. 이번 일도 댁의 감옥에서 탈출한 와이트들이 한 짓이라고 했던가요. 그렇다면 댁들은 자기 집도 못 지킨다는 뜻이거나, 그게 아니라면 댁들이 뭔가 목적이 있어서 놈들을 풀어줬거나, 둘 중 하나라는 게 내 짐작이니까."

"말도 안 되는 소리!" 렌 원장이 소리쳤다.

"빌어먹게도 일리가 있는 소리요." 레오가 지적하고 나섰다. "당신네 새들은 벌써 몇 달 전에 그 와이트와 괴물들을 완전히 근절시켰어야 마땅합니다. 그런데 놈들이 지금 또다시 나타나 소란을 일으키고 있잖소? 그렇게 무능한데 우리가 어떻게 신뢰한단 말입니까?"

라모스가 으르렁거리는 너구리들을 내 쪽으로 향했다. "네가 그렇게 유명하고 솜씨 좋은 사냥꾼이라고? 꼭 그래야 할 거다."

라모스는 나를 향해 걸어와 내 손에 작은 카드 같은 걸 쥐여주었다. 그것은 한쪽 눈에 안대를 하고 하반신은 넓게 부풀린 검은색 드레스 자락의 소녀 사진이었다.

"안 됩니다." 페러그린 원장이 내 손에서 사진을 낚아챘다. "제이콥은 이번 일과 상관없어요."

"이 일에 저 아이를 끌어들인 건 당신이오." 라모스가 불타는 석탄처럼 눈빛을 이글거리며 말했다. "엉망이 된 상황을 당신이 깨끗이 처리해요, 페러그린. 우리 아이를 되찾아 오시오. 안 그러면 평화 협정이고 뭐고 잊어버리는 게 좋을 거요."

제 7 장

chapter seven

"너무 미안하다, 제이콥. 이런 상황에 너를 끌어들인 게 심히 후회되는구나."

페러그린 원장과 엠마, 에녹은 내가 할로개스트의 잔류물 자취를 따라 터널을 이동하는 동안 내내 곁을 지켰다. 지하 터널에서 흔적을 따라가는 건 꽤나 쉬운 일이었지만 루프의 반대편은 상황이 어떨까?

"제가 못 해내면 어쩌죠?" 내가 물었다. "이런 식으로 할로우를 추적해본 적은 한 번도 없어요. 먼 곳에서도 이상한 종족의 흔적을 냄새로 알아차릴 수 있는 애디슨 같은 능력은 없는데……"

"네 능력이 더 뛰어나. 넌 놈들을 감지할 수 있잖니."

흔적은 미국인들이 사용하는 루프 입구로 이어졌다. 그것은 또 다른 엘리베이터였는데, 그 루프는 훨씬 부드러운 시간 전환을 거쳐 우리를 현재로 데려다주었다. 우린 관광객들로 바글거리는 로비로 걸어 나왔다.

"즐거운 시간 보내셨길 바랍니다!" 활짝 웃음 짓는 여행 가이드가 '**과거 시대 금광을 구경하고 얻은 거라곤 이 엉터리 스티커뿐이네!**' 라고 적힌 스티커를 내 셔츠에 철썩 붙여주었다.

출입문 옆 카펫에서도 나는 축축한 검은색 얼룩을 찾아냈다. 할로우는 이 길을 통과하여 현재로 들어갔다.

할로개스트 잔류물의 흔적은 바깥으로 이어져 인도에서도 확인되었고 모퉁이를 돌아 계속되었다. 이젠 흔적을 따라가는 일이 점점 더 쉬워져 얼마쯤 지난 뒤엔 아예 찾아볼 필요도 없어졌다. 후각만으로도, 그리고 그보다 더 확실하게 내장에서 느껴지는 감각에 의지해 어디로 가야 할지 알 수 있었다. 식히려고 창가에 내놓은 달콤한 파이 향기를 따라가는 옛날 만화 속 인물이 된 느낌이었다.

인파로 붐비는 도심을 지나는 중이라, 문득 나는 동료들의 옛날 복장이 사람들의 시선을 끌까 염려되어 주변 사람들을 좀 더 유심히 살펴보았다. 놀랍게도 머리부터 발끝까지 카우보이 옷을 입었거나 옛날 귀부인 드레스를 입는 등 과거 서부시대 의상을 입은 사람들이 사방에서 걸어 다니고 있었다. 옛날 건물들도 다수 그대로 보존되어 있었다. 과거 한때 무법천지였던 국경 도시가 이제는 거친 서부를 주제로 한 야외 놀이공원으로 탈바꿈하여, 옛 서부 개척시대를 배경으로 사진도 찍을 수 있고, 기념품 가게에서 가죽 바지와 카우보이모자, 버펄로 뼈 복제품도 살 수 있으며, 유명한 결투 장면을 의상까지 재현한 배우들도 볼 수 있었다. 마침 그 순간에도 도심 광장에서 그런 쇼가 진행되며, 결투를 앞둔 연기자들이 햇빛에 벌겋게 익은 관광객과 아무 데로나 뛰어다니는 개구쟁이 아이들의 환호를 받았다. 루프 내부에선 여전히 진짜 무기로 무장한 총잡이들의 팽팽한 기 싸움이 벌어지고 있다는 걸 떠올리지 않을 수 없었다. 그러자 이 도시는 루프 입구로 참 완벽한 눈속임이라는 사실을 깨달았다. 기묘한 의상을 입은 괴상한 사람들이 떼로 왔다 갔다 해도 전혀 특별한 관심을 일으키지 않을 곳이었다.

"평범한 인간들은 이런 게 즐거운가?" 에녹이 물었다. "사람들이 서로에게 총을 쏘는 **척하는** 걸 구경하는 게?"

"딴 데 한눈팔지 마." 군중의 얼굴을 하나하나 살피며 엠마가 나지막이 나무랐다. "무르나우와 다른 와이트들이 아직 근처에 있을지도 몰라. 놈들이 우리를 보기 전에 우리가 놈들을 발견하는 게 최선이야."

그 말에 나도 온전히 현실에 다시 정신을 집중했다. 지금 당장은 우리가 와이트들을 뒤쫓고 있지만, 만약에 놈들이 그 사실을 깨달았다면 당장이라도 우릴 쫓아올 것이다. 그 생각을 하자 아까부터 머릿속에서 뱅뱅 돌았지만 미국인들 앞에서 차마 물을 수가 없었던 질문이 떠올랐다.

"원장님, 할로우가 남긴 눈물 자국이 시작된 지점을 어떻게 찾으셨어요?"

엠마의 고개가 홱 나를 향해 쏠렸다. "그게 무슨 소리야?"

"텐트엔 전혀 잔류물이 없었어. 아깐 내가 말을 꾸며냈던 거야. 진짜 흔적은 300미터쯤 떨어진 곳에서 시작됐어. 어떻게 된 영문인지는 몰라도 원장님이 나를 곧장 그곳으로 인도하셨던 거야." 나는 기대에 찬 눈초리로 페러그린 원장을 쳐다보았다.

그녀는 스핑크스 같은 미소를 지어 보였다. "범죄 현장을 조사하면서 나는 와이트들이 직접 매로우본 루프에 들어간 적은 전혀 없다는 걸 깨달았다. 대신에 그들은 할로개스트를 보내면서 누군가 다른 사람을 함께 움직이도록 했어. 별로 시선을 끌지 않을 사람이었을 거야. 소녀의 텐트에 숨어들어서 그 아이를 납치해 할로개스트가 기다리는 곳까지 데려간 건 바로 그 사람이었어. 네가 잔류물 흔적을 발견한 곳 말이다."

"하지만 원장님은 어떻게 **곧바로 그** 사람의 흔적을 찾아내셨어요?"

"임브린의 직감이지."

에녹이 짜증 섞인 신음을 내뱉었다. "어휴, 그러지 마시고요."

"좋아, 그럼 말해주지. 나는 찢어진 텐트로 드나든 발자국을 발견했는데, 가벼우면서도 평범하지 않은 그 발자국은 땅을 디딘 부분의 마찰력이 높아 많이 파여서 캘리포니오 일당이 주로 신는 바닥이 평평한 카우보이 부츠도 아니고, 그렇다고 북부 일당들이 대부분 신고 다니는 모카신도 아니었어. 그런 발자국이 수목 경계선을 따라 이어졌지."

"원장님은 정말 끊임없이 저희를 놀라게 하시네요." 엠마가 말했다.

"그렇다면 그 다른 사람은 누굴까요?" 에녹이 물었다.

"신발 크기로 봐도 그렇고 임브린으로서의 직감으로도 그 사람은 엘러리와 나이도 체구도 비슷한 여자아이였을 거다. 와이트들은 절대로 할로우를 동반하지 않고는 어디든 가지 않는 작자들이고, 놈들도 그런 식으로 자기네가 추적당하리란 걸 예상했을 거야. 그러니 지금 당장은 최소한 네가 더 유리해."

"놈들이 **두 발로** 걸어 다닐 때만 유리한 거죠." 내가 말했다. "놈들이 차를 탔다면……"

나는 조만간 흔적이 사라져버릴 것이라고, 주차장에서 텅 빈 주차 공간을 끝으로 막다른 곤경에 놓일 것이라고 예상했다.

"할로개스트와 자동차에 구겨 타야 하다니." 에녹이 말했다. "진짜 구역질 나는 시나리오네."

"구역질이 나든 안 나든, 그렇게 되면 내가 더 추적할 방법이 없어. 따라갈 잔류물 방울도 없을 테고 냄새의 흔적도 멀어서 너무 희미해질 테니까." 나는 한숨을 쉬었다. "내 추적 능력은 아직 그렇게까지 개발되지 않았어."

페러그린 원장이 나를 보며 한쪽 눈썹을 들어 올렸다. "난 네가 스스로에게 감탄하게 될 거라고 생각한다, 포트먼 군. 네가 우릴 어디로 인도했는지 보렴."

나는 고개를 들었다. 흔적은 곧장 버스 터미널로 향했다.

"이거 농담이지?" 엠마가 물었다. "놈들이 할로개스트를 **버스**에 태웠다고?"

"그럴 리가." 내가 말했다.

우리는 안으로 들어갔다. 대합실은 1970년대 이후로는 한 번도 청소를 한 적이 없는 듯 음울하고 우중충했다. 모퉁이마다 부랑자들이 자리를 잡았고, 버스를 기다리는 다른 사람들은 모두 초췌하고 잔뜩 화가 나 있었다. 나는 할로우가 남긴 가벼운 자취를 따라 버스 승강장 구역으로 갔는데, 거기서 갑자기 흔적이 사라졌다.

믿어지지 않지만 놈들은 **정말로** 버스를 타고 갔다.

나는 친구들이 있던 곳으로 다시 달려갔으나, 엠마가 눈을 크게 뜬 채로 나를 향해 뛰어오고 있었다. "놈들 중에 하나를 알아본 사람이 있어!" 그녀는 나에게 와이트들의 현상 수배 사진을 흔들어 보이다가 내 팔을 잡고 매표소 창구로 달려갔다.

"맞아요, 내가 봤어요." 카운터 뒤에 앉아 있던 남자가 따분한 듯 말했다. "두어 시간 전입니다. 클리블랜드행 5시 차로 떠났어요."

그는 휴대폰으로 보던 농구 경기로 다시 관심을 돌렸다.

페러그린 원장이 유리창을 두들겼다. "여기서 클리블랜드까지 가는 동안 버스가 몇 번이나 서죠?"

남자는 한숨을 쉬었다. 책상에서 종이 한 장을 꺼내더니 카운터 위에 탁 내려놓았다. "여기 시간표 있어요."

페러그린이 시간표를 확인했다. "다섯 번이야." 그녀가 말했다. "1,500킬로미터쯤 되는 여정이군." 그녀가 다시 창구를 두들겼다. "클리블랜드행 다음 버스는 몇 시에 출발하죠?"

"45분 뒤요." 그가 고개도 들지 않고 대답했다.

그녀는 스스로 흡족한 미소를 지으며 나를 돌아보았다. "봤지, 포트먼 군? 네가 희망을 잃어버리려는 찰나에 바로 이렇게 됐잖니."

"놈들이 멈춘 도시마다 우리도 똑같이 내려보면 돼." 엠마가 말했다. "그래서 네가 할로우 눈물 흔적을 찾아보면……" 그녀는 계획이 맞아 떨어졌다거나 불가능한 문제가 해결되기 시작할 조짐이 보일 때면 언제나 그러듯이 흥분해서 양손을 맞대고 비벼댔다. 그건 내가 특히 좋아하는 엠마의 습관 중에 하나였고, 앞으로도 늘 그럴 것이다.

에녹은 또다시 끙 신음 소리를 냈다. "오늘 밤엔 우리 모두 각자 침대에서 편히 잘 수 있기를 바랐는데 이게 뭐야."

"아직 기회는 있어." 내가 말했다. "아무도 너더러 억지로 가라고 하지 않아."

"얘도 갈 거야." 엠마가 말했다. "에녹은 그냥 불평할 기회를 놓치고 싶지 않아서 저래."

♈

우리는 대합실에서도 인적이 드문 곳을 찾아 동전으로 작동되는 고장 난 TV가 팔걸이에 나사로 고정된 벤치에 자리를 잡고 앉았다. 머리가 수십만 킬로그램이나 되는 것처럼 무겁게 느껴지면서 생각도 너무 많았다. 나는 스트레스로 몸이 덜덜 떨릴 지경이었지만 몸을 눕힌다고 해도 차가운 금속 의자에서 잠이 들 순 없었다. 우리가 속한 세상의 모든 것이 불안해지고 산산조각 나는데도 엠마와 에녹은 도심에서 평범한 인간들이 입은 의상에 대해 농담을 주고받고 있었고, 페러그린 원장은 무슨 생각을 하는지 모르겠지만 주변을 돌아보며 완벽하게 평온한 표정이었다. 어쩌면 그들은 수많은 대재앙의 위협을 늘 가까이 겪으며 살아가는 삶에 너무 익숙해져서 더는 아무런 영향도 받지 않는 듯했지만 나는 그럴 수가 없었다.

"내가 이 문제를 해결할 수 있다고 너희들은 왜 그렇게 확신해?" 나는 좌절감을 감추려고 몹시 애를 쓰며 물었다.

"넌 제이콥이니까." 엠마가 어깨를 으쓱했다.

"난 네가 할 수 있을 거라고 말한 적 없어." 에녹이 말했다. "하지만 하루 종일 밀라드와 함께 지도에 표시나 하고 있는 것보다는 훨씬 재미있을 것 같더라고."

나는 우리의 바위 같은 정신적 지주이자 지혜의 원천인 페러그린 원장을 돌아보았다. "제가 할로우 흔적을 놓쳐서 놈들을 못 찾게 되면 무슨 일이 일어나죠? 우리가 그 여자아이를 되찾지 못하면 어떻게 돼요?"

너무 끔찍한 일이 벌어지진 않을 거라고 말해주세요. 제가 이 일에 실패하더라도 세상이 끝나진 않는다고 말해주세요.

"무슨 일이 일어날까?" 페러그린은 한숨을 쉬었다. "미국인들은 우리에 대한 신뢰를 잃고 회담에서 철수할 테고, 돌아가서 서로 싸움을 벌일 수도 있겠지. 아니면 우리가 어떻게 하든 상관 않고 당장 전쟁을 벌일지도 모르고."

너무도 스스럼없이 그런 이야기를 하자 나는 거의 입이 떡 벌어졌다.

"원장님, 이런 말씀드리기 죄송하지만 그런 일이 벌어져도 별로 상관없다는 말투로 들려요." 엠마가 말했다.

"엄청 염려하고 있다." 그녀가 대꾸했다. "그리고 다른 임브린들과 나는 어떤 일이 벌어지더라도 협상을 계속 진행하려고 최선을 다할 거다. 하지만 우리가 관여할 수 있는 부분은 거기까지가 끝이야. 미국인들이 스스로 평화를 원해야 한다. 우리가 그걸 강요할 순 없어. 그리고 심지어는 우리가 빈틈없이 평화 협정을 이

끌어낸다고 해도, 좋았던 사이가 떨어져 나갈 가능성은 언제든 있는 법이다."

"그럼 왜 이 일에 우리를 보내시는 건데요?" 에녹이 물었다. "어차피 상관없는 상황이 올 수도 있다면 왜 힘들게 그 여자애를 구해야 하죠?"

평온했던 그녀의 표정이 온데간데없이 사라지고 눈이 가늘어졌다. "내가 염려하는 건 그 여자아이가 아니다. 문제는 와이트들이야."

이제는 엠마가 충격을 받은 표정이었다. 페러그린 원장은 평소 그렇게 노골적으로 말하는 사람이 아니었다. 그러나 이젠 그녀도 우리를 어른처럼 대하기로 결심한 듯했다. "이번 납치 사건은 어쩌다 그냥 벌인 행동이 아니었다. 나는 렌 원장님의 이론을 믿지 않아. 이번 유괴 사건은 단순히 혼란을 일으켜 평화를 위협하려는 것 이상의 꿍꿍이가 있다고 생각한다."

"그럼 그게 뭘까요?" 내가 물었다.

"와이트들을 따라가라." 그녀가 말했다. "놈들을 잘 관찰해. 그럼 우리가 찾아낼 수도 있을 거다."

"그럼 그 여자아이는요?" 에녹이 물었다.

"할 수만 있다면 되찾아 와야지. 하지만 불필요한 위험을 감수하진 마라. 인력 손실이라면 그 수가 얼마가 됐든 견딜 수 있지만, 너희들을 누구라도 잃는 건 견딜 수 없어."

"우리가 이런 위험한 임무를 수행하는 동안 원장님은 무얼 하실 건데요?" 에녹이 물었다.

"난 지켜보고 있을 거다."

엠마가 놀란 표정을 지었다. "우리랑 함께 가시는 거 아니에요?"

"그런 셈이지." 페러그린 원장이 대답했다. "하지만 절대 멀리 떨어지진 않을 거다. 아 참, 휴도 함께 데리고 가면 좋겠구나."

에녹이 고개를 갸웃했다. "그건 좀 의외네요."

"30분 안에 휴가 여기 올 수 있을까요?" 벽에 걸린 시계를 흘끔 쳐다보며 내가 말했다.

"곧 이리로 올 거야." 페러그린 원장이 대꾸했다. "휴를 부르러 사람을 보낸 지 꽤 됐거든."

바로 그때 휴가 율리시스 크리즐리를 대동하고 터미널 건물로 걸어 들어오더니 매표소 건너편에서 우릴 향해 씩 웃으며 손을 흔들었다.

"왜 하필 휴예요?" 에녹이 숨죽여 물었다. "우리한테 지원군이 필요하다고 생각하셨으면, 왜, 글쎄요, 브로닌을 오라고 하지 않고요?"

"휴는 유능하고 헌신적이기 때문이지." 페러그린 원장이 말했다. "그리고 솔직히 말하면 피오나 생각에서 벗어나려면 저 녀석한테도 약간의 모험이 필요하기 때문이야."

그 점에 대해서는 나도 반박할 수 없었다. 가엾은 그 친구는 여유로운 모든 순간을 죽도록 걱정하느라 허비하고 있었다.

버스 회사의 상호와 로고는 아동 문학의 인물에서 빌려온 터라(그는 하늘을 날 수도 있고, 요정들과 친구 사이고, 아무도 나이를 먹지 않는 섬에서 살고 있다), 깃털이 달린 모자를 쓰고 의기양양하게 미소 짓는 그의 만화 이미지가 버스에 요란하게 장식되어 있어서 끔찍이도 누추한 터미널과는 우스꽝스러울 정도로 어울리지 않았다.

친구들을 따라 버스에 오르기 전 페러그린 원장이 나를 옆으로 데려가 단둘이서만 이야기를 나누었다.

"그 사람에 대한 꿈을 꾸지 않았니? 내 오빠 말이다."

잠시 나는 숨 쉬는 걸 까먹었다.

"네."

"그런데 그게 그냥 단순한 꿈처럼 느껴지지가 않았을 거다. 마치 그자가 너의 머릿속에 든 것처럼."

나는 로봇처럼 고개를 끄덕였다. "네. 네."

"나도 그런 꿈을 꾸었다."

"진짜요?"

"어쩌면 그는 꿈을 통해서 우리에게 닿으려고 애쓰는 건지도 모르겠구나. 우릴 고문하려고 말이야. 세상에서 그가 가장 증오하고, 자신의 몰락에 책임이 있다고 탓할 만한 두 사람이니까. 하지만 내 말 믿어라, 제이콥. 환영으로 우릴 조롱하는 것이 그자가 할 수 있는 **전부란** 걸."

"그게 확실할까요? 놈들이 그자를 되살려내려고 하는 거라면요?"

그녀는 확고하게 고개를 저었다. "그건 불가능하다. 그는 아주 깊은 구멍에 빠졌고 영원히 그곳에서 벗어나지 못해. 그건 내가 장담한다."

"하지만 그렇다고 해서 그자가 탈출하려는 걸 멈춘다는 뜻은 아니죠. 혹시 놈들이 지금 하려는 짓이 그거라고 생각하세요? 카울을 되살려내는 것?"

"제발 목소리 좀 낮춰라." 페러그린이 주변을 재빨리 둘러보았다.

"그리고 너의 상상력을 함부로 입 밖에 내면 안 돼. 예언자 밥은 **절대로** 일어나지 않은 일들도 수없이 예언했다는 걸 명심해라. 그러니 우린 지금 우리 앞에 있는 임무에만 정신을 집중하고, 이 얘기는 너무 중요하게 생각하지 말자꾸나. 그리고 제발, 다른 아이들에겐 얘기하지 말고."

나는 고개를 끄덕였다. "알겠어요."

"하지만 다음번에 그자가 또 네 꿈에 나타나거든 **꼭 나에게 말해주렴.**"

버스에 시동이 걸렸다. 친구들이 창문으로 나에게 손짓을 보냈다.

그제야 나는 버스에 뛰어 올랐다.

♌

"내가 선물을 좀 가져왔어." 무릎에 놓인 작은 가방을 뒤지며 휴가 말했다. 버스에 탄 지 불과 몇 분 만에 이미 잠들었던 에녹은 이제 스스로 잠에서 깨어났다. 엠마와 나는 앉은 자리에서 몸을 숙여 통로 건너편을 쳐다보았다. "모두들 내가 가게 된 걸 알고

는 너희한테 갖다주라고 물건을 챙겨줬어. 클레어는 다진 고기 샌드위치를 보냈어." 그가 갈색 종이로 싸인 물건을 여러 개 꺼내 우리에게 나눠 주었다. "여분의 속옷과 양말은 브로닌이 챙긴 거야. 아, 이건 진짜 좋은 거야, 호러스가 이상한 양털로 짠 스웨터 두 벌을 보냈어."

"맞다!" 에녹이 말했다. "그건 어떻게 됐나 나도 궁금하던 참이었어."

"약간 좀이 슬었는데 호러스가 남는 시간에 계속 수선을 했대."

"총알도 막는 옷인데 좀벌레한테 먹힌다고?" 엠마가 물었다.

"악마의 영토에 사는 좀벌레는 쇠도 씹어 먹을 수 있어." 휴가 설명했다.

"내가 듣기론 살도 파먹는다더라." 에녹이 말했다. "놀라운 별종이야."

휴는 귀퉁이가 닳은 책을 한 권 꺼냈다. "올리브가 보낸 『이상한 플래닛 : 북아메리카편』이야." 그가 책을 흔들자 책장 사이에서 지도 하나가 떨어졌다. "밀라드는 미국인들의 루프가 그려진 최신 지도를 구해줬어."

"그리고 이건 네 거야." 그가 나에게 작은 상자를 건네며 말했다.

"누가 보낸 건데?" 내가 물었다.

휴는 윙크를 했다. "맞혀봐."

상자 위엔 정갈하고 살짝 기울어진 글씨체로 적힌 쪽지가 붙어 있었다. 쪽지 내용은 다음과 같았다.

네가 놓친 노을이야.

나는 상자를 열었다. 투명한 노란 보석 같은 빛 한 줄기가 햇빛을 받은 먼지 티끌처럼 영롱하게 반짝거리며 솟아올라 상자 밖으로 빠져나왔다. 그 빛은 내 주변을 한 바퀴 돌며 움직이는 통에 나는 아주 잠깐밖에 볼 수가 없었는데 이내 사라져버렸다. 내게 남은 건 기분 좋게 얼굴이 간질간질한 느낌뿐이었다.

"우와. 아름답다." 휴가 말했다.

"정말 그러네." 에녹이 말했다.

"누가 봤을지도 몰라." 엠마가 심술궂게 말했다. 그러나 버스에 탄 열두어 명의 다른 승객들은 각자 휴대폰을 들여다보거나 창밖을 내다보고 있었으므로, 그 광경을 본 사람은 없었다.

"질투하지 마." 에녹이 엠마를 놀렸다. "너랑 안 어울려."

"뭐? 내, 내가 무슨……" 엠마는 얼굴을 찌푸리며 말을 더듬었다. "어휴, 입 **닥쳐**."

그녀는 벌떡 일어나 다른 자리로 가서 앉았다.

"쟤는 신경 쓰지 마." 에녹이 말했다. "뭘 잊으려면 오래 걸리는 애야. 에이브에 대해서도 반세기 동안 슬퍼했잖아."

"그 루프 지도 좀 보여줘." 내가 화제를 바꾸려고 말했다.

나는 에녹과 휴 자리에 끼어 앉았다. 다 같이 무릎에 지도를 펼쳐놓은 우리는 금세 기이한 지도에 빠져들었다.

나는 무게가 1톤은 될 것 같은 가죽 장정의 지도책에서 금빛 필기체로 공들여 적은 루프 지도를 본 적이 있었다. 음식점의 접시받침 종이에 인쇄된 다른 지도 위에 휘갈겨 쓰거나 압핀과 실로 길을 그려놓은 것도 본 적이 있었다. 하지만 이런 건 어디에서도 본 적이 없었다. 그것은 자동차 여행을 떠나면서 주유소 편의점에서 살 수 있는 안내 지도처럼 진짜 지도였고, 거기다 최신 안내도였다. 무엇보다도 가장 이상한 것은 지도 양쪽에 광고가 빽빽하게 실려 있다는 점이었다. **루프** 광고였다. 휘발유, 음식, 숙소 등에 더하여 몇 가지 이상한 혜택이 있을 뿐, 트럭을 위한 화물 자동차 휴게소 광고 같았다.

24시간 언제든 뜨거운 음식 가능이라고 적힌 것도 보였다. **호텔 스타일의 시설 완비.**

다른 광고는 이렇게 자랑했다. **재앙에서 자유로운 루프에서 보내는 하루! 완벽한 날씨, 평화로운 일반인들. 우리의 호의를 경험해보세요!**

또 다른 광고. **무장 경호원들이 느긋한 휴식을 보장합니다.**

어떤 건 쿠폰까지 인쇄돼 있었다. **오려 오시면 10% 디스카운트!**

"뭐 이렇게 이상한 나라가 다 있어?" 휴가 물었다.

"임브린이 없는 나라거든." 에녹이 말했다.

이상한 세계의 특징은 다양했지만, 특별히 자본주의적이라는 생각은 한 번도 해본 적이 없었다. 미국인들의 이상한 세계는 내가 유럽에서 알게 된 것과는 전혀 성격이 달랐다. 몇 주 전 H를 처음 만난 이후로 이미 그 차이가 백 가지는 된다는 것이 확실해졌지만, 그런 깨달음은 계속해서 내 뒤통수를 쳤다.

"호텔 스타일의 루프래. 천국 같겠다." 에녹이 졸린 듯 말했다.

"쓸데없는 희망 품지 마. 와이트들은 육체적인 쾌락에 관심이 없는 것 같으니까." 내가 말했다.

"글쎄, 놈들도 어디서든 멈추긴 해야겠지." 에녹이 말했다.

"납치된 여자애는 루프에 갇혀 살아야 하는 신세야. 루프에서 벗어나면 갑자기 나이를 먹게 될 거야."

"놈들이 계속 그 여자애를 살려둘 필요가 있다고 짐작하는 모양이네." 휴가 말했다.

"놈들은 걔를 납치하려고 엄청난 수고를 감수했어. 산산히 부서지는 뼈 더미가 되도록 걔를 내버려둘 의도는 아니었을 거라고 확신해." 에녹이 말했다.

우리는 계속해서 갔다. 해가 지기 시작했다. 에녹과 휴는 농담을 주고받거나 휴의 꿀벌 한 마리를 이용해 다른 승객을 골탕먹이며 놀았다. 에녹이 휴의 기분을 계속 북돋아주려는 것으로 보여, 나는 그런 에녹이 약간 더 좋아졌다. 항상 얼간이처럼 굴려고 최선을 다하긴 해도 에녹은 본성이 따뜻한 녀석이었다.

나는 원래 자리로 돌아가 호러스의 스웨터를 뭉쳐 창문과 머리 사이에 댄 채 잠이 들었다. 기억도 나지 않는 불편한 꿈들이 연속되는 불편한 잠이었다.

♈

나는 소스라치게 놀라며 잠에서 깨어났다. 누군가 내 옆에 앉아 있었다.

엠마였다.

깍지 낀 양손을 무릎에 올린 그녀는 긴장한 표정이었다. 그녀는 에녹과 휴가 엿듣고 있는 건 아닌지 확인하느라 어깨 너머로 돌아보았다. 둘 다 잠든 걸 본 그녀가 입을 열었다.

"우리 할 얘기 있잖아. 우리 둘 사이에 있었던 일."

그 말에 잠이 순식간에 달아났다.

"어." 얼굴을 비비며 내가 말했다. "좋아. 하지만 내 생각엔 우리가……"

그 얘긴 안 하기로 합의한 줄 알았어.

"난 계속 그 생각을 안 하려고 노력했어." 엠마가 말했다. "무시하려고도 해보고, 원래 없던 일인 척도 해봤어. 우린 그냥 계속 친구 사이였던 척했던 거지. 그런데 안 되더라."

"꽤 많이 티 났어." 내가 말했다.

누군가 누어 이름을 언급할 때마다 네가 불편해하잖아.

"너한테 미안하다는 말을 꼭 한 번 더 해야겠더라. 내가 한 행동에 대해서 사과할게. 에이브한테 전화해선 안 됐어."

가슴속에서 복잡한 감정들이 마구 솟아올랐다. 엠마가 말로 설명하니 너무도 별것 아닌 일처럼 들렸다. 그녀와 나 사이가 끝난 건 전화 한 통 때문이었다. 마음 한구석에서는 내가 과잉 반응을 한 건 아닌지 아직도 고민 중이었다. 너무 하찮은 일로 내가 엠마의 마음을 아프게 한 걸까.

"계속 여러 번 했었어?" 내가 그녀에게 물었다. "에이브한테 전화 거는 거?"

"아니. 그때 여행하면서 딱 한 번이었어. 그것도 그냥 작별 인사를 하기 위해서였고."

엠마의 말을 믿었는지는 나도 모르겠다. 혹은 신경이 쓰이는지 어쩐지도 알 수 없었다. 별안간 그날 느꼈던 내 감정이 홍수처럼 다시 몰려왔다. 엠마가 정말로 내 사람이었던 적은 한 번도 없으며, 앞으로도 절대 그럴 일은 없으리라는 것. 엠마 같은 멋진 사람이 나를 사랑할 수도 있다는 생각에 도취해서 나 자신을 바보로 만들었다는 것.

"어느 면에선 네가 그렇게 행동한 게 다행이다 싶어." 내가 말했다. "그 때문에 내가 보고 싶지 않아서 회피하던 걸 제대로 직면하게 됐거든."

"그게 뭔데?" 엠마가 소심하게 물었다.

"며칠 전에 네가 네 입으로 말해줬잖아. 나는 에이브가 아니고, 절대 될 수도 없다고."

"오, 제이콥. 그렇게 말했던 거 미안해. 화가 났었어."

"알아. 그러니까 너도 스스로 그토록 솔직해질 수 있었겠지. 왜냐하면 네가 아직 에이브 할아버지를 사랑한다는 게 진실이기 때문이야."

엠마는 침묵을 지켰다. 그것이 그녀의 대답이었다.

해답은 단순했다.

내가 에이브 할아버지를 너무 많이 닮았기 때문에 엠마는 나에게 빠져드는 걸 막을 도리가 없었을 것이다. 그녀는 처음부터 나에게 정말로 마음을 준 것이 아니기 때문에 난 그녀의 마음을 아프게 한 적도 없다는 의미였다.

"네가 날 미워하지 않았으면 좋겠어." 엠마가 말했다.

그녀는 고개를 숙였다. 그 순간, 그런 면에서 엠마는 너무 어려 보였다. 나는 엠마가 안쓰러웠다.

"난 절대 너를 미워할 수 없을 거야."

엠마는 머리를 내 어깨에 기댔고 나는 가만히 내버려두었다.

이젠 거의 어두워졌다. 도로 반대편의 산등성이 너머로 주황색 태양의 마지막 빛줄기가 희미하게 넘어가면서 우릴 둘러싼 대지가 늦은 저녁의 서글픈 푸른빛으로 변해가는 광경을 지켜보았다.

"그래서 할아버지가 뭐라셨어? 네가 전화를 걸었을 때 둘이 무슨 얘기했어?"

"에이브는 정말로 별말 안 했어." 엠마는 한숨을 쉬었다. "갠화가 났어. 나더러 전화해서는 안 되는 일이었다고 하더라."

"너도 네 자신을 어쩔 수 없었잖아."

엠마는 내가 거의 제대로 들었는지 의심스러울 정도로 나직이 말했다. "내가 **저녁 식사를 방해하고 있다고 말했어. 그러고는 전화를 끊더라.**" 그녀가 고개를 들었을 때 눈가엔 눈물이 고여 있었다. "내가 정말 한없이 멍청이가 된 기분이었어. 그러고 나서 난 네가 기다리는 자동차로 돌아가서 아무 일도 없었던 척해야 했지."

고통이 비수처럼 꽂히는 것이 느껴졌다. 나는 문득 이제껏 한 번도 예상해본 적 없는 생각에 사로잡혔다. **우리 할아버지가 나쁜 사람이었던 걸까?**

나는 엠마에게 팔을 두르며 말했다. "미안해, 엠마."

"미안해하지 마. 난 꼭 그 말을 들어야 했어. 마지막으로 그를 보내주기 위해서."

마지막으로. 그러나 우리에겐 너무 늦었다.

"우리가 더는 그런 식으로 가까워질 수 없다는 건 나도 알아." 엠마가 말했다. "하지만 우리에겐 우정도 있잖아. 그 감정은 진짜고 간직할 가치도 있어."

"그건 아직 그대로야." 내가 말했다. 그러자 무언가 엠마의 내면에서 풀려나간 듯 어깨가 떨리기 시작했다.

내가 한 말은 진심이었다.

내가 엠마에게 느꼈던 모든 멋진 감정들이 진심이었다는 건 그대로였다. 그런 감정들로 인해 과거 한때 그랬던 것처럼 이젠 더 이상 엠마를 사랑하게 되진 않을 뿐이었다.

"고마워." 여전히 코를 훌쩍이며 엠마가 말했다. "그럼 이제 어떻게 하지?"

"이렇게." 나는 어깨에 둘렀던 팔을 당겨 포옹하며 말했다. "그리고 이젠 우리 둘 다 눈 좀 붙이자."

♈

팔을 두들기는 인기척. 엠마가 속삭였다. **"버스가 멈췄어."**

나는 눈을 깜박거렸다. 한밤중이었고 우린 아이오와의 어느 버스 터미널에 도착해 있었다.

"네가 먼저 내려." 에녹이 문을 향해 나를 쿡쿡 찔러 통로로 내몰며 말했다.

나는 버스에서 내려 주차장 구역에 할로우가 흘린 체액의 흔적이 있는지 바닥을 살펴보았다. 아무것도 없었다. 그들은 이곳에서 멈추지 않았다.

우리는 24시간 운영하는 푸드 코트가 있는 작은 터미널로 들어갔다. 에녹과 휴는 질긴 고무 같은 핫도그를 먹었다. 엠마는 콩과 치즈를 넣은 부리토를 먹었다. 이제 친구들은 모두 거의 한 세기만에 처음으로 점점 성장하는 청소년기의 몸으로 살아가는 십대로서 하루에 하루씩만 나이를 먹었고, 그래서 언제나 배가 고팠다. 하지만 내 위는 긴장감으로 뭉쳐, 먹는다는 생각만으로도 구역질이 솟았다. 가끔씩 친구들이 엄청 나이 먹은 사람들처럼 느껴질 때가 있는데, 또 어쩔 땐 내가 그들보다 나이가 많은 것처럼 생각되는 게 참 이상했다.

우리는 다시 버스를 타고 떠났다.

불안에 휩싸여 잠이 들었다 깨기를 반복하던 나는 동이 트기 전쯤 몸을 흔드는 엠마의 손길에 잠에서 깨어났다.

버스는 고속도로에 정차했고, 길게 늘어선 지체 행렬에 끼어 으르렁댔다. 앞쪽 어디선가 구급차의 불빛이 번쩍대는 게 보였다.

나쁜 예감이 들기 시작했다.

3차로가 차선 하나로 줄면서 병목 현상이 생겨났다. 천천히 사고 현장이 시야에 들어왔다. 심각한 사고가 있었던 듯했다. 경찰차, 구급차, 소방차, 어지러운 불빛이 보였다. 교통정리를 하는 경찰관들. 심각한 얼굴로 오가는 한 무리의 사람들. 나의 시선은 도로에 진하게 새겨진 검은색 타이어 자국을 따라갔다가 수많은 손전등 불빛의 행렬을 지나 망가진 버스의 뒷모습에 이르렀다.

"세상에나." 구급차의 빨간색과 주황색 불빛을 얼굴에 번갈아 받으며 엠마가 속삭였다.

"혹시 바로 그 버스일까? 놈들이 탔던 거?" 휴가 물었다.

"확인해보는 게 좋겠어." 내가 말했다.

에녹은 아무 말도 하지 않았지만 고개를 끄덕이고 있었다.

차량의 움직임은 멈춘 상태였다. 운전기사가 투덜거리며 안 된다고 하는데도 나는 친구들을 이끌고 버스에서 내렸다.

"사고 현장 주변에 우리가 기웃거리도록 경찰이 그냥 놔둘리는 없어." 내가 말했다.

"관계자인 것처럼 행동하면 어디까지 갈 수 있는지 너도 알게 되면 놀랄걸." 엠마가 대꾸했다.

버스 잔해에서는 아직도 구급대원 두세 명이 확인 중이었지만 사고는 이미 두세 시간 전에 발생한 것 같았고 부상자는 실려 간 지 오래였다.

넘어진 거인처럼 버스는 옆으로 누워, 번쩍거리는 불빛 속에 구부러지고 뒤틀린 차체가 언뜻언뜻 드러났다. 미끄러지다가 고속도로를 벗어나 옆으로 넘어진 듯, 숲 가장자리를 향해 돌진하다 바닥에 큰 구멍이 파여 있었다. 또 다른 자동차 잔해는 우리 눈에 확인되지 않았다. 버스가 통제력을 잃고 혼자 넘어지며 박살 난 것 같았다.

할로우의 잔류물 흔적을 찾는 데는 그리 오래 걸리지 않았다. 얼룩은 버스 주변 사방에 흩어져 있었고 사고 현장에서 숲으로 이어졌다. 숲엔 경찰도 구급대도 보이지 않았다. 어두운 숲만 펼쳐졌을 뿐 아무것도 없었다.

나는 흔적을 따라갔고 친구들은 나를 따라왔다. 숲 경계선을 지나 8, 9미터쯤 들어갔을 때 엠마가 손에 불을 일으켜 길을 비춰 주었다.

우리는 쓰레기 더미를 지나쳤다. 가시덤불 군락지도 지나갔다. 그러다가 우리는 나뭇잎이 쌓인 곳에 누워 있는 소녀를 발견했다.

그 여자아이. 엘러리였다.

그녀는 죽어가고 있었다. 머리에 벌어진 상처에서 피가 흘러나왔다. 한쪽 다리는 부자연스럽게 뒤틀려 몸 아래 깔려 있었다.

우리는 다급히 그녀에게 다가갔다.

"누구든 가서 도움을 청해!" 엠마가 소리치자 휴는 아까 본 구급차가 있던 곳으로 다시 달려갔다.

호리호리하고 창백한 소녀였다. 그녀는 성한 눈이 한쪽밖에 없었고, 평소에 안대를 하고 다니는 다른 눈은 아예 없었다. 눈이 있어야 할 곳엔 그저 주름살에 덮인 검은 구멍만 있을 뿐이었다.

도움의 손길이 도착하기를 기다리는 동안 우리는 무슨 일이 있었는지 알아내려 애썼다. 그러나 엘러리는 의식을 잃었다가 되찾기를 반복하며 정신이 혼미한 상태였다.

"그 사람들은 내가 울기를 원했어. 텅 빈 눈을 지닌 남자들. 그들이 나를 울게 만들었어." 소녀가 말했다.

그녀가 말을 하는 사이 작고 하얀 애벌레 한 마리가 눈구멍에서 기어 나왔다. 벌레는 소녀의 얼굴에서 바닥으로 굴러 떨어졌고, 그제야 바닥을 보니 그와 똑같이 생긴 벌레들이 백 마리쯤 더 낙엽 사이에서 꿈틀거리고 있었다.

나는 토할 뻔했다. 엠마와 에녹은 동요하지 않는 듯했다.

"그들이 그 아이를 훔쳐 갔어." 울기 시작하며 소녀가 말했다. "그들이 나한테서 그 아이를 빼앗아갔어."

"누구?" 엠마가 물었다.

"**엄마애벌레.**" 떨리는 목소리로 소녀가 속삭였다. "이젠 죽을 거야. 그 아인 밖에선 살지 못해."

엠마와 에녹과 나는 고개를 들고 두려운 시선을 주고받았다.

"놈들은 지금 어디에 있을까?" 내가 물었다.

"떠났어." 소녀가 말했다. "너희가 그들을 죽일 거지?"

"어, 반드시 그렇게." 에녹이 말했다.

"하지만 그 여자앤 안 돼. 걔는 하고 싶지 않은 일을 억지로 한 거였어. 그 사람들이 시켜서."

"어떤 여자아이?" 내가 물었다.

"걔가 한 일이야. 걔가 버스를 세웠어."

"어떻게?"

"밧줄로. 그리고는 나한테 가장 아름다운 꽃을 주었어……."

구급대원이 막 도착했을 때 소녀는 경련을 일으키기 시작했다. 구급대원들의 손전등 불빛이 우리 주변을 환하게 비추었고, 잠시 후 그들이 소녀를 확인할 수 있도록 우리는 주변으로 물러났다.

엘러리는 온몸을 뒤틀며 신음했고, 구급대원들에게 가려져 무슨 영문인지 확인할 순 없었지만 무언가 심상치 않은 일이 더 벌어지고 있었다. 구급대원들이 돌연 뒤로 물러서며 한 사람이 욕을 지껄이는 소리가 들려왔다.

누군가 말했다. "대체 이게 무슨 일이지?"

그러다가 문득 나도 다시 그녀의 모습을 볼 수 있었다.

엘러리는 맹렬하게 경련을 일으키는 중이고 주변에는 새하얀 명주실 같은 것이 자라나 둥지를 이루었다.

"맙소사." 에녹이 말했다. "빠르게 나이를 먹기 시작했어!"

소녀의 머리칼이 두피에서 기하급수적인 속도로 자라나며

갈색에서 점점 색이 바래더니 새하얗게 변했다.

그러다 갑자기 광풍이 불어와 나뭇가지가 꺾이고 주변의 낙엽들이 휘날려 돌아보니, 숲 바로 끄트머리에 헬리콥터가 착륙하고 있었다. 우리는 어떻게 행동해야 할지 몰라 몸을 웅크린 채 기다렸다. 헬리콥터에서 몇 사람의 형체가 뛰어내려 우릴 향해 달려왔다.

그건 미국인들이었다. 라모스와 그의 경호원이 엘러리의 이름을 소리치며 숲을 가로질러 달려왔다. 페러그린 원장과 렌 원장, 쿠쿠 원장도 바로 뒤에서 따라왔지만 우리가 있는 쪽으론 시선도 주지 않았다. 겁에 질린 구급대원들은 어차피 달아날 태세를 취했으므로 기꺼이 뒤로 물러났고, 미국인들이 엘러리 주변에 몰려들어 살펴보는 사이 임브린들이 작은 유리병에 담긴 액체를 힘없이 벌어진 소녀의 입에 부었다.

어떻게든 소녀를 살리려 애쓰는 것 같았지만, 그럼에도 상관없이 소녀는 빠르게 나이를 먹었다. 그들이 소녀를 안아 올려서 옮길 때 나는 잠깐 동안 그녀의 모습을 볼 수 있었다. 30초나 될까 싶은 짧은 시간 동안 소녀의 피부는 거의 투명할 정도로 얇아졌고 눈동자는 우유 빛깔로 흐려졌다.

임브린들도 소녀에게 더 해줄 것이 없었다. 미국인들은 엘러리를 옮겼고, 페러그린 원장은 그들 곁을 떠나 나무 밑에 모여 있는 우리에게 다가왔다.

"원장님!" 엠마가 소리치며 그녀를 껴안았다. "어디에서 오셨어요?"

"내가 지켜보고 있을 거라고 했잖니!" 헬리콥터 바람에 머리칼을 휘날리며 그녀가 말했다. "그러길 잘했지……."

"저 아인 죽게 될까요?" 에녹이 소리쳐 물었다.

"최악의 노화를 늦추는 응급 약을 먹이긴 했지만 계속 나이를 먹을지도 모른다. 휴는 어디 있니?"

"도움을 요청하러 갔는데 돌아오지 않았어요." 엠마가 말했다.

임브린의 얼굴에 염려의 표정이 스쳐갔다.

휴를 찾으러 달려간 우리는 임시 조명과 경찰이 둘러친 접근 금지 테이프에 둘러싸여 엉망으로 구겨진 채 옆으로 누운 버스 잔해 곁에서 그를 발견했다. 사고 현장을 지키던 경찰관은 마침 헬리콥터를 조사하러 자리를 떴으므로, 그 순간엔 허공에 노출된 버스의 하부 바로 옆까지 달려가도 막을 사람이 없었다.

다가가면서 보니 타이어가 전부 터져 있었다. 차체의 축도 부러졌다. 휴는 그 옆에서 밧줄로 보이는 물건을 잡아당기며 서 있었다. 차축에 휘감긴 여러 개의 밧줄이 바퀴와 연결되는 부분까지 엉켜 있었다.

"엘러리가 뭔가 밧줄에 대한 이야기를 했어요." 휴를 향해 달려가며 엠마가 말했다. "또 다른 여자애가 같이 있었는데 걔가 밧줄로 버스를 세웠다고요……."

"원장님 말씀이 옳았어요." 내가 페러그린 원장에게 말했다. "또 한 사람이 더 있었어요. 여자아이가."

그러나 점점 거리가 좁아지면서 우리는 휴가 잡아당기고 있는 것이 밧줄이 아니란 걸 알아차렸다. 그건 덩굴가지였다.

덩굴가지가 차축과 바퀴 주변에 온통 빽빽하게 엉켜 있었다.

"도대체 어떻게……" 덩굴가지 하나를 집어 들며 엠마가 말했다. 초록색 가지엔 가시가 돋아 있고 여기저기 섬세한 자주색 꽃이 매달려 있었다.

"엘러리는 꽃에 대한 이야기도 했어요. 그 소녀가 자기한테 꽃을 주었다고요." 내가 설명했다.

에녹이 덩굴가지에서 떨어진 꽃 한 송이를 집어 들었다. "이건 내가 아는 꽃이야…… 케르놈섬에 살 때 우리 집 주변에서 엄청 많이 자라던 꽃인데……"

휴는 아직 말을 한 마디도 하지 않았다. 그는 에녹의 손에서 꽃을 빼앗아 춤을 추듯 돌아가는 요란한 경광등 불빛에 비춰 보았다.

"원장님?" 아직 소년 같은 그의 얼굴에 귀신에 홀린 것 같은 표정이 스쳤다. "이건 들장미예요."

페러그린이 휴를 향해 돌아섰다. 시선을 마주치며 진지하게 고개를 끄덕였다. "맞아, 휴."

내가 말했다. "전 이해가 안 돼요." 그러나 다른 사람들은 모두 이해가 되는 것 같았다.

"그건 피오나의 꽃이야." 엠마가 나직이 말했다. "피오나는 굳이 의도하지 않고도 그 꽃을 피워낼 수 있어. 가끔은 피오나가 걸어가고 난 뒤에 그 자리에서도 피어나거든."

나는 공기가 희박해진 느낌이 들면서 머리가 어질어질했다. "그 말은 그러니까……?"

에녹이 덩굴가지를 쳐다보았다. "이런 건 오로지 피오나만 할 수 있는 일이야."

"하느님 맙소사." 뺨 위로 눈물을 철철 흘리며 휴가 소리쳤다. "걘 **살아** 있어요!"

"우리가 꼭 피오나를 되찾아올 거다, 휴. 단 한순간도 그건 의심하지 마라." 페러그린 원장이 말했다.

제 8 장
chapter eight

우리는 미국인들의 헬리콥터를 타고 이동하기로 했다. 전원이 탈 수 있을 정도로 큰 데다 그곳을 빠져나가기엔 가장 빠른 수단이었다. 헬리콥터가 이륙 준비를 하는 동안 우리는 밖에서 기다렸다. 뼛속까지 지친 우리는 축 늘어진 몸을 질질 끌고서 구급차가 여러 대 모여 있는 공터로 가 자동차 사이에서 휴식을 취했다. 렌 원장은 어떻게든 경찰이 가까이 오지 못하도록 제지하는 데 성공했는데, 내 짐작으론 허황된 이야기를 잘 꾸며댔거나 언제든 효과 만점인 기억 삭제를 활용한 것 같았다. 라모스는 홀로 꼿꼿한 자세를 유지하며 쿠쿠 원장과 페러그린 원장이 엘러리의 이마에 유약을 바르기도 하고 온전한 눈에 안약으로 보이는 액체를 떨어뜨리기도 하면서 소녀를 돌보는 동안 초조하게 주변을 서성거렸다. 엘러리가 늘 안대로 가리고 다녔던 눈구멍은 이제 긴 머리채로 절반쯤 가려졌다. 희끄무레한 애벌레 한 마리가 은발 사이로 머리를 내밀었다. 나는 몸서리를 치며 고개를 돌렸지만, 눈에 보이는 풍경이 바뀌어도 배 속에서 느껴지는 메슥거림은 어떻게 할 수가 없었다.

휴는 거의 히스테리 상태였다. 엠마와 에녹이 진정시키려고 계속 애를 썼지만, 그는 너무 당황해서 논리적인 생각을 할 수가 없었다. 더욱 난감하게도 휴는 다시 눈물을 흘렸다. 자리에서 일어난 내가 그에게 가려 하자, 엠마가 그를 꼭 끌어안고 휴의 귓가에 걱정스레 무언가를 속삭였다. 나는 한 걸음 더 다가갔지만 엠마가 눈빛 한 번으로 나의 접근을 막았다. 휴의 어깨 너머로 그녀가 눈을 가늘게 뜨고 나를 쳐다보았다. **나에게 맡겨둬,** 라고 그녀가 입 모양으로 말했다.

그래서 나는 둘만의 시간을 주기로 했다.

잠깐 동안이긴 했지만 나는 쓸모없는 놈이라는 기분과 동시에 쓸모없는 존재라서 차라리 안심이라는 생각을 하며, 혼자만 동떨어진 느낌이 들었다. 계속 쌓인 피로가 이제 나를 무겁게 짓눌러, 깨어 있으려고 아무리 애를 써도 머릿속이 멍하니 흐려졌다. 근처 경찰차에 몸을 기대고 앉아 쿠쿠 원장이 도로 가장자리로 걸어가는 모습을 지켜보는 도중에도 계속 무릎에 올려놓은 팔꿈치가 스르르 미끄러졌다. 고속도로에 길게 늘어선 차량 중 우리의 행동에 지나치게 관심을 갖고 지켜본 듯한 평범한 인간들의 기억을 지우는 그녀의 태도는 대단히 기계적이었다. 나는 거의 웃음을 터뜨릴 뻔했다. 마음이 가벼워졌다.

그러다가 별안간 목소리가 들려왔다.

다시 보니 반갑구나.

목덜미에 난 미세한 솜털이 일제히 쭈뼛 서면서 몸이 굳어졌다. 도발적으로 노래를 부르는 듯한 목소리는 부드러우면서도 악의가 가득했고, 이상스레 귀에 익었다. 나는 주변을 둘러보았지만 그곳엔 낯선 사람이 아무도 없었다.

목소리가 다시 들려왔다. **그래. 흥분되니?**

말소리는 내 마음이 스스로 만들어낸 것처럼, 내면 깊은 곳 어디에선가 솟아 올라오는 것 같았다. 너무도 피곤한 나머지 백일몽에 빠져든 것일까 궁금해졌다. 아니, 악몽이겠지.

입술을 쩝쩝 마주치고 내장을 쭉 늘이는 것 같은 작고 기분 나쁜 소음이 내 머리를 가득 채웠다. 긴 하루를 보낸 뒤에 누군가 따뜻하고 깨끗한 이불 속으로 기어들어가는 듯 과장된 흡족함을 전하는 소리였다.

으으음, 목소리가 속삭였다. **이러니 좀 낫군. 나도 다시 이런 것에 익숙해지겠지⋯⋯**

"거기 누구 있어요?" 주변을 휙휙 돌아보며 내가 말했다.

"제이콥, 너 괜찮아?" 엠마가 나를 빤히 쳐다보았다.

깜짝 놀란 나는 잠시 내가 있는 곳이 어딘지 까먹은 채 그녀를 향해 눈을 깜박거렸다. "응. 미안해, 괜찮아. 그냥⋯⋯ 잠이 들었었나 봐." 나는 거짓말을 하며 얼굴을 찡그렸다. "잠깐 걸어야겠다. 바람도 좀 쏘이고. 머리 맑아지게."

엠마는 심란한 표정으로 고개를 끄덕였다. 엠마와 에녹은 둘만의 임무—휴를 진정시키는 것—에 너무 정신이 팔려 내 이상한 행동을 따질 여유가 없었다. 그래서 나는 걸어 다녔다. 무책임할 정도로 너무 멀리 가진 않았지만 머릿속에서 그 목소리를 떨쳐버릴 수 있을 만큼은 충분히 멀리까지 걸어가며, 스스로 만들어낸 거짓말로 자신을 납득시켰다. 이건 아무것도 아니라고. 나는 아무것도 듣지 못했다고.

딱히 목표한 곳도 없이 구급차 사이에 생겨난 미로 같은 길을 구불구불 걸어가며 단호하게 성큼성큼 발을 내디뎠다. 나를 뒤에서 밀어주는 듯한 밤공기가 처음엔 반가웠으나, 산들바람은 차츰 공격적으로 변해갔다. 갑작스러운 돌풍이 느닷없이 내 다리를 휘감아 나는 옆으로 비틀거리다 가까스로 구급차 뒷문에 몸을 기대며 균형을 잡았다.

목소리가 다시 들려왔다.

속삭이는 듯한 말소리였다. **새로운 세상이 다가올 테고, 그 세상은 아주 아름다울 것이야……**

"당신 누구야?" 어둠 속에 대고 내가 낮게 소리쳤다.

그냥 오랜 친구.

"그게 대체 무슨 뜻이야?" 머리칼이 이리저리 휘날리고 심장이 쿵쾅거리는 가운데 내가 물었다.

목소리는 껄껄 웃어댔다. 음산하고 거칠게 쉰 목소리였다. 그러다가 익숙한 글귀가 들려왔다.

지구상의 모든 땅은 가라앉을 것이며, 짐승과 인간의 썩은 시체에서 풍기는 고약한 악취가 온 세상에 진동하니, 땅의 초목들이 말라 죽으리라……

자물쇠가 덜컹거렸다.

구급차 뒷문이 벌컥 열려서 나는 바닥에 나동그라질 뻔했다. 나는 완전히 겁에 질렸지만, 그런데도 나도 모르게 어두운 구급차

내부로 점점 다가갔다. 이유는 나도 알 수 없었다. 내 눈으로 직접 보기 전까지는, 그곳에서 찾아낼 수 있는 게 무엇인지 완전히 확실해지기 전까지는, 내가 무엇을 찾는지조차 알지 못했다.

시신이었다. 시트에 덮여 움직이지 않는 시신.

나의 모든 본능은 빨리 도망치라고, 도움을 요청하라고, 당장 비행기를 잡아타고 따분하지만 예측 가능했던 플로리다의 삶으로 돌아가라고 고함을 지르고 있었다.

나는 그 비명을 닫아버렸다. 사라져버리라고 명했다.

그러고 나서 나는 마음을 단단히 먹고 구급차에 올라탔다. 심장이 튀어나올 듯 두근거리는 가운데 시트 한 귀퉁이를 들어올렸다. 머리의 절반이 찌그러져 죽은 젊은 남자의 얼굴이 보였다.

맙소사.

"그냥 오랜 친구라니까." 목소리가 말을 했다. 이제 그 말소리는 시신에서, 죽은 청년의 피투성이 입에서 흘러나왔다. "하지만 난 곧 돌아올 거다……"

시트를 놓쳐 떨어뜨리며 이젠 나의 전신이 통제 불가능할 정도로 떨리고 있었다. 운전석 라디오에서 노래가 시끄럽게 흘러나오기 시작했다. 그건 조 카커가 부르는 〈내 친구들의 사소한 도움으로〉였다.

싸늘한 냉기가 등줄기를 좍 훑고 내려갔다. 나는 이성을 잃고 폭주하는 느낌이었다. 구급차에서 벗어나 달려가던 나는 에녹과 부딪쳤다. 그가 눈을 휘둥그렇게 뜨며 나를 붙잡았다.

"어디 가는 거야?" 이제껏 나는 알아차리지도 못했던 소음 탓에 그가 고함을 질렀다. 헬리콥터의 엔진 소리였다. "어서 가자, 떠나야 해!" 그가 말했다.

에녹은 기다리고 있는 헬리콥터를 향해 나를 끌고 갔다.

ℐ

2분 뒤 우리는 안전벨트를 매고 각자 좌석에 앉아 허공을 날고 있었고, 헤드셋 때문에 날개가 돌아가는 굉음은 약하게 들렸다. 엘러리는 앞줄에 앉은 라모스와 경호원 무릎에 누웠고 나머지는 모두 뒷좌석에 끼어 앉았다. 렌 원장과 쿠쿠 원장은 우리에게 자리를 양보하느라 새로 변신해 파일럿 근처에 앉아서 눈앞에 펼쳐진 창공을 예리하게 주시했다. 임브린들은 엘러리의 상태를 안정시키느라 할 수 있는 모든 조치를 취했지만, 그녀를 루프로 데려가는 것만이 죽음을 피할 수 있는 유일하고 진정한 기회였다. 그래서 우리는 가장 가까운 루프를 찾아 로커스트 갭이라고 불리는 후미진 도시로 향했다.

나는 조금 전 지상에서 겪은 일 때문에 아직도 충격을 받은 상태였다. 그건 허상이었을까? 환영일까?

내가 들은 건 카울의 목소리였다.

카울의 목소리가 예언 중에서도 세상의 종말을 가장 명확하게 묘사한 부분을 인용했다. 그건 대체…… 무슨 의미일까?

아마도 내가 미쳐가고 있다는 의미일 것이다. 그게 아니라면 카울이 단지 나를 고문할 새롭고도 창의적인 방법을 찾아낸 것이거나.

— 280 —

휴는 무너져 내리고 있었다. 엠마와 에녹이 최선을 다해 손을 써보아도 그의 상태는 점점 더 나빠졌다.

"놈들이 지금 피오나를 데리고 있어." 우리 모두에게 들리도록 그가 헤드셋 마이크에 대고 말했다. "시간이 오래 걸리면 걸릴수록 피오나를 되찾는 일은 더 어려워질 거야. 이 주변 300, 아니 500킬로미터 반경 안의 모든 루프를 뒤져야 해. 그것도 지금 당장 나서야 해……."

엠마가 그의 팔에 한 손을 얹었다. "휴, 그런 식으로는 도저히 안 돼……."

"분명 된다니까! 우리한텐 헬리콥터가 있잖아!"

라모스가 돌아보며 눈을 부라렸다. "이건 내 헬리콥터다, 꼬마야, 우리가 이걸 타고 가는 곳은 가장 가까운 루프다. 그래야 이 아이의 목숨을 구할 수 있으니까." 노려보던 그의 시선이 페러그린 원장에게로 옮겨 갔다. "댁의 아이를 진정시키시오."

"부탁이다, 휴, 침착해져야 해." 페러그린 원장이 말했다. "우리의 다음 행동은 아주 조심스럽게 결정해야 한다. 프라우엔펠트 양에 대해서는 우리 모두 걱정하고 있어. 하지만 지금은 아무 계획 없이 맹목적으로 들쑤시며 시간을 낭비하기엔 너무 중요한 순간이다."

"피오나도 루프에 매여 사는 존재잖아요." 휴가 중얼거렸다. "걔도 빠르게 나이를 먹을 거예요."

"오 이런." 엠마가 약간 창백해지며 말했다. "잊고 있었어."

나 역시 잊고 있었다. 피오나는 영혼의 도서관이 붕괴할 때 우리와 함께 있지 못했기 때문에 다른 친구들처럼 내면의 시계가 재설정되지 못했다. 그건 곧 피오나가 루프 밖에선 빠르게 나이를 먹을 수 있다는 의미였다.

"벌써 여러 달 전에 렌 원장님의 루프가 붕괴된 이후에 저들이 피오나를 포로로 잡아갔을 가능성이 높다." 페러그린 원장이 말했다. "피오나가 절벽에서 뛰어내리는 모습이 마지막으로 목격됐었잖니. 우린 그 아이가 추락에서 생존했고 그 아래 숲에서 발견되었다고 짐작할 수밖에 없다."

휴는 그 장면을 상상한 듯 눈을 질끈 감았다. "놈들이 피오나한테 무슨 짓을 했을까요? 그리고 저들이 피오나한테 원하는 게 뭘까요?"

"아직은 우리도 모른다. 하지만 이런 곳에서"—페러그린 원장은 창밖을 흘끔 내다보았다—"아이오와 한복판에서 빠르게 나이 먹는 걸 지켜보려고 놈들이 그렇게 장시간 그 아이를 계속 살려두진 않았을 거라고 장담할 수 있지."

"맞아요." 휴가 참담한 목소리로 말했다. "그렇겠네요."

"이번에 내려서 일을 해결한 뒤에 곧장 악마의 영토로 돌아가 우리가 가진 모든 인력과 지식을 동원해 제대로 된 계획을 세울 거다. 그래서 피오나를 꼭 되찾을 거야." 페러그린 원장이 말했다.

휴는 고개를 끄덕였다. "원장님이 그렇게 말씀하신다면 알겠어요."

༈

우리는 낡은 헛간 옆 들판에 착륙했고, 세류의 영향을 받은 주변 나무와 덤불들이 납작하게 소용돌이에 휩싸였다. 임브린과 미국인들은 회전 날개가 느려지기도 전에 헬리콥터에서 내렸다. 렌 원장과 쿠쿠 원장은 새의 모습으로 헛간에 날아들었고, 나머지 우리들도 그들을 따라잡았을 때쯤엔 원장님들은 인간의 모습으로 변신해 완벽하게 옷까지 갖춰 입고 있었는데, 어떻게 했는지 모르지만 머리칼 한 올 흐트러짐이 없었다.

우리는 라모스와 그의 경호원을 도와 엘러리를 루프 입구가 있는 헛간 다락으로 사다리를 타고 옮겼고, 위장이 약간 움츠러든 것 같은 기분을 남긴 채 빠르게 시간 전환을 통과한 우리는 다시 소녀를 데리고 내려와 안개 낀 포근한 아침 공기 속으로 걸어 나왔다.

"거기서 꼼짝하지 마라!" 누군가 외쳤다. 한 남자가 우리에게 권총을 겨누는 게 보였다.

나무 의자에 느긋하게 앉은 그 남자는 모자 산이 높은 신사용 모자를 쓰고 괴상하게 콧수염이 붙은 가면을 쓰고 있었다. "이름과 소속을 밝혀라!" 그가 꽥 소리쳤다.

"내가 누군지 모르나?" 라모스가 천둥 같은 목청으로 대꾸했다.

"누구든 상관없다, 양키들만 아니면 입장료 50달러만 내면 되니까." 그러다가 고개를 갸웃거리던 남자는 앞으로 당겨 앉으며 중얼거렸다. "잠깐만 기다려보시지요……"

"맞다." 라모스의 경호원이 말했다. "이분은 앤트완 라모스 님이시다. 총살형장에 자진해서 서고 싶지 않으면 어서……"

남자는 즉각 총을 내던지고 땅바닥에 납작 엎드렸다. "죄송

합니다, 라모스 씨, 어르신, 제가 몰라 뵀습니다, 이렇게 왕림하실 줄은 예상도 못 해서……"

렌 원장이 앞으로 걸어 나가 남자를 일으켜 세웠다. "이 가엾은 아이를 눕힐 침대가 필요하네." 그녀가 말했다. "우리가 찜질과 습포를 붙일 동안 아이가 편안하게 쉴 수 있는 곳이면 어디든 좋겠군."

"물론입죠, 당연히 그래야죠." 남자가 초조하게 웃으며 말했다. "이쪽으로 오시면 아주 시설도 좋고 딱 어울릴 만한 곳이 있습니다. 이렇게 귀한 분들이 오셨으니 틀림없이 숙박비도 받지 않을 겁니다……."

그는 자꾸만 꾸벅 절을 하고 머리를 긁어댔다. 우리는 그가 인도하는 대로 판잣집 같은 건물들이 모여 있는 곳으로 따라갔다. 가장 큰 건물엔 차양이 달렸고 **레스토랑**_Restourant_ 이라고 적혀 있었는데 철자가 특이했다(원래 restaurant이 맞지만 'rest+tour'를 강조하기 위힘인 듯함-옮긴이). 건물 입구엔 세 사람이 어슬렁거렸다. 하얀색 재킷을 입은 웨이터 하나와 새하얀 앞치마를 두른 요리사 두 사람이었다. 가면을 쓴 사내가 그들에게 방을 준비하라고 소리치자, 그들은 바짝 긴장해 안으로 사라졌다.

임브린들은 우리를 밖에 내버려두었다. "오래 걸리지 않을 거다." 페러그린 원장이 우리에게 말했다. "저 아이가 안정되는 것만 확인하면 떠나도록 하자꾸나."

휴는 조바심으로 힘을 주체하지 못할 지경이었다. 흥분을 자제하느라 안간힘을 쓰던 그의 관자놀이 정맥이 불끈거리는 게 확연히 보였다. 나는 그런 휴를 탓할 수가 없었다. 그가 평생 사랑해

온 연인이 가장 악명 높은 카울의 부하들 손에 잡힌 상황이고, 피오나에게 무슨 일이 벌어지는지, 혹은 이미 무슨 일이 있었는지는 그 누구도 알지 못했다.

하지만 지금 당장 우리가 할 수 있는 일은 아무것도 없었으므로, 조금이나마 휴가 딴 데 정신을 팔기를 바라며 황량한 소도시를 둘러보기로 했다.

"칼*Karl*이 왜 가면을 쓰는지 너희도 알고 싶지? 분명 그럴 거야." 떨리는 작은 목소리가 들려오더니 이내 어린 소녀가 음식점 건물 모퉁이에서 모습을 드러냈다. 여섯 살도 채 되지 않았을 것 같았다. 입은 옷은 소박했고 갈색 머리는 짧은 단발이었다.

"이유가 뭔데?" 에녹이 심드렁하게 물었다. "앰브로시아 중독자인가?"

"신원불익명*anonymonimity* 때문이야." 아이는 낱말의 발음이 어려워 여러 번 다시 반복했지만('익명, 신원불명'의 뜻인 'anonymity'를 틀리게 발음하고 있음-옮긴이) 결국 한 번도 성공을 거두지 못했다. "입구를 지키는 사람은 누구든 가면을 써야 돼. 혹시 누굴 죽여야 하는 경우가 생기면 어떡해? 그래야 사람들이 복수를 하러 못 오지."

"에이 설마." 이젠 좀 더 흥미를 보이며 에녹이 대꾸했다.

"난 엘시야, 너희는 처음 보는 얼굴이네. 너희도 루프 시계 부품을 바꾸러 온 데미-임브린들이랑 다 같이 온 거야? 요즘엔 시계 부품이 꼼짝도 안 해서 문제가 많았어." 아이는 강렬한 호기심을 얼굴에 드러내며 노래하듯 빠르게 말했다.

"저분들은 데미-임브린이 아니야. 진짜 임브린이셔." 엠마가 말했다.

"하! 너희들 되게 우우우웃기다!" 아이가 대꾸했다.

"농담 아니야." 내가 말했다.

"그리고 그분들과 함께 온 모피 옷을 입은 남자는 북부 일파의 우두머리야." 에녹이 말했다.

"진짜?" 엘시가 눈을 크게 뜨며 물었다. "그런 사람들이 전부 여긴 왜 왔지?"

"그건 말 못 해. 일급 기밀이야." 에녹이 대답했다.

"그리고 우린 오래 머물지 않을 거야." 휴가 날카롭게 지적하듯 덧붙이더니 돌연 양쪽 눈썹이 맞닿았다. "혹시…… 오늘 좀 전에 어떤 여자아이와 함께 온 남자 네 명을 본 게 아니라면 말이야, 본 적 있어?"

"아니. 몇 달 동안 아무도 지나간 적 없어."

휴의 얼굴이 축 늘어졌다.

"저기 매달린 오래된 놈 말고는 없었어." 아이는 길 건너편 교수대에 매달려 바싹 마른 시체를 가리켰다. "저건 우리 물건을 훔치려고 했던 노상강도였어. 그래서 우리가 저놈을 총으로 쏜 다음에 경고 표시로 저기 매달아둔 거야. 테드 오빠가 스파크스톤을 도둑맞은 다음부터 우린 도둑질을 엄청 안 좋게 보거든." 아이는 희망에 찬 눈초리로 우릴 쳐다보았다. "너희 혹시 그것 때문에 여기 온 건 아니겠지?"

"그게 뭔데?" 에녹이 물었다.

"테드 오빠의 스파크스톤 말이야. 중요한 사람들이 여길 왔다면, 혹시나 그걸 훔쳐 간 사람이 잡혀서 너희가 전부 그걸 돌려

주러 온 걸지도 모른다고 생각했어."

"미안해." 엠마가 진심으로 안타까운 빛을 띠며 말했다. "우린 그런 것에 대해선 전혀 몰라."

"아아." 좀처럼 가라앉을 것 같지 않던 아이의 기분이 약간 쳐졌다. "아무튼 너희도 테드 오빠 만나볼래? 그럼 오빠 기분이 좋아질 거야. 예전 같지 않아졌거든."

"정말이지 우린 그럴 여유가 없어." 엠마가 말했다.

엘시의 고개가 툭 떨어졌다. "으응, 나도 이해해." 그러고는 아이가 그리 멀지 않은 작은 집을 돌아보았다. "그래도 오빠 사는 집이 바로 저긴데……"

"그러지 뭐." 내가 말했다. "그렇게 가깝다면."

나는 엠마와 눈을 마주치며 휴를 향해 고갯짓을 했고, 그녀도 나의 의향을 알아차렸다.

"그래, 가서 만나보자." 휴에게 팔짱을 끼며 엠마가 말했다.

"우와 신난다!" 소녀가 환호했다.

휴는 마지못해 따라나섰고, 우리가 다 함께 작은 집을 향해 걸어가는 동안 엘시는 쉴 새 없이 종알거렸다. "요즘 여긴 진짜, 진짜, 진짜 한가하고 돌아다니는 사람들이 아무도 없어. 가끔 오는 세일즈맨이랑 루프 지킴이뿐이지. 좀 있으면 선생님이 와서 나한테 공부를 가르쳐줄 거야. 그것 말곤 여긴 진짜 끔찍하게 지루한 곳이야. 너희는 어디에서 왔어?"

"런던." 엠마가 말했다.

"와, 나도 늘 그렇게 큰 도시로 어디로든 가고 싶었어. 거기 좋아?"

에녹이 웃음을 터뜨렸다. "딱히 그렇지도 않아."

"괜찮아, 그래도 난 거기 구경하고 싶어. 너희는 어느 시간대에서 왔어? 내 말은 언제 태어났느냐는 뜻이야."

"넌 참 질문을 많이 하는구나." 휴가 말했다.

"응, 난 원래 그걸로 유명해. 테드 오빠는 나를 질문 기계라고 불러. 너희들 집에 갈 때 나도 데려가줄래?"

엠마는 놀란 표정을 지었다. "넌 여기 사는 거 싫어?"

"난 그냥 로커스트 갭 이외의 다른 곳을 보고 싶을 뿐이야. 그나저나 난 신시내티에서 태어났어. 하지만 네 살 때부터 여기에서 살았어."

"그렇게 오래전은 아니겠네." 내가 말했다.

엘시는 고개를 끄덕였다. "맞아. 그런 편이야. 난 겨우 마흔네 살이거든."

우리는 작은 집으로 들어갔다.

오븐으로 걸어 들어가는 느낌이었다. 불이 활활 타는 거대한 벽난로가 있고 그 앞엔 두툼한 담요가 층층이 쌓여 있었다.

"안녕, 오빠." 엘시가 말하자 담요 더미가 살짝 우리 쪽으로 움직였다. 누에고치에 싸인 것처럼 층층이 쌓인 담요 더미 안에 꼬마가 들어 있었다.

"맙소사." 휴가 말했다. "저러다 저 녀석 산 채로 구이가 되겠어!"

"건드리지 마." 엘시가 경고했다. "너희도 동상 걸려. 오빠는 체온이 영하 10도야."

"아, 아, 아, 안녕." 소년이 입을 열자 덜덜 떠느라 말소리가 더

듬더듬 새어나왔다. 그의 피부는 푸르스름했고 눈은 가장자리가 빨갛게 충혈돼 있었다.

"**가엾어라.**" 엠마가 속삭였다.

나는 벌써부터 이마에 땀방울이 맺혔지만 소년에게 다가가자 차가운 냉기가 확 몰려오면서 열기와 땀을 식혀주었다.

나는 엘시를 돌아보았다. "누군가 이 아이의 뭔가를 훔쳐 갔다고 했었지, 그게 뭐라고?"

"**스파크스톤.**" 소녀는 이렇게 대꾸한 뒤 소년에게 안타까운 미소를 지어 보였다. "본인이 직접 설명하면 좋겠지만, 오빠 추위 때문에 혀가 너무 굳어서 말을 하기가 어려워."

"잠깐이긴 하겠지만 내가 도와줄 수도 있을 것 같아." 엠마가 말했다. 그녀는 양손에 불꽃을 일으켜 빛이 환히 밝아질 때까지 불길을 일구었다가 소년의 머리 위로 다가가 손을 대고 있었다.

"그, 그, 근사하다." 그가 이를 딱딱 부딪치며 말했다. "고, 고, 고마워요."

실내 온도는 견디기 어려울 정도로 올라갔다. 점점 더 더워질수록 이상하게 매캐한 냄새가 강하게 느껴지기 시작했다. 마치 누군가 쓰레기를 태우는 것 같았다. 하지만 나는 개의치 않으려고 애를 쓰며 정신을 집중했다. 소년은 이제 충분히 따뜻해져서 문장을 제대로 이어 말을 할 수 있게 되었다.

"나는 이런 벼, 병이 있어." 푸르스름했던 피부색이 한결 누그러진 뒤 테드가 말했다. "내가 평범하게 살도록 도와줄 수 있는 건 스파크스톤 뿐이야. 항상 불이 활활 타올라 절대 꺼지는 법이 없는 작은 초록색 돌인데, 오래전에 임브린이 나한테 주신 거였어."

그는 슬프고 아쉬워하는 표정이었다. "우리한테도 임브린이 있던 시절 얘기야. 그분은 그걸 아주 먼 곳에서, 바, 바다 건너에서 가져왔다고 말씀하셨어. 그걸 내 배, 배 속에 넣어두면 늘 몸을 따뜻하게 해줄 거라고 말씀하셨지. 그리고 그건 정말로 아주 오래, 오랜 세월 동안 나를 지켜주었어."

이제는 열기보다 냄새가 더 괴로운 상황이 되었다. 나는 냄새를 막느라 코를 꽉 움켜쥐었다. 이상하게도 다른 사람들은 전혀 거슬리지 않는 듯했다.

"그러던 어느 날 그 남자가 우리 도시에 찾아왔어." 소년은 이제 말이 술술 나오는 듯 어려움 없이 설명을 이어갔다. "그는 자기가 의사라고 말했어. 나는 언제나 약간 추웠기 때문에 외투와 스웨터 없이는 절대 밖에 나갈 수 없었는데, 그 사람이 그런 나를 고쳐줄 수 있다고 했어. 내가 스파크스톤을 기침으로 토해내면 자기가 돌을 손보겠다고."

너무도 집중해서 듣느라 깨닫지 못했지만, 나는 어느새 방의 가장 구석진 곳을 향해 절반이나 걸어간 뒤였다. 무언가 나를 끌어당기고 있었다. 냄새. 그리고 약간 메스꺼운 느낌.

"그 사람이 그걸 나한테서 빼앗아갔어." 소년이 말했다. "그래서 내가 그자를 뒤쫓아 가서 되찾아 오려고 했을 땐 무언가가 나를 막았어. 뭔가 힘이 엄청났는데 내 눈엔 보이지 않았어." 그는 눈을 깜박여 눈물을 삼키며 머리를 흔들었다. "그건 나를 벽에 짓눌러 꼼짝도 못 하게 했어. 내 입을 막아서 비명도 지를 수 없었어. 나는 정신을 잃었지……."

구석에 가보니 바닥에 점처럼 검은 얼룩이 묻어 있었다. 냄새의 근원이었다.

"제이콥." 엠마가 재빨리 말했다. "설명을 들어보니 그건……"

"할로개스트야. 바로 여기에 잔류물의 흔적이 떨어져 있어." 내가 말했다.

소년이 고개를 끄덕였다. "그게 나를 붙잡아둔 곳이 바로 거기야."

"그게 언제 일어난 일이야?" 내가 물었다.

"5, 6개월 전." 엘시가 대답했다.

"그 남자 생김새가 어떻게 생겼어?"

"흔한 생김새였어." 소년은 눈을 깜박이며 말했다. "아무도…… 아닌 것처럼."

"안경을 썼었잖아, 안 그래, 테드? 검은 안경을 절대 벗지 않았어." 엘시가 말했다.

문에서 노크 소리가 크게 들리다가 벌컥 문이 열렸다. 페러그린 원장이 방으로 들어오며 열기에 깜짝 놀라 헉 숨을 들이켰다.

"우린 가야 해." 그녀가 말했다.

휴와 에녹은 재빨리 작별 인사를 한 뒤, 페러그린의 뒤를 따라 달려갔다.

엘시는 간청하는 눈빛으로 나를 쳐다보았다. "뭔가 너희가 할 수 있는 일이 없을까? 넌 높은 사람들도 잘 알잖아……."

"우린 지금도 해야 할 일이 많아, 하지만 너흴 잊진 않을게." 내가 말했다.

엘시는 고개를 끄덕였다. 입술을 꽉 깨물었다.

"고마워." 테드가 말했다. "다정한 얼굴을 만나는 건 언제나 반가운 일이야. 이 근방에선 별로 그런 기회가 없거든."

"정말 미안해." 엠마가 그에게 말했다. "더 오래 머물 수 있으면 나도 좋겠어."

"괜찮아." 한숨을 쉬며 소년이 말했다. 그의 시선은 묵직하게 다시 벽난로를 향했다.

엘시도 똑같이 따라 했다. 불길의 강렬한 빛 때문에 잠시나마 소녀는 어리면서도 동시에 늙은, 갈 곳 잃은 사람처럼 보였다.

엠마는 천천히 손을 접었다. 그녀는 너무 슬프고 미안해하는 얼굴이었다. 잘 알지도 못하는 사람들이었지만, 나도 이미 잘 알듯이 엠마의 마음은 프랑스보다도 넓었다.

우리가 문에 당도했을 때쯤, 소년은 이미 다시 파랗게 변하기 시작했다.

제 9 장

chapter nine

우리는 라모스의 경호원과 함께 엘러리를 로커스트 갭에 남겨두고 떠났다. 나는 그녀가 얼마나 회복되었는지 보고 싶었지만, 임브린들은 소녀에게 필요한 건 휴식과 안정이지 문병객이 아니라고 강력하게 말렸다. 우리가 빠르게 조치를 해서 그녀의 목숨은 살렸지만, 앞으로 어떤 삶을 살게 될지는 지켜봐야 했다. 그녀는 하룻밤 새 정상적인 기대 수명의 대부분을 겪었기 때문에 그런 변화가 뇌에 남기는 효과는 종종 치명적이었다. 그럼에도 여전히 라모스는 우리가 한 일에 고마워하는 듯했다. 말로 표현하지 않아도 느낄 수 있었다. 매로우본으로 돌아가는 헬리콥터 안에서 그는 호통을 치거나 투덜거리는 일 없이 줄곧 조용했고, 그의 너구리들도 마침내 위협과 몸부림을 멈추었다.

우리들도 별로 대화를 나누지 않았다. 에녹은 잠이 들었고, 엠마는 비행하는 동안 거의 내내 휴에게 나직이 말을 걸며, 꽉 쥔 그의 주먹을 펴 마사지를 해주었다.

나는 누어 생각을 했다. 최근 들어 덜 흥미진진하거나 생명을 위협하는 무언가에 정신이 팔려 있지 않을 때에는 늘 그랬다. 조용한 순간에 그녀의 얼굴을 떠올리기만 해도 스트레스가 10에서 20퍼센트는 줄어드는 느낌이었다. 거의 언제나 내 가슴을 짓누르는 긴장감마저도 누어와 가까이 있는 상상을 하고, 그녀에게 키스하는 상상을 하면 팽팽한 긴장감이 무언가 다른 것으로, 순수한 그리움, 욕망의 덩어리로 바뀌었다.

솔직히 고백하자면, 그건 엠마한테는 한 번도 느껴본 적 없는 감정이었다. 우리가 공유했던 감정은 너무도 순수하고 너무도 빅토리아 시대 느낌이었다. 내가 누어에게 느끼는 감정은 달랐다. 좀 더 화학적인 느낌. 좀 더 본능적이었다.

하지만 부드러운 감정이기도 했다.

누어는 이 세계에 들어온 지 얼마 안 되는 완전 풋내기였다. 나는 그녀가 어떻게 느끼는지, 적응은 잘하는지 궁금했다. 누어는 괜찮을까? 밀라드의 지도 검색엔 좀 진전이 있어서 V의 루프 찾기에 조금이나마 더 다가갔을까? 만약에, 아니지, **반드시** 누어가 V를 찾게 되면 기분이 어떨까?

그런 생각을 하자 새삼 떠오르는 것이 있었다. 피오나를 찾는 문제는 어떻게 된 거지?

이번 비행엔 엘러리와 라모스의 경호원이 함께 움직이지 않았기 때문에 렌 원장과 쿠쿠 원장도 인간의 모습으로 기내에 탈 공간이 있었고, 두 사람은 여정 내내 페러그린 원장과 낮은 목소리로 진지한 대화를 나누었다. 피오나를 위해서도 휴를 위해서도, 나는 와이트들이 피오나를 어디로 데려갔을지 그들이 아이디어를 모으고 있기를 바랐지만, 장담할 순 없었다. 이번 사건을 겪기 이전만 해도 휴는 사실 조금씩 평화를 되찾아 재미있고 유쾌한 농담도 하기 시작했었는데, 이젠 아픈 상처가 다시 확 벌어져 전보다 두 배나 더 넓어졌다. 피오나가 우리한테 무사히 되돌아와 다시 안전해질 때까지 휴는 절대 마음을 놓지 못할 거란 걸 나는 잘 알았다. 만에 하나, 부디 그런 일은 없기를 바라지만, 피오나한테 무슨 일이라도 생긴다면 그건 휴에게 완전 사망선고일 것이다.

그런 생각을 애써 밀어내자 그 자리엔 지금껏 페러그린 원장님에게 물어보고 싶어서 죽을 것 같던 질문이 머릿속에서 튀어올랐다. 하지만 헤드셋 마이크에 대고 그런 질문을 할 순 없었다. 라모스에겐 알리고 싶지 않은 이야기였다.

그는 잠이 든 듯, 대머리를 창문에 짓누른 채 꼼짝도 하지 않았다.

나는 더 기다릴 수 없었다.

"저도 뭘 좀 꼭 알아야겠어요." 나는 페러그린 원장이 앉은 자리 쪽으로 몸을 기울이며 속삭였고, 다른 임브린들과 대화에 열중하던 그녀가 고개를 돌렸다. "매로우본에 있을 때, 야영지에서요, 할로개스트의 흔적이 시작된 지점을 원장님이 처음 발견하셨잖아요? 그때 보셨던 게 발자국만은 아니었죠, 그렇죠?"

페러그린 원장이 고개를 끄덕였다. "맞아."

이젠 휴도 유심히 귀를 기울였다.

"텐트 바깥 숲에서 이걸 발견했단다." 그러더니 그녀는 블라우스 안에서 눌린 자주색 꽃 한 송이를 꺼냈다. 들장미였다.

휴가 손을 뻗어 꽃을 어루만지다가 자기 손바닥에서 뒤집어 보았다. "피오나가 거기 있었어요?"

"그래. 그리고 와이트들은 텐트에 얼씬도 하지 않았어." 페러그린 원장이 워낙 작게 말했기 때문에 절반쯤은 그녀의 입술을 읽고 알아들었다. "그 아이를 할로개스트에게 데려간 건 피오나였고, 할로개스트는 북부 일파의 야영지에서 안전하게 멀리 떨어진 곳에 숨어 기다렸던 거다."

"이해가 안 돼요." 휴의 이마엔 주름이 깊게 파였고 눈동자는 불안정하게 흔들렸다. "걔가 놈들을 돕고 있었다고요?"

"자진해서 그러진 않았을 거다. 이 문제에 대해서 렌 원장님, 쿠쿠 원장님과 의논을 했는데, 우린 피오나가 정신을 지배당했을 거라고, 그리고 지금도 여전히 그럴 거라고 믿는다. 버스 사고는 그 지배력이 느슨해진 결과였겠지. 피오나는 탈출하려고 했던 거야. 혹시 납치범들을 죽이게 되는 일을 감수해서라도."

엠마가 헉 신음을 흘렸다. 휴는 아무 말도 하지 않았다. 이를 너무 세게 악물어 턱이 경직되는 걸 보며 나는 휴의 치아가 걱정되었다.

"젠장, 놈들이 걔를 죽이고 싶어 하겠네요." 에녹이 중얼거리더니 이내 손으로 자기 입을 틀어막았다. 엠마는 표독스럽게 그를 노려보았다.

"아니다." 페러그린 원장이 말했다. "와이트들은 목표에만 치중하는 너무도 현실적인 존재다. 놈들이 계속 피오나를 살려두면서 웨일스부터 이곳까지 데려오는 수고를 모두 감당한 건 분명 이유가 있어서일 거야. 그 이유가 무엇이든 아직은 완수하지 못했다. 그러니 놈들은 피오나를 죽이지 않을 거야."

"아직은 그렇겠죠." 휴가 말했다. "피오나가 놈들에게 쓸모가
없어지기 전까지만요."

라모스가 몸을 뒤척였다. 달리 더 할 이야기는 없었다.

우리는 긴장된 정적 속에서 매로우본까지 남은 여정을 견뎠
다.

현재의 매로우본 거리에 도착해 광산 박물관 루프 입구 밖에
잠시 서 있었는데, 관광객 한 사람이 걸음을 멈추더니 우리 사진
을 찍었다. 라모스는 꺼지라고 그에게 고함을 질렀고 관광객은 부
리나케 도망쳤다.

페러그린은 긴장된 미소를 지었다. "우린 며칠간 회담에서
빠질 겁니다." 그녀가 말했다. "좀 더 긴급한 일이 생겼어요."

라모스는 고개를 끄덕였다. "댁의 아이도 찾기를 바라겠소."
그는 이렇게 말한 뒤 진짜로 손을 뻗어 페러그린 원장과 악수를
나누었다.

"고맙습니다." 페러그린 원장이 말했다. "일단 엘러리가 여행
을 할 수 있을 정도로 충분히 회복되고 나면 우리도 그 아이를 위
해 할 수 있는 모든 방법을 동원할 겁니다. 악마의 영토에는 놀라
운 치유사가 있으니 한동안 그 아이를 우리한테 맡겨주세요."

그는 고마워하며 고개를 끄덕이더니 갑자기 몸을 돌려 처음
으로 나에게 말을 걸었다. "너를 의심했던 건 미안하다. 넌 귀한

재능을 지녔더구나." 그러고는 내 등을 툭툭 쳤는데 어찌나 힘이
센지 거의 넘어질 뻔했다.

그가 떠나려고 돌아서는데 렌 원장이 너구리 꼬리를 잡고 그
를 붙들어 세웠다. "가능하다면 우리가 떠난 사이에 전쟁이 시작
되지 않도록 노력해줘요."

"혹 전쟁이 발발하더라도 처음 발포한 쪽은 우리 편이 아닐
겁니다." 그는 모자를 살짝 기울여 인사한 뒤 떠나갔다.

ᘐ

몇 분 뒤 우리는 팬루프티콘을 통해 벤담의 다락방으로 다시
돌아왔는데, 엘리베이터 문이 열리자마자 이상한 소리가 들려왔
다. 박수 소리였다.

다락방에 사람들이 버글버글 모여 있고—임브린과 친구
들, 각 정부 부처 직원들, 오가다 얼굴만 겨우 익힌 이상한 영혼
들—그들이 환한 얼굴로 미소를 지으며 모두 박수를 쳤다. 나를
위해서.

나를 엘리베이터 밖으로 툭 밀어내는 페러그린 원장의 다정
한 손길이 등 뒤에서 느껴졌다.

**"사람들은 네가 무슨 일을 했는지 안단다. 그래서 모두들 너를 자랑스
러워하는 거야."** 그녀가 속삭였다.

활짝 웃으며 소리 지르는 호러스가 보였다. 사람들 틈에서
앞이 잘 보이도록 올리브와 클레어를 어깨에 올린 브로닌도 보였
고, 셋 다 환호를 보냈다. 블랙버드 원장과 바백스 원장은 나에게

축하 인사를 건넸다. 심지어 샤론도 그곳에서 기다렸다가 내 등을 툭툭 쳐주었다. 그렇게 사람들이 모두 모여 한마음으로 나를 향해 미소 띤 얼굴을 보여준다는 사실이 이상하게 느껴졌다. 어안이 벙벙했다. 내 안에 기쁨이 가득 차올랐다. 허공에 둥둥 떠올라 도파민의 홍수에 휩싸인 기분이었다. 그 광경은 나의 목표가 무엇인지, 우리 모두가 이제껏 무엇을 위해 싸워왔는지를 상기시켜주었다. 바로 그것이 눈앞에 펼쳐졌다.

나의 진정한 친구들, 나의 진정한 집.

나는 나의 이상한 가족을 사랑했고, 남은 평생 그들과 함께, 그리고 그들을 위해서 싸울 것이란 걸 그제야 깨달았다.

페러그린 원장이 내 어깨에 손을 올리는 것이 느껴졌다. 고개를 돌리자 좀처럼 다정함을 내보이지 않는 그녀가 드물게 벅찬 감동으로 눈동자를 빛내는 순간을 포착할 수 있었다.

"넌 훌륭한 일을 했어, 포트먼 군. 훌륭한 일이야." 그녀가 부드럽게 말했다.

내가 그곳에 서서 멍청이처럼 실실 웃으며 어떻게 친구들을 하나하나 껴안아줄 것인지 머리를 굴리고 있을 때, 갑자기 사람들이 일제히 입을 다문 것처럼 느껴졌다. 주변의 다른 모든 것들이 흐릿해지면서 그녀의 모습이 또렷이 보였다. 사람들의 속삭임, 질문, 호기심 어린 눈초리, 아무것도 상관없었다. 내 마음은 마비된 느낌이었다. 왜냐하면 바로 그곳에, 샤론의 어깨 넓은 사촌들 무리를 헤치고 앞으로 나서는 그녀가 있었기 때문이다. 숨을 헐떡이며 최대한 빨리 앞으로 군중을 밀치고 빠져나오던 그녀의 표정은 그때까지만 해도 필사적이었다가 이내 행복으로 환하게 빛났다.

누어였다.

"제이콥." 인간들의 벽을 뚫고 나와, 자신에게 쏟아지는 시선을 별로 개의치 않는 태도로 누어가 말했다. "돌아왔구나…… 방금 소식 들었어…… 밀라드랑 같이 도서관에 있었거든…… 정말 걱정 많이 했어……."

나는 두 손을 모아 뾰족하게 만들어 사람들 사이를 헤치며 둘 사이의 간격을 좁혔다. 나는 안녕이라는 인사조차 하지 않고, 대뜸 모든 사람들 앞에서 바로 누어에게 키스했다. 놀라움이 누그러지면서, 그녀도 나에게 와 안겼다. 내 가슴속에, 내 머릿속에 불꽃이 소나기처럼 쏟아지면서 나머지 세상은 정적에 휩싸였다.

마침내 서로 떨어진 우리는 그제야 방 안이 얼마나 조용해졌는지, 얼마나 많은 사람들이 빤히 쳐다보고 있는지 의식했다.

뿐만 아니라 나는 숨을 쉬어야 한다는 사실도 깨달았다.

"안녕." 얼굴이 뜨거워지면서, 아마도 비트처럼 새빨개졌겠지만 나는 멍청하게 씩 웃으며 말했다.

"안녕." 누어도 싱긋 웃으며 말했다.

그러고 나서 우리는 웃음을 터뜨렸다. 안도감과 기쁨과 초조함이 우리 몸에 휘몰아치면서 터져 나온 웃음이었다. 앞뒤 생각할 겨를도 없이 새로운 영역으로 뛰어들며, 우린 이제 돌아갈 수 없는 선을 넘었다는 사실을 깨달았다. 우정을 넘어서. 곧장 직진…….

직진으로 어딜 향하는 건지는 나도 자신이 없었다.

하지만 그런 생각만 해도, 우리가 그렇게 될 가능성이 있다는 것만으로도 난 숨이 가빠졌다. 그러자 놀라웠다. 기쁨, 공포, 두려움, 슬픔, 그토록 많은 감정을 모두 동시에 느낄 수 있다는 게 놀라웠다. 곧 미소가 사라지면서 현실 세계가 빠르게 제자리로 돌아와, 느닷없는 전율과 함께 방 안의 모든 풍경이 냉혹한 제 모습을 찾았다. 그렇지만 이젠 현실의 거친 단면이 약간은 부드러워진 것 같았다. 기묘한 기적이었다.

근처에서 페러그린 원장이 누군가에게 피오나에 대해서 차분한 말투로 설명하는 말소리가 들렸다. 샤론도 우리가 있는 방향으로 다가오는 것 같았다. 누어와 나는 서로 가까이 서 있을 뿐 더는 몸을 맞대지도 않고 서로를 쳐다보지도 않고 있었지만, 우리 둘 사이의 분위기는 무언가 확실히 달라졌다. 곧이어 누군가 내 어깨를 톡톡 두들겼으므로 나는 얼굴을 찌푸리며 샤론에게 일단 물러나라고, 루프의 자유에 대한 이야기는 지금 당장 하고 싶지 않다고 말할 준비를 하며 휙 돌아섰다.

그러나 그건 호러스였다.

"제이콥." 그가 조바심을 내며 말했다. "네가 방금 도착했다는 건 알지만 의논할 게 아주 많아. 너 없는 사이에 누어랑 밀라드랑 내가 놀라운 걸 발견했거든."

나는 누어를 쳐다보았다. 그녀는 입술을 깨물었다. "맞아, 그 부분에 대해선 언급할 기회가 없었어." 민망해하며 누어가 말했다. "하지만 호러스 말이 맞아. 우리끼리 할 이야기가 많아. 그동안 여긴 완전 제정신이 아니었어."

"찾아낸 거야?" 가슴속에 낯익은 희망이 생겨나는 것을 느끼며 내가 물었다.

"정말로 우리가 해냈어." 누어는 이렇게 말하며 웃음을 터뜨렸다. "내가 우리 집 건너편 표지판을 본 기억이 있다고 했잖아? 알아보니까 그건 오하이오와 펜실베이니아에만 지점이 있는 상점의 광고판이었어. 그러니까 우리가 범위를 겨우 두 개 주로 좁힌 거야!"

"놀랍다! 엄청 가까워졌네!" 내가 말했다.

"**그렇게** 가까운 건 아니야. 밀라드 말로는 그렇게 큰 영토에서 비밀 루프를 찾으려면 아직도 몇 주나 걸릴 수 있대. 그런데 밀라드가 오늘은 다른 일을 하느라고 루프 찾기는 좀 느려졌어."

"다른 일이라니?" 나는 얼굴을 찡그렸다. "이것보다 더 중요한 일이 뭐가 있어?"

누어는 어깨를 으쓱했다.

나는 호러스를 쳐다보았다.

호러스도 어깨를 으쓱하더니 괜히 무심한 손길로 스카프를 만지작거렸다. "누가 알겠어? 그 녀석은 오래 붙잡아두고 뭘 물어보기가 어려워서 말이지. 특히나 미개한 짐승처럼 발가벗고 돌아다녀야 한다고 고집을 부릴 땐 더더욱 그래."

"짐승들도 더러는 옷을 입거든." 애디슨을 떠올리며 내가 지적했다.

"그러니까 내가 **미개한** 짐승이라고 했잖아."

내가 다시 대화에 초점을 맞추려는 찰나, 에녹이 군중을 헤집고 다가와 호러스의 어깨를 덥석 잡았다. "피오나 소식 들었어?" 그가 소리쳤다. "피오나가 아직 거기 있어, 친구! 걔가 멀쩡하게 살았다고!"

호러스는 전기가 통하는 전선을 만진 것처럼 펄쩍 뛰었다. "뭐라고!"

소식을 듣지 못했던 것이 분명했다. 친구들은 아무도 듣지 못했다.

"누가 피오나에 대해서 뭐라고 한 거야?" 브로닌이 율리시스 크리츨리를 확 밀쳐내고 우리에게 다가오며 외쳤다. "살아 있어?"

"오 세상에!" 올리브는 너무 흥분해서 브로닌의 어깨에서 떠올라 천장까지 올라가며 소리쳤다.

"그건…… 그건 너무……" 클레어는 말을 더듬거리다가 정신을 잃고 브로닌의 어깨에서 굴러 떨어져 브로닌의 두 팔에 안겼다. "믿기 힘든 일이야." 클레어가 신음했다.

"그래서. 걔는 어디 있어?" 머리를 사방으로 돌리며 브로닌이 물었다. "그럼 축하 파티를 해야지!"

"피오나는 와이트들의 포로야." 엠마가 이렇게 말하며 올리브에게 밧줄을 던졌다. 그녀는 누어와 나를 아주 잠깐 흘깃거리더니 재빨리 시선을 피했다.

"어휴. 제기랄." 호러스가 충격을 받은 얼굴로 말했다.

"우리가 가서 데려오자!" 절대 낙담하지 않는 기세로 브로닌이 말했다. "오늘 당장 구출 작전 팀을 구성하자, 지금 바로! 놈들이 피오나를 어디로 데려갔어?"

"우리도 몰라. 그게 문제야." 내가 말했다.

"제기랄." 브로닌이 어깨를 축 늘어뜨리며 말했다.

나는 휴를 찾아 여기저기 살펴보았다. 그는 아직도 엘리베이터 옆에서 블랙버드 원장, 페러그린 원장과 진지한 대화를 나누고 있었다.

"나는 페러그린 원장님이 왜 휴가 우리랑 같이 가야 한다고 하셨는지 이해가 안 돼." 에녹이 말했다. "우리가 **정말로** 피오나를 찾게 되더라도 걔가 아주 끔찍한 상태일 수도 있다는 걸 아셨을 거 아냐. 최소한으로 어림잡아도 정신을 지배당했을 거야. 어쩌면 아예⋯⋯" 그는 차마 그 말을 하기 전에 스스로 입을 다물었다. **죽었거나.** "그렇게 되면 휴는 완전히 망가질 거야."

"맙소사, 에녹, 너 심장이 생긴 거니?" 호러스가 말했다.

에녹은 그에게 눈을 부라렸다. "좀 잔인한 것 같아, 그뿐이야."

"아니야." 엠마가 단호하게 말했다. "이 일에서 제외시키는 건 휴한테 전혀 도움이 안 돼. 휴 없이 우리가 피오나를 찾아낸다면, 그래서 우리가 걔 흔적을 뒤쫓고 있다는 걸 페러그린 원장님도 알고 계시고, 그걸 나중에 휴가 알았다간, 그거야말로 휴를 망가뜨리는 일이 될 거야. 무슨 일이 있든 휴는 그곳에 있을 자격이 있었어."

"휴는 어떻게 견뎌내고 있어?" 누어가 물었다.

"예상한 대로 잘 견뎌내고 있어." 엠마가 말했다. "휴는 강한 아이야. 하지만 화가 났고 걱정을 하고 있어."

"그건 우리 모두 마찬가지야." 내가 말했다. 나는 누어와 호러스에게 다시 돌아섰다. "그래서. 소식이 있다며."

"사람들 앞에서 공표할 성격은 아니야." 호러스가 말했다. "목소리를 좀 낮춰서 조용히 이야기할 수 있는 곳으로 가자. 좀 더 은밀한 곳으로."

"음식만 있다면 어디든 좋아. 배고파 죽겠어." 에녹이 말했다.

시간이 일러 통금이 시작되기까지 몇 시간이나 남았고 태양은 여전히 악취 가득한 악마의 영토 하늘에 높이 떠 있었으며 슈렁큰헤드엔 아직 사람들이 붐비지 않았다.

"난 기본적으로 너희들이 술집에 드나드는 걸 용납하지 않는다." 페러그린 원장은 문 위에 걸린 검게 그을고 쭈글쭈글한 머리를 미심쩍은 듯 가리키며 말했다. "하지만 우리 집 찬장이 현재 비었고 너희들 모두 며칠간 고생했으니 한 번만 예외로 하겠다."

"지옥에나 떨어져라, 이 거만한 노파야!" 머리가 대꾸하듯 쉰 목소리로 외쳤다. 페러그린 원장은 그 말을 듣지 못한 건지, 아니면 반응을 보여서 흡족함을 주고 싶지 않은 듯했다.

술집 뒷문과 가까운 후미진 곳에 테이블 두 개를 차지해, 우리끼리만 따로 앉을 수 있도록 테이블을 서로 붙였다. 친구들은 밀라드만 빼고 모두 모였다. 팬루프티콘으로 돌아왔을 때 그는 우릴 환영해주었지만, 무슨 일이 그리도 급한지 작별 인사도 없이 재빨리 다시 사라져버렸다.

나는 누어 옆에 자리를 잡았다. 호러스가 내 다른 옆자리를 차지했다. 페러그린 원장과 에녹, 엠마는 여기저기 갈라져 곳곳에 이니셜과 온갖 종류의 다양한 욕이 새겨진 테이블을 사이에 두고 우리와 정 반대편에 자리를 잡았고, 브로닌과 올리브, 클레어가 끄트머리에 앉았다.

호러스가 특히 우릴 놀리듯 뜸을 들였기 때문에 나는 다른 친구들의 소식을 듣고 싶어 안달이 났지만, 호러스와 누어는 일단 우리가 목격하고 한 일에 대해서 먼저 전부 들려달라고 했다. 엠마와 에녹, 내가 번갈아가며 이야기를 전하는 동안, 휴는 테이블 끝에 앉아 탁한 에일 맥주잔을 만지작거리며 생각에 잠겼다. 야영지, 교통사고, 엘러리와 그녀에게서 쏟아져 나왔던 애벌레, 테드와 도둑맞은 그의 스파크스톤. 우리가 이야기를 마치자 그토록 수많은 기묘한 사건들이 결국 한 가지 질문으로 귀결된다는 사실이 나의 뒤통수를 때렸다. 와이트들이 원하는 건 무엇일까?

"마침 공교롭게도 우리도 그 점에 대해서 생각을 좀 해봤어." 호러스가 의자를 내 자리로 좀 더 가까이 당기며 말했다.

하필 바로 그때 음식이 도착했다. 꼭 이런 식이다.

감자와 생선으로 만든 수프 그릇이 모두에게 배분되었다. 우리는 어떤 종류의 생선인지 물을 용기가 없었고, 음식을 가져온 바텐더도 굳이 설명해주지 않았다.

"애보셋 원장님과 제자들은 『경외성경』을 좀 더 깊이 파고드는 중이야." 호러스가 말했다. "그러는 동안 프란체스카는 아직 우리가 이해하지 못한 예언의 새로운 부분을 번역하느라 야근까지 했어."

우리는 모두 앞으로 몸을 수그렸다.

"그래서?" 엠마가 물었다.

"우리가 알아낸 것보다 예언 내용이 더 있었어."

페러그린 원장이 숟가락으로 탁 소리가 나게 테이블을 내리쳤다. "그랬으면 우리가 돌아왔을 때 바로 내게 알렸어야지." 원장님이 화를 내며 말했다. "그래서…… 그게 뭐냐?"

호러스가 말을 이었다. "어둠의 시대가 도래하여 어쩌고저쩌고 하는 부분 이전에 주석이 달린 걸 얼마 전에 발견했는데, '배반자들'이라고 불리는 무리들이 생겨난다는 이야기가 예언돼 있어요. '자연의 영혼을 억지로 왜곡하려 하고, 그 대가로 저주를 받은 파렴치한 족속'이라고 설명되어 있더라고요."

"와이트랑 많이 닮은 설명이네." 엠마가 말하자, 브로닌과 올리브가 진지하게 고개를 끄덕였다.

"애보셋 원장님 생각도 그렇다고 하셨어." 호러스가 말했다. "하지만 그다음은 더 이상하게 흘러가. 더 끔찍하게. 카울과 악마의 영토까지 언급되는 것 같더라고."

나는 목구멍이 콱 막히는 기분이었다.

"지금까지는 다른 예언서를 참고 문헌으로 삼은 예언 글귀를 본 적이 없었는데, 이번 내용은 성경 요한계시록에서 인용한 것 같아. '그들에겐 그들을 다스리는 왕이 있으니, 그는 끝없이 깊은 구렁에서 나온 천사요 그 이름은 아바돈이니라.' 그 배반자들이 앞서 말한 구렁에서 그자를 부활시킨다는 내용이 계속 이어져."

에녹은 수프를 먹다 말고 목에 걸려 캑캑거렸다. "그자를 부활시킨다고?"

"그리고 그자가 돌아오면 끔찍한 힘을 갖게 될 거라고."

"어떤 힘?" 의자에 앉은 채로 굳어지며 브로닌이 물었다.

나는 갑자기 시야가 아득해지면서 주변이 깜깜해졌고 전신이 차갑게 식었다. 시트 아래 누워 있던 시신. 예언을 인용하던 카울의 목소리가 다시 떠올랐다.

"과거의 영령들이 가득한 구렁에서 얻은 힘이겠지." 내 목소리가 너무도 공허하게 들려 스스로도 깜짝 놀랐다. "그건 영혼의 도서관을 말하는 걸 거야."

누어는 걱정스러운 얼굴로 나를 지켜봤지만 나는 그녀와 시선을 마주할 수가 없었다. 아직은 나의 두려움을 내보이고 싶지 않았으므로, 두려워질 때마다 종종 내가 하는 행동에 이번에도 의지했다. 페러그린 원장을 쳐다보는 것이었다. 그러나 우리의 임브린은 표정이 돌처럼 굳어 있었다. 분명 그녀는 아직 상황을 파악하는 중이었다. 모두들 공포에 휩싸인 표정이었고, 호러스는 두려움에 입이 바짝 마른 자신을 달래려는 듯 계속해서 물만 홀짝홀짝 마셔댔다.

오로지 에녹만 동요하지 않은 것 같았다.

"멍청이같이 다들 왜 그러냐." 그는 이렇게 말한 뒤 후르륵 소리를 내며 수프를 떠먹었다.

"웃을 일이 아니야, 에녹." 이글이글한 눈빛으로 쏘아보며 엠마가 말했다.

"웃을 일 맞아. 이제 전부 앞뒤가 맞아 떨어지잖아. 놈들이 왜 피오나를 잡아갔는지. 그리고 그 미국인 소녀의 **엄마애벌레도.**" 그는 고개를 절레절레 저으며 가볍게 웃음을 터뜨렸다.

"넌 대체 무슨 얘기를 하는 거야?" 공포 대신에 분노가 치미는 것을 느끼며 내가 말했다.

"보나마나 너무 빤하잖아." 에녹이 말했다. "와이트들은 조리법을 따르고 있는 거야." 그가 숟가락으로 수프를 저었다. "마녀들 집단처럼 부활 수프를 만드는 거지. 두 배로, 두 배로, 고난도 재앙도(Double, double, toil and trouble! 셰익스피어의 『맥베스』에서 세 마녀가 부르는 노래 가사로 유명함-옮긴이)!"

어린아이를 대하듯 브로닌이 말했다. "그건 **못된 짓**이야, 에녹."

그는 한숨을 쉬었다. 숟가락을 내려놓았다. "페러그린 원장님 말씀을 귀담아듣는 사람은 이제 나밖에 없는 거야? 카울은 무너진 루프에 갇혔어. 영원히. 영원하단 건 되돌릴 수 없다는 거야."

"있을 수도 있지." 올리브가 말했다.

"밀라드도 갇힌 적 있댔어." 클레어가 끼어들었다.

에녹은 머리를 흔들었다. "와이트들이 필사적이라는 건 분명해. 지푸라기라도 잡는 거지. 슬그머니 어둠 속으로 영원히 숨어들어서 제법 우아하게 패배를 받아들이는 건 놈들에게 어울리지 않기 때문에 더 나은 선택이 없어서 그러는 거야. 생각할 수 있는 게 겨우 그것밖에 없으니까 뭔가 미친 짓을 시도하는 거라고. 하지만 그건 불가능해." 그는 수프가 뚝뚝 떨어지는 숟가락으로 페러그린 원장을 가리켰다. "원장님 본인이 그렇게 말씀하셨잖아요!"

에녹이 말을 더 길게 할수록 확인을 바라는 그의 마음이 더욱 더 필사적으로 전해졌다.

이젠 우리 모두 페러그린 원장을 돌아보며, 그녀가 할 다음 말에 희망을 걸었다. 그녀는 수심에 잠긴 표정이었다. "맞아, 내가 그런 말을 정말로 했었던 것 같구나."

페러그린 원장의 목소리에서 무언가 감지한 에녹이 숟가락질을 멈췄다. 입으로 가던 숟가락이 중간에서 얼어붙은 듯 고정되었다. "같다니요?"

"에녹이 말한 대로 저들이 단순히 필사적인 심정으로 무슨 일이든 시도해보는 것일 가능성도 있다. 하지만 멍청이의 주장 때문에 놈들이 그토록 힘든 수고를 마다하지 않을 리는 없어, 특히 무르나우는 그럴 인물이 아니다. 아마도 꿈을 통해서 그자가 카울 본인에게 직접 명령을 받고 있을지도 모른다는 짐작이 든다." 페러그린은 의미심장하게 나를 흘끔 쳐다보았다. "포트먼 군도 몇 번 꿈을 꾼 적이 있어. 나도 그렇고."

호러스가 약간 흐느끼는 듯한 신음을 흘렸다. "오 이런."

나는 고개를 홱 치켜들고 그를 쳐다보았다.

"오 이런, 이라니 그게 뭐야?" 에녹이 물었다.

"수프가 마음에 안 드니?" 바텐더가 내 어깨 위로 말을 걸었다. "장어가루를 좀 더 갖다줄까?"

"지금 말고요!" 에녹이 그에게 고함을 질렀다. 남자가 움찔해서 자리를 피한 후 에녹이 다시 호러스를 향해 돌아앉았다. **"뭐냐고. 오 이런, 이라니."**

"나도 그에 관한 꿈을 꾸었어." 이제는 텅 빈 물컵을 응시하며 호러스가 말했다.

"너도?" 내가 물었다.

"제이콥이 처음 우리한테 왔을 때 내가 비명을 지르면서 깨어나곤 했던 악몽 기억나지? 피바다가 끓어 넘치고 하늘에서 불의 비가 쏟아져 내리던? 응?" 그는 친구들에게 이해의 표정을 기다리듯 둘러보다가 고개를 끄덕였다. 이어 마른침을 꿀꺽이며 "음, 어젯밤에도 또 그런 꿈을 꿨어. 근데 이번엔 카울만 나타났어."

"근데 왜 아무 말도 안 했어?" 브로닌이 상처받은 듯 말했다. "악몽을 꾸면 언제나 나한테 왔었잖아."

"예지몽이라기보다는 그냥 내 두려움이 꿈으로 나타난 거라고 치부해버렸어." 호러스가 안절부절못하며 말했다. "하지만 카울이 제이콥과 페러그린 원장님의 꿈에도 나타났다면……" 그는 떨리는 손으로 얼굴을 쓸어내리며 마음을 가다듬은 뒤 말했다. "난 예지몽이든 아니든 이제껏 카울을 꿈에서 본 적이 한 번도 없었어. 그런데 이번엔 그자가 아주 선명하게 보였고, 하늘에 둥둥 떠서 오케스트라 지휘자처럼 세상의 종말을 지시하고 있었어." 그가 나를 올려다보았다. "내 생각엔 예언에 언급된 어둠과 분열의 시대를 불러오는 게 바로 카울과 그의 부활인 것 같아."

"어떻게든 나는 그걸 끝내도록 돕는 사람이라며. 우리를 '해방시킨다'면서. 다른 여섯 명과 함께." 누어가 무거운 목소리로 말했다.

내가 나섰다. "잠깐만, 우리끼리 너무 앞섰어. 하나하나 처음부터 따져보자. 와이트들은 왜 그자를 부활시킬 수 있다고 생각하는 걸까? 왜냐하면 그들도 예언을 읽었기 때문이겠지? 우리처럼 그들도 그 예언이 자기들과 카울에 관한 거라고 짐작했나?"

"그건 **확실히** 그들과 카울에 대한 내용이야." 호러스가 말했다.

페러그린 원장이 우리에게 침착과 이성을 되찾기를 바라듯 양손을 들어 올렸다. "일단은 논의를 위해서, 호러스 말대로 예언이 그들에 관한 것이 맞다고 치자. 그들이 어떻게 그걸 해낸다는 거지? 네 말대로 만에 하나 그들이 '부활 수프' 비법을 따른다면, 그건 누구의 비법일까? 거기엔 무슨 내용이 들었을까? 그리고 놈들이 어떻게 그것을 손에 넣었을까? 내 생각엔……"

"원장님 오빠한테서요. 마이런 벤담."

밀라드였다. 숨을 몰아쉬며 그가 테이블 상석에 앉은 페러그린 원장 바로 옆에서 끽 달리기를 멈추었다. 답을 모르는 문제에 관해서 끊임없이 쏟아지는 질문에 익숙하지 않은 원장은 놀라서 입을 다물었다.

"벤담의 비밀 연구실에서 막 오는 길이에요. 지금 저랑 같이 가보시는 게 좋겠어요." 밀라드가 말했다.

벤담의 비밀 연구실은 그의 평범한 사무실 바로 위에 존재했고, 천장에 감추어둔 사다리로 접근 가능했다. 사다리는 그의 대형 자화상 뒤에 감추어져 있었는데, (이상하게도 벽이 아니라) 천장에는 그 외에도 수많은 그림이 걸려 있었다. 사다리 위에서 우리는 금욕주의자 사제에게나 어울릴 것 같은 작은 방을 발견했다. 책으로 빽빽한 책꽂이와 상판을 접어 올리는 식의 책상, 딱딱한 의자 하나가 전부였다.

벤담의 옛 하인이었던 님Nim은 우리가 한 사람씩 계단을 모두 올라가는 동안 방 한구석에서 초조하게 기다리고 있었다.

"전엔 한 번도 본 적이 없는 방이로군." 페러그린 원장은 천천히 둘러보며 말했다. "맙소사, 블랙버드 원장님과 직원들에게 이 집을 구석구석 다 수색하라고 그렇게 부탁했었는데……"

"님은 이곳에 대해서 알고 있었어요." 밀라드가 말하자 기괴하게 생긴 작은 남자는 고개를 끄덕였다. "와이트들도 여기의 존재를 알았던 것 같고요."

님이 나섰다. "벤담 씨는 몰래 훔쳐보는 사람들이나 참견하기 좋아하는 사람들의 눈을 피해 가장 민감한 서류와 책들은 모두 이곳에 보관하셨지만, 암요, 주인님을 오래 모신 이 님만은 믿으셨습니다." 님은 눈으로는 방을 훑어보면서도 걱정스레 손을 만지작거리며 계속 손가락 끝에서 살 껍질을 벗겨냈다. "먼지를 떨고 방을 정돈하고 책을 알파벳 순서대로 정리하고 분류하는 것이 님의 일이었는데……"

"곧장 와이트들이 카울을 부활시키려 한다는 부분으로 넘어갈 수 없어?" 엠마가 말했다.

"그리고 이 모든 일들이 피오나와 무슨 상관이 있지?" 휴가 화를 내듯 물었다.

밀라드는 헛기침을 했다. "그래, 그렇게. 무너진 루프에서 탈출하는 건 불가능하다고 항상 모두들 말했잖아. 그걸 연구했던 모든 전문가들도 그건 인정하는 내용이야. 붕괴 규모가 반경 수백 킬로미터에 이르기 때문에 모든 것들이 납작하게 짓눌려 죽거나 할로개스트로 변하는 신세가 돼, 1908년 퉁구스카 폭발 사건(러시아 시베리아 지방 포트카멘나야퉁구스카강 유역에서 발생한 원인 불명의 대규모 폭발 사건으로 2,000제곱킬로미터 이상의 숲이 파괴되었음―옮긴이) 때처럼 말이야. 그렇지 않은 경우 우리가 영혼의 도서관을 파괴하기 직전에 카울이 그랬던 것처럼 가장 강력한 조상의 영혼들을 흡수해서 엄청나게 막강해지면, 신비로운 격리라고 부르는 현상이 발생하면서 영원히 갇히게 되고……"

"요점만 얘기해라, 널링스 군." 페러그린 원장이 말했다.

"모두들 그게 불가능하다고 동의했었죠. 아니, 거의 모두라고 해야 할까요. 하지만 벤담은 그렇지 않았던 모양이에요." 밀라드가 님에게 고개를 끄덕였다. "계속해요. 이분들에게도 얘기하세요."

님은 여전히 손끝을 잡아 뜯으면서 미적미적 앞으로 나섰다. "벤담 씨는 그러고 싶어 하지 않으셨습니다. 하지만 카울 씨께서 억지로 시켰어요."

"뭘 억지로 시켰다는 거지?" 페러그린 원장이 물었다.

"붕괴된 루프에서 탈출하는 방법을 찾아내는 거요." 그는 뺨이라도 맞을 것을 예상했는지 슬며시 고개를 들었다가 다시 푹 수그렸다. "카울 씨는 몇 년 동안이나 벤담 씨를 몰아붙였습니다. 제가 기억해요. 저도 듣는 귀가 있으니까요. 님은 언제나 귀를 잘 기울이거든요. 제 이름이 님(님Nim에는 '훔치다, 좀도둑질하다'는 뜻이 있음-옮긴이)입니다."

"그래서 해냈어요? 방법을 찾았어요?" 내가 물었다

"당연히 그러셨죠! 벤담 씨는 천재이십니다. 하지만 카울 씨에게는 거짓말을 했어요. 형님에겐 할 수 없는 일이라고 말씀하셨더랬죠. 하지만 주인님은 그래도 '발견은 발견'이라고 말씀하시면서 찾아낸 비밀 공식을 종이에 적어 어느 책에다 넣어두시고는, 님한테 숨겨놓으라고 건네주시면서 만일을 대비하여 고문을 당해도 당신께선 발설하지 못하도록, 제가 그걸 어디에 숨겼는지는 절대로 말하지 말라고 당부하셨습니다."

"내가 추측해보죠. 그런데 당신이 엉터리로 숨겼군요." 에녹이 말했다.

"아뇨, 나리, 아뇨, 아닙니다, 그런 건 아니었지만, 어쨌든 그들은 그걸 찾아내고 말았습니다."

밀라드가 끼어들었다. "와이트들은 감옥에서 탈출한 뒤에 악마의 영토를 빠져나가기 직전에 이곳으로, 바로 이 방으로 와서 책 한 권을 훔쳐 갔어. 벤담의 공식이 든 바로 그 책을."

님이 선반에 빈 공간을 가리켰다. "나쁜 도둑놈들."

엠마가 양손을 들어 올렸다. "끔찍한 일이네요. 무시무시해요. 하지만 놈들을 막아야 하는 우리한테 이런 이야기가 다 무슨 도움이 된다는 건지……"

"피오나를 찾는 것과도 무슨 상관이죠?" 휴가 말했다. 그는 자기 머리털을 죄다 뽑아버릴 것 같았다.

이 모든 상황 속에서도 페러그린 원장은 이상하게 침착한 모습을 보이더니 이젠 살며시 님에게 다가가 양손을 다정하게 그의 어깨에 올렸다. 님은 움찔했다.

"님." 그녀는 아이를 달래는 사람처럼 미소를 지으며 말했다. "혹시 그대가 벤담의 공식 사본을 만들어두었어요?"

그는 자기 어깨에 놓인 페러그린 원장의 손을 쳐다보더니 이내 그녀를 올려다보았다. "벤담 씨께서 직접 만드셨습니다, 그럼요. 그러고는 둘 다 숨기라고 저한테 부탁하셨지요."

원장의 미소가 더욱 환해졌다. "그럼 아직도 그 사본을 갖고 있겠네요?"

"오 그럼요, 마님." 님은 혼란스러운 표정으로 눈을 깜박거렸다. "혹시, 혹시 그거라도 보고 싶으세요?"

"그래요, 님, 보고 싶어요."

님은 접이식 책상으로 가 자물쇠를 열었다. 책상엔 헝클어진 종이가 꽉 들어차 있었다. 그가 서류들을 뒤적거리는 사이 누어가 한 손을 들고, 방해가 되지 않으려고 나름 신경 쓴 것 같은 말투로 물었다. "제가 뭐 하나 물어봐도 될까요?"

우리 모두 그녀를 쳐다보았다.

"그 사람의 공식이 실제로 뭔가 효력이 있을 거라고 왜 우리 모두 이렇게 확신하는 거죠? 단지 와이트들이 그걸 시도할 만큼 필사적이라는 이유로 그게 진짜로 된다는 보장은 없잖아요. 그 벤담이라는 사람이 무슨 마법사라도 돼요?"

에녹은 기가 찬 듯 눈알을 굴렸다. "마법사 같은 건 세상에 없어."

누어가 물고 늘어져 논쟁을 벌일 준비를 하려는 찰나, 밀라드가 끼어들었다.

"일리 있는 질문이야." 그가 말했다. "넌 그 사람을 본 적이 없으니까 이해가 되기도 하고."

"벤담은 일종의…… 설계자였어." 내가 이렇게 말하자 누어가 나를 향해 한쪽 눈썹을 들어 올렸다.

"루프 연구가 그의 전문 분야였지." 밀라드가 설명했다. "예를 들어서 그 사람은 팬루프티콘을 설계했어. 그리고 우리가 알기로 카울과 그의 추종자들을 할로개스트로 만든 붕괴를 일으킨 사람이면서, 영혼의 도서관이 무너질 때 본인과 카울을 둘 다 갇히게 만든 장본인이기도 해……"

"알겠어, 알아들었어." 누어가 양손을 들어 올리며 말했다. "자기 분야를 잘 아는 사람이구나."

"그렇단다." 페러그린 원장이 말했지만, 그녀는 약간 창백한 얼굴로 줄곧 님을 빤히 쳐다보았다. 님은 책상에서 구겨진 종이 한 장을 꺼내더니 이젠 아예 허공에 흔들어댔다. "여기, 여기, 여기 있네요!"

페러그린 원장은 그에게서 종이를 받아 들고 읽기 시작했다. 거의 즉각 그녀의 이마에 주름살이 패였다. "장난하나?"

호러스가 훔쳐보느라 고개를 쭉 빼들었다. "메추리알…… 소금에 절인 장어…… 양배추……"

"어, 아닙니다, 그건 식료품 목록이에요." 님은 이렇게 말한 뒤 손을 덜덜 떨면서 다가와 임브린이 들고 있던 종이를 뒤집었다. "반대편을 보셔야죠."

그녀는 내용을 훑기 시작했다. 그녀의 표정은 통 읽을 수가 없었다.

브로닌이 밀라드를 돌아보며 속삭였다. **"저렇게 중요한 내용을 참 이상한 데에다 적은 것 같아."**

밀라드는 그녀의 입을 다물게 했다.

페러그린 원장의 눈이 종이를 훑었다.

바늘 떨어지는 소리도 들릴 것 같은 정적이 흘렀다.

그러다가 그녀가 숨을 내쉬었다. 그녀의 얼굴에서 핏기가 얼마간 가셨다. "그렇군." 그녀가 나직이 말했다. "이걸 보니 정말로 많은 게 설명이 되는구나."

그러고는 곧장 그녀는 바닥에 쓰러졌다.

모두들 부축하러 달려들었다. 브로닌은 페러그린 원장을 양팔로 안아 올렸고 밀라드는 책으로 그녀에게 부채질을 했으며, 엠마는 그녀의 눈앞에서 손에 작은 불을 일으켰고, 호러스는 달려가서 물 한 잔을 가져왔다. 몇 초 뒤 그녀는 다시 눈을 깜박이며 말을 시작하더니, 지금 시간이 몇 시인지, 찻물은 끓였는지 물었다. 무슨 일이 있었는지 깨달은 그녀는 당황하며 당장 자기를 내려놓으라고 우리를 나무랐다. 그러나 우리가 시키는 대로 하자마자 그녀는 또다시 거의 넘어질 뻔했다.

"수프에 체했나 보다, 그뿐이야." 브로닌과 누어에게 부축을 받으며 그녀가 말했다. "끔찍한 수프에 이상 반응이 생긴 거야."

아무도, 그녀의 추종자인 클레어마저도 원장님의 말을 믿지 않았다.

그녀는 자신이 겁에 질렸다는 걸 우리에게 드러냈고, 자신의 두려움으로 인해 우리 모두 겁을 집어먹었기 때문에 이젠 지나치게 우릴 안심시키려 애썼다.

물을 마시며 침착함을 되찾기까지 1분쯤 시간이 지난 뒤, 그녀는 벤담의 책상에 앉았다. 우리는 벤담의 식료품 목록 뒤에 무엇이 적혔는지 알고 싶어 죽을 지경이었다. 그녀는 그 종이를 앞에 놓고서 평평하게 펴더니—종이는 쭈글쭈글 구겨진 데다가 커피처럼 보이는 얼룩으로 더럽혀져 있었다—곧 입을 열었다. "계속 너희들을 괜히 긴장하게 만들고 싶진 않구나, 그러니 앉아서 잘 들으렴."

우리는 세상에서 가장 무서운 이야기를 들으려고 준비하는 유치원생들처럼 그녀를 에워싸고 바닥에 앉았다. 누어는 나와 가까운 곳에 앉았는데, 그녀가 초조하게 주먹을 쥐었다 폈다 할 때마다 그 주변 공기가 빛을 잃었다 되살아났다를 반복했다. 그런데도 내겐 그녀의 존재가 위안이 되었다.

"첫 문장은 라틴어로 적혔다." 페러그린 원장이 말했다. 그러고는 라틴어로 된 문장을 읽어주었다. 누어와 나는 시선을 교환했지만, 다른 친구들은 전혀 개의치 않는 듯했다.

나는 페러그린 원장이 계속 읽어 내려가기 전에 손을 들었다. 그녀가 나를 쳐다보았다.

"음." 나는 헛기침을 했다. "번역을 해주실 수 있으시죠?"

지금 이런 급박한 상황에서도 페러그린 원장은 잠시 멈칫하며 실망스러운 표정으로 나를 주시했다. "그래야겠지, 포트먼 군." 그녀는 고개를 흔들며 말했다.

"이 말은 '깊은 구렁에서 영혼을 소환하기 위해서는, 이 모든 것이 반드시 필요할 것이다'라는 뜻이다."

"원장님 오빠는 시인은 못 되시겠네요." 밀라드가 말했다.

"그런 다음에 목록이 시작된다." 그녀가 나를 힐끗 쳐다보았다. "영어로 적혀 있구나. 여섯 개의 항목이 전부야."

이어진 내용은 반대편에 적힌 식료품 목록과는 사뭇 달랐을 뿐만 아니라, 담긴 의미가 훨씬 더 비밀스럽고 충격적이었다.

"하나, 나방 유충의 껍질."

"나방 유충." 나의 고개가 엠마와 에녹을 향해 휙 돌아갔고 그들도 이미 나를 쳐다보고 있었다. "엘러리가 놈들한테 무얼 빼앗겼다고 했었지?"

"**엄마애벌레**." 에녹이 말했다. "내 짐작으로 그건……"

"크고 성가신 애벌레겠지." 엠마가 말했다.

브로닌이 크게 한숨을 내쉬었다. "그럼 놈들이 벌써 한 가지 재료를 손에 넣었네."

"계속 읽어도 되겠니?" 페러그린 원장이 물었다.

"둘, 신선하게 수확된 씨앗싹의 혀."

"씨앗싹이 뭐예요?" 올리브가 물었다.

페러그린 원장은 고통스러운 표정을 지었다. "피오나." 그녀가 말했다. "그건 피오나 같은 부류의 이상한 종족을 부르는 고어란다."

휴는 양손에 얼굴을 파묻었다.

"신선하게 수확하다니." 밀라드가 말했다. "놈들이 피오나를 계속 살려둔 이유가 바로 그것 때문이겠……"

"밀라드, **제발!**" 페러그린 원장이 버럭 화를 냈다. "미안하다, 휴……"

"계속하세요, 계속 읽으세요." 휴가 말했다. 얼굴을 드러낸 그의 눈은 새빨갰다. 브로닌이 한 팔로 그를 감싸 안고 그대로 있었다.

"셋, 파괴되지 않는 불꽃."

우리는 그게 무슨 의미일까 고민하며 서로 중얼거렸다.

"혹시 그게 엠마를 뜻하는 걸까요?" 호러스가 추측했다.

에녹은 헉 신음을 내뱉었다.

"아마 내가 불멸의 존재라면 그렇겠지." 엠마는 고개를 저었다. "하지만 난 파괴되지 않는 존재가 아닌데 어떻게 나의 불꽃이 그렇게 여겨지겠어?"

그제야 퍼뜩 떠오른 생각이 있었다. "로커스트 갭에서 본 담요에 싸인 아이!"

엠마의 눈빛이 환해졌다. "맞아! 끔찍이도 추워하던 남자애가 있었는데 원래는 늘 몸을 따뜻하게 해주던 물건을 갖고 있었 대요. 배 속에 불타는 돌을 품고 있었다고⋯⋯"

"스파크스톤이다." 페러그린 원장이 대구하며 의아한 듯 엠 마를 향해 고개를 갸웃거렸다. "그건 세상에 단 하나밖에 없어."

"몇 달 전에 어떤 와이트들이 그걸 훔쳐 갔대요." 엠마가 말했 다.

우리는 페러그린 원장에게 소년에 대한 이야기를 하지 않았 지만 원장님은 즉각 상황을 이해하고 체념한 듯 고개를 끄덕였다. "그걸로 저들이 가진 게 셋이나 되는구나." 그녀는 다시 목록으로 되돌아갔다. "넷, 히타이트 지하 왕국의 죽음의 딱정벌레."

님이 양손으로 자신의 입을 막았다. "오."

우리는 모두 그를 돌아보았다.

"무슨 일이죠?" 밀라드가 날카롭게 물었다.

님의 뺨이 분홍빛으로 물들었다. "벤담 씨의 수집품 가운데 유리에 담긴 그 딱정벌레가 있었습니다. 며칠 전까지만 해도요."

"그런데 무르나우와 그 일당이 훔쳐 갔겠군요." 내가 짐작했 다.

"그게, 음, 물건이 사라진 시기를 감안하면⋯⋯" 그가 말을 더 듬었다. "네, 네, 그런 것 같습니다⋯⋯."

탄식과 중얼거림이 일었다. 에녹은 욕을 했다. 누어는 완전히 얼어붙어 아무 말도 하지 않았다. 밀라드는 자기가 생각했던 것보 다 상황이 훨씬, 훨씬 더 나쁘다며 혼잣말을 중얼거렸고, 페러그 린 원장은 끔찍한 두통을 쫓아버리려는 듯 눈을 꼭 감고 콧등을 꼬집었다.

"맙소사." 호러스가 겁에 질린 목소리로 말했다. "목록에 있는 재료를 놈들이 거의 전부 다 모았어! 뭐가 남았지?"

"제발 얘들아, 우리 모두 이성을 잃어선 안 된다." 페러그린 원장이 말했다. "두 가지 항목이 남았어."

방 안은 정적에 휩싸였다. 그녀는 다시 책상에 대고 종이를 편 다음, 벤담의 필체를 제대로 알아보기 어렵다는 듯이 자신 없는 표정으로 눈을 찡그렸다.

이어 그녀가 말했다. "다섯. 희망의 우물에서 건진 알파 해골. (가루 형태로 5에서 10밀리그램)."

모두들 얼어붙어 서로서로 눈빛만 교환했다. 우린 나쁜 소식을 기다렸다. 와이트들이 이미 알파 해골을 가졌다거나, 알파 해골이 너무 흔해서 실제로 나무에서 자라는 것이라거나, 알파 해골 (가루 형태로 5에서 10밀리그램)은 코스트코에서 대량으로 팔아서 구하기 너무 쉽기 때문에, 와이트들과 카울의 부활 사이에 유일한 장애물은 코스트코 회원 카드밖에 없다고 누군가 말해주기를 기다렸다.

하지만 아무도, 아무 말도 하지 않았다.

"희망의 우물이 뭘까요?" 마침내 누어가 입을 열었다.

우린 모두 페러그린 원장을 쳐다보았다. "나도 모른다." 그녀는 에녹을 돌아보았다. "오코너 군, 죽음과 관련된 모든 문제는 네가 전문가잖니. 알파 해골에 대해서 들어본 적 있어?"

에녹은 멍하니 고개만 저었다.

페러그린 원장이 어깨를 으쓱했다. "그럼 하나가 남았구나. 여섯, 새들의 어머니의 뛰는 심장." 허걱 놀라는 소리가 여기저기에서 들렸다. 그녀가 재빨리 고개를 들었다. "너희들이 성급한 결론에 도달하기 전에……"

"그건 원장님을 의미하는 거예요!" 클레어가 소리쳤다.

"놈들이 원장님을 데리러 올 거예요!" 호러스가 울듯이 말했다.

"호러스, 클레어, 그만해라!" 페러그린 원장이 나무랐다. "임브린을 가리키는 것 같기는 하다만, 나는 가장 나이가 많지도 않고, 우리들 중에서 어머니 같은 존재도 아니다. 혹 그런 사람이 있다면 그건 애보셋 원장님이셔."

"하지만 원장님은 우리 어머니시잖아요, 우리한텐 어머니 같은 분이세요." 엠마가 말했다.

"피오나에게도 그렇고요, 게다가 갠 목록에도 들었어요." 휴가 말했다.

"그리고 원장님은 카울의 동생이시죠." 밀라드가 지적했다. "그자의 실질적인 혈육이라고요. 그자가 세상으로 돌아오기 위해서 원장님의 일부가 필요하다는 건 끔찍하지만 너무도 앞뒤가 맞아요."

나는 페러그린 원장이 반박하기를 기다렸다. 그녀가 밀라드에게 얼마나 잘못된 생각인지 지적해주기를 기다렸다.

그러나 그녀는 침묵을 지켰다. 그녀의 시선은 텅 빈 벽을 향했다. 이윽고 그녀가 말했다. "그래. 그렇구나, 나도 그게 앞뒤가 맞는다고 생각한다."

아주 오래 무거운 정적이 흘렀고, 그 순간은 마치 우리가 벼랑 끄트머리로 미끄러지는 기분이었다. 포기하고 두려움에 굴복

하는 느낌.

그러다가 휴가 입을 열었다. "상관없어요. 우린 절대 놈들에게 원장님을 빼앗기지 않을 테니까."

그의 목소리엔 너무도 강철 같은 의지가 담겼고, 두려움을 떨쳐낸 단호함이 나머지 우리들을 다시 벼랑 끝에서 잡아당기는 것 같았다.

"맞아요!" 올리브가 말했다.

"절대로 어림없어요." 브로닌이 거들었다.

"그리고 놈들이 아직 원장님을 데리러 오지 않은 걸 보면 원장님이 가장 어려운 상대라서 마지막으로 남겨둔 걸 거예요." 밀라드가 말했다. "그리고 우리가 아는 한 놈들도 아직 다른 재료인 알파 해골을 손에 넣지 못했어요."

"도대체 그게 뭔지 모르겠지만." 에녹이 덧붙였다.

페레그린 원장은 책상에서 일어났고 이젠 다리도 흔들리지 않았다. "그렇다면 대체 그게 뭔지 우리가 찾아내야겠지. 그리고 와이트들이 그걸 손에 넣지 못하도록 우리가 막을 거다."

"그리고 피오나를 되찾아야죠." 브로닌이 말했다.

"그런 다음 놈들의 머리통으로 악마의 영토를 장식해요!" 휴가 소리치자 환호성이 일었다.

며칠 만에 처음으로 나는 휴가 불안하게나마 미소 짓는 모습을 볼 수 있었다.

제 10 장

chapter ten

이제 우리는 뚜렷한 목표와 함께 절망스러운 상황에 놓였다. 와이트들보다 먼저 문제의 해골과 희망의 우물을 찾아야 하는데 그걸 이룰 확실한 방법이 없다는 게 문제였다. 할로우의 잔류물을 통해서 와이트를 추적하는 것은 거의 불가능해졌다. 그들은 버스 사고 현장에서 아마도 자동차로 빠져나갔을 것이므로, 대체 어느 길로 갔는지 알아낼 방법이 없었다. 해골이나 우물에 대해서 들어본 적 있는 사람이 아무도 없었으므로, 적어도 둘 중 하나의 위치를 알아내기 전까지 우리는 완전히 손발이 묶인 셈이었다. 예상대로 페러그린 원장은 모든 문제를 임브린들에게 일임하기를 원했고, 자신이 그들과 회의를 하는 동안 우리는 집으로 돌아가 쉬라고 말했다. "너희 모두 반드시 휴식을 취해야 한다. 우리 앞길에 엄청난 싸움이 도사리고 있으니 너희는 최상의 몸 상태를 유지해야 해." 그러고는 요란한 날갯짓과 함께 새로 변신해 날아갔다.

빌어먹을 휴식은 무슨.

어쨌든 이렇게 중대한 사안이 눈앞에 드리워졌는데 쉰다는 건 생각할 수도 없는 일이었으므로, 우리는 각자 흩어져 일을 하러 떠났다.

밀라드는 미국인들의 루프 지도책에 혹시 희망의 우물이 언급된 적이 있는지 찾아보려고 지도 제작국 자료실로 달려갔다. 잠과 일이 종종 똑같은 호러스는 실제로 휴식을 취하러 집으로 돌아갔다. 그의 계획은 잠으로 해결책을 찾기 위해 잠시 눈을 붙여 스스로 최면 상태 같은 얕은 잠에 빠져들어, 우리에게 필요한 해답을 꿈으로 꾸어보겠다는 것이었다. 휴는 아직 감옥에 잡혀 있는 와이트들을 심문하겠다고 험악하게 중얼거리면서 "그들도 뭔가 알 거야"라고 말했다. "놈들이 협조하지 않으면 벌로 쏘아서라도 실토하게 하겠어"라고 으름장을 놓았다. 그러나 좀 더 냉정한 판단력을 지닌 친구들은 그런 행동이 임브린의 규율을 여럿이나 어기는 짓일 뿐만 아니라, 아무리 감방에 갇힌 신세라고 해도 와이트들에게 우리가 아는 것을 하나라도 노출시키는 건 모든 일을 위험에 빠뜨릴 위험이 있다고 주장했다. 그 의견이 곧 더 우세해졌다.

그러자 클레어는 불가사의한 동물 부서에서 일할 때 예전에 미국에서 살던 이상한 영혼들을 만난 적이 있다면서, 혹시 그들이 알파 해골이나 희망의 우물에 대해서 들어본 적 있는지 알아보겠다며 달려갔다.

그쯤 되자 나는 무언가 확실한 사실이 떠올랐다. "그것들이

다 미국에 있다고 생각한다면 말이야, 우리가 그냥 가서 미국인들에게 물어보면 되잖아?" 내가 말했다. "라모스는 우리한테 신세를 졌으니까……."

그래서 우리는 매로우본 루프 입구로 이어지는 벤담의 다락방으로 올라갔으나, 검은색 유니폼을 입은 시간 관리국 직원이 엘리베이터 앞을 가로막았다.

율리시스 크리츨리는 학교 출입을 막는 수위처럼 한 손을 들어 올리며 말했다. "오 안 돼, 너희는 못 간다. 페러그린 원장님이 방금 가시면서 너든 그 누구든 절대 들여보내지 말라고 엄하게 지시를 내리셨다. 렌 원장님과 쿠쿠 원장님도 상황을 파악하셨기 때문에 다들 지금 미국인들과 함께 계셔."

내가 그와 말다툼을 시작하려는 찰나, 올리브가 휴랑 에녹이 사라졌다고 말했다. 휙 돌아서서 확인해보니 그녀의 말이 맞았다.

엠마는 너무 화가 나서 자기 소매까지 불을 붙일 뻔했다. "걔들이 어디로 갔는지 난 알아." 이를 꽉 물고 그녀가 말했다. "가자, 브로닌, 그 둘이 뭔가 역사에 남을 만한 멍청한 짓을 벌이기 전에 막아야 해."

그렇게 되자 할 일 없이 남은 사람은 누어와 올리브, 나뿐이었다. 우리가 매로우본에 가는 건 불가능해졌고 어차피 임브린의 능력이라면 두 분만 가도 미국인들에게 정보를 알아내기에 충분하고도 남았다(만일 그들에게 얻어낼 정보가 뭐라도 있다면 말이다). 우리는 무기력한 기분으로 악마의 영토를 몇 시간이나 돌아다녔다.

아주 가까이까지 뒤쫓았었는데 이젠……

결국 우리는 모두 집으로 모여들었다. 쓸모 있는 걸 알아낸 사람은 아무도 없었다. 밀라드는 미국 루프 지도를 모아둔 임브린의 자료실에서 아무것도 찾아내지 못했다. 그나마 그는 V의 루프를 찾느라 며칠간 샅샅이 살펴보았기 때문에 이젠 미국인들의 지도책에 엄청 익숙해졌다. 호러스는 억지로 예지몽을 꾸리고 최선의 노력을 기울였음에도 불구하고 당혹스럽게 피자 꿈만 꾸었다고 했다. 다른 친구들도 노력의 결과를 뭐라도 보여줄 수 있는 사람은 아무도 없었고, 페러그린 원장은 돌아오지 않았다.

우리는 딱한 아이들 집단이었다.

황폐해진 휴의 얼굴, 몹시 지친 엠마의 얼굴, 걱정스러운 누어의 얼굴, 심지어 에녹까지도 무력감에 빠진 얼굴이었다. 친구들의 수척한 얼굴을 하나하나 바라보던 나는 결정을 내렸다.

어차피 오늘 밤 우리는 그 누구도 잠을 이루지 못할 것이 뻔했다.

"좋아." 내가 손뼉을 쳤다. "우린 할 만큼 했어, 맞지? 규칙을 지키면서 좀 더 정보를 얻어내려고 노력했다는 뜻이야, 안 그래? 다들 최선을 다했지?" 아무도 대답을 하진 않았지만 나는 계속 고개를 끄덕였는데, 그건 주로 나 자신을 납득시키기 위함이었다. "음, 이제 초저녁이야. 내 생각엔 마지막으로 하나 더 시도해볼 시간은 충분해."

친구들이 한 사람 한 사람 영문을 몰라 눈을 깜박이며 고개를 들고 나를 쳐다보았다.

"난 무슨 말인지 모르겠어." 클레어가 하품을 하며 말했다.

"나도." 올리브도 하품을 했다.

"난 이해해." 휴가 어깨를 펴며 말했다. "난 너를 똑똑히 이해해, 제이콥, 그리고 난 네 의견에 찬성이야."

"나도." 누어가 미소를 지으며 말했다. 그 미소는 곧장 나의 심장을 뚫고 들어와 내 마음 속을 헤집어놓았다. 엄청 마음에 드는 미소였다.

나도 그녀에게 미소를 보냈다. 환하게. 바보같이.

그러다가 문득 정신을 차린 나는 다른 친구들에게도 미소를 보냈다.

브로닌이 눈을 가늘게 뜨고 나를 살피는 걸 보니, 벌써 머리를 굴리는 것이 분명했다. 이어 갑자기 그녀가 고개를 돌렸다.

"올리브, 부탁인데 클레어 데리고 가서 잘 준비를 해줄래?" 브로닌이 어깨 너머로 말했다. "너희들 잘 시간은 훨씬 넘었을 거야, 페러그린 원장님은 너희 둘 다 8시 정각엔 잠자리에 드는 걸 좋아하신다는 거 알잖아."

"알겠어." 올리브가 또 한 번 하품을 참으며 말했다. "가자, 클레어." 어린 친구의 손을 잡으며 그녀가 말했다.

올리브의 무거운 구두 소리가 나무 계단을 쿵쿵 울리며 이미 꼭대기까지 절반쯤 다 올라갔을 무렵, 클레어의 부드러운 목소리가 집 안에 메아리쳤다.

"근데 그건 저번에 다 읽었어." 그녀가 투덜댔다. "오늘 밤엔 『그림 곰과 아홉 명의 참견쟁이 인간들에 대한 끔찍한 이야기』를 읽어준다고 약속했잖아. 아, 그럼 내가 제일 좋아하는 『불타지 않는 마녀』를 읽으면 되겠다."

가장 어린 친구들이 무사히 잠자리에 든 다음에야 비로소 다른 친구들이 나를 빤히 쳐다보았다. 에녹, 브로닌, 엠마, 호러스, 휴, 누어. 밀라드.

나를 보며 깜박거리는 여섯 쌍의 눈. 그리고 보이지 않는 일곱 번째 눈 한 쌍.

"좋아 그럼. 매로우본 루프로 숨어들 생각인데 나 도와줄 사람?" 내가 말했다.

여섯 개의 손이 허공으로 올라갔다. "나도 손 들었어!" 밀라드가 말했다.

나는 얼굴이 아플 때까지 환하게 미소를 지었다.

ᖚ

음울한 지평선 너머로 해가 떨어진 지 오래였고, 빛이 없으면 악마의 영토는 특히 더 섬뜩한 풍경이 되었다. 이런 시간에 길거리를 돌아다니며 통금 시간을 어기는 묘미를 즐기는 젊은이들 특유의 흥미 따위는 없었다. 우리는 단지 선택의 여지가 없을 뿐이었다. 벤담의 다락방과 매로우본 루프 입구까지 길을 찾아가기 위해선, 그리고 곳곳에 보초를 서는 민병대에게 들킬 위험을 줄이기 위해선, 도심의 가장 무시무시한 지역을 가로질러야 했고, 그것은 곧 가장 타락한 사람들—앰브로시아 중독자들과 소름 끼치는 도둑들—과 악취 풍기는 시궁창 위에 도사린 온갖 상상 불가능한 공포와 맞서야 한다는 의미였다. 엠마는 우리가 시궁창에 빠져들지 않도록 작은 불꽃을 피웠지만, 밀라드가 치안 관계자들에게 잡혀가고 싶지 않다면 당장 꺼버리라고 호통을 쳤다.

"엄청난 벌금은 그렇다 치더라도, 감방의 차가운 바닥에서 벌거벗은 몸으로 잠자고 싶은 마음은 추호도 없거든! 제발 관둬." 그가 고함을 치듯 속삭였다.

"그렇다면 이제부턴 네가 옷을 입고 다니면 되잖아." 호러스가 빈정거리듯 말했다. "옷 좀 입으라고 내가 수십 번도 더 권했는데 넌 아직도⋯⋯"

밀라드는 끙 신음 소리를 냈다.

"둘 다 조용히 해. 우린 모두 정신을 똑바로 차려야 해, 너희 둘이 서로 헐뜯을 때가 아니라고." 엠마가 말했다.

브로닌은 한숨을 쉬었다. "깜깜하니까 벤담의 집이 훨씬 더 먼 것 같아. 벌써 지나친 건 아닌지 어떻게 알아?"

"이제 그리 멀지 않았어." 휴가 나직이 말했다. 어둠 속에서 우리의 길 안내를 돕는 휴의 벌들이 윙윙거리는 소리가 들려왔다. "가로등 앞에서 좌회전을 한 다음에 길을 따라 쭉 가면 거기가 나올 거야."

현재 불이 켜진 가로등은 딱 하나뿐이었으므로 찾기는 쉬웠다. 그러나 그곳까지는 아직도 300에서 400미터는 남아 있었다. 소름 끼치게 미끈거리는 밤길을 수백 미터나 더 가야 했다.

멀리서 실제로 뭔가 숙숙 소리를 내는 것 같았다.

우리는 계속 앞으로 나아갔다. 침묵 속에서, 우리 일곱 명은 어둠에 떠밀리듯 서로 밀착했다. 두려움 때문이기도 했다. 아마도 두려움이 그 무엇보다도 가장 컸을 것이다.

바로 그때 나는 기묘하고 따뜻한 바람 같은 것이 손에 닿는 걸 느꼈다. 그 자리에 얼어붙은 나는 손바닥을 들어 올려 아주 작고 은은한 불빛을 살펴보았다. 친구들에게 그것에 관해서 무언가 말하려던 순간 누어가 내 옆으로 바싹 다가왔다.

나는 바로 그걸 느낄 수 있었다. 눈으로 확인하지 않아도 누어라는 걸 알아차렸다. 그녀가 가까이 왔음을 알리는 신호처럼 내 머릿속에 스파크가 튕기는 것이 느껴졌다.

"그냥 널 찾으려던 거였어." 누어는 내 손을 잡고 더 가까이 당기며 부드럽게 말했다. 은은한 빛은 깍지 낀 우리 손가락 사이로 빠져나갔다. 함께 걸어가며 누어가 속삭였다. **"나 때문에 괜히 엄청 놀란 건 아니길 바라."**

등줄기를 타고 찌르르 전기가 통하는 느낌이었다.

깜깜해서 보이지 않는다는 걸 까먹은 나는 고개를 저어 아니라고 답했다. 하지만 나는 어쩐지 멍해진 느낌이었다. 이런 행동들이 왜 다르게 느껴지는지, 왜 더 특별하게 느껴지는지 나는 이유를 알지 못했다. 경험이 그리 많진 않아도 여자 친구와 손을 잡는다는 게 특별한 기억으로 남은 적은 없었다. 그런데 오늘 밤 나의 감각은 유달리 민감했다. 먼 거리에서 은은하게 빛나는 가스등 외엔 아무것도 눈에 보이지 않았지만, 하나의 감각이 무뎌진 대신 다른 감각들이 깨어났다.

내 손을 꼭 잡은 누어의 온기는 다른 모든 것들에 대한 나의 관심을 잊게 만들었다. 나는 그녀에게 손을 놓아달라고, 내 머리를 돌려달라고 말하고 싶었다.

솔직히 말하면 영원히 그 손을 놓고 싶지 않았다.

정신을 똑바로 차리느라 내가 흐트러진 숨을 한 번 길게 들이켰을 때, 세 가지 일이 동시에 일어났다.

밀라드가 말했다. "거의 다 왔어!"

휴, 아니 호러스가 비명을 질렀다.

엠마가 불을 붙였다.

마지막 행동은 불과 1초간 지속된 일이었지만, 부리나케 진화를 했어도 완전히 불꽃이 꺼지지 않은 걸 보면 엠마에겐 엄청 당혹스러운 일 같았다. 그녀는 호러스 때문에 깜짝 놀랐다면서, 대체 왜 비명을 질렀는지 모르겠다고, 별일 없지 않느냐고 중얼거리며 허둥지둥 불을 끄려고 했지만, 불길은 자꾸만 그녀의 팔에서 다리로, 다시 머리 꼭대기로 폴짝폴짝 뛰어다니다가 마침내 손가락 끝으로 옮겨 갔고, 생일 케이크 촛불 같은 열 개의 불꽃은 계속 꺼지기를 거부했다.

그녀가 여전히 양손을 허공에 마구 흔들 때—맹렬한 팔 젓기는 오히려 불꽃을 더 타오르게 만들 뿐이었다—호러스가 설명에 나섰다.

"방금 기억났어. 방금 기억났다고!"

"뭐가 기억나?" 작은 불꽃들을 하나하나 눌러서 끄기 시작하며 짜증 난 말투로 엠마가 말했다.

"가로등을 보니까, 저걸 빤히 보고 있으려니까 내가 꿨던 꿈이 떠올랐어, 내가 무심히 지나쳤던 부분에 대해서 말이야. 너희들도 내가 했던 말 기억하지? 카울이 하늘에 둥둥 떠서 세상의 종말을 조종하고 있었다고……"

"그래, 오케스트라 지휘자처럼, 우리도 들었어." 밀라드가 중얼거렸다.

"저 자식한테 너무 신경 쓰지 마, 호러스. 계속 해봐." 휴가 말했다.

"카울이 하늘에 둥둥 떠 있는 건 맞는데, 그게 언덕 위로 보이는 하늘이었어. 태양이 눈부시게 빛을 뿜었고—가로등을 보니까 그 부분이 떠올랐나 봐—근처에 묘지가 있었던 게 지금 기억났어. 그 묘지엔 표지판이 있었어. 지금도 그게 눈에 보여. 똑똑히 보여. 어느 미국 도시의 이름이야. 뭔가 새로운."

"새로운 도시라는 뜻이야?" 밀라드가 다시 물었다. "뭐랑 비교해서 새롭다는 거지? 역사적인 맥락에서 보면 뭐든 새롭게 보일 수 있잖아."

"좋은 지적이야." 짜증 난 목소리로 에녹이 말했다. 그러고는 그가 요란하게 하품을 했다. "계속 가기나 하지? 난 춥고 배도 고프고 지금쯤은 훨씬 더 재미있는 일을 할 거라고 생각했단 말이야."

"넌 두려움을 숨기려고 괜히 심술을 부리는 거야." 브로닌이 에녹에게 말했다. "그건 나머지 우리들에게 공평하지 못한 태도야. 우리 모두 겁난다는 건 너도 알잖아."

"난 겁 안 나." 에녹이 큰소리쳤다.

"잠깐만." 누어가 말했다. "잠깐만 기다려 봐." 그녀의 목소리에서 얼굴을 찡그리고 있는 게 느껴졌다. "좀 전에 네가 '새로운' 미국 도시라고 말했잖아. 새롭다는 게 혹시 뉴욕 *New York* 같은 걸 의미하는 거야?"

호러스가 헉 소리를 냈다.

"맞아." 두 사람이 동시에 대답했다.

첫 번째 대답은 호러스가 외친 것이었다.

두 번째는……

엠마가 새롭게 불을 붙이자, 환하게 켜진 불빛은 그녀의 공
포와 우리 임브린의 분노를 동시에 드러냈다.

페러그린 원장님이었다.

원장님 한 분만 있는 것도 아니었다. 한 무리의 임브린이 우
리를 향해 다가왔다. 페러그린 원장, 렌 원장, 쿠쿠 원장, 블랙버드
원장.

임브린들이 매로우본에서 돌아온 것이었다.

"너희들 모두 잠자리로 돌아가거라." 페러그린 원장이 성난
목소리로 말했다. "지금. 당장."

"하지만 원장님, 저희는 그냥……"

"됐다." 숨을 거칠게 쉬며 그녀가 말했다. "통금 시간을 어겨?
내 명령에 일부러 불복을 해? 이건 충격을 받는 정도를 넘어서는
구나, 브런틀리 양, 끔찍이도 실망스럽다. 지금 당장 뒤돌아서 집
으로 가거라."

"하지만 원장님." 휴가 분위기 전환을 시도했다. "혹시…… 무
슨 소식 없어요?"

잠시 흐르는 침묵. "있다."

"뉴욕과 관련된 소식인가요?" 호러스가 물었다.

페러그린 원장은 한숨을 쉬었다. 전투적인 태세가 누그러진
것 같았다. "그렇단다." 그녀가 말했다. "그 이야기는 집에 돌아가
서 하도록 하자. 소리 질러서 미안하구나, 얘들아. 아주 피곤한 저
녁을 보냈거든."

"괜찮아요, 원장님." 엠마가 대꾸했다. "원장님이 감당하실 일

이 너무 많았어요. 집으로 돌아가면 호러스가 맛있는 코코아 한 잔 타드릴 거예요. 그럴 거지, 호러스?"

"기꺼이 그럴게요!"

"아첨꾼들." 에녹이 중얼거렸다.

"뭐라고 한 거니, 오코너 군?"

"아무것도 아니에요, 원장님."

"과연 그럴까." 페러그린 원장은 빠르게 심호흡을 했다. "임브린들께서도 저희 집으로 오실 거죠?"

격렬한 날갯짓 소리만이 대답을 대신했다.

ᘚ

아이들과 임브린들, 가릴 것 없이 모두 거실에 모여 따끈한 코코아를 한 잔씩 들었을 때 드디어 페러그린 원장이 소식을 전했다. 그러니까 음, 페러그린 원장이 렌 원장에게 소식을 전하도록 허락했다.

누가 되었든 우리는 바짝 긴장한 채로 귀를 기울였다.

렌 원장은 임브린들 틈에서 앞으로 한 걸음 걸어 나왔다. "미국인들은 마침내 우리가 믿고 행동에 옮길 만하다고 생각되는 정보를 알려주었단다. 미국의 뉴욕주라는 곳 위쪽에 호프웰*Hopewell*이라는 이름의 도시가 있다. 그리고 그 도시에 부활술사들의 루프가 있어."

"뉴욕!" 호러스가 소리쳤다. "꿈속에서 본 돌에 새겨진 이름도 그거였어요!" 호러스와 누어는 어색하지만 열정적인 하이파이

브를 했다.

"그리고 호프웰!" 브로닌이 소리쳤다. "희망의 우물*Well of Hope*!"

"그렇다면 왜 벤담의 목록엔 그 말 그대로 적히지 않았을까요?" 엠마가 물었다.

"오빠는 수수께끼를 좋아했거든." 페러그린 원장이 말했다. "혹시 발각될 경우에 대비해서 카울을 좌절시킬 목적으로 약간 표현을 바꿨을 거야."

"그럼 그 알파 해골은요?" 밀라드가 물었다.

"특별한 해골을 찾아야 한다면 부활술사들의 루프는 시작점으로 나쁘지 않은 곳이야." 에녹이 말했다. "그들에 대해서는 뭘 좀 알아내셨어요?"

"아니 별로." 쿠쿠 원장이 대답했다. "상당히 고립된 사람들이고 방문객을 환영하지 않는다는 정도가 전부다."

"저랑 비슷한 부류의 사람들인 것 같네요."

휴가 갑자기 탁자를 쾅 내리쳤다. "군대를 결성해서 그곳으로 쳐들어가야 해요! 막강한 무기를 갖고 덮쳐요!"

"그렇게 속단해선 안 돼." 페러그린 원장이 말했다. "너희들의 열정이 뜨겁다는 건 이해한다만 그 루프에서 우리가 무얼 만나게 될지는 아직 모른다. 그곳을 와이트들이 이미 점거했는지 아닌지도 몰라. 우리가 어떤 부류의 이상한 종족을 맞닥뜨리게 될 것인지. 조심스럽게 차근차근 단계를 밟아나가야 하겠지만 우리도 충돌을 준비해야 한다."

"와이트들은 군대를 데리고 기다릴지도 몰라요." 브로닌이 말했다.

"놈들에겐 군대가 없어." 에녹이 말도 안 되는 소리라는 듯 반박했다. "몇 명의 도망자들뿐이잖아."

"할로개스트도 한 마리 있잖아." 올리브가 말했다.

"한 마리 이상일 수도 있어." 내가 덧붙였다.

"그들을 과소평가하는 건 현명한 행동이 아니다." 페러그린 원장이 말했다. "이번 임무를 위해서 우리가 최고의 실력을 갖춘 이상한 영혼들 중에서도 엘리트 팀을 꾸리기 시작한 건 바로 그 때문이야."

엠마가 팔짱을 끼며 얼굴을 찡그렸다. "누구요?"

페러그린 원장이 미소를 지었다. "물론 너희들이지."

"너희는 악마의 영토를 해방시킨 장본인들이야. 너희보다 더 많은 경험과 준비를 갖춘 이들은 아무도 없다." 렌 원장이 말했다.

우리 모두는 싱긋 웃었다. 다들 자부심으로 환하게 빛을 뿜으면서.

"물론 너희를 뒷받침해줄 이들도 있을 거다." 페러그린 원장이 서둘러 덧붙였다. "지원 세력이랄까."

"우리들이지." 쿠쿠 원장이 말했다. "그리고 특별한 재능에 따라 몇 명 더 이상한 영혼을 선발할 거야."

"나에겐 바깥나들이를 하고 싶어서 몸이 근질거리는 그림 곰들도 몇 마리 있지." 렌 원장이 말했다. "함께 파견될 민병대도 이미 준비 중이다."

"하지만 선봉대는 너희가 맡을 거야." 페러그린 원장이 말했다.

"물론 너희들이 기꺼이 그 임무를 맡아준다면 말이지." 쿠쿠 원장이 말했다.

"진지하게 물으시는 거예요?" 브로닌이 말했다. "우린 원장님들이 못 가게 해도 갔을 거예요."

"지하 감방에 우릴 사슬로 묶어놓아도 나섰겠죠." 휴가 덧붙였다.

"나도 안다." 페러그린 원장이 뿌듯한 듯 대꾸했다. "앞으로 우리에겐 엄청난 일들이 일어날 거야, 안 그러니?"

"어서 가서 와이트 놈들을 박살 내자!" 휴가 소리치자 방 안에 환호성이 폭발하듯 메아리쳤다.

"그래, 그래, 하지만 먼저 자야겠지." 페러그린 원장이 일어났다. "어서 침대로 가거라, 얘들아. 이 닦는 거 잊지 말고."

모두들 괴로운 신음 소리를 냈다.

🜂

아침이 되자 온 집 안은 벌집을 쑤신 듯 모두들 사방으로 뛰어다니고, 계단에서 서로 지나치느라 벽에 바싹 달라붙고, 위험한 임무에 필요할 만하다고 생각되는 물건들을 각자 챙기느라 분주했다. 먹거리. 여벌 옷. 가장 아끼는 칼. 주머니나 작은 가방에 들어갈 만한 것은 무엇이든 챙겼다. 어차피 가져갈 게 많은 사람은 아무도 없었다.

나는 사내아이들의 공용 옷장에서 깨끗한 양말을 몇 켤레 찾아냈다. 누어는 세수를 하러 올라갔다. "한 번 더 샤워를 하고 싶어 죽을 지경이지만 모든 걸 다 가질 순 없겠지."

나는 그녀를 뒤따라갔다. "있잖아. 잠깐 얘기 좀 할 수 있을까?"

얼굴을 수건으로 닦은 뒤 누어는 나를 쳐다보며 얼굴을 찡그렸다. "네가 무슨 말하려는지 알아. 내 대답은 이거야, 잊어버려."

"내가 무슨 말을 하려고 했는데?"

누어는 나를 끌고 빈 방으로 들어갔다.

"나는 이 일에 참여하지 않아도 된다는 말이잖아. 나더러 안전하게 여기서 그냥 기다리라는 말도 할지 모르겠네. 하지만 내 앞가림 정도는 나도 할 수 있어."

"네가 그럴 거라는 거 나도 알아. 하지만 이건 너의 싸움이 아니야. 꼭 그럴 필요는 없어."

누어는 벌써 화가 나기 시작한 듯 머리를 마구 흔들었다.

"넌 차라리 V를 찾는 일에만 집중하는 게 나을 수도 있어." 내가 말했다. "그렇더라도 난 이해할 테고……"

"내가 너희들 중 하나라고 말했을 때 진심이었어? 아니면 그냥 한번 해본 말이었던 거야?" 누어가 물었다.

"당연히 넌 우리들 중 하나야."

"그렇다면 이 문제는 너희들한테 중대한 문제인 것처럼 나에게도 똑같이 중요해. 사실을 따지자면, 만약에 그자들이 악마 같은 왕인지 뭔지 하는 작자를 부활시키기 전에 우리가 그 멍청이들을 막지 못한다면, 나중에 놈들이 만들게 될 혼란을 감당해야 할 사람이 바로 나이기 때문에 더욱 나와 상관이 있어. 난 차라리 놈들이 세상의 종말을 시작하기 전에 손을 쓰는 쪽을 택하겠어."

"알겠어. 좋은 지적이야."

"이 일이 끝나면 난 **꼭** V를 찾을 거야. 지금 당장은 이게 내 싸움이야. 네가 뭐라고 해도 난 어디로든 가지 않을 거야. 그러니까 너희가 목숨을 걸고 싸우는 동안 나는 뒤에 남아서 손가락이나 빠는 게 낫겠다는 따위의 말은 더 이상 하지 마, 알겠어? 우린 함께 가는 거야."

"알겠어. 우리는 한 팀이야."

누어가 활짝 웃었다. "우리는 한 팀이야."

"그래. 그리고 혹시라도 세상의 종말이 온다면 말인데. 나 없이 네가 혼자서 그런 일을 감당하게 하는 일은 절대로 없을 거야."

누어가 미소를 지었다. "알겠어. 하지만 그런 일은 피하도록 노력해보자."

"좋아." 나는 웃음을 터뜨렸다.

에녹이 복도에 나타났다. "어서 와, 연인들. 떠날 시간이야."

제 11 장

chapter eleven

한 시간 뒤, 우리는 SUV 차량으로 작은 행렬을 이뤄 미국 고속도로를 날듯이 달려갔다. 밤이었고 비가 내렸다. 운전석엔 시간 관리국 소속의 덩치 큰 남자가 핸들을 잡았다. 페러그린 원장은 그의 옆 조수석에 앉아 무릎에 무언가를 올리고 뜨개질을 했다. 누어와 밀라드와 나는 중간 좌석에 앉았고, 에녹과 엠마, 브로닌은 뒷줄에 자리를 잡았다. 나머지 친구들과 다른 임브린들은 우리 바로 뒤에 있는 또 다른 SUV 차량에 탑승했고, 임브린들이 약속했던 지원팀은 그 뒤에 따라붙은 SUV에, 그리고 미국인 지원단은 퍼붓는 폭우 속 어딘가에서 따라오는 중이었다.

우리에게 자동차를 빌려준 건 미국인들이었다. 우리는 팬루프티콘 관문을 통해 레오가 안전한 여정을 약속한 뉴욕으로 건너왔다. 임브린들은 레오의 루프에서 누어를 빼낸 것이 H가 아니라 와이트였다고 믿는 그의 생각을 그대로 두기는 했지만, 나의 추적으로 누어를 찾아내 이젠 우리와 함께 지낸다는 사실을 그에게 통보했다. 놀랍게도 그는 그 사건 전체를 덮기로 합의하면서, 임브린들과 미국인들의 거래 조건의 일부로 다시는 부하들을 시켜 누어를 뒤쫓지 않겠다고 약속했다. 누어와 나는 그 말이 거의 믿어지지 않았다. 렌 원장은 이 모든 결론을 얻기 위해 대가로 무엇을 약속했는지 우리에겐 알려주지 않았지만, 틀림없이 꽤나 좋은 혜택이었을 것이다.

차로 이동하면서 잔뜩 흥분했던 친구들의 열정은 긴장된 침묵으로 가라앉았다. 몇 분이 지나도록 아무도 입을 열지 않았다. 누어의 왼손은 나와 깍지를 낀 채로 내 무릎 위에 올려져 있었다. 오른손으로는 지나가는 자동차들의 헤드라이트 불빛을 동그랗게 오므린 손바닥에 모았다가 손가락 사이로 내보내기를 반복했다. 나는 최면에 걸린 듯 그 모습을 지켜보며 마음이 차분해지는 것을 느꼈다.

"계속 궁금했던 게 있어." 갑작스럽게 정적을 깨뜨린 엠마의 말에 나는 깜짝 놀랐다.

"그게 뭔데?" 누어가 물었다.

"카울은 왜 붕괴된 루프에서 빠져나오는 방법을 찾는 데 그토록 집착했을까?"

"흠." 밀라드가 말했다. 생각에 잠길 때마다 내는 소리였다.

"언젠가 붕괴된 루프에 갇히는 신세가 될 것을 **예상한** 걸까?"

"붕괴된 루프에 갇히는 신세가 될 걸 예상하는 사람은 아무도 없어." 브로닌이 말했다. "아마도 그냥 예방 수단이었겠지."

"만약에 그렇다면 아주 특이한 걸 미리 준비했다는 뜻이네."

밀라드가 말했다.

"그자는 예언에 대해서 분명히 알았어." 누어가 손가락 사이에서 빛을 구부리며 말했다. "깊은 구렁의 천사 어쩌고 하는 내용이 자신에 대한 예언이라고 생각했다면 아마 그자는 자신이 갇힐 운명이란 걸 짐작했을 거야."

"혹시 그게 그자가 세운 계획의 일부였다면?" 밀라드는 시험 삼아 가설을 하나 툭 던져보듯 말했다. "영혼의 도서관에 파묻히기 위해서……"

"그건 말도 안 돼." 내가 말했다. "그자는 파묻히는 걸 원치 않았어. 엄청 분노했었다고."

"어쩌면 우리가 바로 그렇게 생각하기를 바랐던 걸 수도 있지."

"오 젠장. 그건 너무 지나친 비약이야." 에녹이 말했다.

"잘 좀 생각해봐." 밀라드의 말투는 무겁고 진지했다. "그자는 강력한 힘을 지닌 과거의 이상한 종족들에 대해서, 그들이야말로 이상한 세계를 가장 순수하게 표현한 존재였다는 둥 어쩌고저쩌고 항상 떠들어댔어. 그자가 영혼의 도서관을 손에 넣어 그들의 힘을 파헤치려고 했던 것도 그 때문이었지. 하지만 그자가 정말로 그런 힘을 가지기 위한 유일한 방법은 어쩌면 그 안에 파묻혔다가 도서관의 모든 힘을 자기 손끝에 움켜쥐고서 부활하는 것일 수도 있어."

"**다시 태어나는 거지.**" 엠마가 힘주어 속삭였다. "**신으로서.**"

나는 싸늘한 한기를 느꼈다.

페러그린 원장이 뜨개질바늘을 서로 맞부딪쳤다. "오빠는 영혼이 독에 물들어 권력에 굶주린 미치광이였다. 그는 신이 아니고, 절대 그렇게 될 리도 없어."

"하지만 그자가 이 모든 걸 준비했던 거잖아요. 추종자들과 모두 함께요." 엠마가 말했다.

"혹시 그랬더라도 아직 그자는 돌아오지 않았고, 우리가 돌아오도록 내버려두지도 않을 거다. 그러니 끔찍하고 혼란스러운 추측을 따라가느라 괜히 흥분할 필요는 없다."

"네, 원장님."

"스웬슨, 라디오 좀 틀어보지 그래요?"

운전기사가 라디오를 켰다. 팝송이 흘러나오기 시작했다. 실연에 관한 내용이었다. 엠마가 한숨 쉬는 소리가 들려왔다.

누어는 한 손을 입술에 대고 희끄무레한 빛을 창문에 내뱉었고, 유리창에 닿아 안개처럼 덧없이 번져가던 그 빛은 이내 공기 속으로 사라졌다.

༓

호프웰은 한때는 도시였을지 몰라도 현재는 더 이상 도시라고 불릴 만한 곳이 아니었다. 고장 난 지 오래된 산업 단지 공장의 폐허를 지나자, 텅 빈 공터와 무너져 내린 집들밖에 보이지 않는 도로가 연이어 나타났다. 그곳은 산업화 시대에 만들어졌다가 사라져버린 러스트벨트(미국 북동부 5대호 주변의 쇠락한 공장지대-옮긴이) 도시였고, 하루 종일 차를 몰고 가다 보면 그런 도시들이 아마 100개는 나타날 것 같았다.

나는 계속 할로개스트에 대한 감각을 예민하게 유지했고, 모두들 와이트의 흔적이나 그들이 여기까지 몰고 와 루프 입구로 들어가기 전에 숨겨놓았을지도 모를 자동차나, 그냥 좀 이상한 건 무엇이든 찾아보려고 줄곧 눈에 불을 켜고 살펴보았다. 우리는 와이트가 여기 있는지, 아니면 이미 여기에 왔다가 떠나갔는지, 그것도 아니면 호프웰에 대한 미국인들의 힌트가 무가치한 것이었는지 아무것도 알아내지 못했다. 지금까지 여기저기 보이는 폐허 더미와 쓰레기, 무성한 덤불 외엔 아무것도 찾아내지 못했다. 그런 곳들은 모두 자동차를 숨기기에 적당한 곳이었으나 그렇다고 일일이 시간을 들여 수색해보기엔 수가 너무 많았다.

놀랍게도 부활술사들의 루프 입구는 흔히 예상되는 것처럼 공동묘지나 장례식장이 아니었다. 그곳은 도시 한가운데 있는 작은 공원이었는데, 우리가 보아온 광경 중에선 유일하게 밝고 관리도 잘된 곳이었다. 공원 중앙엔 돌로 된 오벨리스크가 서 있었다. 돌기둥 아래쪽 뒤편에 감추어진 문이 바로 루프 입구였다.

쏟아지던 비가 가늘어지기 시작했다. 임브린들이 모여 회의를 하는 동안, 우리가 타고 온 SUV 차량은 공원이 보이는 곳에 주차를 마치고 대기했다.

서로 떨어지는 일이 없도록 다 함께 들어가기로 결정했다.

우리는 거대한 행렬을 이루며 오벨리스크를 향해 젖은 잔디밭을 가로질러 달려갔다. 브로닌이 문을 활짝 열어젖혔다. 안은 어두웠다. 오벨리스크 표면에 깨알같이 빽빽하게 새겨진 것은 모두 사람들의 이름이었다.

우리가 잊지 않도록

내부는 비좁았다. 두 사람밖에 들어갈 여유가 없었다.

할로우의 존재를 감지하기 위하여 내가 맨 먼저 들어갔다. 누어가 나와 함께 가기로 했다.

"반대편에 도착하면 그대로 기다려라. 우리도 30초 안에 따라갈 거다." 페러그린 원장이 말했다.

문이 쾅 닫혔다. 우리는 곧 어둠에 휩싸였고 이내 가볍게 앞으로 돌진하는 느낌이 들었다. 밖으로 나와 보니 세상이 완전히 달라져 있었다. 이제 그곳은 환한 대낮, 화창한 여름날의 오전이었다. 좀 전까지 쇠락해가던 도로엔 귀여운 소형 주택들이 작은 마당을 차지하며 줄지어 있고, 우리가 들어갔던 돌로 된 오벨리스크는 밖으로 나와 보니 돌기둥이 아니었다. 우리가 걸어 나온 곳은 주택가의 어느 집 현관이어서 주변엔 꽃들이 피어 있었다.

"기대했던 모습이 전혀 아니네." 대단히 쾌적한 주변 환경을 둘러보며 누어가 말했다.

우리는 기다리며 주변을 두리번거렸다. 마당엔 성조기가 곳곳에 꽂혔고, 길 건너편 집들에도 빨간색과 하얀색, 파란색으로 정갈하게 장식되어 있었다. 온 도시가 7월 4일 독립 기념일 퍼레이드를 준비하는 것 같았다. 혹은 루프가 만들어졌던 날에 그러는 중이었거나. 1940년대와 1950년대에 유행했던 자동차들이 주택가 곳곳에 주차되어 있었다. 선명한 빨간색으로 칠해진 개집에서 달려 나온 개 한 마리가 우리를 향해 짖어댔다.

"사람들은 다 어디 있을까?" 누어가 거리를 따라 시선을 옮기며 말했다.

하지만 시끄럽게 짖어대는 개와 달리 주변은 소름 끼칠 만큼 조용했다. 주변 풍경은 하나같이 활기차고 인기 많은 소도시의 모습을 과장스럽게 전시해놓은 듯했으나, 마치 주민들은 모두 밤사이에 납치된 것처럼 인적이 드물었다.

30초가 지나갔다. 그러다 1분이 지났다.

다른 사람들은 아무도 문으로 나오지 않았다.

"이거 좀 이상한데." 점점 커지는 염려를 드러내지 않으려고 애쓰며 내가 말했다.

누어가 현관문을 열어보았다. 잠겨 있었다.

문에 달린 작은 유리창으로 내가 안을 들여다보았다. 안은 깜깜했다.

"1분만 더 기다려보자." 누어가 차분하게 말했다. 하지만 우리 둘 다 점점 초조해졌다.

달리 우리가 할 일이 뭐가 있을까? 우리는 친구들이 루프를 통해 도착하기를 기다리며 또다시 1분을 더 보냈다. 누어는 아주 작게 콧노래를 부르기 시작했다. 전에도 들어본 적 있는 똑같은 노래, 같은 멜로디였다.

그러나 아무도 오지 않았다.

"이건 나쁜 징조야." 마침내 내가 인정했다. "이건 정말로 나쁜 징조인 것 같아."

우리는 집의 뒤쪽으로 돌아갔다. 집 어디에도 다른 문이나 창문이 없었다. 잠긴 상자처럼 그냥 꽉 막힌 벽뿐이었다.

나는 정말로 겁이 나기 시작했다. "어떻게 된 건지 모르지만 다들 문이 잠겨서 못 들어오는 게 틀림없어."

"아니면 우리가 여기 갇힌 거거나." 누어가 말했다.

우리는 불안한 시선을 주고받았다.

나는 메스꺼움을 느끼기 시작했다.

아니, 메스꺼움이 아니었다. 배 속을 콕콕 찌르는 듯한 성가신 느낌은 무언가 다른 것을 가리켰다.

이 루프 어딘가에 할로개스트가 있다는 의미였다.

"우리만 여기 있는 게 아니란 건 나도 짐작했어." 내가 할로우에 대한 이야기를 했을 때 누어가 말했다. 그녀는 겁을 먹은 것 같지는 않았다. 공포에 휩싸이게 만드는 것들 앞에서도 누어는 정신을 잘 집중했다. "추적할 수 있겠어?"

"안타깝게도 아직은 아니야. 놈에 대한 감각이 충분히 강하지가 않아."

정말로 그런 상황이거나, 그게 아니라면 평소엔 할로우를 향해 나를 인도하는 방향 감각을 무언가 방해하거나, 둘 중 하나였다. 나침반 바늘이 자석에 닿은 것처럼 내 감각이 쓸데없이 흔들리며 멀어지는 느낌이었다.

누어와 나는 루프 입구가 다시 열리기를 마냥 기다리고 있을 수만은 없다는 결론에 도달했다. 우리는 무방비 상태로 노출되었다. 게다가 문제의 할로우를 빨리 찾으면 찾을수록 와이트도 더 빨리 찾을 수 있을 것이다.

그리고 바라건대 피오나까지도.

우리는 그 주택가 블록 끝까지 걸어가 모퉁이를 돌았다. 여전히 보이는 사람은 아무도 없고, 루프에 갇혀 사는 평범한 인간들도 보이지 않았다. 저 멀리 언덕이 솟아 있고 그 주변에 나무가 자라 시야가 가려졌지만, 공장 지대에서 나는 길고 높은 기계음이 바로 그쪽에서 들려오는 것 같았다. 소리가 커졌다 줄어들더니 이내 정적에 휩싸였다.

"아마 도시로 들어올 때 우리가 지나쳤던 옛날 공장에서 나는 소리인가 봐." 내가 말했다.

다른 블록으로 접어들어 절반쯤 갔을 때, 근처 어느 집에서 흘러나오는 사람 목소리가 들렸다. 남녀가 만화 주인공들처럼 대화를 주고받고 있었다.

우리는 그 집으로 달려가 문을 두들겼다.

아무도 대답이 없었다.

이쯤 되면 우리도 예의를 차릴 때가 아니었다.

나는 문고리를 돌려보았다. 문은 잠기지 않았고, 기름칠이 잘 된 경첩에선 소리도 나지 않으면서 문이 활짝 열렸다.

나는 계세요, 라고 소리치며 지난 세기의 한복판에서 오려낸 듯 평범해 보이는 교외 단독주택 안으로 들어갔다. 우리가 들은 말소리의 근원은 금세 드러났다. TV였다. 오래된 영화가 방영되고 있었다. 장식장 위에 올려진 TV 옆에는 계절과 어울리지 않게 인조나무로 된 크리스마스트리가 서 있고, 등받이에 장식용 둥근 핀을 줄지어 박은 안락의자가 놓여 있었다. 마치 이 집의 주인은 영원히 흑백 화면에 갇혀 살아가야 하는 TV 속 남녀인 것처럼, 어쩐지 섬뜩하고 애절한 분위기가 느껴지는 집 안 풍경이었다.

내가 TV 손잡이를 누르자 화면이 꺼지면서 돌연 사방이 조용해졌다. 누어는 까치발로 복도를 따라 집 뒤쪽까지 걸어갔다.

그녀가 어느 방문 입구에서 걸음을 멈추었다. "안녕하세요?" 그녀가 이렇게 말한 뒤 나를 돌아보았다. "제이콥, 여기 누가 있어!"

나는 서둘러 복도를 달려갔다. 턱까지 이불을 덮은 채 십 대 소녀가 침대에 잠들어 있었다. 벽마다 잡지에서 오려낸 사진들이 빽빽하게 붙어 있었다.

"안녕하세요?" 내가 말했다. "실례합니다만……"

소녀는 꼼짝도 하지 않았다. 나는 방 안으로 몇 걸음 들어갔다. 다시 벽을 흘끔 쳐다보았다. 모든 사진은 다 엘비스 프레슬리를 찍은 것이었다.

누어도 안으로 들어와 침대 가장자리에 손을 올리고 살며시 흔들었다.

우리는 소녀에게 몸을 수그렸다.

"숨은 쉬는 걸까?" 이불 속에서 소녀의 가슴이 오르내리는지 보려고 애를 쓰며 내가 물었다.

거실 쪽에서 뭔가 소리가 들려왔다. 우리는 얼어붙었다.

"문소리였어." 내가 속삭였다.

할로개스트가 이렇게 가까이 다가왔다면 나의 내장이 먼저 느꼈을 것이다. 그러나 배 속은 여전히 좀 전에 느꼈던 것처럼 방향 없는 미약한 신호를 보낼 뿐이었다.

우리는 방에서 빠져나와 다시 복도로 나갔다. "댁에 손님이 왔거든요!" 누구든 놀라게 하고 싶지 않았으므로 내가 소리쳤다.

바지 허리춤을 높이 올려 입고 멜빵을 한 백인 사내아이가

열린 현관문 앞에 서서 냉담한 표정으로 우리를 지켜보았다.

"안녕." 누어가 말했다. "우린 그냥……"

"무기를 가졌으면 당장 바닥에 내려놔라." 차분하지만 단호한 말투로 아이가 말했다.

"우린 너희를 해칠 생각이 없어. 우린 그냥 너희랑 대화를 하고 싶을 뿐이야." 내가 말했다.

우리 뒤쪽에서 발소리가 들려왔다. 나는 돌아보았다.

소녀가 침대에서 나와 있었다.

그녀는 눈을 뜨고 있었지만 눈동자에 초점이 없어 유리알 같았다. 그녀는 잠옷 차림이었다. 한 손에는 정육점 식칼을 들고 있었다.

"대화는 집어 치워. 이제 나를 따라와라." 소년이 말했다.

"부탁이야." 누어가 말했다. "그냥 듣기만 해……"

"조용히 해!" 소년이 버럭 소리를 질렀다.

그는 끌끌 혀를 두 번 찼다.

현관에 있던 누군가가 문을 열었다. 밖을 내다보니 잔디밭에 사람들이 꽤 모여 있었다. 그들은 꼼짝도 하지 않고 서서 모두 우리를 빤히 지켜보았다.

그들 모두 식칼을 들고 있었다.

"나를 따라와라." 소년이 반복해 말했다. "갑작스러운 행동은 하지 말고."

이번엔 우리도 반박하지 않았다.

우리는 시체처럼 텅 빈 눈으로 식칼을 손에 든 교외 주민들에게 둘러싸였다. 그들은 멜빵을 한 이상한 소년을 선두로 말없이 우리를 거리로 내몰았다. 아이가 혀를 차면 그들이 왼쪽이나 오른쪽으로 방향을 틀었다. 우리가 입을 열면 그들은 칼날을 높이 들어 올렸다. 우리의 움직임이 마음에 들지 않으면 그들은 짐승처럼 으르렁거렸다.

언덕 쪽에서 들려오던 쩔그럭거리는 금속성은 잦아들었고, 이어서 뭔가 쾅 터지는 요란한 소리가 멀리서 들려왔다.

아무도 반응을 보이지 않았다.

"저게 무슨 소리야?" 내가 물었다.

잠옷을 입은 아버지 같은 남자가 내 등 뒤에서 으르렁거리더니 식칼을 치켜들었다.

몇 분 뒤 우리는 시내에서 보았던 다른 집들보다 더 오래돼 보이고 규모도 큰 빅토리아풍의 대저택으로 갔다. 그곳엔 탑과 뾰족 지붕이 있고, 건물 전체를 휘감듯 난간 장식이 아름다운 베란다가 넓게 자리를 잡고 있었다. 페러그린 원장의 저택을 떠올리게 하는 집이었으므로, 그토록 심각한 상황에서도 나는 잃어버린 그 집에 대한 향수로 가슴이 저렸다.

우리는 잔디밭 한가운데 서 있었다. 잠옷을 입은 사람들이 우리를 에워싼 사이 멜빵 소년은 집으로 올라갔다. 현관문이 삐걱 열리고 소년은 안쪽에 있는 누군가와 대화를 나누었지만 말소리가 너무 낮아서 우리에겐 들리지 않았다.

집 안 곳곳의 창문으로 우리를 내다보는 얼굴이 눈에 들어왔다. 모두 아이들이었다.

현관문이 좀 더 많이 열렸다. 어린 누군가가 열린 문틈으로 외쳤다. "너희들 이름이 뭐야?"

우리는 그에게 이름을 알려주었다.

"누구랑 같이 왔지?"

"런던에서 온 임브린들이랑." 나도 소리쳐 대답했다.

와이트들이 혹시라도 엿듣고 있을지 모르기 때문에 우리 일행이 루프 입구 바로 바깥에서 기다리고 있다거나, 우리가 여기 온 목적이 와이트들을 막기 위해서라는 이야기는 소리쳐 알리고 싶지 않았다.

멜빵 소년이 잔디밭으로 다시 나왔다. 그는 내가 이해할 수 없는 말을 무언가 중얼거렸다. 잠옷을 입고 식칼을 들었던 모든 사람들이 잔디밭에 쓰러졌다.

"안으로 들어가자. 조지프가 너희를 만나겠대." 소년이 말했다.

누어와 나는 시선을 주고받았다.

그나마 최소한의 진전은 있었다.

멜빵 소년은 우리를 이끌고 베란다로 올라가 안으로 들어갔고, 집 안에선 다른 소년이 우리를 맞이했다. 몸집으로 보아 여덟 살은 넘지 않았을 것 같은 소년은 단추가 두 줄로 달린 코트와 세트를 이룬 모자를 쓰고 있었다. 그는 할머니들이 '우리 도련님'이라고 부르며 엄청 떠받들기 좋아할 것 같은 부류의 아이로 보였다. 소년은 영원히 펴질 것 같지 않은 찡그린 얼굴을 하고서 조심스럽게 우리에게 다가왔다.

"내 이름은 조지프야. 내가 이곳 책임자지. 너희는 우리 루프 주변을 염탐하고 다니면서 무얼 하는 거지?" 작은 체구의 아이한 테서 기대했던 것보다 훨씬 더 낮고 어른 같은 목소리가 흘러나와서, 잠시 어리둥절해진 나는 순간 그가 립싱크를 하는 게 아닐까 상상했다.

"우린 위험한 사람들을 찾고 있어. 와이트들이야. 그들이 이곳으로 온 것 같아." 누어가 말했다.

"그리고 그자들은 할로개스트도 데려왔을 거야. 아주 위험한 놈들이야." 내가 말했다.

"그렇군." 그가 코를 벌름거렸다. "나도 할로개스트가 뭔지 알아."

"난 그들을 볼 수 있어." 내가 덧붙였다. "사냥도 하고."

조지프의 눈썹이 살짝 들렸지만, 그가 의심을 하는 건지 감동을 받은 건지는 알 수가 없었다.

"와이트들은 해골을 찾고 있어. 특별한 해골이야. 혹시 그런 비슷한 게 여기 있을까?" 누어가 말했다.

소년의 눈썹이 약간 더 위로 올라갔다. "우리는 부활술사들이야. 해골은 많아."

내가 말했다. "음, 너희 루프 입구 바깥에서 같이 온 사람들이 기다리고 있어. 친구들과 임브린들이야. 우리는 전에도 이 와이트들을 다뤄봤고, 놈들을 막는 법도 알아."

"그러니까 우리 친구들을 어서 들여보내 줘. 와이트들이 그 해골을 손에 넣기 전에. 알파 해골 말이야." 누어가 말했다.

조지프는 마른기침으로 목청을 다듬었다. "어젯밤에 성난 이 방인들이 떼로 몰려와 이곳을 습격하더니 갖가지 요구와 협박을 했어. 그들이 데려온 괴물은 지금도 우리의 평화로운 거리를 공포로 몰아넣고 있지. 이젠 너희들이 찾아와 괴상한 이야기를 늘어놓으며 또다시 우리 집 앞에 작은 군대를 몰고 왔다고 주장하는군. 또 너희를 들여보낸다면 내가 정신 나간 사람이겠지. 원칙대로 따랐다면 너희 둘 다 지금 죽은 목숨이야."

그는 고민하는 듯 멜빵 소년을 흘끔 쳐다보았다.

"하지만 먼저 레모네이드 한 잔 해야 할 것 같군."

조지프는 느릿느릿한 걸음으로 우리를 이끌고 집 안으로 들어갔다. 그곳은 천장이 낮고 검게 변한 나무로 지어져 어두컴컴하고 중얼거리는 목소리로 가득한 공간이었다. 방마다 낯선 모양의 식물들이 암흑 속에서 꽃을 피우고 있었다. 그리고 방구석엔 성인 남녀가 고양이처럼 조용히 움직임 없이 서 있었다.

"이방인들은 어젯밤 늦게 당도했어." 조지프가 말했다. "우리는 죽음에서 살려낸 보병들을 보내 그들을 죽이려 했지만, 그들이 데려온 생명체가 우리 군대를 모두 박살 내버렸어. 그들이 곧장 그레이브힐로 올라가기에 우린 그것으로 끝이기를 바랐지. 그러나 그들은 어제 다시 찾아와 우리 아이들 중에 가장 촉망받는 학생인 사디를 골라 언덕 위로 끌고 갔어." 우리 뒤에서 안전 거리를 유지하며 따라온 아이들이 꾸준히 뒤로 몰려들었고, 그러는 내내 자기들끼리 속삭였다.

조지프가 말을 이었다. "소음이 들려오기 시작한 건 그때부터야. 쇠를 긁는 소리, 요란한 폭발음. 저들은 묘지를 파헤치고 있어."

"알파 해골 때문이야." 내가 다시 시도했다. "이 낱말이 너희에게 무슨 특별한 의미라도 있니?"

"그래. 그레이브힐은 이름 그대로 '옛 무덤들의 언덕'이라는 뜻이지. 우리가 오기 훨씬 이전에, 실은 유럽인들이 미국에 정착하기 훨씬 이전부터 이 지역은 이상한 종족들의 정착지였어. 그들은 가장 이름난 족장을 비롯해 가장 칭송받던 우두머리들을 그 언덕 깊은 곳에 매장했어. 그곳에 묻힌 유골이 누구든 이상한 영혼의 힘을 지닌 자에게 흡수되면 선조의 능력은 그자의 것이 돼. 하지만 그들의 무덤은 오래되고 표시가 없어서 특정한 해골을 찾는 것은 아주 어려운 일이야."

"그렇다면 지금 놈들이 하는 짓이 바로 그거겠네. 그걸 찾고 있는 거야." 내가 말했다.

우리는 인체 장기와 포름알데히드가 든 유리병으로 가득 찬 찬장을 지나쳤다. 냄새만으로도 머리가 어질어질했지만, 그곳을 보니 에녹의 옛날 지하 연구실이 떠올랐다. 우리는 가파른 경사의 도로가 내다보이는 창문들이 줄지어 뚫린 응접실로 들어갔다. 우리가 있는 곳은 언덕 바로 아래였다.

우리 주변엔 사방에 의자가 놓여 있었지만 조지프는 계속 서 있었다. 뒤따라온 아이들 무리는 우두머리에 대한 존경에서 비롯된 듯 문 밖에 머물렀다.

조지프는 걱정스러운 표정과 말투를 보이기 시작했지만, 아직 우리를 어떻게 할 것인지는 결정하지 못한 듯했다. 밖에서 기다리는 우리 친구들과 언덕 위에 있는 와이트들을 생각해야 했지만, 지금 당장은 이 아이를 너무 세게 몰아붙이지 않는 것이 최선이었다.

조지프가 손가락을 튕겨 소리를 냈다. "이봐, 손님들에게 레모네이드를 내와."

구석에 서 있던 남자가 그제야 눈에 띄었다. 그가 몸을 펴더니 비칠비칠 방을 빠져나갔다.

"정신을 지배하는 거야?" 누어가 물었다.

"어, 아니야. 죽은 사람이야."

누어는 약간 불편한 표정을 지었다. 아마 나도 그랬을 것이다.

"이 루프에 있는 어른들은 전부 죽었어. 우리 같은 아이들만 살아 있어." 조지프가 말했다.

우리는 깜짝 놀랐다.

놀란 우리의 태도가 그의 심기를 거스른 것 같았다.

"호프웰에 대해서 들어본 적 없어?" 그가 작은 턱을 거만하게 들어 올리며 물었다. "여긴 아주 재능 있는 사람들의 온실이야. 자신이 지닌 재능을 연마하고, 죽은 자를 살려내는 가장 신비롭고 복잡한 기술을 훈련하기 위하여 젊은이들이 이곳으로 모여들지. 죽은 자의 혼령을 불러내는 강신술을 행하거나, 죽은 해리 삼촌이 가문 대대로 내려오는 황금을 어디에 숨겼는지 알고 싶다며 찾아오는 멍청한 유족들의 부름과 성화에 응대하기 위한 곳이 아니야."

그가 말을 하는 사이, 되살아난 남자 하인이 발을 질질 끌며 크리스털 유리잔을 담은 쟁반을 들고 균형을 잡으며 방으로 다시 돌아왔다. 조지프는 탁자를 흘끔 쳐다보더니, 얼굴을 움직여 무의식중에 나타나는 틱 장애 같은 신호를 보냈다. 남자는 곧장 탁자로 다가가 허리를 굽혀 쟁반을 내려놓았다.

"대부분의 사람들은 되살려낸 인간들을 떠올릴 때 부패한 좀비를 상상하지. 하지만 여기선 안 그래! 우리의 죽은 자들은 냄새도 좋고 옷도 깔끔하게 입어. 올바르게 인도만 해주면 저들은 살아 있는 육신이 하는 행동을 거의 무엇이든 할 수 있어."

하인이 걸어가다 발이 걸려 휘청거리자 조지프의 얼굴에 살짝 짜증이 스쳤다. 조지프는 쟁반에서 잔 두 개를 들어 우리에게 내밀었다. "레모네이드?"

우리는 잔을 받아 들었지만 입에 대지는 않았다. 그렇긴 해도 이 아이가 원하는 건 우리가 자신에게 아첨을 떠는 것이란 게 분명해 보였음으로 나는 그가 바라는 대로 협조에 나섰다.

"정말 멋진 이야기다." 내가 말했다. "너희는 어떻게 저들을 저렇게 생생하게 유지하지? 냉장고 안에 들어가서 자나?"

나는 누어를 쳐다보며 억지로 웃음을 터뜨렸다. 내 의도를 전달받은 그녀도 킥킥 웃음소리를 냈다.

"하하. 그렇진 않아." 조지프의 기분이 좋아졌다. "저들은 루프의 일부이기 때문에, 저들의 육신도 루프가 새로 정비될 때 함께 원상복구되는 식이지. 저들은 모두 밤에 잠자리에 누워 평화롭게 잠들었다가 죽고, 루프는 그다음 날 다시 만들어져."

"**모두 다 죽었다고? 어떻게?**" 내가 물었다.

"화학 공장에서 사고가 있었어. 치명적인 물질이 공기 중에 퍼져 도시 주민들이 전부 밤에 잠을 자는 동안 질식사했지. 암튼 어른들은 그렇게 죽었어. 아이들은 주로 캠프에 가느라 떠나 있었기 때문에……."

"맙소사." 나는 한숨을 쉬었다. 보나마나 내 얼굴은 창백하게 질렸을 것이다.

"맞아, 비극이지. 하지만 두뇌 회전이 빠른 임브린 한 분과 사업 수완이 좋은 어느 부활술사 덕분에 학습용 연구실이 탄생했어. 수많은 도시 주민들은 기술을 연마할 기회를 끝없이 제공했을 뿐만 아니라, 너희도 보다시피 우리는 그들을 다른 방식으로 쓸모 있게 만들었지. 저들은 우리의 시중을 들어. 요리사, 청소부, 경호원 역할을 하면서." 그는 우리와 만난 이후로 처음 미소를 지었다. "저들이 나를 안아 옮길 때를 봐야 그걸 제대로 알 텐데. 우리는 우리와 같은 종족 이외엔 방문객을 많이 들이지 않는 게 원칙이고, 우리가 이곳에 이룬 사회에 퍽 자부심이 있다는 걸 인정해야겠군. 내가 보기엔 이게 우리의 미래야. 세상엔 죽은 사람들이 산 사람들의 수를 능가하지. 그런데 왜 그들의 힘을 이용하지 않지?"

"여러모로 자랑스러워할 만해." 나는 입도 대지 않은 레모네이드를 내려놓았다. "이곳을 만들어내느라 열심히 일했단 걸 알겠어. 하지만 너희가 가만있으면 와이트들은 이곳을 파괴할 거야."

조지프가 한숨을 쉬었다. 그가 무언가 말을 하려던 찰나 어린 소녀 하나가 문가에 고개를 쏙 내밀었다.

"실례할게, 조지프."

고개를 돌려 보니 꼬마 둘이 방으로 들어왔다. 피가 튀긴 앞치마를 두르고 고무장화를 신은 열 살쯤 되어 보이는 귀여운 소녀와 휠체어를 탄 소년이었는데 사내아이도 그리 나이를 많이 먹은 것 같지는 않았다. 휠체어를 미는 사람은 샛노란 홈웨어 차림에 입은 헤벌어졌으며 안구는 뒤쪽으로 넘어가 흰자위만 드러난 구부정한 여인이었다.

조지프가 둘에게 인상을 찌푸렸다. "유지니아, 라일, 너희는 일 다 끝날 때까지 각자 방에 있으랬잖아."

"얘네들이 정말로 이방인들을 쫓아내려고 여기 온 거래?" 희망이 담긴 말투로 사내아이가 물었다.

"맞아." 누어가 대답했다.

"그들이 데려온 괴물도?" 돌연 눈물이 그렁그렁 맺힌 눈으로 소녀가 덧붙였다. "어젯밤엔 괴물이 내 방 바깥에 있었어. 가까워서 내 냄새를 맡았을 것 같아."

조지프는 둘에게 호통을 치려다가 이내 표정이 바뀌더니 나를 향해 돌아섰다.

"난 누구든 이곳을 파괴하도록 내버려두지 않을 거야. 하지만 네 말만 믿고 또 다른 외부인들을 이곳에 들이지도 않을 거야." 그가 말했다.

"그럼 좋아. 내 말이 진실이라는 걸 어떻게 해야 믿을 수 있을까?" 내가 말했다.

"이방인들은 할로개스트를 두 마리 데려왔어. 하나는 그들과 함께 그레이브힐에 머물며 그들이 일을 하는 동안 보초를 서고 있지. 또 한 마리는 우리가 그들을 방해하지 못하도록 도시를 순찰해." 그가 한 걸음 내게 다가왔다. 그의 눈빛이 강렬했다. "너희 사람들을 들여보내기 위해선 한 가지 조건이 있어."

"말만 해." 배 속에서 따끔거리는 공포가 깨어나는 것을 느끼며 내가 말했다.

"너에게 그런 능력이 있다는 것을 증명해봐." 그의 시선이 어린 소녀에게 쏜살같이 날아갔다. "네가 정말로 그런 괴물을 사냥하는 특별한 재능을 가졌다면, 여기 있는 놈을 처치해. 그럼 너희 동료들을 들여보내줄게."

두려움이 찌르르 나의 전신을 훑어 내렸지만, 희망도 있었다. 내가 생각하는 것보다 스스로 더 강할지도 모른다는 희망. 더 훌륭하고. 더 용감할지도 모른다고.

누어가 내 손을 잡았다.

"이 기회를 꼭 잡아야 해." 그녀가 속삭였다.

내가 말했다. "마지막으로 놈을 본 곳으로 나를 데려다줘."

ဢ

호프웰의 죽은 자들 서른두 명이 앞마당에 모여들었다. 놈이 이해를 할지는 모르겠지만, 어쨌든 나는 할로개스트가 보기에도 일종의 가든파티가 열리는 것처럼 보이기를 바랐다. 우리에게 도움을 주기로 약속한 조지프는 다른 꼬마들 셋과 함께 죽은 자들을 조종했다. 라일과 유지니아는 거대한 빅토리아풍 저택 창문으로 밖을 내다보았고, 조지프와 멜빵 소년은 길 건너 작은 주택에 대기 중이었다. 누어와 나는 그 블록 *끄트머리*에서 찾아낸 가장 큰 자동차 앞좌석에 앉아 낮게 몸을 숨겼다. 1940년대에 생산된 닷지 디럭스 자동차는 앞부분이 고대의 성을 공격하는 도구처럼 장식이 무시무시했다. 할로우는 예측 가능한 순서로 도시를 순찰한다는 것이 조지프의 설명이었고, 빅토리아풍 대저택 바깥 도로에서 내가 발견한 할로우들의 수많은 눈물 흔적으로도 놈이 특별히 이 구역을 여러 번 왕복했다는 걸 확인할 수 있었다. 몸 안의 나침반이 방향을 혼동했던 이유도 이 루프에 할로우가 두 마리나 있기 때문이었다. 한 마리는 나에게 익숙한 놈이었고, 다른 한 마리는 새로운 놈이었다. 둘을 구분할 수 있게 되자, 놈들이 각각 보내는 신호를 해석하는 일도 더 쉬워졌다. 여기에 온 와이트들이 악마의 영토에서 탈옥한 자들과 동일하다면, 아마도 팬루프티콘 지하실에서 데려온 할로우를 아직도 계속 끌고 다닐 것이므로, 그 녀석은 나에게 익숙한 신호를 보낼 것이라고 짐작했다. 거리감이 느껴졌다. 놈은 와이트들과 함께 그레이브힐에 있는 듯했다. 도시를 순찰하는 할로우는 가까이 느껴졌고, 점점 더 가까워졌다.

예상했던 대로 누어는 나 혼자 이 문제를 해결하겠다는 말로 설득이 되지 않았다. 솔직히 털어놓자면, 나도 누어 없이 이 상황을 직면하고 싶지 않았다. 그래서 그 문제에 대해선 누어와 말싸움을 벌이지 않았다.

우리는 닷지 자동차에 나란히 앉아, 도로 끝에 시선을 고정한 채 요트 조종간처럼 생긴 거대한 핸들 너머로 시야만 확보되도록 잔뜩 수그렸다. 우린 기다리는 중이었다. 죽은 자들은 비틀거리며 잔디밭을 서성이다 막연하게 원을 그리며 계속 돌아다녔다.

와이트들이 계속해서 발굴 작업을 하느라 이따금씩 멀리서 폭발음이 들려왔다.

위장이 뒤틀렸다.

"밖에서 기다리는 사람들 다 제정신이 아니겠다. 우리 친구들 말이야." 누어가 말했다. 그녀가 허공에서 줄무늬 빛을 긁어내 다른 손바닥에 내려놓고 주먹을 꽉 쥐었다.

누어는 콧노래를 부르기 시작했다. 이번에도 똑같은 멜로디였다.

"그 노래에 가사도 있어?" 내가 물었다.

누어는 고개를 끄덕였다. "어렸을 때 배운 노래야." 그러더니 문득 이제 막 무언가를 깨달은 듯 약간 놀라며 고개를 들었다. "이 노래를 나한테 가르쳐준 사람이 엄마였어."

"정말?"

"곤란한 일이 생기면 이 노래를 부르렴. 그럼 기분이 나아질 거야.'" 누어가 나를 쳐다보았다. "진짜로 거의 언제나 효력이 있었어."

이윽고 나는 눈으로 보기 몇 초 전에 이미 그것을 감지했다. 나는 긴장되어 굳어진 몸을 움직여 턱이 핸들에 닿을 때까지 앞으로 수그렸다.

누어는 콧노래를 멈추었다. "그게 보여?"

이내 정말로 눈으로도 확인이 되었다. 한 블록 아래쪽에서 놈이 어느 집 뒤를 돌아 어슬렁거리며 나타났다.

"저기 있어. 그림자 보이지? 빌어먹을, 흉측하게 생긴 놈이야."

그 정도 말로는 제대로 놈을 표현할 수 없었다. 이번에 만난 놈은 아마도 내가 이제껏 보아왔던 할로개스트 중에서도 가장 몸집이 크고 사악해 보였다. 3미터는 족히 될 듯한 키에 크게 벌린 검은 입의 크기만 해도 60, 70센티미터는 되었다. 뾰족하고 날카로운 이빨은 너무 길어서 멀리서도 확연히 드러났고, 정글에 사는 비단뱀처럼 퉁퉁한 세 가닥의 혀는 풍차처럼 허공에서 맴돌았다. 게다가 내가 보았던 다른 놈들과 달리 이번 할로우는 털까지 나 있었다. 길고 뻣뻣한 검은색 털이 부스럼 딱지로 뒤덮인 머리에서 흘러내려 엉겨 붙어 있었다. 놈의 겉모습은 카오스가 걸어오는 듯, 악몽이 현실로 다가오는 것 같았다. 하긴 그것이 바로 핵심이었다. 그의 임무는 부활술사 아이들이 겁에 질려 꼼짝도 못 하게 막는 것이었다. 아이들은 나처럼 놈의 실체를 눈으로 볼 수 없었지만, 거대한 유인원에게 달려드는 바다 괴물처럼 몸부림치는 놈의 그림자만 봐도 괴물 자체만큼이나 공포감을 자아내기 충분했다.

나는 놈이 도로 이쪽저쪽으로 돌아다니며, 혀로 마당에 박힌 우편함을 뽑아 집 창문으로 집어던지는 광경을 지켜보았다.

"놈이 뭘 하고 있어?" 누어가 물었다.

"우릴 향해 걸어오고 있어. 무서워 보이려고 발악을 하면서."

"효과가 있어?"

내 팔뚝 전체에 소름이 돋았다. "응. 효과 있어."

나는 햇빛 가리개 밑에서 찾아낸 열쇠를 꽂고 시동을 걸었다. 요란한 굉음과 함께 차에 시동이 걸렸다. 할로개스트는 길 한복판에서 돌연 얼어붙었다가 세 개의 잠망경처럼 혀를 내 쪽으로 돌리더니, 이내 우리가 있는 방향으로 빠르게 걸어왔다.

나는 기어를 D에 옮겨놓았지만 발로는 계속 브레이크를 밟고 있었다.

할로개스트는 문제의 가든파티 장소에서 세 집 떨어진 곳까지 다가왔고, 이젠 혀를 이용해 걷는 속도를 점점 더 빨리하고 있었다.

놈이 우리를 향해 계속 접근했다.

두 집 거리.

나는 자동차 경적을 세 번 울렸다. 집 안에선 미리 계획했던 대로 이제 부활술사 아이들이 각자 중얼거리거나 속삭이면서 혀차기를 시작할 것이다.

죽은 자들이 잔디밭에서 빙글빙글 돌기를 멈추고 도로 쪽으로 방향을 틀었다. 그들은 일제히 허리춤에 꽂아두었던 무기를 찾거나 허리를 수그려 풀밭에 내려놓았던 단도와 식칼을 집어 들었다. 아직도 털 슬리퍼를 신고 있던 한 남자는 정원용 곡괭이를 집어 들었다. 그들은 몇 초간 균형을 잡느라 몸을 흔들며 비틀거리다가 이내 할로개스트의 앞을 막기 위하여 도로로 쏟아져 나왔다.

나는 그들이 할로개스트를 죽일 것이라고 기대하지 않았다. 단지 그들은 1차 돌격대였다.

할로우는 혀로 죽은 자들을 쓸어버리려 애썼지만 수가 너무 많았다. 그들은 칼을 들고 놈에게 쓰러져 맹목적으로 베거나 자상을 입혔다. 할로우는 꽥 비명을 질렀지만 부상을 입은 것보다는 짜증이 더 난 것 같았고, 이제 한 번에 한두 명씩 적을 해치우기 시작했다. 한 명은 몸의 절반이 물려 잘려나갔다. 또 한 사람은 목이 꺾였다. 세 번째 희생자는 허공으로 날아가 말뚝 울타리에 꽂혔다.

"맙소사. 놈이 저 사람들을 다 망가뜨리고 있어." 초조한 웃음소리를 내며 누어가 말했다.

"이제 내 차례야." 나는 브레이크에서 발을 떼고 가속페달을 꽉 밟았다. 자체가 잠시 뒤로 밀리면서 바퀴에서 끽 소리가 났지만, 이내 구동력을 되찾고 앞으로 튕겨 나갔다. 좌석에 앉아 있던 우리 몸이 홱 뒤로 쏠렸다. 앞쪽 도로는 시체와 선혈이 낭자했지만 할로우는 여전히 마지막까지 매달린 몇 안 되는 죽은 자들을 떼어내느라 휘청거리며 빙빙 돌았다.

"꽉 잡아!" 내가 소리쳤다.

우리는 충격에 대비했다.

놈과 부딪치면서 난 소리는 물컹한 것에 닿아 철썩하는 요란한 굉음과 함께 여러 군데가 바스러지는 소리였다. 놈에게서 떨어져 나온 죽은 자의 시신이 앞 유리에 부딪쳐 거미줄 같은 금이 생겼고, 시신 둘은 허공으로 날아갔다. 할로우는 고통과 놀라움으로 아우성쳤다. 놈이 등을 돌렸을 때 우리가 부딪쳤기 때문에 놈은 포장도로 위에 나동그라졌다. 잠시 후 괴물은 자동차의 하부 흙받기에 몸이 끼었고, 끔찍한 놈의 몸체가 바닥에 질질 끌리며 따라왔다.

오른쪽 앞바퀴가 터졌다. 나는 브레이크를 힘껏 밟았다. 차체가 크게 쏠리면서 빙그르르 돌더니 완전히 정차하기 전에 뒷 유리가 박살 나버렸다.

누어는 겁먹은 표정으로 나를 보았다.

"너 괜찮아?" 재빨리 찢어진 상처나 멍든 곳은 없는지 눈으로 나를 살피며 그녀가 물었다.

고개를 끄덕이며 나도 그녀를 살펴보았다. "너는?"

"네가 보기엔 이제……"

갑작스러운 타격에 차체가 요동쳤다. 닷지 자동차 앞부분이 1미터쯤 땅에서 들렸다가 끔찍한 소리를 내며 다시 떨어졌다.

"이젠 내려야 해!" 내가 말했다. 우리는 둘 다 각자 문을 열고 아스팔트로 뛰어내렸고 그 사이 자동차가 위로 들렸다가 두 번째로 쾅당 떨어졌다. 뒷바퀴 사이에 몸이 낀 할로우가 벗어나려고 요란하게 몸부림을 쳤다. 나는 누어에게 놈의 혀를 피하라고 소리쳤고, 다행히도 그녀는 내가 시키는 대로 인도로 물러났다.

나는 도로 한가운데 서서 괴물을 내려다보았다.

가만히 누워 있어, 나는 할로우 언어로 말하려고 노력했다.

그 말은 뒤죽박죽으로 흘러나왔다. 영어도 아니고 그렇다고 할로우 언어도 아니었다. 괴물은 나에게 아무런 관심도 기울이지 않았다.

멈춰. 나는 다시 시도했다. **가만히 누워 있어.**

좀 나아졌다. 이번엔 제대로 된 할로우 언어였다. 그러나 괴물은 혀를 지렛대처럼 활용해 닷지 자동차를 들어 올리느라 너무 바빴다. 피에 젖은 잠옷을 입고 무기도 없이 양손으로 쓸모없이 괴물을 할퀴는 마지막 주민 시체가 놈에게 매달렸는데도 놈은 그조차 떨쳐낼 여력이 없었다.

나는 천천히 놈에게 걸어가며 몇 번 더 명령을 되풀이했다.

"조심해요!" 누군가의 외침이 들렸다. 집 안에서 창문으로 내다보던 유지니아였다.

마침내 할로우는 자동차를 뒤집는 데 성공을 거두었고, 날아
간 자동차는 유리와 금속 파편을 사방으로 튕기며 지붕부터 바닥
에 떨어져 납작해졌다.

몸을 수그려라. 나는 또다시 시도했다. **몸을 수그려.**

놈이 자리에 앉았다.

움직이지 마.

놈은 자기 몸에 매달린 죽은 자를 잡아 뜯어 전신주에 머리
부터 메다꽂았다. 그러더니 할로우가 일어섰다. 놈은 한쪽 다리가
박살 나고 이빨이 부러졌으며 십여 군데 작은 상처에서 검은 피
를 뚝뚝 흘렸지만, 그 정도 부상은 놈을 화나게만 만들 뿐이었다.
이제 혀 하나는 박살 난 다리 대신 몸을 지탱하고 있었으므로 놈
이 싸움에 쓸 무기는 두 개의 혀밖에 없었다. 하지만 나를 죽이기
에 필요한 혀의 수보다 이미 두 배를 지닌 셈이었고 나는 놈의 사
정거리 안에 있었다.

이놈이 과거 내가 알던 할로우라면, 내가 이미 조종해본 적
도 있고 팬루프티콘과 유혈 격투장에서 만난 적 있는 그 할로우
라면 좋겠다는 생각을 하고 또 했다. 그 녀석이라면 내가 손가락
으로 딱 소리만 내도 내 편이 되어 뒤를 졸졸 따라다녔을 것이다.
하지만 물론 그럴 리는 없었다. 그렇게 손쉬운 일은 한 번도 일어
나지 않았다.

멈춰. 앉아. 바닥에 앉아. 나는 주문을 외듯 중얼거렸다.

놈의 몸짓에 살짝 주저함이 느껴지긴 했지만 그 이상은 아니
었다. 놈이 긴 혀를 나에게 날려 보냈다. 혀가 나의 허리와 가슴팍

을 두 겹으로 휘감으면서 허파에서 모든 공기가 빠져나갔다.

"제이콥!" 누어가 비명을 질렀다.

"거기서 꼼짝 마!" 이렇게 말하려고 했지만 숨을 몰아쉬기에도 힘겨운 혀가 말라붙었다. 누어가 나를 향해 다가왔고, 각자의 집에서 나온 아이 둘도 죽은 자들을 몇 명 더 데리고 접근했다.

"안 돼!" 나는 고함을 치려 애썼지만 기침처럼 말이 튀어나올 뿐이었다. "가까이 오지 마!"

할로우는 나를 끌어당겼고, 나는 땅바닥에 댄 발로 최대한 버티며 질질 끌려갔다. 이 할로우는 혹시 내가 과거에 싸우고 길들였던 놈들과 다른 걸까? 더 크고 더 강하고 정신도 무장되었는지도 모르겠다. 악마의 영토에서 나와 마주친 경험이 있는 와이트들이 뭔가를 배워서 혹시 할로우의 두뇌 체계를 어떻게든 강화시켰을까? 그건 모를 일이었다.

"놓아줘, 이 나쁜 놈아!" 누어가 큰 소리치는 게 들렸다.

그 소리가 놈의 관심을 끌었다. 할로우는 잠시 멈췄다가 방향을 틀었고, 그제야 나도 누어가 만들어낸 상황을 확인할 수 있었다. 햇빛 쨍쨍한 대낮에 소용돌이치는 어둠이 도로 양쪽 인도와 인도 사이를 완전히 차지했다. 누어의 목소리는 그 어둠 속 어디에선가 들려왔다. 어둠은 눈앞에 거대한 장막을 펼쳐놓은 듯 규모가 컸고 할로개스트가 혼란스러움을 느낄 만큼 괴상했다.

놈은 누어의 목소리를 향해 남은 혀 한 개를 어둠 속으로 휘둘렀다. 나는 심장이 터질 듯 긴장했지만, 혀는 아무것도 건드리지 못하고 제자리로 돌아왔다.

"어림없어!" 누어가 놈을 약 올렸고, 이번엔 목소리가 약간 오른쪽에서 울렸다.

할로우는 또 한 번 혀를 휘둘렀지만 또다시 아무런 성과가 없었다.

"또 놓쳤군! 멍청한 놈!"

할로우는 화가 끝까지 치밀어 정신이 그쪽으로 쏠렸다. 그러면서 나를 붙잡았던 혀에 약간 힘이 풀렸으므로, 다시 말을 할 수 있게 된 나는 할로우 언어로 놈에게 속삭이기 시작했다.

나를 놔주고, 앉아, 멈춰.

할로우는 또 한 번 혀를 날려 보내며 이번엔 야구 방망이를 휘두르듯 수평으로 어둠을 갈랐다. 또 한 번 누어의 목숨이 걱정되어 심장이 조여왔지만 누어는 바닥에 납작 엎드려 몸을 잘 피한 모양이었다.

그녀의 외침이 들려왔다. "멍청하게 헛다리 짚지 말고 제대로 날려봐!"

놈은 또 한 번 빠르게 공격했고 이번엔 소름 끼치는 타격음과 함께 **으으윽** 하는 여자 목소리가 들려왔다.

심장이 바짝 조여든 나는 **"멈춰!"**라고 영어로 소리쳤지만 아무런 도움이 되지 못했다. 할로우가 어둠 속에서 포획물을 낚아챘다.

하지만 그건 누어가 아니었다.

집 안에서 봤던 죽은 소녀, 엘비스 프레슬리의 팬이었다. 할로우가 좀 더 잘 보려고 소녀를 높이 들어 올리자, 그녀는 음정이 부정확한 쉰 목소리로 엘비스의 옛 노래를 부르기 시작했다.

할로우는 분노에 휩싸여 날뛰었고, 소녀는 무표정한 얼굴로 아무 일도 없었다는 듯이 주머니에 감춘 칼을 꺼내 할로우의 오른쪽 눈을 찔렀다.

놈이 비명을 지르자 메아리가 울릴 만큼 소리가 요란했다. 그러고 나서 할로우는 소녀의 머리를 물어뜯은 뒤 축 늘어진 소녀의 몸뚱이를 지붕에 던져버렸다.

나를 놔줘, 뒤에 이어진 섬뜩한 정적 속에서 내가 소리쳤다. 할로우의 척추가 쭈뼛 굳어졌다. 놈은 주인의 휘파람 소리를 들은 강아지처럼 나를 향해 고개를 갸웃했다.

나를 놔줘, 나는 다시 한번 말했다. 이번엔 놈이 나를 도로에 내려준 뒤 허리에 감았던 혀를 풀었다.

하느님. 감사합니다.

눈에 꽂힌 칼 때문에 놈의 육신과 정신이 모두 약해진 것 같았다. 그런 좋은 기회를 헛되이 흘려보낼 때가 아니었다.

입 다물어.

놈은 세 갈래의 혀를 입 안으로 질질 끌어 들여보낸 뒤 턱을 닫았고, 목발처럼 지탱하던 혀가 사라져 비틀거리던 녀석은 바닥에 앉듯이 무너졌다.

갑자기 어둠이 사라지면서, 포장도로에 납작 엎드려 있던 누어가 몸을 일으켰고, 그 모습에 나는 안도했다.

"엄청 아슬아슬했어." 눈으로 나를 살펴보며 누어가 말했다. "맙소사, 너 괜찮아? 숨 쉴 수 있겠어?"

"괜찮아질 거야." 기침을 하며 내가 말했다. "더는 가까이 오지 마."

누어는 움직이지 않았다.

머리 위로 양손을 올려.

할로우는 시키는 대로 했다.

"바닥에 뒹굴면서 먹을 걸 달라고 빌게 만들 수도 있어?" 라일이 주택 진입로에서 조심스럽게 휠체어를 타고 나오며 물었다.

"놈이 감당할 수 있을 만한 간식은 벌써 다 먹어치운 것 같은데." 유지니아가 말했다.

나는 할로우가 축 늘어지는 것을 느꼈다. 놈은 나에 대한 반항을 멈추었다.

"놈은 안전해. 이젠 내 통제를 받고 있어." 내가 말했다.

누어가 도로로 뛰어들어 사방에 흩어진 시신들을 건너뛰며 다가와 나에게 팔을 둘렀다. "너 정말 멋지다. 놀라워."

"너도 그랬어." 내가 속삭였다. **"네가 아까 그렇게 도와주지 않았더라면……"**

"난 생각할 겨를도 없었어. 그냥 나도 모르게 행동한 거야."

"그렇긴 하지만 너 때문에 정말 죽도록 겁났어. 제발 할로우를 놀리지는 마." 나는 거의―**진짜로 거의**―소리 내며 웃을 뻔했다. "놈들이 진짜 싫어한단 말이야."

부활술사 아이들이 각자의 집에서 나와 우리에게 다가왔는데, 조심스럽게 어느 정도 거리는 유지했다.

근처 주택 창문에서 가만히 지켜보는 아이들은 더 많았지만, 이미 우리와 만난 적 있는 아이들은 거리낌 없이 도로로 걸어 나왔다.

조지프가 대학살의 현장 한가운데로 용감하게 들어섰다. 그는 깊은 감동을 받은 표정이었다.

"할로우 사냥꾼은 이제 더는 없다고 들었기 때문에 네가 그런 존재라고 했을 때 거짓말이라고 생각했어. 그런데 진짜로 그런 재능이 있었구나."

"이젠 다른 사람들도 들여보내줄 거지?" 내가 물었다.

"이미 문의 봉인은 풀었어."

그러자 우리 뒤쪽 거리에서 반가운 목소리가 들려왔다. 브로닌 브런틀리가 외치는 내 이름이었다.

제 12 장

chapter twelve

우 리의 재회는 기뻤지만 짧았다. 거리에 가득한 끔찍한 시신들 때문에 아무래도 약간은 의기소침해질 수밖에 없었으므로, 나는 재빨리 상황 설명을 했다. 임브린들은 장시간 봉인된 루프 입구를 뚫으려고 노력했지만 실패했고, 와이트들의 침입 이후에 잠긴 문으로 누어와 내가 들어 올 수 있었던 건 순전히 요행이었다. 한 시간 뒤, 페러그린 원장과 렌 원장은 그만 포기하고 무언가 더 극단적인 방법으로 루프를 뚫고 들어갈 방법을 찾아 악마의 영토로 날아가려고 했는데 마침 문이 저절로 열렸다고 했다. 오랜 기다림으로 나의 친구들은 걱정과 좌절에 휩싸여 나가떨어질 정도로 지쳤고, 휴는 분노로 부들부들 떨었다. 부활술사 종족에게 모두 화가 나 있었지만 지금 당장은 해결해야 할 더 중요한 일이 있었다.

언덕에 올라가 있는 와이트라든지. 그렇다, 그들은 그곳에 올라가 있었다. 부활술사 아이들이 사연을 들려주기 전에도 나는 할 로우의 존재로 그 사실을 확인했다. 그랬다. 와이트들은 벤담의 목록에 적힌 해골을 찾아 그곳에 왔고, 전날 밤 내내 그레이브힐 을 수색하고 있었으므로 아마 머지않아 그것을 손에 넣게 될 것 이다. 나쁜 소식을 하나하나 새로이 접할 때마다 친구들의 얼굴이 더욱 더 긴장으로 굳어졌다.

"놈들이 이리로 들어왔을 때 여자아이도 같이 데려왔니?" 휴 가 라일에게 물었다. 소년에게 달려들어 패고 싶은 마음을 애써 진정시키며 그가 피오나의 인상착의를 설명했다.

"그런 여자아이라면 내가 봤어." 유지니아가 말했다. "다리에 족쇄를 채워 데려왔더라."

휴의 얼굴이 돌처럼 굳어졌다. 브로닌은 지금 당장 언덕으로 달려가려는 그를 몸으로 막아 세워야 했다.

우리 모두 당장 습격을 하고 싶었다. 하지만 계획을 세우는 것이 우선이었다.

"우리가 여기 온 걸 저들이 알까요?" 엠마가 멀리 솟은 언덕 을 응시하며 물었다.

"아직 모르더라도 곧 알게 되겠지." 페러그린 원장이 대답했 다. "저들은 이 할로우가 미리 알려줄 거라고 기대했겠지만, 이제 그렇지 못하게 됐으니……" 그녀는 부상당한 할로우를 흘끔 쳐다 보았다. 물론 그녀는 할로우를 볼 수 없지만, 지금 놈은 인간의 피 로 뒤덮여 희미하게 윤곽이 드러나 있었다. "우리가 기습 공격으 로 저들의 허를 찌르고자 한다면, 아직 그럴 기회가 있으니 당장 움직여야 한다."

"죄송해요, 원장님." 밀라드의 목소리가 허공에서 흘러나왔다. "하지만 원장님은 우리랑 같이 못 가세요."

"당연히 나도 가야 해!" 쉰 목소리로 페러그린 원장이 말했다. 문득 그녀가 몹시 지쳐 보였다.

"하지만 원장님은 비법의 마지막 재료예요. 놈들이 알파 해골을 손에 넣은 다음 원장님까지 잡아가면……" 호러스가 말했다.

페러그린 원장이 반박을 하려 했지만 다행스럽게도 쿠쿠 원장과 렌 원장이 끼어들었다.

렌 원장이 그녀의 팔을 다독였다. "아이들 말이 맞아, 알마. 우리 모두 각자 아이들의 어머니지만, 너는 카울의 동생이기도 하잖아. 그 끔찍한 목록에 언급된 사람이 정말로 우리 중 하나라면, 그게 너라는 건 거의 확실해."

"넌 뒤에 남도록 해. 그게 너를 위해 우리가 열심히 지켜야 할 원칙이야." 쿠쿠 원장이 말했다.

페러그린 원장은 마지못해 동의했다. "뒤에 있긴 하겠지만 아예 빠질 순 없어."

그렇게 하는 수밖에 없었다.

우리는 대학살 현장 근처의 낮고 흰 담장으로 둘러싸인 잔디밭 정원에 모여서, 쉽사리 또 다른 대학살극이 될지도 모를 습격을 계획했다. 우리는 가능한 한 오래 몸을 숨기면서 다 함께 언덕으로 올라가, 그 어떤 상황에도 당당히 맞설 준비를 해야 했다. 며칠간 휴는 조용히 새로운 벌들을 모아두었기에 그의 배 속에서 윙윙대는 벌들의 소리가 밖에까지 들렸다. 미리 손을 뜨겁게 데워두었던 엠마는 손을 펼쳐 들면 허공에 잔물결이 일었다. 클레어는 뒤통수에 달린 입의 이빨을 예리하게 갈아두고, 시범을 보이듯 크게 입을 벌려 딱딱 부딪쳤다. 에녹은 배낭에 잔뜩 싸서 온 절인 심장으로 이미 몸통이 잘려나가고 쓰러진 시체들을 일으켜 세웠다. "여분의 신체 부위만 좀 더 있으면 더 많이 고칠 수 있어." 그가 조지프에게 말했다.

"와이트들은 총을 잘 쏜다는 걸 명심해라." 쿠쿠 원장이 말했다. "상당히 가깝게 다가가지 않는 한은 정면으로 놈들에게 달려들지 않는 게 최선이다."

"그리고 휴……" 페러그린 원장은 기도하듯 양 손바닥을 서로 붙이고 조심스럽게 말을 꺼냈다. "피오나와 마주치게 되더라도, 아직은 놈들의 조종을 받을지도 모른다는 걸 명심해야 해. 그러니까 조심스럽게 접근해야 한다."

그는 천천히 고개를 저으며 시선을 외면했다. 그러고는 거의 들릴 듯 말 듯한 목소리로 말했다. "알겠어요."

이젠 가야 할 시간이었다.

조지프는 언덕 꼭대기까지 이어진 비밀 통로 찾는 법을 우리에게 설명했다. 꺾어져야 하는 길과 주요 지형지물을 한참 복잡하게 늘어놓은 뒤 그가 손사래를 치며 말했다. "다 잊어버려, 내가 직접 길을 안내할게."

"진심이야?" 유지니아가 말했다. "위험할 수도 있어."

"이분들은 우리 고향을 해방시켜주려고 목숨 걸 준비가 되어 있어." 그가 말했다. "나도 이분들을 돕는 데 목숨을 걸어야 서로 공평하잖아."

할로개스트를 남겨두고 갈까 고민했지만, 곁에서 지키지 않으면 놈에 대한 지배력이 차츰 사라져, 길들이려면 처음부터 다시 시작해야 한다는 생각이 들었다. 비록 부상을 입었다고는 해도 또 다른 할로우와 맞설 때 놈을 데려가면 쓸모가 있을 것이란 계산도 있었다. 그래서 우리는 절뚝거리는 거구의 할로우를 대동하고 언덕을 오르기 시작했다. 이젠 꽤나 순해지긴 했지만 그래도 우리와는 멀리 떨어져 걷도록 놈과의 거리를 유지했다.

언덕 아래쪽에도 집들이 있었지만, 경사가 가팔라지면서 드넓은 묘지가 시작되었다.

"내가 꿈속에서 본 거랑 똑같아." 호러스가 경이로운 시선으로 주변을 돌아보며 말했다.

언덕 중간까지는 포장도로가 구불구불 이어졌고, 그곳부터는 나무가 우거져 우리가 걸어가는 길이 얼마간 시야에서 가려져 다행이었다. 페러그린 원장은 약속한 대로 행렬의 맨 뒤에서 걸었고 렌 원장이 동행했다. 하지만 그녀가 너무 뒤로 쳐져 우리와 동떨어지면 오히려 놈들의 눈에 더 쉽게 띌 거라는 걱정이 들기 시작했다. 페러그린 원장은 아무래도 아예 오지 않는 편이 옳았던 것 같았다.

또 한 번 폭발음이 지축을 흔들었다.

"소리가 점점 더 커져." 브로닌이 초조해하며 말했다.

우리에게도 와이트들의 움직임이 귀로는 포착되었지만 아직 눈에는 보이지 않았다. 그들도 우리를 보지 못했다는 의미이기를 바랐다. 다행히도 그들은 언덕 꼭대기에서 작업을 하는 동안 거대하고 흉측한 할로개스트가 자신들을 잘 지켜줄 것이라고 굳게 믿는 듯했다. 엠마는 언덕을 오르는 동안 보초를 한둘 만나게 될 것이라고 미리 경고했지만 그때까지 아무도 나타나지 않았다.

"어쩌면 정말로 놈들을 깜짝 놀라게 습격할 수 있겠어." 호러스가 신이 나서 말했다.

호러스는 전투에 나설 때도 스카프를 매고 오는 사람이었다. 호러스는 여기 오기 전까지 꼬박 밤을 새워가며 이상한 양털로 짠 나머지 스웨터를 수선했고, 그래서 날씨가 따뜻한데도 우리들 중 대다수는 지금도 옷 안에 방탄 스웨터를 입고 있었다. 이번 임무가 끝나면 나는 호러스에게 고맙다고 털어놓을 작정이었다.

에녹의 손길을 거쳐 두 번째로 살아난 죽은 자들 몇 명은 훨씬 더 형편없어진 몰골로 우리 뒤에서 비척비척 걸음을 옮기며 따라왔다. 툭 치기만 해도 쓰러질 것 같은 그들이 무슨 소용이 있을지는 미지수였다.

평평하게 터를 닦은 묘지까지 완만하게 긴 경사를 오른 뒤 나는 정상에 도달했다고 생각했지만, 숲을 벗어나자 고원의 한복판에 완벽한 원형으로 솟아오른 또 다른 언덕이 가파른 경사를 드러냈다. 언덕의 모든 경사면에 비석과 기념비가 촘촘하게 세워져 있었다.

우리는 숲 가장자리 근처에서 행군을 멈추었다. 서 있는 이 지점을 지나면 시각적으로 가려지는 곳이 거의 없었다. 누어는 우리가 무릎을 꿇은 곳에서 얇게 빛의 층을 긁어냈다. "이상하게 보여서 눈에 띄지 않을 만큼만 걷어냈어." 그녀가 설명했다. "혹시라도 우릴 찾는 사람이 있으면 여기 말고 다른 곳으로 시선을 돌리도록."

우리는 누어가 만든 어둠의 장막 뒤에서 위를 올려다보았다. 조지프는 그 언덕의 꼭대기에 올라가면 반경이 100미터쯤 되는 두 번째 고원이 나타난다고 설명했다. 묘지의 가장 오래된 구역이었다. 그곳에 다른 할로개스트가 있는 것이 내게도 느껴졌다.

또 한 번 지축을 울리는 폭발음이 들리더니 곧이어 흙먼지가 가랑비처럼 쏟아져 내렸다.

"뭘 파내겠다고 무덤을 다 파괴하는 건 아니겠지?" 올리브가 물었다.

"악마의 영토에 한때 두더지처럼 땅속 깊은 곳으로 구멍을 파고 들어가 살면서, 엄청난 힘으로 흙을 밖으로 뿜어내는 재주를 지닌 이상한 영혼이 있었다. 그자라면 놈들이 굳이 인질로 데려갈 필요도 없었을 것 같구나." 쿠쿠 원장이 말했다.

"저도 그자를 알아요." 에녹이 말했다. "앰브로시아 중독자였어요. 그놈이라면 아마 와이트들이 정신을 지배해 일을 시킬 필요도 없었을 거예요."

"**저기!**" 엠마가 낮게 외쳤다. "**보세요!**"

언덕 가장자리에 두 사람의 형체가 보였다.

"보초일 거다. 모두들 움직이지 말고 그대로 있어라." 페러그린 원장이 말했다.

"우릴 보지 못했으면 좋겠는데." 브로닌이 덧붙였다.

나는 나뭇가지 사이 틈으로 놈들을 정찰했다. 너무 멀어서 얼굴을 알아볼 순 없었지만, 좀 더 가까이 다가갔다면 현상 수배 사진에서 본 자들의 얼굴을 확인할 수 있을 것 같았다. 두 형체가 천천히 돌아섰다. 그들의 느긋한 몸짓으로 봐선 경계의 빛을 띠는 것 같지 않았고 우리의 위치를 발견했는지도 장담할 수가 없었는데, 어쨌든 잠시 후 둘의 형체는 모습을 감추고 사라졌다.

"저 언덕 꼭대기까지 올라가야 해요." 휴가 말했다. 들끓던 그의 분노는 레이저처럼 예리한 집중력으로 탈바꿈하기 시작했다. "전투 전략 101조. 절대 아래쪽에서 적과 교전하지 마라. 적들이 유리한 위치를 선점할 것이다."

우리는 누어가 빛을 훔쳐내는 능력을 발휘한다고 해도 다 같이 숨어서 언덕을 오르는 것은 불가능하다는 데 동의했으므로 두 팀으로 갈라지기로 했다. 한 팀은 오른쪽에서 측면으로 올라가고 다른 팀은 왼쪽에서 접근하면, 혹시 운이 좋을 경우 들키지 않고 꼭대기까지 올라가 놈들을 포위할 수 있을 것이다. 그런 다음에 내가 놈들의 할로개스트를 잡았다는 걸 확인하면, 혹시 놈들이 총 한 방 쏘지 않고 포기할지도 모를 일이었다.

나의 뇌는 이번에도 변함없이 희망을 만들어내는 기계가 되었다.

브로닌이 한 사람 한 사람씩 친구들의 등과 어깨를 다독여주었다. "꼭대기까지 멈추지 마." 그녀가 호러스에게 말했다. "누구든 가까이 나타나면 피를 보는 걸 겁내선 안 돼." 그녀가 클레어에게 용기를 북돋아주며 한 말이었다.

나는 와이트들이 할로우를 데리고 있다는 점을 친구들에게 상기시켰다. 우리들이 능력을 사용하면 놈이 그걸 감지할 수 있다는 의미였다. "아주 가까이 접근할 때까지는 이상한 재능을 사용하지 않도록 노력해봐."

"와이트들의 눈이 보일 때까지 기다리란 말이지." 에녹이 말해놓고는, 원래 눈이 없는 와이트들에 대한 자신의 농담을 아무도 알아주지 않자 짜증 난 표정을 지었다.

"스웨터를 입고 있다는 걸 잊지 마." 호러스가 스카프를 옆으로 밀어 자기 스웨터를 보여주며 말했다. "어쩔 수 없이 총에 맞아야 하는 순간이 오더라도 목 아래부터 허리 윗부분에 맞도록 몸조심해."

"싸움을 하게 되더라도 총알은 아예 맞지 않도록 노력해줘." 누어가 말했다. "난 너희랑 이제 막 만났어. 아무도 죽는 건 허락하지 않겠어, 알겠지?"

"알겠어, 누어 양." 올리브가 누어의 엉덩이를 껴안으며 말했다(누어의 키가 커서 올리브의 팔이 닿는 곳이 겨우 거기까지였다).

우리는 흩어졌다.

우리 팀에는 나와 누어, 휴, 브로닌이 속했고, 다른 팀엔 호러스와 밀라드, 엠마, 에녹, 클레어가 포함되었다. 데려왔던 할로우는 멀찍이서 우리를 따라오게 시켰는데, 혹시라도 놈이 넘어지거나 끙끙거리거나 나뭇잎 밟는 소리가 너무 커서 이목을 끄는 경우에 우리 위치가 단박에 드러나지 않도록 충분히 거리를 두었다. 에녹은 절룩거리는 죽은 자들의 군대를 숲에 남겨두고 떠났다. "필요한 경우 너희는 2차 돌격대로 나서는 거야." 그가 죽은 자들에게 외치자, 누군가가 킬킬 웃었다. 옷을 벗고 있던 밀라드는 두 팀 사이에 연락이 필요한 경우 소식을 전해주기로 했고, 올리브는 쿠쿠 원장, 조지프와 함께 후미에서 페러그린 원장을 지키는 임무를 맡았다.

페러그린 원장은 우리와 함께 갈 수 없었다. 우리가 떠나기 전에 그녀는 우리를 모아놓고 짧게 작별 인사를 했다.

"길게 연설할 시간도 없고, 그럴 만한 시간이 충분하더라도 너희 모두에게 내가 마음 깊이 간직한 생각을 말로 표현해낼 재주는 없을 것 같구나. 우리는 이제 곧 각별히 위험한 순간으로 뛰어들어야 하겠지. 끝이 찾아올 것인지, 아니면 우리 모두가 무사히 완벽한 가족으로 다시 함께 모일 수 있을지, 그건 누구도 장담할 수 없는 일이야. 그러니까 지금이라도 너희가 알아주었으면 하는 게 있다. 내가 너희들을 온전히 보살피지 못하고 다른 일로 떠나 있어야 했던 모든 날들이 후회스럽고, 이런 변명으로, 그리고 우리의 루프를 재건해야 한다는 명분으로 나의 책임을 너희에게 떠넘긴 것 같아 미안하다. 따지고 보면 나는 너희들의 선생님이자 하인인데 말이야. 너희는 하늘에 날아다니는 모든 새들과 그 위의 천국보다도 내게 더 큰 의미가 있단다. 너희가 나를 사랑했다면 내가 그 사랑을 받을 자격이 있는 사람이었기를 빈다." 그녀는 재빨리 눈가를 닦아냈다. "고맙다."

눈물을 흘리는 사람은 페러그린 원장 한 사람만이 아니었다. 나 역시 가슴이 먹먹해지는 걸 느꼈다. 그녀는 한 손을 들어 소리 없이 작별을 고했고 우리는 무거운 마음으로 길을 떠났다.

내가 속한 팀은 오른쪽 측면을 맡고, 다른 팀은 왼쪽을 맡았다. 굽은 길로 언덕 경사로를 넘어가면서 서로의 모습이 보이지 않게 되기 이전까지는 정말로 초조한 줄을 모르겠더니 막상 그들이 사라지자 더럭 긴장감이 엄습했다.

우리는 무덤을 엄호용 차폐물로 이용하며, 우리 넷을 모두 숨겨줄 만큼 큰 묘비와 기념비 사이로 빠르게 이동했다. 운 좋게도 언덕 일부엔 나무가 우거져 나무 그늘을 따라 측면까지 이동한 후 경사면을 오르기 시작했다.

우리는 정상까지 절반 정도를 빠르게 이동했다. 보초들이 과연 어디쯤 있을지 궁금해지기 시작했다. 계속 그들을 살펴보았지만, 놈들은 처음 눈에 띈 이후로 정상 쪽에서 다시 고개를 내민 적이 단 한 번도 없었다. 놈들은 무얼 하고 있는 것일까?

놈들이 우리가 온 걸 알고 쉽게 살육 작전에 나설 수 있을 만큼 충분히 가까워지기를 기다리는 것이 아닌지 슬슬 걱정되기 시작했다.

우리는 툭 트인 공간을 신속하게 가로질러 새하얀 곰팡이가 덮인 지상 무덤 뒤로 몸을 숨겼다. "있지, 어쩌면 놈들이 우리가 가까이 오도록 **내버려두는** 걸 수도 있어." 내가 말했다. 그러나 문장이 채 끝나기도 전에 총소리가 날아왔다.

우리는 얼어붙었다. 그대로 기다렸다. 또다시 총성이 두세 번 더 빠르게 이어졌다.

놈들이 우리를 겨냥해 총을 쏘았다. 놈들은 언덕 반대편에 있는 친구들에게도 총을 쏘았다.

"여기서 기다려!" 나는 낮게 속삭인 뒤 다른 친구들이 말리기도 전에 무슨 일이 벌어진 건지 확인하려고 우리가 왔던 길로 다시 달려갔다.

나는 돌로 된 십자가 뒤에서 숨을 돌렸다. 경사진 묘지 건너편에 있는 다른 팀 친구들이 간신히 눈에 들어왔다. 그들은 거대한 대리석으로 된 천사상 뒤에 몸을 웅크리고 있었다. 총에 맞아 우수수 떨어져 나가는 대리석 조각들이 보였다.

내 쪽으로 점점 다가오는 발소리가 들렸지만 사람은 보이지 않았다. 나에겐 아무런 무기가 없다는 사실을 깨달았을 때, 밀라드가 달려오다 거의 나와 몸을 부딪칠 뻔했다.

"오지 **말라고** 말하러 가던 길이었어." 그가 씩씩거리며 말했다. "엠마가 너희는 계속 가래!"

"하지만 놈들 총격에 꼼짝도 못 하고 있잖아!" 내가 말했다.

"저쪽엔 엄호물이 좋으니까 쟤네들이 저러고 있으면 너희가 언덕 반대편으로 올라가기에 완벽한 기회가 될 거야."

"좋아, 하지만 할로우를 저쪽으로 보낼게." 내가 말했다.

"안 돼! 너도 필요할 거야!"

그러나 나는 이미 녀석을 소환했고 할로우 언어로 중얼거리며 놈에게 지시사항을 내렸다. 나는 부분적으로나마 자동 조절 장치 같은 기능을 하는 놈의 완두콩 같은 두뇌에 갈고리를 깊숙이 걸어두었다.

와이트들을 죽여라. 내가 말했다. **이상한 아이들 말고.**

놈은 출발용 총성이 들리기 전 준비를 하는 단거리 선수처럼 몸을 웅크리더니, 한쪽 다리와 세 갈래 혀를 이용하여 마치 돌연변이 말처럼 성큼성큼 묘지를 가로질러 달려갔다.

"가!" 밀라드가 내 등을 확 떠밀며 말했다. 그러나 돌아서기 직전 나는 엠마가 대리석 천사상 뒤에서 빼꼼히 모습을 드러내더니 와이트들을 향해 언덕 위쪽으로 불 폭탄을 던지는 광경을 목격했다.

우리 팀이 있던 곳으로 되돌아가자 누어와 브로닌이 나를 붙잡아 안전한 곳으로 확 잡아당겼다. "그건 계획에 없던 일이잖아!" 누어가 발끈 화를 내며 동시에 겁에 질린 표정으로 말했다. "그렇게 대뜸 달려가버리면 어떡해!"

나는 사과를 한 뒤 보고 온 광경을 친구들에게도 알렸다. 밀라드가 전달한 메시지도 전했다. 그러던 나는 문득 주변을 둘러보며 물었다. "휴는 어디 갔어?"

누어와 브로닌이 획 돌아섰다.

"방금까지 여기 있었어!" 브로닌이 말했다.

그러나 그는 더 이상 그곳에 있지 않았다.

"오 맙소사." 누어가 3미터쯤 떨어진 땅바닥에 있는 무언가를 가리켰다. "저기 좀 봐."

그것은 비석 사이에 뭉개진 자주색 꽃잎의 흔적이었다.

오, 휴. 이 멍청한 놈아.

우리는 꽃의 흔적을 따라 달려갔다. 이젠 무덤 뒤에 몸을 숨길 생각조차 하지 않았다.

남북전쟁 때 참전했던 병사들을 기리는 기념비 주변을 휘감은 거대한 덩굴이, 텅 빈 꽃병으로 장식된 어느 무덤을 지나 주변의 자잘한 묘비들까지 모두 뒤덮고 있었다.

　무성한 덩굴 한가운데 치렁치렁한 새하얀 원피스를 입은 피오나가 자주색 꽃들이 받침대처럼 촘촘하게 피어난 가지에 둘러싸인 채 서 있었다. 우리에게 등을 지고 그녀를 향해 휴가 피오나의 이름을 반복해 부르며, 손을 내밀고 조심스럽게 뒤쪽에서 다가가는 중이었다.

　"휴! 그러지 마!" 브로닌이 소리쳤다.

　피오나가 돌아섰다. 그녀의 눈자위는 안쪽으로 휘말려 들어가 있었다. 무슨 이유에선지 휴가 앞으로 다가가기를 멈추었다. 고개를 숙여 아래를 보다가 다시 피오나를 올려다보던 휴의 말소리가 들려왔다. "내 사랑, 안 돼……"

　그러자 돌연 무언가 내 발목을 움켜잡아서 나는 균형을 잃고 쓰러졌다. 누어와 브로닌도 내 옆으로 넘어졌다. 우리 발밑에 카펫처럼 깔려 있던 덩굴가지가 살아나 순식간에 우리 몸을 휘감기 시작했고, 근육 하나 움직이기 어려울 정도로 우리를 꼼짝 못 하게 결박했다.

　몸부림을 치며 벗어나려 했지만 몇 초 만에 우리는 완전히 땅바닥에 고정된 신세가 되었다.

　무기력했다.

　그제야 나는 그것이 다가오는 것을 느꼈다. 두 번째 할로개스트였다.

　놈이 우리 위쪽 언덕에서 모습을 막 드러낸 순간, 나는 친구들에게 경고의 말을 내뱉었다. 그러고 나서 이미 길들여둔 거대한 할로개스트를 불렀다.

엠마와 다른 친구들은 당분간 녀석의 보호 없이 버텨야 했다.

"피오나! 제발, 내 사랑, 이러지 마." 휴가 소리쳤다.

우릴 휘감은 덩굴이 더욱 바싹 조여왔다.

다른 할로우는 곧장 나를 향해 다가왔지만, 내 명령에 움직이던 할로우의 접근을 감지하고는 혼란스러운 듯 잠시 걸음을 멈추더니 싸움에 대비하는 것 같았다.

둘이 격돌하기 직전, 나는 언덕 꼭대기에 와이트 둘이 나타나 지켜보는 것을 발견했다.

할로우들은 허들을 뛰어넘듯 묘비들을 뛰어넘으며 비스듬한 경사면을 가로질러 서로에게 달려들었다. 놈들은 퍽 소리를 내며 충돌했고, 엄청난 충격에 둘 다 허공으로 튕겨 나갔다. 그러고 나서는 서로 붙들고 땅에서 뒹굴었는데 둘 다 너무도 맹렬하게 혀를 휘둘러 어느 혀가 누구 것인지 도무지 구분할 수가 없었다. 나는 거대 할로우에게 명령을 내리려고 노력했지만—**목을 졸라! 물어! 후려쳐!**—이미 열심히 싸우는 녀석에게 그런 지시를 하는 건 쓸모없는 짓 같았다.

이제 그 괴물은 단순히 나를 위해서가 아니라 제 목숨을 건지기 위해 싸우고 있었다.

그것은 마치 꽥꽥 괴성을 질러대는 바다 괴물 간의 싸움을 보는 것 같았다. 내가 데려온 할로우의 절룩이는 다리는 그다지 불리하지 않다는 것이 드러났다. 이렇게 가까운 거리에서 난투극을 벌일 때, 승자는 칼처럼 날카로운 이빨과 숨 막히게 조여드는 혀의 기술에 따라 결정될 것이다. 솔직히 나는 이런 광경을 볼 거라고 한 번도 상상한 적이 없었다. 넋을 잃고 빠져들어 지켜보게 되는 싸움이었다.

누어는 갇힌 상태에서 빠져나오려고 몸부림을 쳤지만 쓸모 없는 행동이었다. "무슨 일이 벌어지고 있는 거야?" 그녀가 물었다.

나는 말로 설명하려 했지만, 상황이 너무 빨리 전개되어 따라잡을 수가 없었다.

와이트들의 할로우는 양팔과 남은 혀로 내 지배를 받는 할로우의 목을 휘감아 끔찍한 조르기를 시도하는 중이었는데, 내 할로우의 생명력이 점점 위태롭다는 것이 내게도 전해졌다. 서로 엉겨 붙어서 둘 다 몸을 움직일 수 없었다. 와이트들의 할로우는 온몸에서 한순간이라도 힘을 뺄 수가 없는 상황이었다. 안 그러면 내 할로우가 아가리를 벌리고 마지막 남은 혀를 잘라버릴 게 뻔했다. 이윽고 놈들의 할로우가 팔을 뒤로 뻗어 비석 하나를 바닥에서 뽑아내더니 그걸로 내 할로우의 머리를 후려쳤다.

나는 놈의 의식이 꺼져가는 것을 느꼈다.

숨이 멎었다.

틀림없이 우리도 곧 그렇게 될 것이다.

와이트 둘이 우리를 향해 내려왔고, 놈들의 할로우는 절뚝거리며 그들을 맞이하러 갔다.

나는 놈들의 할로우이자 내가 유혈 격투장과 충전실에서 마음대로 지배했던 바로 그 할로우에게 속삭이기 시작했지만, 통 반응이 없었다. 녀석과 다시 교감하려면 좀 더 가까이 다가가 더 큰 소리로 말을 걸어야 했다. 하지만 덩굴가지에 얽혀 땅바닥에 묶인 신세인 내가 어떻게 그럴 수 있을까?

와이트들은 현대인의 삶 속에 섞이려는 심산인 듯 눈에 잘 띄지 않는 평범한 회사원 복장을 하고 있었다. 나는 임브린들이 가진 현상 수배 사진에서 그들을 본 적이 있었다. 한 놈은 목이 굵고 주근깨가 있는 무르나우였다. 그는 가죽 가방을 비스듬히 등 뒤로 메고 있었다. 다른 와이트는 호리호리한 몸집에 새의 부리 같은 코끝에 둥근 안경을 걸치고 있었다. 그들 뒤쪽으로 세 번째 남자가 보였다. 그의 얼굴은 살이 녹아내려 엉망이었다.

언덕 반대편에서는 계속해서 총소리가 들려왔다. 친구들이 계속 싸우고 있었다. 그렇다면 아직 희망이 있다.

와이트들은 우리 사이에 서 있었다. 거만하게 으스대면서. 할로우는 그들 뒤에 서서 약간 끙끙거리며 여기저기 난 상처에서 피를 흘렸다. 얼굴이 녹아내린 남자는 피오나에게 속삭였고, 무르나우는 나에게 말을 걸었다.

"꽤나 용감한 시도였다, 꼬마야. 진심으로 인상적이더구나. 너의 재능을 새들에게 낭비하지 않았다면, 우리 함께 힘을 모아 정말로 대단한 타격을 입힐 수도 있었을 텐데. 아쉽게 되었군."

"어쩌면 이제라도 우리끼리 해결할 수 있지 않을까." 내가 말했다.

"너는 우리와 한편이 될 기회가 많았지만 언제나 그걸 거부했다. 이젠 너무 늦었어. 그리고 너흰 이걸 막기에도 너무 늦었다." 그가 가방에 손을 넣더니 세월의 무게로 갈색으로 변하고 턱 부분이 사라진 두개골을 꺼냈다. "네가 여기 온 이유가 다른 이유라면 또 모르지. 캐츠킬 산맥 관광이라도 왔나?"

그는 두개골을 다시 넣으며 무언가 중얼거렸는데, **주인님께서 내 능력에 정말 기뻐하시겠군,** 이라고 하는 것 같았지만 나는 귀담아 듣지 않았다. 그 대신 숨을 죽인 채 또다시 무르나우의 할로개스트에 대한 통제력을 되찾으려고 필사적으로 노력하는 중이었다.

갑자기 요란한 벌들의 날갯짓 소리가 들려 모두들 휴를 쳐다보았다. 벌어진 그의 입에서 벌들이 쏟아져 나오기 시작했다.

무르나우는 녹아내린 얼굴의 사내에게 뭐라고 고함을 질렀다. 그러자 녹아내린 얼굴의 사내는 피오나에게 무언가 소리쳤다. 피오나는 파르르 경련과 함께 밧줄 같은 덩굴가지를 뻗어 휴의 입을 휘감았다.

가련하게도 휴의 눈의 휘둥그레졌다. **"으으으읍!"** 완전히 빠져나온 벌은 두어 마리에 지나지 않았다. 홀쭉한 와이트가 허공에서 손뼉을 쳐 한 마리를 죽였다.

녹아내린 얼굴의 사내가 피오나의 정신을 지배하는 장본인이었다. 그는 와이트가 아니었다. 그는 앰브로시아 중독자였고, 중독자들은 대부분 오래전부터 와이트들에게 충성을 맹세했다. 정신 지배는 분명 그의 이상한 재능이었을 것이다.

나는 여전히 할로우의 정신을 통제하려 애썼지만, 놈은 나를 거부했다.

"지금 우릴 풀어줘라, 그러면 이 일이 끝났을 때 너희 목숨만은 살려주겠다." 브로닌이 말했다.

무르나우는 껄껄 웃기만 할 뿐이었다.

"그리고 너." 무르나우가 누어 앞에 무릎을 꿇으며 말했다. "엄마 찾기는 어떻게 돼가니? 그 여자가 너를 다시 보고 싶어서 죽도록 그리워할 것 같아? 그 여자가 너를 버린 이유가 그것이었을까? **어린 아기를 너무 많이 사랑해서?**"

누어는 이를 꽉 깨물며 그를 피해 다른 곳을 응시했다.

"가서 죽어버려, 재수 없는 놈아." 내가 내뱉듯이 말했다.

"여자아이를 보호하려고 저 녀석이 먼저 달려드는군. 아주 낭만적이야." 그가 한숨을 쉬었다. "어휴, 이쯤 했으면 됐다. 난 지루해지기 시작했어. 게다가 우린 가서 비행기를 타야하거든."

그가 일어나 재킷에 손을 넣더니 권총을 꺼냈다. "누가 먼저 죽고 싶나?"

바로 그때 바람 속에서 종이가 펄럭이는 듯한 소리가 들려오더니, 무언가 소름 끼치는 울음을 내뱉으며 무르나우의 머리에 부딪혔다.

페러그린 원장이었다.

땅바닥에 쓰러지며 그의 손아귀에서 권총이 떨어져서 그는 맨손으로 새를 후려쳤다. 송골매는 강력한 날개를 펄럭이며 날카로운 갈고리 발톱으로 그의 얼굴을 찢었다.

"으아악! 저리 꺼져!"

홀쭉한 와이트가 싸움에 뛰어들었다.

"제이콥!" 누어였다. 그녀가 내 쪽으로 고개를 돌리며 입을 약간 벌렸다. 그녀의 목구멍 안에서 밝은 빛이 이글거리고 있었다. "이걸 모아뒀어. 한 방이야. 어느 쪽을 조준할까?"

페러그린은 무르나우의 머리 꼭대기에 있었다. 그래서 나는 앰브로시아 중독자를 가리켰다.

누어는 목이 막힌 것 같은 컥컥 소리를 내다가 이내 기침을 했고, 땅바닥에서 그리 멀지 않은 풀밭 위로 빙글빙글 회전하는 순수한 빛의 결정체를 왈칵 토해냈다. 불덩이는 앰브로시아 중독자의 정강이를 휘감았고 그는 비명을 지르며—이글이글 타오르던 이번 빛의 덩어리는 지독하게 뜨거웠기 때문이다—바닥에 쓰러져 뒹굴었다.

그러다가 나는 날카로운 비명 소리를 들었다. 페러그린 원장이었다. 할로개스트가 혀로 무르나우한테서 그녀를 떼어내 허공에서 획획 돌리고 있었다.

놈들이 페러그린 원장을 잡았다. 이제 놈들이 모든 것을 손에 넣었다는 의미였다. 별안간 나는 분노와 두려움으로 눈앞이 아득해지는 느낌이 들었다. 내가 무언가를 해내야 했다, 그것도 아주 빨리.

비틀거리던 무르나우가 균형을 되찾기 시작했다.

이어서 나는 흠칫 놀라는 소리를 들었다. 피오나였다. 눈자위가 다시 정면으로 돌아오면서 우리를 휘감았던 덩굴가지에서 힘이 빠지는 게 느껴졌다. 피오나에 대한 중독자의 통제력이 약해진 덕분이었다.

무르나우는 무언가 알아들을 수 없는 말을 외치며 손에 약병을 들고 그에게 달려갔다. 그는 중독자의 몸에 올라타고 앉아 약병을 중독자의 눈에 쏟아부었다.

덩굴이 느슨해지고는 있었지만 속도가 느렸다. 이제 겨우 한쪽 팔과 다리 한쪽을 빼낼 정도에 불과했다. 그래도 휴가 벌들을 토해내기엔 충분했다. 벌들이 공중으로 날아올라 목표물을 공격하기 시작했다. 와이트들과 할로우였다.

중독자의 양쪽 눈에서 한 쌍의 원뿔 같은 광선이 뿜어져 나왔다. 무르나우는 자신을 쏘아대는 벌들을 무시했다. 그의 얼굴은 이미 페러그린 원장의 발톱에 긁혀 피가 났다. 이제 그는 피오나를 향해 중독자를 밀어냈다.

피오나는 다시 몸이 굳어졌다. 느슨해졌던 덩굴도 다시 조이기 시작했다.

나는 다시 덩굴에 휘감기기 전에 다리를 세게 잡아당겼고 다행히 벗어날 수 있었다. 브로닌과 누어는 여전히 잡힌 상태였다.

무르나우는 아직 나를 보지 못했다.

나는 할로우를 향해 달려갔다. 놈은 아가리를 쩍 벌렸다가 맛있는 사탕을 기대하듯 입맛을 다시며, 벗어나려고 몸부림치는 우리의 임브린을 죽음으로 이끄는 장난을 쳤다.

나는 할로우를 몸으로 들이받았다. 곰이 껴안듯 죽을힘을 다해 놈의 목을 졸랐다. 물리적으로 너무도 하찮은 생명체에게 들이받혔다는 사실에 충격을 받고 좀 놀란 듯 놈이 움찔하는 것이 느껴졌고, 나에겐 행동에 돌입할 찰나의 순간을 제공해주었다.

나는 놈의 머리 양옆을 붙잡았다.

내 말 들어, 놈의 머리에 내 머리를 짓누르며 나는 고함을 질렀다. 눈물을 흘리는 놈의 검은 눈을 들여다보았다. **너는 내 거야, 너는 내 거야, 너는 내 거야.**

그러자 내 말대로 되었다.

안녕, 옛 친구.

그분을 내려놔.

놈이 페러그린 원장을 놓아주었다. 그러나 이내 나는 등에 예리한 통증을 느꼈다. 홀쭉한 와이트가 무언가로 나를 때린 것이었다.

나는 할로우에게 매달렸다. 놓아주지 않을 작정이었다.

죽여.

할로우가 하나밖에 남지 않은 혀를 휘둘렀다. 와이트는 바로 숨이 끊어졌다.

돌아서.

할로우가 돌아섰다. 중독자는 피오나에게 고함을 질렀는데, 눈에선 연기와 함께 광선이 쏟아져 나왔고 주변 살갗은 녹아내리는 중이었다. 주변의 모든 덩굴들이 뱀 둥지처럼 살아 꿈틀대고 있었다. 여자아이들과 휴는 덩굴에서 벗어나려 안간힘을 썼지만, 튼튼한 덩굴가지가 점점 더 그들을 조였다.

죽여, 죽여, 죽여.

할로우의 혀가 중독자의 머리를 몸에서 뜯어냈다. 그가 언덕 아래로 굴러떨어지며 눈에서 나오던 빛도 함께 회전했다.

엉켰던 덩굴들이 느슨해지면서 풀려 땅에 흩어졌다. 나의 친구들은 바닥에 쓰러지며 마침내 숨을 쉴 수 있게 되었다. 그들을 본 피오나는 자신이 한 짓에 놀라 공포의 신음을 흘렸다.

돌아서.

감사하게도 페러그린 원장은 살아 있었고, 다시 인간의 몸으로 변신 중이었다. 심각한 부상은 입지 않았다는 의미였다.

나는 무르나우를 찾았다. 그가 달아나는 모습이 보였다. 나는 할로우에게 그를 쫓아갈 것을 명했지만, 할로우와 내가 열 발자국도 가기 전에 땅바닥이 팍팍 파이면서 내 주변의 비석으로 총알이 빗발치듯 날아왔다. 누군가 무르나우의 탈출을 엄호했다. 다리에 총을 맞은 할로우는 휘청거렸다.

"가게 내버려둬라!" 페러그린 원장이 내 뒤에서 소리쳤다. "다른 아이들을 데리고 어서 안전한 곳으로 피해!"

우리는 피오나를 에워쌌다. 휴가 그녀를 두 팔로 안아 올리자 피오나는 그의 품에서 축 늘어졌다. 그는 누구의 도움도 받아들이지 않고 오로지 혼자 힘으로 그녀를 옮겼다. 그의 얼굴은 단호했지만 눈물이 줄줄 흘러내렸다.

페러그린 원장이 본능적으로 무르나우를 뒤쫓고 싶어 하는 걸 알면서도 나는 우리와 함께 가야 한다고 고집을 부렸다. 어쩌면 놈이 바라는 바가 바로 그것일지 모른다.

언덕 반대편으로 달려간 우리는 마침 놀라운 광경을 목격했다. 친구들은 더 이상 천사 석상 뒤에 숨지 않고, 점점 후퇴하는 와이트들을 향해 언덕을 오르고 있었다. 그들 후미엔 아주 기묘하고 다양한 군대가 뒤따르고 있었다. 그림 곰의 등에 탄 렌 원장, 에녹이 되살려내 절뚝거리며 걸어오는 소수의 죽은 자들과 건강한 외모를 자랑하는 죽은 자들 십여 명, 그리고 놀라운 수의 미국인들. 가지와 뿌리가 그대로 달린 중간 크기의 나무 한 그루를 옆구리에 끼고 쏜살같이 언덕을 달려 오르는 북부 일파의 여인. 그 옆에서 바위를 굴리며 올라오는 캘리포니오 남자. 양손 사이에 번개를 번쩍이는 사내아이. 그리고 길을 뚫기 위하여 총알을 소나기처럼 쏟아부으며 사격 자세로 장총을 들고 다가오는 카우보이 여러 명.

그들은 언덕을 완전히 장악했고 얼마 지나지 않아 우리 군대는 와이트 여섯을 죽이거나 사로잡았으며, 앰브로시아에 중독된 변절자들도 여러 명 포로로 확보했다.

무르나우는 사라지고 없었다.

그는 어떻게든 빠져나가 부활에 필요한 재료가 든 가방을 갖고 사라져버렸다. 임브린들은 수색대를 보냈지만, 크게 기대하는 것 같진 않았다.

하지만 페러그린 원장은 무사했고 우린 피오나를 되찾았다.

피오나.

피오나를 다시 보게 되다니 정말 기뻤다. 우리는 전열을 정비하느라 그레이브힐 꼭대기의 파헤쳐진 무덤 사이에 집결했다. 사방에 구덩이가 뚫렸고 유골과 파낸 흙더미가 어지럽게 널려 있었다.

휴는 덩굴가지에서 풀려난 이후로 단 한 순간도 피오나를 품에서 놓지 않았지만, 임브린들에게 그녀를 살펴보게 해야 한다는 설득을 마침내 받아들였다.

우리는 모두 둥글게 모여 걱정스러운 눈빛으로 지켜보았다. 임브린들은 다정하게 그녀에게 말을 걸었다. 피오나에게 질문을 던졌다. 그녀는 어리둥절한 듯했지만 더는 최면에 걸려 있지 않았다. 흰자위엔 핏발이 서고 눈 주변도 빨갛게 짓물렀지만 눈빛은 정상이었고, 팔과 얼굴에는 보라색 멍이 들어 있었다.

"버스 사고 때 생긴 상처니?" 페러그린 원장이 피오나에게 물었다.

그녀는 고개를 끄덕였다.

"다른 식으로 너를 해치진 않았니?"

피오나는 몇 번 눈을 깜박거리다가 이내 시선을 피했다.

"내 사랑." 휴가 그녀의 손을 잡으며 말했다. "놈들이 너를 해쳤어?"

피오나는 눈을 감았다.

"제발 나한테는 말을 해줘." 휴가 간청했다. "놈들이 너한테 무슨 짓을 했는지 말해줘."

피오나가 다시 눈을 떴다. 휴를 바라보며 천천히 고개를 끄덕였다.

그러고는 피오나가 입을 벌렸다. 피가 흘러나왔다. 턱으로 흘러내린 피가 새하얀 드레스에 떨어졌다.

씨앗싹의 혀. 신선하게 수확된 것.

무르나우는 결국 피오나에게서 원했던 것을 가져갔다.

제 13 장

chapter thirteen

우리는 피오나를 데리고 악마의 영토로 돌아가 곧장 회복할 수 있도록 뼈 치유사 라파엘에게 치료를 맡겼다. 휴는 절대로 그녀의 곁을 떠나지 않았다. 나머지 우리들도 그러기는 마찬가지였다. 우리는 피오나 방에 북적북적 모여 그녀에게 말을 걸고, 그간 그녀가 놓친 모든 이야기를 들려주며, 그녀가 떠나온 집—페러그린 원장의 옛집—은 영원히 사라졌지만 그래도 다시 집에 왔다는 기분을 느낄 수 있기를 바라는 마음에서 괜히 주변에서 얼씬거렸다.

우리는 거짓으로라도 즐거운 분위기를 만들면 피오나의 기분이 나아질지 모른다고 생각했다.

에녹은 열병의 시궁창에 빠졌다가 나오면서 다리 난간에 매달려 있던 오래되어 쭈글쭈글한 머리통에 바짓단이 걸려서, 물어뜯긴 것처럼 구멍이 생겼다는 이야기를 들려주어, 처음으로 피오나의 미소를 얻어냈다. 그러자 곧 거짓으로 꾸며낸 우리의 쾌활함이 진짜로 느껴지기 시작했다.

피오나는 살아 있었다.

피오나가 살아 돌아와 우리와 함께 있었다. 그렇다, 그녀는 상처를 입었다. 맞다, 무르나우는 피오나의 혀와 알파 해골을 비롯하여 벤담의 끔찍한 부활 재료 목록에 든 다른 것들을 가지고 어딘가에서 나돌아다니고 있었다. 하지만 그는 페러그린 원장을 손에 넣지 못했고, 앞으로도 절대 그러지 못할 것이다.

우리는 우리가 이겼다고 스스로에게 말했다. 우리는 와이트들을 무찔렀다. 놈들 가운데 딱 하나만 빼면 탈옥범들과 놈들의 할로우를 모두 죽이거나 붙잡았다. 우리는 마지막 남은 할로우를 악마의 영토로 데려와 맨 처음 놈을 길들였던 곳에 가둬두었다. 유혈 격투장에 딸린 옛 그림 곰들의 우리였다. 무르나우가 남았다는 건 우리도 알고 있었지만, 피오나의 혀가 '신선하게 수확'되는 것이 정말로 그토록 중요하다면, 확실히 시간은 빠르게 흘러가며 그 점을 무위로 돌아가게 하고 있었다.

그러므로 우리가 그들을 무찌른 것 같았다.

부활술사들의 루프에서 사로잡힌 와이트들처럼 풀이 죽고 패배감에 젖은 놈들의 모습은 나도 이제껏 본 적이 없었다. 우리가 미국에서 돌아온 다음 날, 누어와 나는 그들이 벤담의 저택 안에 있는 취조실에서 나와 이송되느라 쇠사슬에 묶인 채 악마의 영토를 구부정하게 걸어가는 모습을 보았다. 나는 될 수 있으면 멀찍이 떨어지고 싶었지만 그들을 본 누어는 소스라치게 놀라며 말했다. "맙소사." 그러고는 별안간 나를 잡아끌며 그들에게로 향했다.

민병대원이 우리가 너무 가까이 다가가기 전에 길을 막았다.

"저 사람들이야." 약간 떨리는 목소리로 누어가 말했다. 팔을 들어 와이트 포로들 중 두 사람을 가리켰다. 어딘가 낯이 익어 보이는 남자와 여자였다. "학교에서 나를 감시하던 사람들이 바로 저 사람들이야."

나는 사태를 제대로 파악할 때까지 잠시 호흡을 멈추었다. 확실히 그들은 학교에서 본 적 있는 교직원들이었다. 누어를 계속 따라다니며 감시했을 뿐만 아니라, 공사가 중단된 건물에 숨은 누어가 공격을 받기 직전에 우리와 또다시 마주친 적이 있는 바로 그 사람들이었다.

H는 그들이 평범한 인간들이며, 우리를 손아귀에 넣고 지배하려는 야욕에 열중한 비밀 집단이라고 생각했었다.

"빌어먹을." 나는 중얼거리며 누어의 손을 잡았다.

그들이 동시에 고개를 돌려 증오심으로 번득이는 눈으로 우리를 쳐다보았다. 그러고는 어느 문으로 들어가 모습을 감추었다.

나중에 페러그린 원장이 그 사실을 확인해주었다. 그들은 이전까지 임브린의 통제를 받아본 적이 전혀 없는 와이트였다. 임브린들의 지명 수배자 명단엔 올랐지만 오랜 세월 미국에서 암약해 그들의 행방을 알 순 없었다.

그들은 H를 속였다. 오랜 세월 그들은 에이브도 감쪽같이 속여, 와이트들이 벌인 수많은 범죄가 다른 이상한 종족들의 소행이라고 오해하도록 만들었다.

나는 와이트의 속임수에 다시는 넘어가지 않겠다고 스스로 맹세했다.

임브린들은 일단 우리가 다시 악마의 영토에 정착하는 걸 보살피며 잠시 시간을 보낸 뒤, 평화 협상 마무리 단계를 지켜보러 매로우본으로 돌아갔다. 라모스와 파킨스는 각자의 전사들을 이끌고 몸소 호프웰까지 왔었기 때문에, 전투를 목격한 뒤에는 확실히 임브린 편에 서게 된 것 같았다. 레오는 이미 지나간 일은 지나간 것으로 덮어두자는 페러그린 원장의 제안에 설득된 터라, 이제는 확실한 평화 협약을 맺고 서명을 하기까지 불과 몇 가지 형식상의 계약 조건만 결정하면 되는 상황이었다.

☙

우리는 계속해서 V를 찾는 작업에 몰두했지만, 전처럼 그 임무가 급박하게 느껴지진 않았다. 우리의 목숨과 안전이 더는 V의 행방과 관련이 없는 것 같았으므로 나는 H의 동기에 대해서 의구심을 품기 시작했다. V를 찾으라며 우리를 보낸 의도는 무언가 중대한 일의 열쇠를 V가 쥐고 있기 때문이 아니라, 임브린에 대한 그의 불신이 더 크게 작용한 것이 아닐까. 나로선 알 수 없는 일이었다. 내가 **확실히** 아는 건 V를 찾는 것이 누어에겐 중요하다는 사실뿐이었다. V는 누어가 엄마라고 부를 수 있는 가장 가까운 인물이었고, 잃어버린 어린 시절과 이어지는 마지막 연결 고리였다.

밀라드와 누어, 나는 주어진 시간 대부분 V를 찾는 데 보냈고, 다른 친구들은 시간이 날 때마다 도와주었다. 밀라드는 우리가 점점 목표에 가까워졌다고 생각하는 것 같았다. 어느 날 밤 저녁 식사를 하다가 어린 시절의 또 다른 기억 조각이 누어에게 돌아와, 산꼭대기에 있던 노천 광산에 대한 이야기를 언급하자, 밀라드는 곧장 V의 루프가 있을 만한 소재지에서 오하이오주를 제외시켰다. 그렇다면 찾아볼 곳은 펜실베이니아주만 남았다. 이젠 시간문제일 뿐이라는 느낌이 들었다.

누어와 나는 깨어 있는 매 순간 대부분을 함께 보냈다. 엠마는 주로 우리를 무시하는 태도로 일관했다. 의도적으로 그러는 건 아니었다. 하지만 그녀는 무언가를 혹독하게 겪어내는 중이었기에 내가 도와줄 수 있는 건 아무것도 없었다. 그래서 나는 엠마에게 혼자만의 시간을 주며 우리가 곧 다시 정말로 친구가 될 수 있기를 바랐다.

모든 것이 잘 돌아가는 것 같았다.

심지어 멋져 보였다.

♈

방금까지 지도 자료실에서 밀라드와 함께 마라톤 같은 검색 작업을 마치고 나온 누어와 나는 슈렁큰헤드에서 쇠고기 샌드위치를 앞에 두고 축 늘어져 있었다. 우리는 미국인들이 빌려준 새로운 지도책을 산더미처럼 쌓아두고서, H의 지도 조각에 그려진 지형과 비슷한 곳을 찾아 눈이 빠지도록 살펴보았다. 그러나 다섯 시간의 작업 이후에도 지도 더미는 처음 시작할 때보다 별로 줄지 않았다. 평소 같으면 지도에 관한 한 지칠 줄 모르는 열의로 달려들던 밀라드마저도 지치기 시작했다.

나는 샌드위치를 한 입 베어 물었다가 움찔하며 작은 금속 조각을 손바닥에 뱉었다.

"그건 미안하게 됐구나." 지나가던 웨이터가 말했다. "가끔은 사체에서 산탄 총알을 전부 제거하질 못해서 그래."

나는 접시를 밀어냈다. "대신에 커피나 주실래요?"

그가 커피를 가지러 사라지자, 나는 누어가 뿌연 창문으로 밖에 있는 다리 난간에 매달린 머리를 응시하는 걸 알아챘다. 머리통은 지나는 행인들에게 무례한 말을 던지고 있었다.

"야." 내가 나직이 말을 걸었다. "무슨 생각해?"

"이젠 그분을 찾기까지 정말 얼마 안 남았어. 한 걸음만 더 가면 될 것 같아."

"흥분되는 일이지." 내가 말했다. "안 그래?"

"맞아." 그녀가 느릿느릿 대답했다. "하지만 그분을 만난다는 건 그분과 대화를 나눈다는 의미고, 이 모든 문제를 직면해야 한다는 의미고, 오랜 세월 묻어두었던 내 감정을 전부 다 다시 파헤친다는 의미야."

"아직 마음의 준비가 안 됐구나."

"어쩌면?" 누어는 한숨을 쉬었다. "나도 모르겠어."

"내 생각은 어떤지 알아?"

누어가 시선을 들었다.

"내 생각엔 네가 잠깐 쉬는 게 좋을 것 같아." 내가 주문한 커피가 갑자기 나무 탁자에 쾅 소리를 내며 놓여, 나는 두 번째로 깜짝 놀랐다. "어쩌면 우리 둘 다 좀 여기서 벗어나는 시간을 가지는 게 좋겠어. 우린 너무 많은 사건을 겪었고, 그런 다음엔 돌아오자

마자 또다시 이 일에 매달렸기 때문에 넌 그간 곰곰이 생각해볼 시간이 전혀 없었잖아. 우리 둘 다 여유가 없었지."

하지만 누어는 희망을 품는다는 것이 몹시 두려운 듯했다. "그럼 살짝만 쉬어도 될까? 실은 뉴욕으로 돌아가서 내 짐을 좀 가져오면 좋겠다는 생각을 했어. 옷이랑 신발. 내 배낭……." 그녀가 어깨를 으쓱했다.

"**아주 좋은 생각이야.**" 내가 말했다.

"그러니까 내 말은 정말로 앞으로 여기에서 죽 살려면……"

"가자."

"정말?" 누어는 약간 주저했다. "두세 시간 안에 돌아올 수 있겠지, 그렇지? 팬루프티콘을 이용하면?"

"그럼." 나는 의자를 밀치고 일어났다. "쉬워."

༄

우리는 한 시간도 채 지나지 않아 그곳에 도착했다. 요즘 누어와 나는 팬루프티콘을 거의 마음대로 막 돌아다녀도 제재를 받지 않기에 이르렀으므로, 우리는 뉴욕으로 통하는 팬루프티콘 관문으로 들어간 다음 지하철을 타고 브루클린으로 향했다.

지하 선로를 따라 덜컹거리며 지하철이 움직였다. 미래에 관한 계획을 함께 의논하며, 누어는 옆자리에 앉아 나와 꼭 맞잡은 손을 자기 무릎에 올려두었다. 누어는 학교를 끝마치고 싶어 했다. 그녀는 악마의 영토와 뉴욕을 오가며 바드 대학교에 다니고 싶다는 이야기를 했다. 재능이 뛰어난 고등학교 학생들을 위한 그

대학의 예술 전공 과정에 선발되었기 때문이었다. 그녀는 미술사와 음악을 좋아했지만 엔지니어링과 과학에도 관심이 많았다. 그녀는 고민에 빠졌다. 나는 두 분야에서 모두 미래를 찾을 수 있을 거라고 말해주었다.

우리는 그간 예언에 휘둘려 최악의 결과만 상상했기에, 이제 미래 같은 것은 불가능한 일로 느껴졌다. 그녀에게나. 우리에게나.

"어쩌면 나도 너랑 같이 그 프로그램을 이수해도 좋을 것 같아. 모든 일이 해결되고 나면 나도 학위를 따고 싶어." 내가 말했다.

"이상한 세계와 평범한 세계에 모두 발을 들여놓는 거지."

"맞아."

다른 이상한 친구들은 전부 오래전에 평범한 세계와 어떻게든 연결되려는 노력을 단념했다. 나 역시 그것을 거의 포기했었다. 지금까지는 내가 그런 기회를 잃어버리는 걸 얼마나 깊이 애석해하는지 깨닫지 못했다.

둘이 함께라면, 어쩌면 누어와 나는 평범한 인간이자 이상한 종족으로서 양쪽 세계에 동시에 존재하며, 나이를 백 살씩 먹은 친구들 사이에서 그냥 열일곱 먹은 청소년으로서, 탄생부터 예언된 누군가이거나 전설적인 인물의 손자인 사람으로서, 그리고 가끔은 아직도 어색하게 느껴지는 걸 어쩔 수 없지만 전설이 되어가는 누군가로서 살아가는 의미를 스스로도 약간은 찾아볼 수 있을 것이다. 그것은 우리 둘 다에게 완전히 미지의 영역이었다.

우리는 누어의 집이 있는 역에서 내려 계단을 올라 환한 대낮의 거리로 나갔고, 손을 잡은 채 가로수가 우거진 도로를 따라 열 블록을 걸었다. 그 몇 분간은 세상에 잘못된 것이 하나도 없고, 나쁜 일이 전혀 벌어진 적이 없다는 기분이 들었다. 결국 우리는 걸음을 멈추었고 누어가 말했다. "여기야."

누어의 목소리엔 향수나 집에 대한 그리움 같은 건 없었다.

그녀는 비밀번호를 눌러 직접 건물 현관문을 열고 들어갔다. 양부모님이 사시는 3층까지 우리는 계단을 올라갔다. 부모님은 집에 없었고, 역시나 입양된 언니 앰버가 깜깜한 방에서 TV를 보고 있었다.

누어가 들어갔는데도 앰버는 눈도 돌리지 않았다.

"도망간 줄 알았어." 앰버가 말했다. "쟤는 누구야?"

"난 제이콥이야." 내가 대답했다.

앰버는 한쪽 눈썹을 들어 올리며 나를 훑어보았다.

누어는 복도로 나갔다. "내 물건은 어딨어?" 그녀가 다른 방에서 소리쳤다.

"벽장에." 앰버가 고함을 질렀다. "네가 안 들어오길래 방은 내가 다 차지했어. 아빠가 그래도 된다고 해서."

우리는 벽장에 엉망으로 구겨진 누어의 옷과 신발, 책 몇 권, 배낭을 찾아냈다. 그녀는 자기 물건을 밖으로 꺼내기 시작했다. 그러다 무언가를 손에 쥐고 들여다보며 다급히 일어섰다.

엽서 한 장이었다.

"이거 어디에서 났어?" 그녀가 복도에 대고 소리쳤다. "엽서 말이야."

"어, 우편함에서?"

누어는 엽서를 뒤집어 보다가 다시 앞을 살폈다. 손이 덜덜 떨리고 있었다.

"그게 뭔데?" 내가 물었다.

누어가 엽서를 나에게 건넸다. 앞면은 토네이도 그림이었다. 그 아래 도시 이름이 찍혀 있었다. **펜실베이니아주, 웨이노카.**

뒷면엔 누어의 이름과 주소가 적혔고 그 아래 깔끔한 필기체로 글귀가 이어졌다.

보고 싶구나, 아가. 너무 오랜만이라 미안하다. 나도 소식 들었어, 네가 정말 자랑스럽다. 이게 내가 아는 너의 마지막 주소라서 이리로 보낸다……. 부디 너에게 이 엽서가 닿아 날 찾아와주면 좋겠구나.

끝엔 서명도 되어 있었다. "**사랑을 담아, 엄마 V.**"

그러고는 주소가 적혀 있었다.

"맙소사." 누어가 속삭였다.

나는 어안이 벙벙해져 그녀를 쳐다보았다. "너의 활약에 대해서 그분도 들으셨나 봐. 네가 그분에 대해 안다는 걸 너희 엄마도 아셔!"

"넌 이게 진짜라고 생각해? 정말로 그분일까?"

나는 누어를 보며 눈을 껌벅거렸다. 그 엽서가 진짜가 아닐 수도 있다는 생각은 아예 뇌리를 스친 적도 없었다. 그러나 새삼 생각해보면 우리는 지난 몇 주간 엄청난 일들을 겪었다. 누어의 기분이 어떨지 나도 이해가 갔다. 무엇이든 믿기 어려울 것이다.

그러나 나는 그런 직감이 싫었다. 그런 느낌은 지긋지긋했다.

무언가를 접하며 곧장 흥분하는 느낌을 다시 상기하고 싶었다. 희망적인 느낌이 어떤 것이었는지 다시 떠올리고 싶었다.

그래서 나는 한숨을 쉬었다. "응, 진짜일 거라고 생각해. 내 말은 그러니까, 이제는 안전해졌으니 네가 그분을 만나러 와도 된다는 말을 여러 문장으로 전하고 있다고 생각해. 전에는 상황이 안전하지 않았지만, 이젠 우리가 해낸 일 때문에 다시 연락하는 게 가능해졌잖아."

"맞아." 누어가 힘없이 말했다.

"너 괜찮아?" 내가 물었다.

나는 그녀가 코를 훌쩍이는 소리를 들었다. 그녀는 나를 보려 하지 않았다.

누어는 미소를 지으려고 애를 썼다. "아무래도 난 이제 내 인생에 찾아오는 좋은 일들을 무조건 의심하는 데 정말 익숙해졌나 봐."

"이해해." 다정하게 내가 말했다. 그러고는 그녀를 꼭 안아주었다. 누어는 내 가슴에 머리를 기댔다.

마침내 누어가 뒤로 물러났다. 눈가는 아직 빨갰지만 눈물은 말라 있었다. "그럼…… 펜실베이니아주, 웨이노카라고?"

우리는 내 휴대폰에 주소를 찍었다. 겨우 몇 시간 거리였다.

누어는 놀라움 가득한 시선으로 나를 보며 기쁨을 억누르지 못했다. "우리 엄마 만나러 갈래?"

G. F. Green, PHOTOGRAPHER AND JEWELER. WAYNOKA, PENN.

펜실베이니아주 웨이노카까지는 정확히 차로 두 시간 반 거리였고 누어는 그곳에 가기 위해 (제대로 묻지도 않고) 양언니의 자동차를 가져갔다. 앰버가 양해도 없이 누어의 공간을 차지했으므로, 굳이 저울질을 해본다면 서로 균형이 맞는 거래인 듯했다. 게다가 어차피 우린 자동차를 돌려줄 작정이었다. 아마도.

악마의 영토로 돌아가 친구들에게 말을 했더라면 좋았을지도 모르겠다. 다른 상황이었다면 나는 몇몇 친구들을 함께 데려갔을 것이다. 어쩌면 그렇게 하는 게 옳았겠지만, 그러려면 가는 데 한 시간, 다시 돌아오는 데 또 한 시간이 걸릴 테고, 이제 친구들에겐 다른 걱정거리들—우선 우리에게 돌아온 지 얼마 안 되는 피오나부터—이 있는 데다, 한편으로는 이번 여정이 우리 둘만의 여행으로 느껴졌다. 나와 누어만의 여행. V를 찾아야 한다는 과제는 누어와 나 단둘이 시작했기 때문에, 둘이서만 끝내는 것이 옳다고 여겼다.

웨이노카까지 가는 길엔 별일이 없었다. 우리는 평평한 지형에 직선으로 뻗은 시골 도로를 달리며 밭과 농장, 좁은 길 끝에 자리 잡은 외딴 주택들을 지나쳤다. 위장복을 입은 사냥꾼들이 갓길에 차를 대고 죽은 사슴을 트럭 보닛 위에 끈으로 묶는 모습을 몇 번 보기도 했다. 거대한 나무의 그루터기는 번개를 맞아 오래전에 갈라진 듯했다. 그곳은 어쩐지 약간 길을 잃고 헤매는 곳 같았다. 저주받은 듯한 곳.

누어는 거의 1분마다 한 번씩 후방 거울을 빤히 응시했다.

"정말 이상한 기시감 같은 게 들어."

"전에도 여기 왔었던 것 같단 말이지?"

누어는 불안한 표정이었다. "응, 그런데 내 생각엔 온 적이 없거든."

우리는 가게들이 드문드문 보이는 상업 지역으로 들어섰다. 1달러 균일가 상점, 소액 단기 대부업자. 허름하긴 했지만 평범한 미국의 소도시 모습이었다. 우리는 중앙 도로를 벗어나 몇 번 방향을 꺾은 뒤 마침내 주소지에 당도했다. 낡은 벽돌로 지어진 창고였다. 건물 앞에 내걸린 간판엔 빅 모*Big Mo* 보관 창고라고 적혀 있었다. 흙탕물이 흐르는 강변에 자리 잡은 그 건물을 보며 나는 과거엔 제분소였을 것이라는 생각을 했다. 지금은 그저 사람들의 쓰레기 같은 살림을 보관해주는 곳이었다.

거의 텅 빈 주차장으로 들어서는 사이, 나는 건물 외관을 살피며 머릿속으로 재빨리 내부 구조를 그려보았다. 주요 출입구 하나, 트럭에서 짐을 싣고 내릴 때 이용하는 대형 셔터 문이 하나, 5층까지 줄을 맞춰 연이어 뚫린 낡은 공장식 새시 창문, 아래쪽에선 잘 보이지도 않고 화재용 비상계단이나 탈출 통로가 준비되어 있지 않은 지붕.

"낡은 보관 창고에 루프 입구를 만든다면 넌 어디가 좋을 것 같아?" 내가 물었다.

"지붕?" 누어가 지붕에 시선을 고정한 채로 말했다.

나는 주차를 한 뒤 시동을 껐다. 차에서 내리려던 나는 누어가 꼼짝도 하지 않는 걸 알아차렸다. 그녀는 무릎 사이에서 빛을 가지고 놀고 있었다.

나는 운전석에서 그녀를 향해 돌아앉았다.

"너 괜찮아?"

"11년 동안 이분은 나에게 추억으로만 살아 있었어. 고통스러우면서도 좋은 추억이었지. 하지만 우리가 저기로 걸어 들어가는 순간, 이제 현실이 돼." 누어는 빛이 손가락 사이로 미끄러져 나가도록 내버려둔 채 나를 쳐다보았다. "알고 보니 끔찍한 분이었다면 어쩌지? 혹은 미쳤거나? 내가 기억하는 모습과 전혀 다른 분이라면?"

"그럼 우린 떠날 거야. 그분에 대해선 다 잊고. 하지만 네가 차라리 들어가지 않는 게 낫겠다고 한다면 굳이 꼭 가볼 이유는 없어. 어쩌면 그분이 저기 계신다는 걸 아는 것만으로 충분하겠지."

누어는 몇 초간 건물을 올려다보았다. "아니야." 그녀는 이렇게 말하며 문손잡이를 잡고 밀어 열었다. "그분을 만나야겠어. 그날 밤에 무슨 일이 있었는지 그분한테 직접 이야기를 들어야겠어."

그분이 죽은 척했던 밤.

나도 차에서 내렸다. "무슨 일이 있었는지 너도 알잖아." 자동차 지붕 너머로 내가 다정하게 말했다.

"그분 입으로 직접 이야기를 듣고 싶어."

ᔕ

형광등이 켜진 작은 사무실에 들어가자 벌목꾼들이 주로 입는 셔츠 차림에 수염을 덥수룩하게 기른 히피 같은 남자가 컴퓨터 앞에 앉아 있었다.

"어떻게 왔니?" 남자는 마약에 취한 것 같았다.

내가 말했다. "지붕으로 가는 가장 빠른 길이 어디죠?"

"거긴 출입 금지 구역이야."

"알겠어요. 하지만 거기 올라가려면 어떻게 해야 하죠?" 누어가 물었다.

"어, 너흰 **못 가.** 출입 금지라니까." 그가 의자 등받이에 몸을 기대며 어깨를 쭉 폈다. "여기 보관함이 있니?"

"404번요." 나는 아무렇게나 번호를 대고는 누어를 쿡 찌르며 안쪽 문으로 향했다.

히피 남자가 우리 뒤에 대고 소리를 질렀지만 우린 멈추지 않았고, 귀찮은지 그도 따라올 생각은 하지 않았다.

우리는 **빅 모 보관 창고**의 보관함 적재 구역으로 들어섰다. 과거 드넓은 제분소였던 공간은 폐소공포증이 느껴질 만큼 비좁은 철제 우리 같은 구조물이 토끼장처럼 다닥다닥 붙어 있었다. 끝없이 이어진 적재함은 멀리 어둠 속으로 줄을 서듯 길게 이어졌고, 간간이 창문으로 들어온 희미하고 네모난 빛에 윤곽이 드러날 뿐이었다. 실내 공기는 싸늘했고 희미하게 퀴퀴한 냄새가 풍겼다.

"**여기 안은 무덤 같아.**" 누어가 속삭였다. 나는 그녀가 이를 딱딱 부딪치는 소리를 들은 것 같았다.

낮고 작게 속삭였는데도 누어의 목소리가 벽에 동전을 던진 것처럼 메아리로 울렸다.

나는 뭔가 좀 더 우리를 따뜻하게 반겨줄 것 같은 분위기를 상상했었다. 이리 오렴, 하고 말을 건네듯이. 어쩌면 숲속에 아늑하게 그늘을 드리우는 계곡 같은 것이라든지. 그러나 그곳은 압도적이고 쌀쌀맞은 분위기가 느껴졌다. 아직도 나는 루프 입구가 사람들의 접근을 막기 위하여 대체로 이렇게 생겼다는 사실을 스스로에게 일깨워주어야 했다.

어둠에 눈이 조금 익숙해진 우리는 계단이나 엘리베이터 같은 것을 찾기 시작했다. 우리가 걸음을 떼자마자 머리 위에 있던 형광등이 일제히 켜졌다.

"대체 이건 또 무슨······" 누어가 말했고, 우린 둘 다 펄쩍 뛰듯 놀랐다.

윙 소리를 내는 조명을 올려다보던 나는 까마득히 줄지어 선 보관함 통로를 바라보았다. 앞쪽엔 형광등이 수백 개도 더 달렸고 모두 꺼져 있었다.

"동작 센서로 켜지는 조명인가 봐." 내가 말했다.

나는 앞으로 몇 걸음 더 움직였다. 조명이 내 머리 위로 몇 줄 더 켜졌다.

누군가 우리를 지켜보고 있다는 이상한 기분이 들었다.

우리는 보관함 사이 통로를 따라 황급히 달려갔고, 움직이는 곳마다 머리 위로 전등이 들어왔다. 이윽고 계단에 이른 우리는 위로 올라가기 시작했다. 계단은 4층에서 끝이 났다. 지붕은 5층에 있었다. 4층 어딘가에 다른 계단이 있다는 뜻이므로 우리는 계단을 찾아 나섰다.

4층도 1층과 생김새는 똑같아서 쓰레기로 터져나갈 것 같은 철제 우리 같은 보관함이 길게 복도를 이루었다. 탑처럼 쌓아 올린 종이 상자, 하얀 시트로 덮어놓은 가구, 쓰레기 봉지에 담겨 쌓여 있는 알 수 없는 물건들, 낡은 스포츠용품들. 누어는 팔을 들어 올려 나의 속도를 늦추게 하더니 입술에 손가락 하나를 올리며 고개를 옆으로 기울였다. 우리는 걸음을 멈추고 귀를 기울였다.

잠시 동안 정적만 흘렀지만, 바로 그때 어딘가 앞쪽에서 요란하게 쾅 소리가 나 심장이 튀어나올 듯 놀라게 하더니, 이내 콘크리트를 긁는 쇳소리가 이어졌다. 그러더니 또 누군가 투덜거리면서 욕하는 소리가 들려왔다. 우리는 소리가 나는 통로를 찾아 걸음을 옮기다가 동작을 멈추고 살펴보았다. 어둠에 휩싸인 가운데서 푸른 조명을 받으며 노인 한 사람이 거대한 짐승만 한 오븐을 철조망 안으로 밀어 넣느라 안간힘을 쓰며, 힘이 달려 헉헉 숨을 몰아쉬고 있었다.

한쪽 팔에는 석고 붕대가 감겨 있었다.

누어가 머리를 흔들었다. "이런 데서 머뭇거릴 때가 아니란 건 알지만……"

노인은 또 한 번 짐을 밀어보느라 몸을 수그렸다. 그는 멀쩡한 어깨와 양손을 오븐에 대고 밀었지만, 오히려 바닥에서 발이 미끄러질 뿐이었고 급기야 넘어져 성한 팔과 다친 팔을 모두 바닥에 부딪혔다.

그는 한쪽 옆으로 몸을 굴려 신음하기 시작했다.

그의 등이 우릴 향해 있었다. 그는 곧바로 우리를 쳐다보지 않았다.

누어는 한숨을 쉬었다. "1분 정도는 시간 있잖아. 그냥 보고만 있을 수가 없네."

우리는 그를 향해 통로를 걸어가기 시작했다. 노인을 향해 화살표를 그리듯 우리가 걸어가는 진행 방향으로 계속 전등이 켜졌다.

우리 발소리를 들은 그가 일어나 앉으며 재빨리 돌아보았다. "오!" 그가 깜짝 놀라 말했다.

"도움의 손길이 필요하신 것 같아서요." 누어가 말했다.

"그럼 좋지, 너희 복 받을 거다."

그는 남부 사투리를 썼고 몇 주일간 기른 것 같은 희끗한 수염으로 얼굴이 뒤덮여 있었다. 눈동자는 흰 막이 덮인 듯 희미하고 흰자위엔 핏발이 섰다. 팔에 두른 석고 붕대는 더럽기 짝이 없고, 갈색 작업복 상의와 바지도 기름때나 윤활유 같은 것으로 얼룩이 심했다.

내가 그에게 손을 뻗어 일어나는 것을 부축해주자 그는 고맙다는 인사를 거듭 되풀이했다. 우리는 그가 옮기던 오븐을 보관함 철망 안으로 같이 밀어 넣기 시작했다. 그 안엔 묵직한 가전제품과 캠핑용품, 상자를 열어둔 건조식품 등이 아무렇게나 층층이 쌓여 있었다. 유일하게 남은 좁은 공간에 둘둘 말아둔 침낭을 발견한 나는 이곳이 노인이 살아가는 곳이란 걸 알아챘다.

"보다시피 난 피난살이 중이란다." 끽끽 바닥을 긁는 소리와 함께 오븐을 옮기며 그가 주절주절 입을 열었다. "빚쟁이들이…… 이 도시엔 빚을 갚지 못해서 허덕이는 자들이 많아…… 그래서 그자들이 돈을 갚지 못해 살림살이를 다 빼앗기게 되면, 여기 매니저가…… 나랑 그 친구랑 서로 얘기가 잘됐거든…… 그래서 좋은 물건들은 내가 골라서 팔아도 눈감아주기로 했어, 벼룩시장 말고 최고로 높은 값을 받으려면 어디에 팔아야 하는지 내가 훤하게 잘 아니까." 그가 성한 팔로 오븐을 가져가야 하는 방향을 가리켰는데, 완전히 안으로 들어와서 보니 보관함 뒤쪽으로 놀랍도록 넓은 공간이 더 마련되어 있었다. "바로 저쪽 구석이야, 그렇지."

좁은 모퉁이에 오븐을 딱 맞게 끼워 넣으려고 막 밀려는 순간 나는 훨씬 더 안쪽에서 뭔가 심상치 않은 공간을 발견했다. 부자연스러울 만큼 깜깜한 어둠이 문 모양으로 드리워져 있었다.

나는 밀기를 멈추고 노인을 노려보았다.

이제 그는 좀 전과 달리 예리한 눈초리로 나를 응시했고, 그의 얼굴 표정도 무언가 날카롭게 달라 보였다. "원한다면 들어가도 좋아. 하지만 별로 좋은 생각은 아니야." 그가 말했다.

"무슨 말씀을 하시는 거죠?" 누어가 날카롭게 물었다.

노인은 어둠을 향해 고갯짓을 했다. 그가 목소리를 낮췄다. "저기 있는 루프 관문 말이야."

우리의 입이 떡 벌어졌다.

"저기에 대해서 무얼 안다고 그러세요?" 누어가 물었다.

"미스 V를 위해서 내가 여길 계속 지키고 있는걸."

"V를 아세요?" 놀라워하며 내가 물었다.

"당연하지. 하지만 못 본 지 몇 년이나 됐어. 그 여자가 이젠 밖으로 아예 안 나오거든. 솔직히 말하면, 그 여자도 말동무가 그리울 거야."

"우리가 들어갈게요." 누어가 말했다.

"그야 여긴 자유 국가니까. 하지만 미리 경고하는데 거긴 약간 위험해."

"왜요?" 내가 물었다.

"날씨가 고약할 거야." 그가 무덤덤하게 말했다. "그래도 너희는 꽤나 영리한 애들 같구나. 너희라면 분명 괜찮을 거다."

이제 와서 돌아설 수 없다는 건 확실했다. 그래서 우리는 문으로 걸어갔다.

"할아버지도 가실래요?" 누어가 어깨 너머로 그에게 물었다.

그는 우리를 향해 비딱한 웃음을 보여주었다. "절대로 싫다."

제 14 장
chapter fourteen

나는 벨벳처럼 포근한 공간에 휩싸인 채로 무중력 상태에서 아래로, 아래로 떨어져 내렸다. 몇 초인지 세어보려고 애를 썼지만 계속 숫자를 까먹었다.

하나, 둘

셋

넷

다섯

넷

나는 한여름에 퍼붓는 소나기를 맞으며 밤에 플로리다의 울창한 숲에 서 있는 꿈을 꾸었다.

꿈속에서 나는 목욕 가운을 입고 손전등을 손에 쥔 할아버지를 보았고, 멈추라고, 집으로 돌아가라고, 위험하다고 할아버지에게 고함을 지르려고 몹시 애를 썼다. 그러나 나의 말들은 할로우의 언어로 흘러나왔고, 나의 외침을 들은 할아버지는 겁을 먹은 표정을 지었다가 화난 얼굴로 바뀌더니, 단도처럼 손에 든 편지 칼로 나를 찔렀다.

나는 달아나며 소리를 질렀다. "그만하세요, 저 제이콥이에요, 할아버지 손자라고요……"

꿈속에서 할아버지가 말했다. "그만, 네가 멈춰야 한다."

그러더니 편지 칼로 내 어깨를 쿡 찔렀다.

통증이 온몸으로 폭발하듯 퍼져갔는데, 어느덧 나는 팔다리를 펼친 채 포물선을 그리며 공중으로 날아가고 있었다. 빙글빙글 몸이 회전하면서 눈부신 하늘과 갈색 땅바닥이 번갈아 눈앞에 나타나더니, 쿠션처럼 충격을 흡수해주는 진흙 구덩이로 철퍼덕 떨어졌다. 나는 일어나 앉으려고 애를 썼지만, 너무 어지러워서 단번에 일어나 앉는다는 건 불가능했고 다시 진창에 쓰러졌다.

무언가 요란하게 철퍼덕 진흙을 튕기며 옆으로 떨어져 내 온몸에 젖은 진흙 세례를 안겼다.

누어였다. 우리는 방향 감각을 잃은 채 더러운 진흙을 머리부터 발끝까지 뒤집어썼지만 기적적으로 다친 데는 없는 것 같았다.

우린 얼마나 멀리 떨어져 내린 걸까? 과연 어디에서?

이런 루프 입구는 나도 본 적이 없었다.

주변을 둘러보았다. 오두막, 헛간, 곡물 창고, 들판. 하늘은 음산하게 잿빛으로 내려앉아 있었다. 멀리 어디에선가 길게 기차 경적이 들려왔다.

"다시 나갈 땐 어떻게 하지?" 누어가 주변을 돌아보며 물었다.

"V가 얘기해주기를 바라야겠지."

그분을 찾는다면 말이야, 라고 나는 속으로 생각했다. 이 루프의 나머지도 입구만큼이나 이상하다면 그게 쉽지는 않을 것 같았다.

우리는 서로를 부축해 일어나 몸에서 진흙을 긁어내기 시작했다. 우린 둘 다 누어의 엄마나 다름없는 분을 이런 꼬락서니로 만나고 싶진 않았다. 그러다가 누어가 갑자기 동작을 멈추더니 한쪽으로 고개를 갸웃했다. "저게 뭐지?"

그건 좀 전에 내가 들은 기차의 경적 소리였지만, 이젠 훨씬 더 소리가 커진 데다가 돌풍에 펄럭거리는 배의 돛이 내는 것 같은 소리까지 합해져 들려왔다.

나는 무심히 시선을 들어 하늘을 바라보았다.

우리 바로 머리 위쪽 까마득히 먼 곳에 작고 검은 물체가 보였다. 그것이 일정한 속도로 점점 더 커지고 있었다.

"저건 뭘까?" 누어가 물었다.

"집 같아 보이는데." 내가 대답했다.

너무 초현실적인 광경이라, 그것이 정말로 집이라는 사실을 받아들이기까지 시간이 좀 걸렸다.

이윽고 정신을 차린 내가 누어와 함께 깊고 끈적끈적한 진흙 구덩이를 벗어나려 애쓰며 소리를 질러댔다. "**집이야, 집, 집이라고 오오오오!**" 나는 누어를 붙잡아 앞쪽으로 확 당겼다. 우리는 비틀거렸지만 누어가 나를 당겨 일으켜주었다. 두 개의 인간 고리가 서로 마찰력을 활용하는 중이었다. 그러다가 결국 누어는 나를 확 밀어냈고, 내 발이 마른 땅에 닿았으므로 우리는 둘 다 전속력으로 달렸다. 기차 소리와 펄럭이는 돛이 내는 소리가 귀를 찢을 듯 가까워졌다.

땅 자체가 갈라지는 듯했고 진흙 더미가 해일처럼 뒤쪽에서 우리에게 밀어닥쳤다. 바로 그 순간 무언가 내 등을 세게 때려 나는 앞으로 튕겨 나갔다.

내 뒤쪽 땅바닥엔 찌그러진 문손잡이가 놓여 있었다.

나는 비틀비틀 다시 몸을 일으켜 누어가 서 있는 곳으로 다가갔다. "넌 괜찮아?"

그녀는 무사했고 나도 멀쩡했다. 그런데 돌연 누어가 유령이라도 본 것 같은 표정으로 눈 하나 깜박이지 않고 하늘에서 떨어져 내린 집을 응시했다.

"나 저기 살았던 것 같아. 저 집에서. 아주 어렸을 때." 누어가 말했다.

그 집은 절반쯤 무너졌지만, 어찌 된 영문인지 똑바로 땅에 서 있었다.

나는 무슨 말을 해야 할지 알지 못했다. 누어는 눈을 감고 초조할 때마다 마음을 차분하게 달래준다는 노래를 흥얼거리기 시작했고 나는 그런 그녀를 껴안아주었다.

우리 둘 다 충격을 받은 것 같았다.

잠시 후 또 다른 소리가 우릴 충격에서 깨어나게 했다. 그건 마치 신이 헛기침을 하는 소리 같았다. 하늘 위로 낮게 드리워진 먹구름 속에서 뭔가 우르르 쾅쾅 심오한 울림이 길게 이어졌다.

우리 뒤쪽 하늘에서 마치 거대한 코끼리가 천천히 코를 내려놓듯 깔때기 모양의 토네이도가 천천히 땅으로 내려왔다.

"거대한 바람이야." 멍하니 내가 중얼거렸다.

"둘이나 돼." 누어가 반대 방향을 가리키며 말했다.

둘. 토네이도가 둘이었다.

우리를 둘러싼 세상의 모든 사물을 거의 무의식 상태에서 두들겨대는 듯 멀리서 낮게 으르렁거리는 소리가 들릴 뿐 아직은 조용했지만, 발밑의 땅마저도 조화를 이루려는 듯 전율했다. 잠시 후 두 개의 토네이도는 마치 스테레오 스피커에서 입체 음향으로 들리는 천둥소리처럼 하나씩 차례로 땅에 닿았다. 그러나 천둥소리와 달리 그들이 내는 소리는 결코 사라지지 않았다. 두 개의 토네이도가 우리 머리 위로 내려온 건 아니었지만, 우린 둘 사이에 갇혔고 두 개의 소용돌이 바람은 하나로 합쳐지려는 것 같았다.

도망칠 곳은 어디에도 없었다. 무너져버린 누어의 옛날 집으로 들어가는 건 분명 안 될 짓이었다. 그저 앞으로 전진하는 수밖에 없었는데, 대체 어느 길로?

제정신이 아닌 나는 누어를 잡아끌기 시작했다. "빨리 찾아봐야 해……"

내가 문장을 채 끝내기도 전에 하늘에서 날아온 소화전이 지붕으로 떨어져 남은 지붕 널빤지와 벽을 산산조각 냈다.

그 충격으로 최면 상태에 빠진 것 같았던 누어가 퍼뜩 정신을 차렸다. "피신처를 찾아야 해. 깊은 지하실이나 은행 금고 같은 곳." 누어가 말했다.

그러나 우리가 떨어져 내린 곳엔 진정한 의미의 피신처라고 할 만한 곳이 전혀 없이 넓은 들판과 곡물 창고뿐이었는데, 이미 그곳엔 토네이도가 지나갔거나 다시 지나갈 수도 있는 상황이었다. 토네이도가 지나간 자리엔 뿌리째 뽑힌 나무와 폭풍에 마구 파헤쳐진 옥수수 밭의 그루터기, 이따금씩 뒤집힌 낡은 트럭만 보일 뿐이었다.

우리는 도로로 뛰어들었다. 그리 멀지 않은 곳에 작은 중심가가 보였다.

우리는 그쪽을 향해 달려갔다.

맹렬하게 굵은 비가 쏟아붓기 시작했다.

"이곳에 대해 다른 기억은 안 나? 뭔가 도움이 될 만한 거?" 내가 물었다.

"그러지 않아도 머릿속을 헤집고 있어. 그런데 모든 게 너무 희미해……"

나는 어깨 너머로 뒤를 돌아보았다. 토네이도 둘 중 하나가 우리 바로 뒤에서 700, 800미터 거리를 두고 도로를 따라 지그재그로 움직이고 있었다. 토네이도를 그렇게 가까이서 선명하게 본 적도 없거니와 비디오로도 접해본 적이 없던 나는 그 광경에 숨이 멎을 것 같았다. 땅과 하늘을 연결하는 팽팽한 나선형 구름은 마치 수 킬로미터나 이어져 높이 솟은 탯줄 같았고, 땅에 닿은 부분은 축구장보다도 넓은 구역에 흙먼지와 파편들이 뒤섞인 무시무시한 소용돌이를 일으켰다.

토네이도는 우리를 향해 곧장 달려왔다. 우리를 뒤쫓고 있었다.

나는 고함을 질렀지만—**이쪽으로 오고 있어**—누어도 이미 눈으로 확인했거나 무시무시한 힘으로 모든 것을 빨아들이는 압력의 공기 진동을 몸으로 감지했을 것이다. 우리는 폐가 터져나갈 것 같고 다리가 아파올 때까지 맹렬하게 사지를 놀려 달렸고, 드디어 작은 중심가에 당도했다.

어쨌거나 중심가였던 곳의 흔적이라도 좋았다.

우리는 납작한 건물에 둘러싸인 광장에 멈춰 서서 숨을 몰아쉬었다. 건물은 불과 몇 채 남아 있지 않았다. 깃털이 다 빠져나가 기묘하게 앙상한 몸통을 드러낸 닭들이 당혹스러움과 공포에 휩싸여 꽥꽥거리며 우리 옆을 스쳐갔다.

중심가 반대편에선 두 번째 토네이도가 으르렁거리고 있었다. 우리를 덮쳐 박살을 낼 것인지, 옆의 폭풍과 합쳐질 것인지, 아니면 홀로 분노를 드러낼 것인지 결정하려 애를 쓰는 것 같았다.

우리는 피신처를 찾아 헤맸다. 나는 광장에 있는 어느 집으로 누어를 이끌고 들어갔고, 곧이어 누어는 다른 집을 선택했지만, 둘 다 지하실이 없다는 걸 깨닫자마자 도로 나왔다. 또 다른 집을 확인하려고 30미터 거리까지 갔을 때, 그 집은 맹렬히 흔들리기 시작하더니 지붕이 찢겨나가고 옆 마당으로 쓰러졌다가 수백만 개의 파편으로 폭발하고 말았다.

우린 죽을 거야.

미처 억누르기도 전에 그런 생각이 내 머릿속에 퍼뜩 떠올랐다. 우리는 몸을 숨길 곳을 찾아 달리다 다시 광장을 가로질러 흙으로 쌓은 강둑 뒤로 뛰어들었고, 그곳에서 머리를 감싸고 수그린 사이 바람에 날리는 파편더미가 우리 위쪽 허공에서 소용돌이를 치며 지나갔다. 나는 누어 옆에 엎드려 몸을 덜덜 떨며, 성난 폭풍이 잦아들기를 기다렸다.

"미안해. 정말 미안해, 제이콥. 널 여기 데려오면 절대로 안 됐어."

"너도 몰랐잖아." 축축한 땅바닥에서 내가 그녀의 손을 찾아 잡았다. "우린 이 일을 함께 시작한 거야, 기억하지?"

어딘가 가까운 곳에서 또 한 번 엄청난 굉음이 들리며 빛의 기둥이 하늘을 핥아댔다. **주유소로군**, 하고 나는 생각했다.

누어는 또다시 콧노래를 부르기 시작했다. 그러다가 흥얼거리던 콧노래는 제대로 된 노래로 바뀌었고, 처음으로 나는 누어가 부르는 노래의 가사를 들었다.

"하나, 둘, 셋, 미스 맥기가 가네……"

바로 그때 할머니 한 분—그곳에서 처음 본 사람이었다—이 나타나 고양이 한 마리를 데리고 우리 앞에서 길을 따라 뛰어갔다.

약간의 전율이 나를 관통했다. 이런 우연이 있을까……

"계속 노래 불러!" 내가 말했다.

"둘, 셋, 넷, 가게로 달려가네."

할머니는 식료품 가게 계단을 뛰어올라 문을 벌컥 열더니 안으로 사라졌다.

나는 누어를 쳐다보았다. 누어도 눈을 휘둥그렇게 뜨고 나를 마주 보았다.

"다음 가사가 어떻게 돼?"

"셋, 넷, 다섯, 살아서 거기로 들어가."

나는 누어의 손을 꽉 잡았다. "우리 당장……"

"저 가게로 들어가야 해!" 누어가 말했다.

우리는 벌떡 일어나 적진을 가로지르는 병사들처럼 도로를 가로질러 양쪽 여닫이문을 벌컥 밀고 안으로 뛰어들었다. 미스 맥기인지 누군지는 알 수 없지만 할머니는 계산대 뒤로 몸을 숨겼다. 짙은 색 앞치마를 한 두 남자가 아마도 지하 창고인 듯 바닥에 뚫린 문에서 삐죽이 얼굴을 내밀었다.

누어는 다시 노래를 불렀다. "넷, 다섯, 여섯, 계피 조각."

나는 식료품 가게 주인에게 소리쳤다. "계피는 어디에 보관하세요?"

"9번 선반!" 둘 중 한 사람이 소리쳐 대답했다. 충격에 사로잡힌 그의 대답은 자동으로 튀어나왔다.

"이쪽으로 와라!" 다른 남자가 손짓을 해 지하실 문을 가리키며 소리쳤다. "너희들 설마……"

그의 나머지 말은 세상의 종말을 알리는 듯한 굉음 탓에 들리지 않았다. 누어와 나는 바닥으로 몸을 날렸다. 금속성의 비명이 허공을 가득 메운 듯해 나는 눈을 감고 이왕이면 빨리 죽게 해달라고 기도했다. 끔찍한 소리는 더 가벼우면서도 동시에 더 요란해졌는데, 그건 지붕이 뜯겨져 나갔다는 의미였다. 뒤이어 벽이 뜯기는 소리가 들린 것 같았다가 다시 조용해지자, 나는 십중팔구 죽었겠구나 생각했다.

그런데 아니었다. 나는 머리를 감쌌던 손을 풀고 다시 눈을 떴다.

우린 둘 다 죽지 않았다.

우리는 무사했다. 양념 선반도 고스란히 멀쩡했다. 사실상 손도 대지 않은 것 같았다. 향신료가 든 작은 유리병들은 제자리에 있었다.

그러나 가게의 나머지 부분은 미스 맥기를 포함해서 하늘로 빨려 올라가고 없었다.

"네 노래 덕분이야." 놀라워하며 내가 말했다. 귀가 멍멍해서 내 목소리가 개미 소리처럼 들렸다.

"엄마가 가르쳐주신 노래야. 그런데 그 이유를 이제야 알겠어." 누어는 떨리는 몸을 일으켰다. "그 노랜 내가 엄마를 찾아가야 하는 방법이었어."

첫 번째 토네이도는 도로를 따라 멀어져갔다. 하지만 또 다른 토네이도가 가까워지고 있었는데, 그 소리가 마치 유리를 씹어 삼키는 괴물이 내는 소리 같았다.

"다음 가사는 뭐야?" 내가 물었다.

누어는 혼자만의 콧노래를 부르기 시작했다. 기억을 떠올리기 위해서였다. 그녀는 이마를 찌푸렸다. "항상 이 부분을 까먹어."

성난 토네이도가 점점 가까워지는 상황에서 누어는 바닥을 응시하며 나직이 노래를 불렀고, 나는 고문과도 같은 침묵 속에서 기다렸다.

그건 누어의 잘못이 아니었다. V는 어려서 배운 자장가 가사를 완벽하게 기억하는 것에 목숨이 달렸을지도 모른다는 사실을 언급한 적이 없었다.

이건 도무지 말이 되지 않는다는 생각이 거듭 들었다. 이 루프는 왜 이토록 치명적일까? 제대로 미리 경고도 해주지 않았으면서 V는 왜 누어를 이리로 초대했을까?

노인은 루프 입구를 쳐다보며, **약간 위험하다**고 말했었다. 멍청이.

누어는 처음부터 다시 노래를 시작했다. "넷, 다섯, 여섯, 계피 조각……."

그녀는 혼잣말을 중얼거리며 자기 머리를 때렸다. 그러다가 손뼉을 치며 외쳤다. "다섯, 여섯, 일곱, 하늘에서 돈이 떨어져!"

갑자기 누어가 나를 돌아보며 팔을 움켜잡았다. "돈이야! 은행 금고!"

우리는 도로로 다시 달려갔다. 농부처럼 옷을 입은 남자가 반대 방향으로 달려가고 있었다.

"은행이 어디예요?" 그에게 소리쳐 물었다.

그는 우리 뒤쪽 거리를 가리켰다. "저 모퉁이를 돌아!"

그는 우리가 제정신이 아니라는 듯이 쳐다보다가 뭔가 다른 말을 하려고 입을 열었지만 무언가 물체가 날아와 그를 후려쳤다. 그는 뒷걸음을 치며 어리둥절한 얼굴로 아래를 내려다보았고, 자기 가슴팍에 꽂힌 옥수숫대를 발견했다.

그가 비틀비틀 바닥에 쓰러지는 사이 우리는 은행으로 달려갔다. 모퉁이를 돌자 이미 폐허로 변한 은행이 눈에 들어왔다. 창문에서 불길이 일렁였고, 벽체와 지붕은 사라지고 없었다.

아무리 누어의 노래를 믿는다 해도 이건 좀 너무했다 싶었다. 하지만 달리 달아날 곳이 없으니 계속 가보는 수밖에 없었다. 그래서 우리는 계속 거리를 달려가며 혹시 다른 피난민이 나타나기를 바라는 헛된 마음에 발로 포장도로를 요란하게 굴렀다.

우리가 막 폐허가 된 은행을 지나쳤을 때, 눈앞에 기묘한 광경이 펼쳐졌다. 처음 언뜻 봤을 땐 펑펑 눈이 내리는 줄 알았다.

아니. 그건 종이였다.

아니. 그건 돈이었다. 파괴된 은행 금고에 들었던 돈이 눈보라처럼 하늘에서 소용돌이를 치며 떨어졌다.

"다섯, 여섯, 일곱." 누어는 미친 듯이 헐떡이는 호흡 사이사이로 노래를 불렀다. "하늘에서 돈이 내려와…… 여섯, 일곱, 여덟…… 가만히 서서 기다려."

그녀는 갑자기 엄청난 속도를 내며 나보다 앞서 달려갔다. "이쪽이야!" 그녀가 소리쳤다. "날 따라와!"

우리는 소나기처럼 쏟아지는 지폐 속으로 뛰어들었고, 그 한가운데 당도하자 달리기를 멈추고 그곳에 섰다.

그러고는 기다렸다.

토네이도가 곧장 우리를 향해 다가왔지만 우리는 기다렸다. 우리 주변의 모든 건물들이 파괴돼거나 찢겨나가는 중이었다. 그러나 이젠 우리도 노래를 믿어야 한다는 걸 배웠다. 그래서 무시무시하고 끔찍한 풍경 속에서 굉음을 울리며 토네이도가 우리에게 다가오는 동안, 우리는 진흙으로 뒤덮인 몸을 서로 찰싹 붙인 채 지폐가 채찍처럼 우리를 후려치고 눈보라처럼 휘날리는 돈의 소용돌이 속에 가만히 서 있었다. 그러자 토네이도는 우리가 서 있는 도로에 닿기 직전 움직임을 멈추더니 잠시 우리를 빤히 쳐다보듯 잠자코 있다가 방향을 틀어 오두막을 산산조각 냈다.

으르렁거리던 굉음이 잦아들었다. 우리는 또 한 번 목숨을 구했다.

"다음 가사!" 돌풍 속에 휘날리는 수백만 장의 지폐 너머로 내가 고함을 질렀다.

"일곱, 여덟, 아홉, 휘파람 부는 소나무 옆에!" 누어가 기억을 해냈다.

그리 멀지 않은 다음번 거리의 주택가 지붕 위로 높이 솟아 강풍에 흔들리는 키 큰 나무가 보였다. 우리는 그쪽 방향으로 달려가며, 어딘가 멀리 있는 호수에서 빨려 올라간 것이 틀림없는 물고기들이 살아서 펄떡거리는 어느 뒷마당을 가로질렀고, 창고 지붕에서 힝힝거리며 우릴 향해 울어대는 말 한 마리를 지나쳤다.

그 소나무는 두 개의 도로가 만나는 교차로에 만들어진 작은 녹지에 서 있었는데, 다른 작은 나무들은 죄다 강풍에 꺾여 날아가 뿌리를 박고 선 자리에 삐쭉삐쭉 찢기고 갈라진 밑동만 남아 있었다. 유일하게 남은 그 나무 한 그루는 수령이 오래되고 엄청나게 높이 자라 둘레도 5, 6미터는 족히 넘을 것 같았고, 채찍 같은 바람이 나뭇가지 사이로 지날 때마다 톤이 높고 애절한 소리를 울려, 거의 노랫소리 같기도 하고 휘파람 같은 소리를 냈는데, 바람의 방향이 이리저리 바뀌면 소리의 음정도 달라졌다.

우리는 거대한 덮개를 씌워놓은 듯 우거진 소나무 상층부 가지를 올려다보며 나무 위의 작은 오두막집이나 혹시 감추어진 문 같은 것이 없는지, 우리 둘 다 간절히 찾기를 바라는 V의 은신처 입구를 찾아보았다.

그러나 아무것도 없었다.

"이제 어쩌지?" 내가 소리쳤다. "나무에 올라갈까?"

누어는 머리를 흔들며 이마를 찡그린 채 생각에 골몰했다. 그러다 그녀가 노래를 불렀다. "여덟, 아홉, 열, 세 명의 현명한 사람들*wise men!*"

그게 무슨 뜻인지는 우리 둘 다 알지 못했지만, 생각할 시간도 많지 않았다. 암호문일까? 무언가 은유적인 표현일까? 노래의 다른 가사들은 전부 어떤 사람이나 장소를 가리켰는데, 갑자기 현명한 사람들이라니? 주변엔 아무도 보이지 않았다. 루프에 갇힌 모든 평범한 인간들은 죽었거나 숨은 것 같았다.

우리한테서 몇 미터 떨어지지 않은 도로 한가운데로 또 한 그루의 나무가 떨어져 내리며 뾰족한 솔잎과 함께 작은 우박 덩어리들을 흩뿌렸다. 우리는 얼굴을 가렸다.

내가 다시 용기를 내어 고개를 들었을 때 좀 전까지 알아차리지 못했던 표지판이 강풍에 휘날리는 게 보였다.

와이즈맨 스트리트

누어는 발작적인 웃음을 터뜨리며 손뼉을 쳤고, 우리는 함께 그쪽으로 달려갔다.

인도에 페인트로 적힌 집의 호수는 20부터 시작되었지만, 와이즈맨 스트리트에 남은 집은 한 채밖에 없었다.

3호.

그것은 귀엽고 소박한 단독주택으로, 옥빛이 도는 하늘색으로 칠해진 단층집은 딱히 특별할 것이 없어 보이긴 했지만, 놀랍게도 전혀 폭풍의 해를 입지 않았다는 점이 의외였다. 기둥엔 팽팽하게 빨랫줄이 매였고 널어놓은 빨래가 바람에 펄럭거렸다. 우편함도 부르르 떨리긴 했지만 똑바로 서 있었다. 지붕에 달린 풍

향계도 여전히 멀쩡하게 잘 돌아갔다.

그리고 앞 베란다에는 V일 수밖에 없을 듯한 여인이 흔들의자에 앉아 있었다. 이젠 하얗게 센 머리를 짧게 잘랐지만, 나는 사진에서 본 기억이 있는 날카로운 이목구비의 얼굴을 한눈에 알아보았다. 그녀는 원피스에 빨간색 낡은 카디건 스웨터를 입은 채무릎에 장총을 올려두고서 천천히 의자를 흔들며, 마치 다른 사람들이 일몰을 감상하듯 토네이도를 지켜보았다.

우리를 발견했을 때 그녀는 바짝 긴장해 몸을 굳히며 자리에서 벌떡 일어났다.

그러고는 장총을 들어 올렸다.

❧

"쏘지 마세요!" 나는 소리를 질렀고, 높이 손을 들어 마구 흔들던 우리는 그 자리에 얼어붙었다. "우린 싸우려고 온 게 아니에요!"

V가 이글이글 눈을 빛내며 우릴 향해 걸어왔다. "너희는 누구고 나한테 원하는 게 뭐냐?" 그녀가 버럭 고함을 질렀다.

"저예요!" 누어가 말했다.

총구가 획 돌아 누어를 향했다. V는 놀란 얼굴로 누어의 얼굴을 살피다가 이내 어리둥절한 표정에 이어 잠시 서글픈 표정을 짓더니, 다시 애벌레 같은 짙은 눈썹이 서로 맞닿을 정도로 화가 난 듯 얼굴을 찌푸렸다.

"도대체 네가 여기서 무얼 하는 거지?" 그녀가 소리쳤다.

우리가 기대했던 환영 인사는 아니었다.

"엄마를 만나러 왔어요!" 누어가 말했다. 나는 그녀가 침착하고 평온한 목소리를 내려고 엄청 애쓴다는 걸 알 수 있었다.

"그렇구나." 조바심을 내며 V가 대꾸했다. "하지만 어떻게 나를 찾았지?"

누어는 눈을 휘둥그렇게 뜨고 나를 쳐다보았다. **넌 이 상황이 믿어지니?**

"우린 주소를 따라왔어요!" 누어가 말했다.

"당신이 보낸 엽서에서요!" 내가 덧붙였다.

V는 혼란스러운 표정이었다. 그러더니 그녀의 얼굴에서 핏기가 가셨다.

"나는 절대 엽서 같은 거 보낸 적 없다."

누어는 방금 자기가 들은 말이 도무지 믿어지지 않는 듯 V를 쳐다보았다.

"뭐라고요?" 내가 물었다.

V의 시선이 우리 둘 사이를 오갔다. "미행한 자가 있었니?"

바로 그때 빨랫줄이 기둥에서 끊어져 우리 머리 위로 날아와 우리 셋은 목이 잘려나가는 걸 피하려고 다 같이 몸을 숙였다.

"다 같이 죽기 전에 안으로 들어가자." V는 이렇게 말한 뒤 총을 옆구리에 끼고 양손으로 우리의 팔을 잡았다.

우리는 안으로 뛰어 들어갔다. V는 현관문을 쾅 닫은 뒤 묵직한 걸쇠를 여러 개 채운 다음 창문 사이로 뛰어다니며 두툼한 금속 셔터를 내리기 시작했다. "저흰 벌써 거의 다섯 번은 죽을 뻔했어요. 왜 이렇게 목숨이 위태로운 곳에서 사세요?" 내가 말했다.

집 안은 나이 든 여성의 집과 무기 박물관을 합한 것 같은 모습이었다. 식탁 옆 찻잔 진열장엔 삼중 망원경이 달린 장총들이 기대어져 있었다. 초록색 벨벳 소파 팔걸이엔 탄띠가 매달려 있었다. 우리 할아버지의 집을 연상시키는 곳이었다.

"내가 그런 식으로 루프를 만들었기 때문이지." 그녀는 이렇게 말한 뒤 천장에 대롱대롱 매달린 줄을 잡아당겨 삐걱거리는 잠망경을 아래로 내렸다. "누구도 뚫고 들어오지 못하도록 내가 설계한 거다. 이 지역의 역사에선 그런 치명적인 돌풍이 반 시간마다 반복되지." V는 잠망경을 들여다보았다. "둘 중에 총 쏠 줄 아는 사람 있니?"

나는 거의 넘어질 뻔했다. "잠깐만요, 직접 **루프를 만드셨다**고요?"

그녀는 잠망경에서 얼굴을 떼고 나를 쳐다보았다. "나는 임브린이다. 그리고 넌 당연히 총을 쏠 줄 알겠구나, 에이브 포트먼의 손자니까." 너무 망연자실해서 거의 아무 말도 못하는 누어를 흘끔 돌아보는 V의 표정이 약간 누그러졌다. "우리는 두 번 다시 절대로 만나면 안 되는 사이였다, 아가. 수천 번도 넘게 널 만나고 싶은 마음이 없었던 건 아니지만……"

"하지만 뚫고 들어오는 게 불가능하진 않았어요. 노래가 있잖아요." 누어가 말했다

나는 누어의 바로 옆에 서 있었지만, 그 순간 그녀는 아주 외로워 보였다.

잠망경을 잡은 V의 양손이 툭 떨어졌다. "그렇게 오랜 세월이 지났는데, 네가 그걸 기억할 줄은 생각도 못 했구나."

"당연히 기억했어요." 누어의 목소리는 밖에서 부는 바람 때문에 간신히 들릴 정도였다. "제가 오는 걸 원치 않으셨군요."

V는 미소를 지으며 누어와 내가 있는 곳으로 방을 가로질렀다. 나는 그녀가 팔을 벌리고 다가와 누어를 껴안아줄지 모른다고 생각했지만, V는 바로 앞에서 멈추었다. "감정에 치우친 실수였다." 그녀의 미소가 사라지기 시작했다. "너한테 너무 애착을 가지면 안 된다는 걸 알고 있었지만, 넌 너무나 사랑스럽고 상냥한 아이였지. 결국엔 너의 안전을 위해서 멀리 떠나보내야 한다는 걸 알면서도, 혹시나 언젠가, 너와 내가…… 만날 수도 있을지 모른다고 믿고 싶었던 것 같다……." V는 시선을 내려뜨렸다. 길게 숨을 들이마셨다. "난 절대로 너한테 그 노래를 가르치면 안 되었어. 그리고 그건 가장 위급한 상황에서만 사용하라는 의미였다." 그녀가 다시 고개를 들었다. 이제 그녀는 두려운 표정이었다. "하지만 그건 내가 먼저 너를 찾았을 때를 대비한 거였어."

"하지만 그러시지 않았군요."

"그래."

"전 이해가 안 돼요." 내가 말했다. "당신이 엽서를 보내시지 않았다면, 누가 보냈을까요?"

"그건 나였을걸." 뒤쪽에서 원기 왕성한 목소리가 들려왔으므로 우리는 동시에 휙 고개를 돌렸고, 부엌으로 이어지는 문 옆에 서 있는 남자를 발견했다. 보관 창고에서 만났던 노인이었다. 팔에 감았던 석고 붕대는 사라졌고 그는 우리에게 권총을 겨누고 있었다. "사실은 각기 다른 몇 개의 주소지로 여러 장을 보냈었지. 요즘 같은 세상에서 엽서라니 약간 구식이라는 건 알지만…… 여기 있는 삘야도 구식인 건 마찬가지니까."

"무르나우." V가 이를 꽉 다물며 내뱉었다.

그는 메마른 웃음을 터뜨리더니, 웅크렸던 자세를 바꿔 어깨를 펴고 내게도 낯익은 오만한 미소를 씩 보여주었다. 그제야 나는 수염과 분장 너머로 그를 똑똑히 알아보았다. 무르나우였다. 그는 등 쪽으로 가죽 가방을 비스듬히 메고 있었다.

"가족 재상봉의 순간을 내가 방해했나? 나는 언제나 시간을 정확히 지키는 사람이거든." 그가 우리를 향해 한 걸음 다가왔다. 그의 총구는 물론이고 그의 시선 대부분은 V에게 꽂혀 있었다. "아주 좋아, 예쁜이들. 어디서 해줄까? 부엌 바닥에서? 러그를 망치지 않게 욕조에서? 어차피 몇 시간 뒤면 여기 그 어떤 것도 무사히 남지 못하겠지만 말이야."

"그분을 내버려둬! 저분과 따질 게 있다면 나랑 해결해." 누어가 말했다.

"고맙지만 됐다. 넌 이미 너의 쓰임새를 다 해주었다. 하지만 네가 뭐든 속임수를 쓴다면, 네 어미를 필요 이상으로 괴롭혀줄 테다." 그의 시선이 나에게로 향했다. "그리고 네 남자 친구도."

"난 당신이 무얼 쫓는지 알아. 하지만 당신이 찾는 건 여기 아무것도 없어." 내가 말했다.

그는 내 말을 무시했다. "이 루프에 들어오려고 우리가 정말 오랜 세월 애를 썼다는 거 알아? 실력 좋은 자들을 수없이 보냈지만 쓸모없는 짓이었고, 절대 비밀을 풀 수가 없었지…… 오늘까지는 말이야." 그가 누어에게 씩 웃어 보였다. "뒷문을 잠그는 걸 잊었더군, 삘야."

그러고는 그가 V에게 총을 쏘았다.

꒰

총성의 메아리가 끝나기도 전에, V가 바닥에 쓰러지기도 전에, 내가 그 어떤 반응도 보이기 전에, 누어가 무르나우에게 달려들었다. 그녀에겐 무기도 없었고, 몸 안에 빛을 저장해두지도 않았고, 다만 가진 건 두 손과 증오심만큼의 힘이었다. 그러나 그는 준비되어 있었다. 그는 민첩하게 옆으로 한 걸음 움직이며 근육질의 팔을 휘둘러 누어를 바닥에 쓰러뜨렸다. 그리고 나서야 나도 놈에게 달려들었지만, 놈을 갈가리 찢어버릴 심산으로 달려들었지만, 우리 둘 사이의 거리가 좁아졌을 때쯤 그가 허리띠에서 또 다른 총을 낚아채 발사했다.

총에서 약하게 퍽 소리가 났다. 나는 옆구리에 극심한 통증을 느끼며 바닥에 나뒹굴었고 그러다 두 번째 총성을 들었다.

놈이 누어를 쏜 것이었다.

나는 일어날 수가 없었다.

나는 옆구리를 움켜잡았다. 무언가가 튀어나와 있었다.

짧은 화살이었다.

불에 타는 듯한 통증을 느끼는 사이 눈앞이 깜깜하게 흐려졌다.

그러다가 잠시 후, 혹은 1분쯤 뒤—시간이 얼마나 흘렀는지 나로선 알지 못했다—얼굴에 빗줄기가 느껴졌다.

우리는 밖으로 끌려 나와 있었다.

나는 억지로 눈을 떴다. 눈에 초점을 맞추려고 무척 애썼다. 나는 베란다 난간에 손이 묶였고, 내 옆에서 무르나우가 누어를 묶는 중이었다. 그녀는 눈을 반쯤 감은 채 축 늘어져 있었다.

V는 마당에 얼굴을 묻은 채 잔디밭에 파묻혀 있었다. 하늘이 마구 뒤틀렸다.

나는 가까스로 몇 마디를 입 밖으로 내뱉었다. "우릴…… 죽이지 않을 셈인가?"

"안타깝게도 나는 그런 쾌락을 누리지 못할 거다. 대장님의 명령이라서." 누어의 손목 결박을 마친 그가 어깨 너머로 V를 돌아보았다. "그분께선 네가 지켜보기를 원하신다. 그런 다음엔 루프가 네놈 위로 무너져 내리는 것이 어떤 기분인지 느껴봐라."

"그걸로는…… 어림없어." 내가 느릿느릿 말했다. "너는 아직…… 제대로 된…… 재료도…… 마련하지…… 못했잖아."

그는 이제 막 무언가를 떠올린 듯한 표정을 지었다. "아, 맞다. 너희 애송이들은 아직도 그렇게 생각하고 있겠군……."

껄껄 웃음을 터뜨리다가 난데없이 **쉭!** 소리가 들려오자 그가 움찔하며 몸을 수그렸다. 그의 허벅지에 화살대가 꽂혔다.

그가 으르렁거리듯 신음하며 휙 고개를 돌려 V를 쳐다보았다.

V는 피에 젖은 채로 한쪽 팔꿈치로 몸을 지탱하며, 용케 이제껏 숨긴 소형 석궁을 들고 있었다.

그녀가 또다시 석궁을 쏘았다. 이번 화살은 무르나우의 어깨에 박혔다.

그가 신음 소리를 냈다. 권총을 들어 다시 그녀에게 총알을 발사했다.

V는 석궁을 떨어뜨리고 쓰러졌다.

누어가 신음을 했다.

무르나우는 다시 몸을 돌려 우리를 마주 보았다. "좀 전에 말했다시피……" 그는 약간 인상을 찌푸렸지만 통증에는 별 신경을 쓰지 않는 것 같았다. "벤담은 엉터리 해석으로 우리를 속일 수 있을 거라고 생각했지. 하지만 우리는 그자의 계략을 단숨에 꿰뚫어 보았다. 『경외성경』의 원전에는 새들의 어머니라는 언급이 없다. 그런 것은 아예 존재하지도 않아. 거기에서 요구된 재료는 바로 아직도 펄떡거리는 **폭풍**의 어머니의 심장이다." 그가 권총을 집어 던졌다. 어깨에 멘 가죽 가방을 열고 안에서 길쭉한 단도를 꺼냈다.

"말이 났으니 말인데, 이젠 작업을 시작하는 게 좋겠군."

그가 절룩거리며 V가 누워 있는 잔디밭을 향해 걸어갔다.

하늘은 소용돌이치는 구름으로 혼돈 그 자체였다.

나는 누어의 이름을 소리쳐 부르려고, 고개를 돌려 그녀가 있는 쪽을 보려 했지만, 그럴 수가 없었다.

나의 시야가 터널처럼 좁아져 있었다. 세상이 빙글빙글 돌았다.

눈앞에서 어둠이 약간 걷혔을 때, 나는 엎드린 V 위로 몸을 수그리는 무르나우의 모습을 보았다. 그의 팔이 피스톤처럼 위아래로 오르내리고 있었다.

그러다가 어둠이 다시 찾아왔지만, 문득 무언가 내 얼굴을 때리는 것이 느껴졌다. 나뭇잎과 모래였다. 그러고는 화물열차 같은 소리가 들려왔다. 엄청난 노력을 기울여 나는 눈꺼풀을 들어 올렸다.

토네이도가 길 건너편의 거대한 나무를 집어삼켰고, 악마에게 사로잡힌 듯 나뭇가지가 요란하게 흔들렸다. 소나무의 뿌리가 팔처럼 땅에서 뽑히는 중이었는데도 무르나우는 그 나무를 향해 똑바로 걸어갔다. 어깨엔 가방을 둘러맸고, 승리감에 도취된 듯 높이 들어 올린 손에는 무언가 작고 검은 것이 들려 있었다.

토네이도에 휩쓸리기 직전, 그가 걸음을 멈추고 우리를 돌아보았을 때 단언컨대 그는 씩 웃고 있었다.

그러고 나서 그는 바람에 휩쓸려 떠올랐고 그대로 사라졌다.

아마도 나는 또다시 정신을 잃었던 것 같다. 그다음으로 내가 기억하는 것은 깔때기 모양의 토네이도를 향해 선명한 노란색 뭉게구름이 다가가 합쳐지면서, 하늘 쪽이 뾰족한 원뿔 형태로 탈바꿈하는 장면이었다. 땅에서 뿌리째 뽑혀 올라간 나무는 지상에서 수십 미터 상공에 그대로 머물며 원뿔의 한가운데에서 여유롭게 빙글빙글 돌고 있었다.

낮은 신음 소리가 점점 더 커지더니 급기야 내 머리가 터져나갈 듯 요란하게 울려 퍼졌다. 바람 속에서 긴 파장을 따라 서서히 오르내려 알아들을 수 없는 모음으로 발음을 하는 듯, 그 소리는 마치 느릿느릿하게 말하는 인간의 목소리처럼 들렸다. 원뿔 형태의 노란색 구름은 점점 짙어지며 공중 부양한 나무와 하나가 되었고, 이내 나무를 둘러싼 구름은 홀로그램처럼 선명해져 하나의 형태를 이루었다.

그것은 얼굴이었다.

내가 아는 얼굴.

그러다가 그 얼굴이 입을 벌리더니, 느리게 으르렁거리는 천
둥 속에서 하늘이 내 이름을 토해냈다.

에필로그
epilogue

어린 소녀가 깊이 잠들어 있을 때 펜세부스가 그녀에게 속삭이기 시작했다. 그 속삭임이 얼마나 오래 지속되었는지는 모르지만, 소녀가 번쩍 눈을 떴을 무렵 그녀의 머릿속은 악몽으로 가득했다.

소녀는 자신이 무엇을 해야 하는지 정확히 알았다.

펜세부스는 계속해서 속삭였다. (그는 거의 절대 속삭임을 멈춘 적이 없었다.) 소녀는 한 손으로 그를 대롱대롱 붙잡고 데려갔다. (소녀는 어디든 그를 데려갔다.)

소녀는 이제껏 전화를 딱 한 번 사용해봤지만, 펜세부스가 어떻게 해야 하는지 정확하게 알려주었다.

그는 소녀가 해야 할 일을 언제나 말해주었다.

소녀는 구석에서 의자를 하나 꺼내 와 전화기 밑에 놓고, 수화기에 손이 닿도록 의자에 올라갔다.

소녀는 차례차례 여섯 통의 전화를 걸었다. 그녀의 임무가 채 끝나기도 전에 첫 번째 임브린이 열린 창문으로 날아와 창틀에 앉았다.

매번 전화가 연결되었을 때마다 그녀는 같은 말만 했다.

"그가 돌아왔어요."

옮긴이의 말

평범한 일상의 소중함을 요즘처럼 실감한 적이 또 있을까 싶
다. 환경오염, 기후변화, 전염병까지. 정말이지 세계가 하나의 운
명 공동체란 걸 실감하는 나날이다. 도무지 현실 같지 않은 초현
실적인 상황 때문인지, 오히려 이상한 세계로 이어지는 루프와 이
상한 종족의 존재를 근방에서도 찾을 수 있을 것만 같아 새삼 주
변을 돌아보게 된다. 전 세계에서 동시다발적으로 발생하는 전염
병이나 폭력은 혹시 악의 세력의 사주를 받은 와이트들의 암약
탓이 아닐까. 게다가 그 어느 때보다 인간애가 기대되는 상황에서
발생하는 혐오와 차별과 이기심은 너무 마음이 아파 차라리 상상
이라고 믿고 싶다.

『페러그린과 이상한 아이들의 집』 그 다섯 번째 이야기인 이
번 작품에서 이상한 미국인들의 평화, 나아가 전 지구적인 이상한
세계의 평화를 지키기 위한 '새들의 회의'는 어렵사리 여러 난관

을 거치면서 이어지지만, 신비의 예언서에 남겨진 운명은 시시각 각 우리 주인공들을 위협한다. '새롭고 위험한 시대의 도래'는 결 국 막을 수 없는 현실이 되었고, 이제 기댈 곳은 혼란에 휩싸인 이 상한 세계를 구할 일곱 명의 존재뿐이다. 이름부터 '빛'이라는 의 미를 지닌 소녀 누어*Noor*를 포함한 일곱은 과연 누구일까, '돌아 온 그'의 위협은 얼마나 거대할까, 궁금함이 앞서지만 작가는 절 묘한 순간에 긴 여운과 함께 이야기를 맺으며 다음 시리즈에 대 한 기대감을 증폭시킨다.

영화감독이자 소설가, 여행 작가, 사진작가를 겸하고 있는 랜 섬 릭스는 신비하고 기묘한 느낌의 오래된 사진들을 먼저 수집했 고, 그 이미지에 영감을 받아 처음 이 시리즈가 탄생되었다. 책에 실린 사진들이 모두 진짜라고 확언하는 작가의 말을 보았어도, 그 글귀 역시 소설의 장치로 받아들인 이들도 있을 것 같다. 『페러그 린과 이상한 아이들의 집』 시리즈에 관해서 독자들이 가장 궁금 해하는 것도 바로 그 점이다. 작가는 『새들의 회의』 출간을 앞두 고, SNS Q&A 영상을 통해 실제로 자신이 가진 흑백사진들의 컬 렉션을 살짝 보여준 적이 있다. 포토샵으로 손을 댔거나 컴퓨터 그래픽으로 구현한 사진처럼 보이지만, 놀랍게도 모두 작가가 발 굴하고 수집했거나 개인 소장가에게 빌렸거나 구매한 진품 사진 들이라고 한다. 어떤 사진엔 뒷면이나 앞면에 손 글씨로 메모가 적혀 있고, 거기 보이는 이름과 지명들은 때때로 실제로 작품에서 이야기의 뼈대와 인물로 재탄생되었다.

종종 벼룩시장이나 폐가에서 구하기도 한다는 신비로운 사 진들 중에서도 작가가 가장 최초로 손에 넣은 '이상한' 사진은 무엇일까? 그것은 바로 얼굴 없는 소년의 사진으로, 도대체 어떻게 해서 그런 사진이 탄생되었는지, 암실에서 발생한 화학약품의 작용인지, 인화 기술자의 실수인지, 실제로 투명인간이 찍힌 것인지 영영 알 수는 없겠지만, 우리에겐 밀라드 널링스의 프로필 사진으로 알려져 〈이상한 용어 사전〉에도 실려 있다. 작품 곳곳에 담긴 이상한 인물들의 이상한 사진들이 단 하나도 연출된 사진이 아니라 전부 실존했던 어떤 시기의 귀한 장면이라는 것. 작가의 입으로 듣고도 믿어지지가 않아서 새삼 사진들을 가만히 들여다보게 된다. 정말로 사진 구석구석엔 미처 몰랐던 저마다의 이야기가 더 많이 깃들어 있는 듯하다.

사진이 발명된 이후로 사람들이 줄곧 그 기록과 이미지에 탐닉하는 이유는 소중한 시간의 한 단면을 그 안에 잡아두었기 때문일 것이다. 시간이 박제된 듯한 빈티지 사진들을 활용한 작가의 탁월한 상상력은 이번 작품에서도 탄탄한 짜임새로 시공간을 넘나드는 이야기를 이어나갔고, 이상한 세계는 더 깊고 넓게 확장되었다. 든든한 우정의 깊이와 새로이 싹트는 사랑의 아련함에 가슴 졸이다가 드디어 마음 편히 기댈 수 있는 진짜 가족과 집을 찾은 이상한 아이들은 안타깝게도 다시 시련의 소용돌이에 휩싸였다. 희망은 남아 있지만 현실에서도 작품에서도 새롭게 시작된 어둡고 위험한 시대 이전으로는 영원히 돌아갈 수 없을지도 모르기에, 각별히 마음을 다잡고 조금 긴 기다림을 이어가야겠다.

새들의 회의

초판 1쇄 펴낸날 2020년 6월 23일
초판 2쇄 펴낸날 2021년 1월 22일

지은이 랜섬 릭스
옮긴이 변용란
펴낸이 김영정

펴낸곳 폴라북스
등록번호 제22-3044호
주소 06532 서울시 서초구 신반포로 321(잠원동, 미래엔)
전화 02-2017-0280
팩스 02-516-5433
홈페이지 www.hdmh.co.kr

ISBN 979-11-88547-19-7 03840

* 폴라북스는 (주)현대문학의 새로운 종합출판 브랜드입니다.
* 책값은 뒤표지에 있습니다.

이 도서의 국립중앙도서관 출판예정도서목록(CIP)은 서지정보유통지원시스템 홈페이지
(http://seoji.nl.go.kr)와 국가자료종합목록 구축시스템(http://kolis-net.nl.go.kr)에서 이용
하실 수 있습니다. (CIP제어번호 : CIP2020021813)